沖喜 4

目次

壹之章　進學求醫備上京

中秋節前，朝廷賑災的第一批糧食終於運抵了紮蘭堡。

因為縣太爺孟子瞻組織得力，很快就按受災程度輕重，把本地百姓分成了三六九等，趕在八月十五前，將各家各戶應分得的糧食全部發放出去，讓大夥兒能安心過一個好節。

這日，張發財帶了保柱，約了方德海家一起，到衙門領取了兩家的救濟糧，回來興高采烈地道：「咱們這縣太爺辦事可真沒話說，分得也公道，沒有不服氣的。咱家雖是個末等，可你們瞧，多少也有點東西。」

章清亭過來瞧看，雖是陳糧，卻分量夠足，便和方德海一商議，準備拉到馬場裡去餵馬，多少也能撐幾日。

正說著話，忽見田水生氣喘吁吁地跑了來，瞧見章清亭，頗有幾分赧顏道：「大嫂，我大哥想請妳過去一趟。」

章清亭忙問何事，小孩子紅著臉不好意思說。她見他臉色從容，想來不是什麼壞事，便跟著去了。

鐵匠鋪裡，田福生正忙得熱火朝天，看到她來了，把手上的活計暫停了一下，擦了把汗出來跟她說話：「嫂子，真不好意思，還麻煩妳特意跑一趟。是這麼回事，現在我們家分的糧食也下來了，是第一等的，數量不少。託你們的福，我們家已經安置好了，現在生意尚可，那些糧食一時半會兒也吃不上，就想請妳給個平價，折算我們還帳了吧，你們馬場總是用得快些。」

這個卻是可以，章清亭當即就跟他商量價格，本說按市價，但田福生堅決不肯，非得打了個折扣才罷。

見他們忙著，章清亭也不多留，走前又交代一句：「若是你認識哪些人家要賣那賑災糧的，可以來找我。還有，你家，以及那皮匠小郭家，過節的月餅糕點都別再買了，我們家已經做了許多，到時讓秀秀或是水生抽個空來拿吧。」

田福生也不忸怩，道謝應了。

田水生送章清亭出來，掩飾不住興奮道：「大嫂，等中秋過後，我真的也能上學嗎？哥哥說我可以晚上跟他一塊兒去念書。」

「當然是真的，還不要錢呢！」章清亭聽趙成材提過，學堂裡的課已經定下了，晚課也如張金寶所願恢復了。

他們書院裡本來還有些助學金，孟子瞻跟上級申報之後，郡裡又專門撥了筆救助款，把書院下半年的學費全都免了，這可又為本地百姓辦了件大實事。

本來還以為現在大夥兒都忙著，沒多少人來上學，沒想到消息一出，回來復課的、新來報名的，幾乎把學堂的門檻都踏破了。

別說是免費，就是收費，大夥兒也願意來。從前是不識字不覺得，可認得幾個字之後，都覺得太有用了，不管幹什麼都便利些，那還有誰願意做睜眼瞎呢？

見田水生那麼憧憬著上學，章清亭心中一動，回家囑咐趙玉蘭：「記得幫他哥倆縫個書包，再送兩份筆墨。只可惜晚上不收女孩子，秀秀不能去，得了空時，妳在家教教她吧。」

趙玉蘭聽了取出兩個新書包，「早縫好了。秀秀可不用我當老師，她已經有了三個夫子了。」

原來小丫頭常來送換洗衣裳，又跟著趙玉蘭學針線縫補，一來二去，很快就跟張銀寶、張元寶和牛得旺熟識。他們年紀差不多，自然好打交道。

趙玉蘭也不想讓這小姑娘太勞累，每回來了，就放她一會兒假，讓她跟那三個小兄弟玩去。

因秀秀很羨慕他們幾個都會讀書寫字，那三個小男孩便搶著要當夫子。也不知是從什麼時候開始的，反正發現時，就見每回田秀秀來，就成了三個小夫子異常認真地給一個學生上課。大人們瞧了有趣，都由著他們去玩。

趙玉蘭笑道：「現在秀秀認得不少字，也會數數了。聽她說，晚上回去還要教她兄弟呢！」

章清亭忍俊不禁，「那我下回可得問問，到底哪個夫子水準高些。」

晚飯時，她還當真問了，張金寶打趣，「不錯啊，現在都能開私塾了，再過幾年，豈不是要搶姊夫飯碗了？」

兩個弟弟臉都紅了，張銀寶道：「元寶比較厲害。」

張元寶也謙虛了一把，「銀寶算術比我好，不過旺兒也不錯，他記東西雖慢一些，但若是記住了，就肯定不會忘。有時我學了新的，就會忘記舊的。」

趙成材聽得心裡咯噔一下，旺兒這情形，也不是沒救啊。等晚上進了屋，他從袖中取出一個信封遞給章清亭。

「這是什麼？」

「妳打開瞧瞧就知道了。」

章清亭看過信後，面色凝重起來，「去，一定得去！」

趙成材卻嘆了口氣，「若是年後，當然得去，可這年前怎麼走得開？我若是走開了，且不說書院那裡，家裡可得全丟給妳了。」

「這機會實在太難得了！」章清亭也不願意分離，可是這信裡的內容，對於趙成材來說，實在是太重要了。

信是婁知縣寄來的，他在紮蘭堡這幾年政績本就不錯，尤其最後趙成材幫著出那兩個主意，一個解決了困擾多年的破胡同重建，二個辦起了紮蘭書院，上峰瞧過之後，很是讚賞，在給天子的奏摺裡著實誇讚了一番。皇上龍顏大悅，又體恤他年紀漸大，外放多年，便由原先的從八品知縣升成正七品，在戶部授了一個主簿之職。

戶部是六部之中執掌錢糧的部門，婁大人這個官兒雖然不大，卻極是要害，算是個肥缺。以他的年齡和資質，只要不犯大的差錯，在這裡踏踏實實幹到致仕還鄉的那一日，便已經算得上是他仕途最好的結局。

因明年秋天是大比之年，今年歲末，京城太學院裡按慣例要舉行一次講學，從九月開始，為期一個月多，到臘月前結束。屆時在京城求學的外地學子都要回家過年，並歸原藉準備來年的秋考，所以這最後一次的講學尤為重要。

太學院是全國最高學府，他們歷年考前所講的東西，基本上就是明年大考的指標。

婁知縣人雖走了，但心裡還記掛著趙成材，此次來信，就是特意說到此事。

他自家的兩個兒子明年也要參加大比，家裡已經收拾出了乾淨的院落，照管食宿皆是不成問題，讓他只管安心前來。

趙成材道：「這事我已經跟鴻文說過了，他倒是勸我去，說他留下，可我總覺得不安。這麼好的機會，誰不想去？可若是我們兩個都走了，書院這一攤子丟給誰？」

章清亭明白他的顧慮，可若是錯失這次機會也太不划算了。去京城見見大世面，知道人外有人，天外有天，對趙成材這個鄉下土包子來說，可是太重要的機會了。

她沉吟一會兒，替他出主意，「家裡的事情你不用擔心，至於書院裡，能不能請陳師爺幫著料理一段時日？只要問了孟大人的意思，再跟書院的夫子們打好招呼，我還是覺得你應該去。畢竟是關乎一輩子的大事，若是能中，可省多少年的心？」

趙成材想想，也覺有理。陳師爺為人精明，做事老道，之前也照管過學堂，並不陌生。若是他肯出山，那便好說了。

二人正商議著，衙門裡卻派了人來，傳孟子瞻的話，請趙成材明兒一早抽個空去趟衙門。明兒不是十五嗎？這大過節的請他去做什麼？難不成是要請他們書院的夫子們吃飯？懷著幾分疑惑，趙成材第二日一早去了。

章清亭自帶著人，備好了酒席，去馬場與夥計們過節。順便也雇了輛車，把自家賑災的糧食都拖了去。去趙家取糧時，便把張羅氏、趙玉蘭她們一干人留下幫忙了。

趙王氏見章清亭並不留下來，心中難免怨懟，「天天就知道往馬場跑，難道一日不去就不成嗎？這大中秋的也不見來幹點活，光知道吃現成的！」

趙玉蘭趕緊把娘往裡推，「娘，您說什麼呢？小心嫂子聽見。她那是去玩嗎？她是去幹正經事。她不幹事，咱們家能有這好吃好喝的？」

趙王氏努著嘴，臉拉得老長，「就她有本事？哼，妳這丫頭，胳膊肘就會往外拐。妳可得記好了，不是她一人幹事讓咱們家有這好吃好喝的，這裡頭可也有妳哥、妳弟，還有咱們大夥兒的功勞。」

趙玉蘭知她娘那脾氣，她也不是個會爭辯的人，只要她娘肯消停了，便點頭稱是。

等馬車走出老遠，方德海瞅個沒人的空，瞧著章清亭呵呵地笑，「聽見沒？光吃不幹的小媳婦，妳婆婆有意見了。」

今兒過節，知張家人多事雜，空不出手來，他特意帶著小青、吉祥也來幫忙。

章清亭嗤之以鼻，「要是跟她置氣，那一天日子也過不下去了。」

方德海收了些笑，帶有幾分正色道：「妳若真能這麼想倒是好了，這麼多年的媳婦熬成婆，難免會有些挑剔。妳婆婆沒讀過書，何況這人年紀大了，多少都有些囉嗦，你們年輕人多擔待些吧。再者，妳那脾氣也不是我說，確實是傲了些，妳就拿哄我的那些甜言蜜語哄哄妳婆婆，有什麼過不去的坎兒？」

章清亭想起自己哄趙王氏，就是一陣惡寒。這些道理她何嘗不知？只是說和做卻是兩個完全不同的概念。怪不得常言道家家有本難念的經，落到自己頭上時，才知道個中甘苦。

馬場無事，盡力招呼著夥計們吃好喝好，章清亭心情也放鬆了下來。分發了東西給那些雇工們，自家小廝的都留著回了胡同再給。他們這頭熱鬧暫且不提，卻說趙成材一早去了衙門，他前腳進門，後腳李鴻文和其他幾位夫子都到了。

見人齊了，衙役進去稟告，不一時，孟子瞻笑吟吟地帶個人出來。

趙成材瞧著詫異，這不是陳師爺嗎？

孟子瞻先向眾人問了好，又拿了幾樣時令禮品分送給眾人，「這是京城家裡捎來的，幾位夫子在咱們鄉里教書育人，勞苦功高，區區薄禮，聊表敬意。」

眾人道了謝，孟子瞻請大夥兒落座看茶，這才笑道：「今兒請大家來，還有一事。本官剛看了書院下半年排班的情況，比前陣子可多出不少人來。學堂裡必是忙碌的，光靠大夥兒可能有些吃力，再加上咱們書院的趙李二位院長，不日即將啟程去京城求學，而明年秋天就是大比之年，不能耽擱。故此本官特意請了陳師爺回來，幫著照管學堂裡的事務，從明日開學起，他就正式赴任，大家以為如何？」

趙成材和李鴻文對視一眼，俱是喜出望外。

本來還不知如何安排，沒想到孟子瞻居然想得如何周到，那他們不光這回去求學，明年在家備考也能安下不少的心了。幾位夫子自然也沒有意見，笑呵呵地勉勵了他們二位幾句。孟子瞻也不多留，早命人雇好了轎，送他們各自回家過節。

因家中無人，趙成材喜孜孜地拎著禮品就去了趙家，可沒想到一進門，就見著一院子的陌生人，正在那兒七嘴八舌吵嚷著什麼銀子給錢。

趙王氏板著臉堵著門，不讓他們進屋，指著趙成棟背後的柳芳，「你們若是要人，儘管把她帶走，我們家可不稀罕。」

柳氏氣得臉通紅，使勁掐著趙成棟，讓他說話。

今兒過節，趙成棟也得了一日假，可沒想到就趕上這麼一齣了。

他哪裡知道該說什麼，只會重複道：「有話好好說。」

小玉眼尖，一見趙成材回來了，趕緊上前，低聲耳語：「是柳姨娘家裡的人，來要錢的。」

趙成材心裡明白，恐怕是藉著由頭來打秋風的，便把手裡的東西給小玉拿去收了，沉著臉上前喝問：「這是幹什麼？」

一個中年漢子站了出來，「你是什麼人？」

「我是趙成材，這家的長子，你們有什麼話，儘管跟我談。」

「那好。我是芳兒她舅舅，你們家偷偷摸摸娶了我們家芳兒，總得給個聘禮吧？」

另一邊個中年婆婆跳出來爭，「聘禮應該給我們家才對。芳兒嫁到我們家來，是我們家的媳婦，從來媳婦再嫁，都是公婆收聘禮的。」

趙王氏跳起腳就要吵鬧，趙成材覺得不雅，搶上前道：「那恐怕你們找的不是地方。」

「她人都在你們家了，我們怎麼找的不是地方？瞧你們家那麼大的房子。」

「還有馬場、胡同。」

「對！怎麼著也得給我們二十兩，啊，不，五十兩銀子的聘禮！」

趙成材冷笑，打聽得夠詳細的，證明是有備而來。他也不急，直等他們都說完了，這才慢悠悠地道：「聘禮？你們兩家憑什麼跟我們家要聘禮？她又不是我們三書六禮娶回來的，不過是我弟弟納的個妾，還要什麼聘禮？」

一眾人聽得面面相覷，他們只聽說柳氏找了戶好人家，所以才急眉赤眼地過來，想發筆橫財，卻原來是個妾？想了半天，又道：「可就是妾，也得有身價啊！」

這個真要感謝章清亭，當初文書可立得清清楚楚。

趙成材道：「我們家納這個妾，可是白紙黑字，有證有據，她自己也按了手印，還有街坊鄰居作見證。若是當真理論起來，倒可讓鄉親們評評理，你們兩家把孤兒寡婦趕出家門，幾乎沒被餓死，這也是人做的事？她雖只有個女兒，可也是你們婆家的親生骨血。就這麼不聞不問的，還有臉上門來要聘禮？若不是大過節的，你們不報官，我倒想報官去。」

「對，報官去！」趙王氏本來就瞧柳氏不順眼，巴不得有個由頭趕她走，「若是要錢，我們可一分沒有，你們把人領走吧。」

「領就領！」那兩家人見占不到便宜，作勢拉扯著柳氏。

趙王氏可沒被嚇著，把早已嚇得哇哇大哭的芽兒往柳氏懷裡一塞，「快走快走！」

那夥人都急了，就這麼淨身出戶，他們還鬧騰個啥？

「喂，就是個妾要出門，你們家好歹也得給點東西吧？難道她就這麼白給你家兒子睡了？」

趙成材聽得這話粗俗，不好意思接。趙王氏一瞪眼睛，上前道：「那你們怎麼不算算，她，還有那小丫頭白在我們家吃了多少米糧？縱是跟我兒子睡，那也是她自願的，咱家可沒上趕著要她。」

柳氏又急又慌，當真以為要把她給弄回去，無論是娘家還是婆家，哪有一家比得上趙家？她見趙成棟指望不上，急得也不怕醜，當眾高呼，「我不走，我已經懷了趙家的孩子了！」

這一句話，可把全場人都給驚到了。

最先回過神來的還是柳氏從前那婆婆，一把將她拽到身後，奇貨可居，「聽見沒？連孩子都懷上了。你們家今兒要是不給這個聘禮，我們就把她連你們家的孫子都帶走了。」

趙王氏一聽傻了眼，她不在乎柳氏，可她在乎柳氏肚子裡的孩子。

看看趙成材，就見大兒子臉色不善，上前挑眉冷冷說了兩個字：「隨便。」

「大哥！」見趙成材態度強硬，趙成棟也有些慌了，上前拉扯著他的衣袖，「這……」

「這沒什麼大不了的。」趙成材一甩袖子，很是冷酷無情的模樣，「不過是個妾懷的孩子，還不知是男是女。縱是個男娃，又如何？難道還想當趙家長孫不成？笑話！你們愛帶回去養便養，不愛養打了便是！」

「可是，成材……」趙王氏剛張嘴，卻也被趙成材堵了回去，「娘，您方才說的對，若是要錢，我們一分也沒有。你們也別心疼，就瞧瞧他們那樣兒，只要開了這個口子，日後還不知多少稀奇古怪的事情找上門來，不如就此斷了個乾淨。成棟，哥馬上再幫你娶個媳婦，還怕絕了子嗣不成？」

趙王氏瞧他行事眼睛直眨巴，兒子這語氣、這態度怎麼這麼像章清亭？

這招釜底抽薪趙成材還真就是跟媳婦學的，他早就看出這兩家人來的目的無非是要錢，若是痛快答應了他們，或是表現得有一絲猶豫，只會讓他們更加貪得無厭，變本加厲，不如徹底絕了他們的念頭，永絕後患。

他們真的會帶柳氏和孩子走嗎？那是絕對不可能的。他們但凡有一絲仁義之心，當初肯養活她們娘兒倆，也不會趕她們出家門了。

趙成材算準了他們只是虛張聲勢，見他態度強硬了，他們必定會軟下來，到時主動權就在自己手上，不過一家送上一吊錢，了結此事也就罷了。

可趙成材算準了外人的心思，卻沒算準自己的娘和弟弟。

柳芳聽趙成材這麼一說，嚇得當真號啕大哭起來，拚命嘶喊：「趙成棟，你是死人嗎？我懷的可是你親生的孩兒，你有沒有良心？難道真要害死我們母子？」

趙成棟不敢求大哥，只來求趙王氏，「娘，您救救芳兒，救救您孫子吧！」

「誰都不許管！」趙成材狠狠剜了弟弟一眼，成事不足敗事有餘的傢伙。

趙王氏不依了，「成材，別的我可以不管，可我的孫子我不能不管。」

那兩家人一聽，心裡有了底，更加有恃無恐起來，「給銀子，快給銀子！」

他們還商量了一下，團結一致對付起趙家來，「一家五十兩，一文也不能少。」

趙成材孤軍奮戰，被自家人氣得無語，只得撂下話來，「娘，您和成棟若是有銀子，儘管付，但別找我要一文錢。這個冤大頭，我是不會當的。」

這……失去了兒子這個大金主，趙王氏和趙成棟能有幾個錢？兩人一時躊躇不決。

旁邊的張發財可急壞了，偏旁邊沒有可以幫忙的人，他只得跟趙玉蘭悄聲道：「妳上去勸勸妳娘，讓她別應，先回來跟妳大哥商議商議再說。」

趙玉蘭怯怯上前，「娘，要不，咱們回來再說吧？」

趙成材瞥見岳父和妹子這一舉動，鬆了口氣，終於有個明白事理的人了。

趙王氏臉現猶豫之色，剛想退縮，那兩家人見勢不妙，拉著柳芳就要走，滿口嚷著：「想拖日子？不給銀子，現就拖出去，不過一服打胎藥，你們不心疼，我們也不心疼！」

趙成棟當即就慌了手腳，「娘！」

趙王氏也有些焦急，看看大兒子，一副袖手旁觀，愛理不理的模樣，未免有了三分氣。

敢情不是你親生的，你就一點都不知道心疼？有你這麼當哥哥的嗎？這孩子甭管怎麼說，生下來可是姓趙。

她咬咬牙，出聲道：「你們要錢，可以。不過想要五十兩我可沒有，最多一家五兩。」兩家一共十兩，趙王氏心想自己還付得起，正好就用那買家具剩下的。

那兩家人不依，「你們家這麼好的房子，怎麼可能連五十兩銀子都沒有？」

「沒有就是沒有。」趙王氏兩手一攤，看了趙成材一眼，「你們剛才也聽到了，我這大兒子不給錢，我能有什麼辦法？」

「那妳讓他給啊！」那兩家人也瞧出來了，趙成材才是真正管事的，他不發話，確實也訛不到多少錢。

趙成材欲待一走了之，讓這些人沒了指望，說不定就能消停點，可他又實在不放心，怕給了錢也收拾不了這個爛攤子，又往他身上推。忍了又忍，還是在站在那兒冷著臉。

正僵持著不上不下，趙成棟六神無主出了個餿主意，「娘，您看要不咱們先給一家五兩，剩下的打欠條？」

趙成材氣得快吐血了，平時算計自己也沒見弟弟這麼缺心眼，這時候竟蠢得跟豬似的。

那兩家人聽他如此一說，倒是有個臺階下了，「行，那就依你，打欠條。約好時日，一個月內，咱們上門來取。」

趙成材氣得也顧不得當著外人的面了，直接就對著弟弟破口大罵：「人家要多少就給多少，我倒是看你拿什麼還！就是娶個正經閨女，一百兩銀子也夠你娶幾房的了，你出手真是大方啊，索性把咱家也送人得了！」

趙成棟嚇得噤若寒蟬，躲娘身後去了。

趙王氏也覺得小兒子那主意不妥，可是大兒子怎麼就這麼死硬著嘴呢？嘟囔了一句：「你不是當家的嗎？你要有主意你就說，說這風涼話幹麼？」

趙成材一聽更是火冒三丈，「我說了你們聽我的嗎？說我說風涼話，您也不聽聽他出的那叫什麼主意！還打欠條，咱家是該還人家還是欠著人家了？」

趙成材待要不管，就以這娘倆的水準，怎麼也理不出個頭緒來，只得還是自己上前，指著那兩家人道：「你們要是夠膽，現就把她帶走，我倒要瞧瞧，誰敢打她肚子裡的孩子？這還有沒有王法了？自古女子在家從父，出嫁從夫，她既嫁了我們趙家來，又有憑有據的，便是我們趙家的人。該怎麼處置，自有我們趙家作主。之前我見大過節的，不想把臉撕破，誰知你們還當了真，鬧得越發起勁了。既是要鬧，那索性大家都別過這個節了，咱們一起去見官，把這事明明白白說清楚。」

話既說到這個分上，張發財再為難也得上前勸和，「親家母，女婿說的對。這柳氏本就是你們家的人，憑什麼聽他們處置？他們若是要管，那她母女沒飯吃，沒地兒住的時候怎麼不管？現進了你們家，一個兩個倒跳出來充親戚要錢了，自古有這樣的道理嗎？況且，妳統共只接了她一個人進門，憑什麼兩家都要來聘禮？就是要給，這走遍天下，也沒給兩家的呀！」

趙王氏被張發財這番話說得老臉一陣紅一陣白，她起初只怕他們打了自己的孫子，倒沒想到這一層。想起進門之初，那兩家還爭得不可開交，自己怎麼就沒想著利用這一點呢？還等張發財挑出自己的不是來，真是顏面丟盡了。

那兩家人被趙成材的一番話鎮住，正不知怎麼辦好，只聽院門一響，牛姨媽一家來了。還是小玉機靈，上前對牛姨媽把事情說了個大概。

牛姨媽聽了微微一笑，她老於世故，當下心中有了計較，迎著那兩家人上前笑道：「這大過年，怎麼一個兩個都跟吃了嗆藥似的？也不在家好生過節，倒跑這兒來串門子了。」

她對著柳氏招手，裝作不認識，「妳就是趙成棟新納的小姨娘啊？過來給姨媽瞧瞧，姨媽可有好東西給妳。」她特意從自己頭上抽下一根大金簪誘惑著。

那兩家人一見牛姨媽這穿金戴銀的富貴氣，以為來了個大財主，光她手上那簪子也值十幾兩銀子了。說不定他們要的銀子在她身上能有著落，不覺鬆了手，放柳氏上前。

柳氏一脫困，又有這麼貴重的禮收，忙忙地拖著女兒過來，還行了個禮，「姨媽。」

牛姨媽見他們盯著自己的簪子，俱是兩眼放光，心中一笑，更有了七分把握。

拿簪子在柳芳頭上試了半天，旁邊那兩家人都已經蓄勢待發，預備只等她一鬆手，就去搶奪。奈何牛姨媽比劃了半天，就是不鬆手。她忽地把柳氏往趙成棟那方向一推，簪子收了回來，「這樣子俗氣，你們年輕人戴著不好看，還是下回有合適的，再送妳吧。」

趙成棟傻乎乎的還不明所以，趙成材狠狠踹了他一腳，趙成棟一個踉蹌，這才會意，上前把柳氏拉了回來。

趙玉蓮早牽著牛得旺進來了，對著二哥一指後院，讓他們快躲進去。

那兩家人不依了，往前闖，「你們這是幹什麼？」

牛姨媽高頭馬大地往前一擋，插著腰罵：「你們這又是要幹什麼？你們瞧瞧這天，都快晌午了，她那做小輩的，可不得給長輩燒飯去？」

「可我們那錢……」

「什麼錢？難道我們家欠你們的？」牛姨媽眼一瞪，手一伸，「若是欠錢，拿借據來。若是沒有，從哪兒來，回哪兒去！」

「不給錢，我們就是不走！」那兩家人往地上一坐，要起了無賴。

「行啊，你們愛坐多久就坐多久。」牛姨媽這些年在商場上打滾，無賴混混可是見了不少，一點都沒被他們唬住，「我說成材，姨媽問你個事，若是有人無端闖入民宅，滋擾生事，是不是可以報官？」

「當然可以。」見姨媽行事妥當，趙成材心頭痛快，和她一唱一和著。

那兩家人不依了，「咱們可是親戚。」

「什麼親戚？」牛姨媽嘴一撇，「從來只聽說妻子娘家的才算是親戚，小妾家的算什麼？」

她似一時想起，「啊，說起親戚，倒真有一個。趙成棟，把那小妮子抱出來。」

趙成材回頭吼了一嗓子：「姨媽說話呢，成棟，你聽見沒有？」

趙成棟聽見了，不顧柳氏的反對，趕緊把芽兒抱了出來。

趙玉蓮拉著柳氏，對她搖了搖頭，示意她別急，靜觀其變。

牛姨媽一指芽兒，「你們誰是這丫頭的爺爺奶奶，趕緊把她抱回去吧。咱家也算做個好事，不收這些日子的茶飯錢了。」

沒人言語了。

「怎麼一個兩個都啞巴啦？」牛姨媽驀地臉一沉，「我就瞧不起你們這群勢利東西。你們娘家把女兒嫁了出來，就什麼都不管了。婆家呢，把人家母女趕了出來，那就是婆家也不要的。既是你們兩家都不要了，現在還來鬧騰個什麼勁兒？這也是我姊姊好說話，要是擱我家，我立即拿大棒子一股腦兒全都打出去！」

那兩家人聽她話說得凌厲，有些心虛膽怯。

牛姨媽往趙王氏一瞅，「大姊，我這兒就替妳作個主了。今兒是中秋，不興動氣，這兩家雖不是咱們正經親戚，好歹也算有點瓜葛。勞煩妳進去拿兩盒月餅、兩塊魚肉給他們。想他們也是日子艱難，才上門來做此無奈之舉，既是如此，咱們索性大方點，一家送一份，算是讓大夥兒都過個好節吧。」

趙王氏見趙成材也對她點頭，進廚房拿東西了。很快包了兩份出來，牛姨媽接過往他兩家面前一遞，「你們要麼就拿著東西回家過節，往後相見留個情面。要麼咱們就丁是丁卯是卯地分辯清楚，那可別怪我們家翻臉無情。」

那兩家人一瞧這情形，心知無論如何是占不到什麼便宜了，只好拎著東西灰溜溜地走人。

趙成材這才長舒一口氣，謝過了姨媽，卻對娘和弟弟依舊沒有好顏色。

牛姨媽勸道：「算了，成材，大過節的，你娘也是一時著急，心疼自家骨肉，才會這樣。」

趙王氏也想盡力挽回一點顏面，「要是你們早點給我抱上孫子，我至於如此嗎？」

趙成材心中不忿，可和章清亭的閨房私事又是萬萬不可宣諸於口的，況且今日過節，姨媽也開了口，便懶得與娘爭辯，只請了岳父、岳母和姨媽進屋喝茶，隻字不提。

章清亭下午一來，就敏銳地察覺到氣氛不對。除了柳氏臉上有三分得色，就連張銀寶他們三個小弟也只在院子悄聲玩耍，並不敢大聲喧譁。她也不好細問，帶著弟妹先跟公婆和姨媽都見了禮。

牛姨媽笑著客套幾句，章清亭一一回了，又笑問婆婆：「晚上的家宴都準備好了嗎？要不要我去廚房幫忙？」

她是客氣，趙王氏卻是嗆了一句：「不用了，只是媳婦，妳什麼時候讓我這做婆婆的抱上孫子？現在可連妳弟弟屋裡的都有了身孕，妳這先進門的怎麼反倒沒有消息？」

趙成材一聽就炸毛了，正想出言，卻被章清亭背地裡捏了一把，微微冷笑，「我們怎麼能跟他們比？我們是明媒正娶成的親，走的是陽關大道，自然比不得他們曲徑通幽走捷徑。難道婆婆您樂意您家孫子都是這麼來的？這倒是聞所未聞的好家風！」

一句話把趙王氏老臉羞得通紅，連柳氏都臊得恨不得鑽地縫裡去，原本覺得添丁有喜的趙成棟也耷拉著頭，不敢作聲了。

牛姨媽噗哧一笑，「這窮人起得早，貴人來得遲。成材他們還這麼年輕，大姊妳催什麼？」
三言兩語，趙成材小倆口消了氣，趙王氏提不起氣，趙成棟和柳芳卻是洩了氣，又不能出言駁斥，心裡憋屈。
趙老實本坐在一旁半天沒言語，見自家老婆子鬧得有些不像話了，嗔怪道：「這大過節的，孩子他娘妳不說說笑笑，反倒扯些沒意思的話，那還請親戚們來幹麼？」
「正是。」牛姨媽把話題接了過去，「這時候還早，咱們大夥兒倒是想些什麼來玩玩兒才好。大姊妳家有骨牌嗎？你們誰會打的，跟我湊一桌。」
「那個卻是沒有。」趙王氏剛答了，趙成材便道：「成棟，你現就去買兩副。」
牛姨媽擺手，「那就算了，買了來，你們也不會，叫我跟誰打去？」
「大姊應該會吧？」張小蝶插了一句，「馬吊大姊是肯定會的。」
章清亭一笑，「那個你們不會，教起來也麻煩。我倒是有一個簡單的遊戲，不用學的。」她隨手從桌上抓了一把瓜子起來，「就猜這裡是單是雙，各人下注。咱們一家子也別賭錢了，輸的人就罰他唱個曲兒、背個詩，或是講個笑話便是。」
這個簡單又有趣，反正大夥兒閒著也是無趣，當即就擺開小桌，團團圍攏玩了起來。
幾輪玩下來，氣氛漸漸歡快，到晚飯時，也算是其樂融融過完了這個中秋。
等進了家門，張發財才拉著章清亭到一旁道：「閨女，妳婆婆今兒這話雖不中聽，但理卻沒錯。也不是爹逼妳，只是你們也成親一年多了，怎麼至今沒個動靜？」
章清亭聽得赧顏，「這事我們心裡有數。」
張發財也不好多說什麼，「那妳可得上心，不行的話，讓妳娘和妹子陪妳去瞧瞧大夫，沒什麼不好意思的。」

「知道了。」章清亭逃也似的上了樓，冷不防趙成材一把將她抱住，她窘得汗都要出來了，「這又是幹麼？」

「心裡不痛快。」趙成材摟著她坐下，卻依舊維持著抱她的姿勢，把白日發生的事一五一十跟她說了。

章清亭氣得柳眉倒豎，「偏我不在，否則大耳光趕他們出去。論理這話不該我說，可要不說實在氣得慌，你娘和弟弟心中也太沒個成算了。她從前不是挺厲害的嗎？真是不知說什麼好。」

趙成材重重嘆了口氣，「娘是關心則亂，不過成棟真是太不成器了，要早點給他尋門親事讓他單獨過去，也得讓他自己學著長大了。」

章清亭搖頭，「只要你娘一日管著他，他就永遠長不大。甭管分不分家，一旦出了事情就回來找你娘，總是有指望的。」

「那妳說，該怎麼斷了他這念想？」

「除非把他一家不放在你娘跟前，放在鄰縣或是哪裡歷練個三五年，只怕還能學些乖回來。偏他現在又要當爹了，若是單身，託賀家介紹到哪個馬場去做幾年獸醫都好。」

趙成材聽她提及此事，又是一憂，瞅著她平坦的小腹嘆氣，「我的兒，你怎麼還不來？你爹馬上又得上京城了，到年前都回不來，到時還不知娘怎麼念叨你呢！」

章清亭聽著前半句本有些羞惱，可一聽後半句愣住了，「怎麼，你要走的事情定了？」

「定了，這得感謝孟大人。」趙成材把孟子瞻的安排一說，說起自己的打算，「我想節後等書院的課開了，收拾收拾就早些走。先去一趟郡裡，上方老師那兒理理功課，再進京去。這回，我還想跟姨媽商量，看能不能把旺兒帶去。上回鴻文說起京城有個名醫，我想帶旺兒再去治治。天子腳下藏龍臥虎，說不定就能找著人醫治他了。上回妳沒聽元寶也說，旺兒這孩子不是笨，只是反應比常人慢些。趁他現在還小，若是能治，儘量試試。不管於他，還是於玉蓮，都是大有好處的。」

章清亭點頭，「這個時間也剛剛好，姨媽那兒應該會允的，說不好還會讓玉蓮一同跟去。若是帶了他們去，你倒不好住婁大人家裡了，住客棧又太吵雜，不如找個寺廟或是哪個大戶人家賃個小院子來得妥當。若是要上京城求醫，不如直接去求孟大人。他家既在京城，肯定是更有門路。說不定，還能幫旺兒引薦御醫。」

趙成材有些躊躇，「這樣……合適嗎？」

「怎麼不合適？」章清亭道：「旺兒這是關乎一生的事情，咱們就是厚著臉皮，也要求一次人。明兒你們開學，晚上回來我跟你一同去找姨媽說說。」

趙成材聽得有理，下定決心了，「行。等跟姨媽談定了，我就去求孟大人。」

章清亭又開始合計著幫他打點行李，心裡算計著，又開始發起愁來。去京城是大場面，寒酸不得，沒個二三百，真是出不了門。

趙成材聽她算得心驚肉跳，「算了吧，咱們手上有多少錢就辦多少事，別撐那個面子了。別為我這一去，又鬧得雞犬不寧，回頭咱家這日子還過不過？」

章清亭想得頭疼，「關鍵是你弟眼下還得說親事，他娘要是又弄個七八十的，這年可真沒法過了。算了，要不，你弟那親事再拖一拖？」

「不行。眼看著柳氏的肚子就要起來了，若是再拖，可不就像妳說的，讓人進來就當娘了？到時誰家閨女願嫁來？」

「那也是他自找的！」章清亭一點也不同情小叔，「要不，就讓你娘掏老本給他成親去。什麼事兒嘛？連柳氏的親戚都敢大模大樣上門來要錢，還一張口就上百兩，虧你那個寶貝弟弟也敢答應。」

聽她說起氣話，趙成材倒是笑了，「娘那幾個老底咱能不清楚嗎？可我馬上就要走了，成棟的親事交給娘，我還真有點不放心。要不，妳幫著相看相看？」

「拉倒吧！」章清亭把他一推，起身去數銀子，「我還沒活得太清閒，要給自己找事做。」不過忽又有些疑惑，「那柳氏你們找大夫看了沒？她說有就有了，別是矇咱們的吧？」

「她沒那麼大膽吧？」趙成材也有些不敢確認了，他忽地瞧著章清亭，「妳說咱們也有些日子了，妳怎麼還沒動靜？」

章清亭頓時臉一沉，「你這話什麼意思？」

「好好好，算我說錯了！」趙成材攀著她的肩頭低聲調笑，「妳說，走之前，咱們是不是也該抓緊……」

「沒個正形！」章清亭踩他一腳，紅著臉跑開了，心裡頭卻也有些疑惑，要說兩人也算恩愛啊，怎麼自己就還沒懷上呢？

今晚起繼續努力。

十六一早，家裡人起來，昨日的小小不快都拋諸腦後了。

說說笑笑正吃早飯，趙王氏特意帶著柳芳來堵章清亭，進來就開門見山地道：「你們不用招呼，我們都吃過了。你們快吃，吃完了該忙什麼都忙什麼去。媳婦兒，妳跟我去一趟藥鋪，芳姐兒有了身孕，得找個大夫把把脈，順便也給妳瞧一下。」

章清亭當下沉了臉，連早飯也不吃了，「相公要上京，我還要跟方老爺子借點盤纏去。婆婆妳自己去吧，我有什麼會自己看。」

笑話！讓她跟趙王氏去瞧大夫？沒毛病也會被她整出毛病來。

章清亭縱是要去瞧大夫，也堅決不跟趙王氏一道。

她就這麼旁若無人地走了，把趙王氏晾在那裡，噎得一口氣不上不下的。

趙成材心裡也不太高興，「娘，她今兒實在是沒空，我也真是要上京，昨晚還算計著盤纏不夠，恐怕成棟的婚事辦不了那麼風光了。」

「你上京幹什麼？」

趙成材不想一大早跟她夾纏，「我還要上學堂，回頭再說。銀寶、元寶，你倆快著點。」

他匆匆忙忙帶兩個小的走了。張金寶和張小蝶一對眼色，拿些大姊愛吃的早點，也出了門。

張發財去看店點貨，張羅氏叫上小玉，「提上籃子，咱們買菜去。」

一下子，一家子跑了大半。

只有趙玉蘭問：「娘，要不，我陪妳們去？」

合著我是瘟疫還是什麼？見了我都跑個沒影兒了。

趙王氏討個沒趣，快快地帶著柳芳去瞧大夫了。

柳氏見她吃癟，暗暗幸災樂禍。其實她昨日說自己有了身孕，也不是特別敢確認，只是這個月的月事遲了，才有那麼一說。這會兒心裡也不是特別有底，還帶了幾分忐忑。等瞧過大夫，沒想到真有了一個多月的身孕，讓她也是喜出望外。

母憑子貴，她再走出來時，腰桿也硬了許多。

撫著自己還未隆起的肚子，心中歡喜。這下可有藉口偷懶不幹活了，還可以大膽地挑嘴。

章清亭到了馬場，趙成材要上京的消息也跟弟弟妹妹們都講開了。一眾年輕人無不羨慕，滿懷憧憬。可當著趙成棟的面，章清亭就提出路上缺盤纏，又開始叫窮。

張金寶是個實心眼，頓時就說年下不用再添新東西了，他再去永和鎮跑一趟，進些賺錢貨。

可章清亭迅速把話鋒一轉，「大家都得受些委屈了，我準備從明兒起就跟娘說說，往後咱們這邊每月最多就一兩銀子的開銷。你們一個兩個可別吃油了嘴，嫌沒魚沒肉的，至於新衣裳，更是想都別想了。」

弟弟妹妹聽得點頭，趙成棟卻暗自驚心，若他們都這麼省，自己這邊豈不更沒錢？想著日後艱難，到底有些不情願，猶豫著憋出一句話來：「大哥……一定得上京城嗎？」

此言一出，所有人都盯著他，目光不善。

趙成棟有些慌了，忙解釋道：「我也不是說別的，只是想著現在家計艱難，能不能緩緩？」

這話真該讓你哥來聽聽。章清亭微微冷笑，「到底是成棟，算是成了半個家的人，說話就是有見地。不過，成棟，你大哥這回上京，可不是遊山玩水，而是正正經經去讀書。雖說他明年鄉試也不見得就會高中，可咱們一家子難道就不該支持他嗎？」

「姊夫是當然要去的。」張小蝶立即出言相幫，狠狠瞪了趙成棟一眼，「若是姊夫高中了，難道你還不沾他的光了？」

那當然不可能，趙成棟囁嚅著想要辯解，「我、我也不是那個意思。」

「這個我們當然知道。」章清亭笑笑，「成棟，你不會因為你大哥要上京，這日子得過得委屈些就不樂意了吧？」

「當然不會。」趙成棟被噎得臉通紅，汗都冒出來了，「大嫂放心，我們一定支持，不給大哥找麻煩。」

「就知道你是個懂事的。」章清亭不費吹灰之力就把他給誘上了圈套，「我也知道你屋裡人有了身孕，本來該多多照顧，可怎麼辦呢？誰知道趕巧就遇上這事，少不得凡事都包容些，若是有什麼不夠周到的地方，也就忍忍吧。」

趙成棟訥訥地點頭，心想哥哥考試確實也是大事，若是他高中了，那他們一家子可不就跟著飛黃騰達，更加不能得罪他們了。

趙成棟想通此節，這個乖還是會賣的，「大嫂放心，芳兒也不是那不知禮的人，再說，還有我呢。咱們家日子比以往好過多了，只要有飯吃有衣穿，能虧待她到哪兒去？」

章清亭點頭讚許，「有你這話我就放心了。行了，大夥兒都去忙吧。」她忽地又想起一事，叫住了張金寶，「你去接阿禮的活時，記得把你姊夫要上京的事情跟他說一聲，問他要不要帶個家書什麼的。」

張金寶應了去了。他憨直爽快，讓他去跟晏博文說，才會讓晏博文少胡思亂想，可到底也在晏博文心中激起陣陣漣漪。

家書，他還有資格帶嗎？這意外的消息擾得他心神不定，猶豫不決。

等章清亭下午忙完了回家，進門又瞧見趙王氏陰沉著臉堵在門口，沒有別的二話，「走，跟我瞧大夫去！」

章清亭左右一瞧，趙成材還沒回來，她不好真的跟趙王氏鬧起來，便找了個藉口，「婆婆，我才剛回來，今兒累了，改天我自己去看吧。」

「不行！」趙王氏跟她強上了，「我知道妳忙，可再忙連瞧大夫的空都抽不出來嗎？又不是離得十萬八千里，不過是走上兩步路的工夫，妳怎麼就不能去了？」

「不去！」章清亭小臉一沉，倔勁兒也上來了，憑什麼妳讓我去，我就得去？她下巴一抬，「我又沒病，看什麼大夫？」

「妳沒病，怎麼都一年多了連個動靜也沒有？」聽章清亭語氣不善，趙王氏更氣，覺得她肯定是心裡有鬼，話也就不那麼客氣了，「哼，別以為自己會做點小買賣就了不起，我們趙家可不稀罕不會下蛋的母雞！」

這是什麼話？章清亭騰地火冒三丈，「要看病，帶你兒子去！」

她霍地轉身就走，不再跟趙王氏夾纏。

她那話說得趙王氏的臉都綠了，「好，我就等著成材問個清楚！」

這一下全家人都乾瞪眼，不知如何收場。

紮蘭書院今兒開學第一天，事情特別多，趙成材好不容易忙完了，趕緊去了衙門，找到孟子瞻，直接把來意一說，孟子瞻倒是呵呵笑了。

「我家祖母生平心地最善，最喜助人為樂。她老人家要是聽說此事，一定是會管到底的。只要宮裡沒什麼大事，請幾位相熟的太醫來，也不是難事。本來我就想著要託你帶點土產家書回去，到時我修書一封，你拿著去我家便是。」

趙成材大喜過望，連連道謝，孟子瞻卻又問起：「你若是要帶著牛得旺一起上京，這房舍之事是如何安排？」

趙成材道：「正打算寫封信給婁大人，租一套民房就好。」

孟子瞻一笑，「那你也別麻煩婁大人，不如我給你安排個地方，包你們住得舒心。」

趙成材連連搖頭，「那可不行，大人肯幫我們尋醫已經感激不盡了，豈敢再去大人家裡打擾？何況我們這些鄉野村夫，難登大雅之堂。大人的好意我們心領了，這住的地方，還是我們自己去找吧。」

「你放心，不是住我們家，是在我們家後邊的胡同裡有幾戶小院子，平日也是用來招待親友的。反正空著也是空著，你們儘管放心去住。」孟子瞻一笑，「這每年講學之時，京中學子雲集，你別說去租院子了，就是客棧也多半客滿。你不用客氣，再叫上李秀才一塊去住，一應茶飯你們自己料理就是。」

這麼一說，趙成材也不好再推辭，千恩萬謝地回了家來。沒想到一進門，就瞧見趙王氏板著臉守在門口。

趙王氏拖著他直接上二樓才道：「我特意過來，好心想帶你媳婦去瞧瞧大夫，可你知道她怎麼說？她讓我帶你去看病。成材，你倒是跟娘說清楚，這到底是怎麼回事？」

趙成材一聽這話，臉面有些掛不住，任何男人被人誤會在傳宗接代方面有問題，可都是極大的羞辱。

媳婦也真是的，找什麼藉口不好，幹麼往自己身上推？他乾咳兩聲，推門進了裡屋，章清亭佯裝看書，見他進來頭也不抬。

「娘子，妳就跟娘去一趟吧。」

「不去！」章大小姐脾氣上來了，「誰愛去誰去！」

「娘子，」趙成材也急了，「不過去一會兒就回來了。好了，別發脾氣了。聽話，去吧。」

「說了不去就是不去！」章清亭把手上的書啪的往梳妝檯上一砸，「你還有完沒完了？」

趙成材覺得有些下不了台，這還當著娘的面呢，這麼任性太不像話了，嗓門不由得提高了幾度，「妳這是幹麼？不過是讓妳去瞧瞧大夫，有什麼好生氣的？」

怎麼就不值得生氣？章清亭滿心委屈，咱們倆什麼情況，你又不是不知道，為什麼非得逼著我跟你娘去看病？

如此一想，覺得相公一點也不體諒自己，更氣惱了，「若是你好端端的讓你去看病，你願意嗎？這才剛回來，累得要命，連片刻安生也不給人！」

「什麼叫我不給妳安生了？」趙王氏在門外聽得真切，怒氣沖天地進來了，「我說媳婦，妳也別太不把我這做婆婆的放在眼裡了。妳自個兒算算，妳嫁進我們趙家有多少日子了？之前妳在我那兒說你們不能跟成棟和芳姐兒比，那好，妳跟左鄰右舍比比成嗎？誰家接個媳婦進門一年多沒動靜，連個大夫也不願看的？這還是我們家好說話，若是不好說話，早該押著妳去了！」

章清亭百口難辯，趙成材也是一籌莫展。兩人久未圓房的實情是不能說的，若是說了，他日後還怎麼做人？

趙王氏不過是讓章清亭去看一回大夫，要依趙成材來說，他覺得本來就不是什麼大事，為什麼娘子平常還算是通情達理，偏偏這時候這麼彆扭呢？就是聽娘一回又有何妨？

「娘子，跟娘去瞧大夫，就是沒事，看個心安也好啊！」

我要什麼心安？章大小姐天生一副吃軟不吃硬的脾氣，若是一開始就好言相勸，可能她就去了，可現在都強到這個分上，她是堅決不去的。

「我明兒自己抽個空去，這總該行了吧？」

「既然要去，今兒明兒有什麼區別？」趙王氏見她鬆口，更加不依不饒，非得找回點場子。

趙成材夾在婆媳之間，左右為難，「娘，要不，就明天再去吧，也不在乎這早晚了。」

趙王氏不幹，「成材，你也別太順著你媳婦了。我倒是問你，你既是當家人，怎麼就當不得她的家？我是讓你媳婦去種田呢，還是讓她去挑土？我這做婆婆的跑來跑去，是為了自個兒的事嗎？難道我這當婆婆的當真吃飽了撐著沒事幹，非得上你們這兒來熱臉貼這冷屁股？」

趙王氏越說越氣，「成材，反正這裡就咱們娘兒倆，你今兒就當著面把話說清楚。若是說，我養個兒子就是個怕老婆的，那你娘以後屁也不來放一個了。若不然，你就讓她跟我去！」

趙成材一聽這話真是沒轍了，一張臉皺成了苦瓜。思來想去，趙王氏確實也是一片好心，只得過來跟章清亭打商量，「娘子，聽娘的話，跟娘去。」

說不去就不去。章清亭坐在那裡就是不起身，趙成材只得伸手拉她，「去吧，別再鬧了。」

我怎麼鬧了？章清亭心中惱火，推搡之間不覺也用上了幾分力氣，趙成材一個不防，被她扯著衣袖勾到了桌角，只聽嗤啦一聲，好好的一件衣裳，袖子被撕開一道口子，趙成材連退幾步，幸好沒摔跤。

這一下，眾人都變了顏色。

章清亭本就不是故意的，誰知推他一把還弄破了他的衣裳，自己也覺得有些過意不去，待要道歉，奈何婆婆還在，讓她如何低頭？

趙王氏勃然大怒，「好你個潑婦，居然當著長輩的面，就對相公對起手來，我今兒要不好好教訓教訓妳，真就是白做妳婆婆了！」

她一把擼下鞋底，就要對章清亭打來。趙成材正生媳婦的氣，頭一轉，也不管了。章清亭又急又惱，心說你不幫我，我還能白被你娘打了不成？

與人撕打不是章大小姐的強項，她轉身就往外跑，剛出門，就聽樓下張發財在喊：「閨女，別跟妳婆婆爭了，大夫已經請來了。」

原來是他聽見女兒女婿和親家母在樓上爭執，心下著急，在那兒一合計，也覺得女兒確實有些任性了。可到底是自己的女兒，既說了不想去，若是強逼著去也不好，他就想了個主意，讓張金寶趕緊去把大夫請來，到家裡問診，總讓大夥兒都沒話可說了吧？

章清亭站在樓梯上，瞧見弟弟領著大夫往裡走，怕外人看了不雅，立即頓住了腳步，可後頭趙王氏還高舉著鞋底。

對這媳婦長久以來的怨氣哪是那麼容易消的，藉著這機會，趙王氏乾淨俐落抬手落下。

啪！結結實實的一鞋底就打在了章清亭的右肩上。

動靜極大，不僅是還在房間裡生悶氣的趙成材，連樓下的張發財都聽得真真切切。

章清亭只覺肩上一陣劇痛，猛地回過頭來，不可置信地盯著婆婆，她居然打她？她居然真的打她！

章大小姐幾乎都快記不得自己有多少年沒有吃過這種虧了，可眼下，她當著一家子的面，被婆婆教訓，這個認知讓章清亭簡直快抓狂了。

趙成材聽得動靜不對，衝了出來，待見到自家媳婦那熊熊燃燒著，快要把人燒化的眼神，臉色大變。

媳婦兒，妳可千萬不能幹傻事！要是和婆婆動起手來，可真是忤逆不孝，一輩子的罪名！

趙成材來不及多想，一個箭步衝上前去，擋在了娘和媳婦之間，攬著章清亭，「娘子，進屋再說！」

這種情形讓章清亭怎麼冷靜？

「你放開我！」

趙成材顧不得有人在看，擋著樓下的視線，緊緊抱著她，「大夫已經來了，妳想幹什麼？」一句話把章清亭快要被燒昏的理智又喚醒了幾分，她死死咬著唇，定定地看著趙成材，腦子裡如電光石火般快速閃過無數念頭。

難道真的去跟趙王氏撕打？若是沒有外人，說不定她真就不顧一切衝上去了，可是現在還有外人在，打是不能打的，可若是不報此仇，讓她如何嚥得下這口氣？

她圓房才多長時間，哪那麼容易就有身孕？

章清亭真的很想對著眾人吼出自己的委屈，可她也知道，若是說了，她和趙成材的夫妻緣分也算是到頭了。

打又不能打，說又不能說，恐怕這個啞巴虧是吃定了。章清亭忽地覺得無比委屈，被打的疼痛一下子全都湧上心頭，眼淚就如斷了線的珠子般往下直掉，她把趙成材一推，哭著下了樓，就往外跑。

「閨女！」張發財想攔也沒攔住，倒是張小蝶機靈，跟了上去，「我去。」

那大夫不是頭一回來，彼此都認識，剛進門就見章清亭哭哭啼啼跑了出去，也不好問話。

趙成材想著讓章清亭出去冷靜一下也好，反正有人跟著，出不了事。見此尷尬情景，只怕有人傳出去亂說，他吸了口氣，勉強擠個笑臉下來，「瞧，我們小倆口拌嘴，讓您看笑話了。大夫，我家妹子下午說有些不舒服，她這不是快生了嗎？我們不放心，所以請您來瞧瞧。玉蘭，妳快進房裡坐著。」

「原來是小倆口吵架了啊，這也是常事。年輕人，相互讓讓就沒事了。」那大夫呵呵一笑，進去幫趙玉蘭把脈了。

當著一家人的面，趙成材也不好責怪娘親，只道：「娘，您先回去吧。您放心，我會讓娘子去看大夫的。」

趙王氏見打跑了人，雖然表面上是出了口氣，但多少也覺得有些沒意思。又不是讓人心悅臣服，不過是把人打哭了，算什麼本事？

趙王氏悻悻地把鞋穿上，「那你可記得，你媳婦兒脾性也太大了。」

她抱怨了一句，自個兒回去了。

章清亭哭著出了門，也不知上哪兒去好。娘家就在身後，這時又不能回去。若是在這大街上哭哭啼啼，沒得反招人笑話，也不是她的作風。

正茫然四顧之際，張小蝶追了上來，一把拉著她，「大姊，別跑啦，妳要是不樂意回家，咱們是上牛嬸，還是明珠家去？」

章清亭一瞧已經過了方家，前面就是牛家了，要不，就去姨媽那兒吧。

牛姨媽一家子剛坐下來吃飯，忽見張小蝶拉著滿面淚痕的章清亭進來，吃了一驚，「這是怎麼了？快進來坐！」

章清亭不願意說，張小蝶三言兩語講了個大概，牛姨媽聽完笑了，「我當是什麼大不了的事情，原來竟是這個。行了，別哭了，這麼點事有什麼值得惱的？要依我說，這事也怨不得妳婆婆，生兒育女本來就是為人媳婦的本分。」

「可……」章清亭哽咽著剛要辯解，牛姨媽卻把她的手一拍，「可姨媽也知道妳為什麼不願意跟妳婆婆去看病，這種事情，是怪彆扭的，妳婆婆那脾氣也是討人嫌。趕明兒，姨媽陪妳去。小蓮，幫妳嫂子打盆水來洗個臉。」

等臉洗了，飯也吃了，章清亭慢慢地緩過勁來，倒是想起一件正事來，「姨媽，有件事，他還沒同妳商量吧？」便把趙成材想帶牛得旺上京醫治的事情說了，「只不知他今兒去問孟大人，可允了沒有。」

「允了。」門外趙成材得了趙玉蓮報信，來接媳婦了。瞟了眼紅紅的章清亭一眼，心中有些不忍，只面上不好表現出來，只得先跟姨媽見禮。

章清亭白他一眼，轉過頭去不言語。

牛姨媽瞧他們倆這樣倒是好笑，也不多說，先問上京一事。

聽趙成材言語懇切，又說求人求了御醫來瞧，便動了心思，「你們覺得旺兒還有得治？」

趙成材不誆她，「我若說有，到時大夫說沒有，那也只是白哄著姨媽高興一場。我只想說，旺兒現在進學堂也有一段時日了，姨媽自己能感覺出來他的進步嗎？」

牛姨媽點頭思忖半晌，有些猶豫不定。

章清亭忍不住幫腔：「此事於我們不過是個舉手之勞，可於旺兒卻是一輩子的大事。就算只有一個機會，也應該試一試。縱不說變得多聰明，若能像個普通人一樣生活，姨媽您能省多少心？」

牛姨媽下決心了，「那行，我讓旺兒和玉蓮跟你去。」

從牛姨媽家出來，章清亭不理趙成材，趙成材也不知道說些什麼好。

兩個人都低著頭，悶悶地走路。

張小蝶瞧瞧這個，又看看那個，噗哧笑了，「姊夫，難道你不再跟大姊說話了嗎？」

「怎麼會？」趙成材急忙反駁，瞟了章清亭一眼，順勢把話題接了下去，「我這不是正在想，該說些什麼讓她消氣嗎？」

章清亭不好當著妹子的面表示些什麼，只冷哼一聲，加快腳步先回家去了。

章大小姐做事恩怨分明，之前在牛姨媽家，她幫著說話，那是她為了旺兒和玉蓮才幫的腔，但並不代表她就原諒了趙王氏和趙成材。

進了屋，張發財問了女兒幾句，便放她回去，卻把想跟回去的趙成材攔下來。

「就算今兒你媳婦也有不對的地方，可你娘怎麼能動手呢？還當著滿屋子的人，也太不給人留面子了。這個不是我說，就算是我閨女一時沒給你們家開枝散葉，但那是十年八年嗎？不過成親才一年，又一直那麼忙，這個病，那個痛的，就算一時沒能懷上孩子，你娘怎麼就能發那麼大的脾氣？」

「別怪我說句不中聽的話，咱們不看別的，就憑大家身上的衣裳，天天碗裡吃著的肉，這個家就沒人有資格對我閨女動手。可你娘倒好，當著我們做爹娘的面就打上門來了，這是打給誰看呀？她眼裡還有我們這做親家的嗎？」

「還有你，成材，你當時是在上頭的，怎麼就不知道攔著了？還是說，你也覺得你媳婦沒懷上全是她的錯，活該被你娘打？我這最後跟你交代一句，咱們不吵不鬧，是不想失了體統，讓人笑話，可是成材，這事兒沒完！」

「你要樂意，就回去好生向你媳婦賠個不是，你娘那兒，也得讓她給我閨女一個交代。若不然，咱們這親戚就算做到頭了。我們老張家的女兒，甭管嫁沒嫁人，都不受這口鳥氣！」

張發財一番話說得趙成材面紅耳赤，跪下賠罪，「岳父，今兒之事確實是我娘一時糊塗，當然，我也有錯，讓娘子受委屈了，改日必讓娘親自登門道歉，請你們多多擔待。」

「成材，這話可是你自己說的。你娘啊，確實應該來向我們道歉，但那還不是最主要的，她得來向我閨女賠個不是。別看她是做長輩的，可也沒這樣的。她若是不來，縱是我閨女她還願意跟你過下去，我是從此再不見你娘的面了。」

趙成材噎在那裡，若說讓趙王氏來對親家賠禮道歉，還勉勉強強，可要讓她來向章清亭賠禮道歉，恐怕打死她也是不肯的。

秀才頭疼不已，老娘啊老娘，您怎麼總是給我捅婁子呢？

章清亭雖回了樓上，卻也聽見張發財跟趙成材說的話了，心下很是妥貼，到底還是有爹的孩子好，只有自個兒親爹才知道心疼自家女兒。

章清亭也知道，讓她把趙王氏打回來，那是不可能的，但如果趙王氏能當著眾人的面，跟她賠禮道歉，她是可以原諒的。

若非如此，其他一切都免談。

若是就這麼無聲無息帶過，她章清亭成什麼了？逆來順受的小媳婦？不可能！

趙成材一籌莫展地回了屋，長吁短嘆了半天，也沒想出個妥當主意。

等章清亭洗漱出來，趕忙上去慰問幾句：「娘子，對不起，是我不好，讓妳挨打了！打到哪兒了？讓我瞧瞧，還疼嗎？」

「打都打了，現在說這些有什麼用？疼不疼的，你說幾句好話，就能替了我不成？」

章清亭冷著臉，把他的枕頭被子扔了出來，「這事沒解決之前，你也別進房睡了！你要是敢來，咱們這夫妻就別做了！」

她砰一聲關了門，趙成材更鬱悶了，他是招誰惹誰了？

翌日一早，牛姨媽送牛得旺過來上學，笑道：「成材媳婦，妳今兒跟姨媽出去散散步。」

章清亭會意，這是要帶她去瞧大夫。

張發財卻硬氣地直接把話挑明，「閨女，跟妳姨媽去逛逛，也瞧瞧大夫。不管有事沒事，咱還怕了不成？頂多不過少個相公，妳還一屋子爹娘兄弟呢！」

趙成材聽了，大覺無趣，尋思著中午就得回家一趟，把娘叫來賠罪，否則這日子沒法過了。

章清亭聽爹這麼一說，頓時腰桿硬了，交代了弟妹和方明珠幾樁事情，用過早飯，便隨牛姨媽上了藥鋪。

藥鋪推薦了個老大夫給她們，細心拿捏半天，大夫的眉頭慢慢皺了起來，瞧得章清亭心中一沉，莫不是自己真有什麼問題？

大夫沉吟半晌，才問：「敢問小娘子，妳是否平日裡甚少保養？及至於行經之時，也時常幹些繁重事務，冬日也不避生冷？」

沒有啊，她可愛惜自己得很。章清亭正想否認，腦子裡忽地想起，從前那個殺豬女，可不是風裡來雨裡去？

她臉色一變，「確實……如此。」

大夫點了點頭，「這就難怪了，我方才把妳這脈，右尺沉細，兼有肝氣鬱結，應主平時月信不準，或前或後，經量或多或少，兼有胸腹脹痛，間或頭暈眼花等症狀，可是如此？」

這大夫說的一點都不錯，章清亭心裡一緊，「那該如何是好？」

大夫微微嘆了口氣，「女子月事調理起來最是麻煩。這樣吧，我先開幾副藥劑，妳試試，不過……」他說了一半，卻又捋鬚打住。

牛姨媽忙道：「大夫，您要是有什麼話，不妨直說。」

大夫瞧了她們一眼，「我看二位不似貧寒之家，方才說這話。老夫平生最不喜誑人，我雖可瞧出些端倪，但醫術有限，也不敢說就能藥到病除。妳們若是能託人上趟京城就好了，那兒有家濟世堂，有幾味專治女子月信不調的丸藥，極是靈驗。我從前瞧過一個大戶人家的女眷，也是與妳差不多的毛病，總吃咱們這兒的藥也不見好。後來託人把我寫的脈象送上京城，從那兒買來幾盒藥丸，結果不到半年就懷上孩子了，真是由不得人不服。」

濟世堂？章清亭想起來了，「那兒的大夫可是姓黃？」

「正是。」老大夫見她知道，更好說話了，「要不，妳這藥也別吃了，我也幫妳寫個脈象的方子，妳託人上京去買便是。」

「如此多謝了。」牛姨媽依舊付了診金，接過大夫寫的脈象。等出了門，她卻不帶章清亭歸家，而是直接把她領到酒樓去了。

章清亭微怔，「姨媽，這可不行，不能讓您太破費了。」

「妳瞧瞧妳那臉色，都成什麼樣兒了，能回去見人嗎？不過出來吃個飯，這個小東道姨媽還付得起。」牛姨媽和藹地一笑，拉著她進了包廂，點了茶飯，等夥計一出門，就點了個火，把那張方子給燒了。

章清亭愕然地望著她，「姨媽，您這是……」

牛姨媽握著她冰涼的手，正色道：「聽姨媽的話，跟成材一道上京去。」

不管平素再怎麼剛強的女子，乍一聽聞自己可能難以生育，都是個幾乎致命的打擊，章清亭也不例外。

到底是牛姨媽老經世事，處事冷靜，「妳也別太著急了，沒聽方才那大夫說嗎，只要治得好，沒多長時候就能有孩子的。咱們窮人家的女子命硬著呢，沒事，別慌。」

章清亭聽她如此一說，心下安定了些，但更多的仍是擔憂，「姨媽，真的會沒事嗎？我也真是糊塗，之前就覺得月事有些不對勁，可那時總以為是忙的緣故，雖有日子不準，卻沒往心裡去。」

「肯定沒事。」牛姨媽斬釘截鐵地幫她打氣，「瞧瞧妳才多大年紀，怎麼可能沒得生養？不過呀，這事姨媽替妳保密，妳回去也千萬別跟人說，尤其是妳婆婆，否則又要鬧騰。讓人帶藥也不好，容易露餡兒，那方子留著是個禍害，不如妳自己跟成材上京去，悄沒聲息地把病瞧了，比什麼都強。」

「等回去了，也不要妳開口，姨媽來幫妳說，就說旺兒跟著上京城，我還是不放心，非讓妳也去。等到了京城，妳自個兒好生去瞧瞧大夫，該怎麼調養就怎麼調養，千萬別心疼銀子。玉蓮那兒沒事，她嘴巴最緊，還能幫妳煎藥什麼的，倒是得防著旺兒點，別讓他瞧見了回來渾說。你們這回上京，姨媽也沒別的好送，就送你們些盤纏吧。妳看，三百兩銀子夠嗎？」

「那可不行。」章清亭真是感動，牛姨媽也許不是個會錦上添花的人，卻能雪中送炭，「姨媽，妳家剛遭了水災，哪有這閒錢給我們？」

「妳就別跟我推辭了。」牛姨媽笑著自嘲，「姨媽平素是挺小氣的，那也是瞧你們日子過得去，沒那個必要。俗話說得好，救急不救窮。你們現在是什麼情形，姨媽心裡有數，這回成材上京的盤纏怕得找人借吧？雖說那天殺的狗官害我們遭了水災，但姨媽好歹比妳多做了十幾年的買賣，底子還是厚實些。其實就是旺兒不跟你們上京，我也想著要送你們這份盤纏了。妳要實在是過意不去，就當姨媽先借你們的，若是日後姨媽有個什麼難事，少不得也得找你們還我這個人情。」

章清亭聽得心下熨貼，「那就謝謝姨媽了。」

牛姨媽一笑，撫摩著她的頭，眼圈微紅，「妳這孩子真是不錯，可惜小時候太苦了些，才……不過這也沒事。人家不是常說嗎，大難不死，必有後福，妳就是小時候把這輩子的苦全吃盡了，往後肯定會越來越好的。」

怕章清亭想著難受，她也不多談，等用了茶飯，就在這酒樓之中借了紙筆，細細地商量路上需要打點之物。

趙成材今兒上了學堂，便是一副愁眉不展的樣子，李鴻文問他，他想著家醜不可外揚，也不好說。李鴻文正待打趣幾句寬寬他的心，忽見金夫子領著個男孩怒氣沖沖地進來，「這學生我沒法教了！」

原來方才金夫子上課時發現學生們在傳紙條，等到了這個學生手上時，恰被他抓了個正著。收上來一看，可把他氣壞了，紙條上把他畫成個醜八怪，金夫子怎麼問那學生也不肯說，只得把他抓了這兒來，要三堂會審。

他是義憤填膺，「這教學生倒教成他們取樂的了！說，這是誰畫的？」

那男孩耷拉著頭，就是不吭聲。趙成材和李鴻文對視一眼，想笑不敢笑。小孩子嘛，不都是這麼過來的？背地裡取笑老師、畫小人這些事誰沒幹過？這孩子不肯招供亦屬正常，若是說了，那可不得被同學們看扁？斷不敢告密的。

李趙二人年輕覺得無所謂，金夫子一把年紀了卻是臉面掛不住，氣得鬍子都要翹起來了。

李鴻文見狀，眼珠一轉，故意疾言厲色道：「好你個吳世仁，平常老師都怎麼教你的？你就只顧著同學義氣，不肯說實話是不是？那好，現在就找你家爹娘過來，讓他們來好好管教管教你！」

那學生一聽要叫家長，嚇得嗚嗚哭了起來。

金夫子雖然生氣，但見把孩子都嚇哭了，心裡到底有幾分不忍。

「哭有什麼用？」趙成材還過來落井下石，「若是金老師不原諒你，你這學也別來上了！」

吳世仁嚇得號啕大哭。

金夫子聽這懲罰委實太重了些，倒主動過來求情，「又不是他畫的，別為了這點小事就弄得孩子退學。」

「聽見沒？金老師多好，還為你求情了！」李鴻文把吳世仁往前一推，「還不快些向老師認個錯？」

吳世仁一把鼻涕一把眼淚地鞠躬道歉，見金夫子臉色緩和了下來，趙成材把學生往外趕，「自己去洗把臉，上課去，以後這事可不准再幹了。」

吳世仁趕緊一溜煙跑了，二人這才來勸金夫子，「就知道金老師最是大人有大量，這些小孩子嘛，調皮搗蛋也是難免的。您是不知道，您這兒才一張畫，我和成材都不知被他們畫成啥樣了，連烏龜身子都給我安過。」

金夫子想想也覺又好氣又好笑，抱怨了幾句，還是回去上課了。

趙成材料理完此事，忽地靈機一動，有了主意。

「你想什麼好事呢？」李鴻文好奇問道。

趙成材一挑眉毛，沒頭沒腦地說了句：「哀兵必勝。」

等中午下了學，趙成材跟張銀寶交代一聲，就匆匆忙忙回趙家去了。

趙王氏昨晚回了家，也覺得好生沒趣，又不知那邊到底怎麼樣了，心事重重得吃不香也睡不好。趙老實問她有什麼事，她也不肯說，心裡只想著，就依那殺豬女的脾氣，怕不得跟成材鬧個天翻地覆？

說起來，她也有些暗悔，昨天那一鞋底抽得有些重了，可是那又如何呢？趙王氏又為自己找藉口開脫，這做婆婆的打媳婦一下，有什麼了不得的？

可這打人到底不大好吧，說起來，章清亭也沒幹什麼大不了的壞事。唉，那丫頭怎麼就那倔，就是不肯聽自己的話呢？

趙王氏糾結了一日，連下地幹活也是心不在焉的，鋤壞了不少苗。趙老實越發覺得不對勁了，肯定是出了什麼事。他本想著下午去胡同那邊走一趟，問問是怎麼回事，卻見趙成材砰一聲，推開院門回來了。

剛想問兒子昨兒到底發生了什麼事，就見趙成材臉色不善，那眼珠子直勾勾地盯著堂屋裡的趙王氏，衝了上去。

柳氏在廚房正要端飯，見他這情形，縮回廚房裡不敢出來，只扒著門邊探頭探腦瞧熱鬧。

趙成材堵在趙王氏面前，卻又不說話，只那麼緊盯著娘，看得趙王氏心裡直發毛，「成材，你這是怎麼了？」

趙成材就是不答，眉毛擰著，似有滿腔的話要說，可就是一個字也不說出來。

「成材，你可別嚇娘呀，到底是怎麼了？」趙王氏慌了手腳，一個好好的人怎麼弄成這樣了？那章清亭到底怎麼跟兒子鬧的？

趙老實急得拉著兒子的手都在哆嗦了，「成材呀，你跟爹說說，是不是你娘昨兒又去你那鬧什麼了？」

趙王氏剛想張嘴，卻聽趙成材終於開口了，滿面悲愴，「岳父說，我們兩家的親戚算是做到頭了！」
他說完這話，忽地一把甩開他爹的手，故作萬分心痛地又衝了出去。
趙王氏一聽這話也懵了，這是什麼意思？親戚做到頭了？那豈不就是……
天啊！趙王氏可從來沒想過要毀了兒子的家啊！
趙老實又急又氣，「妳倒是說說看，到底怎麼得罪親家了？」
「我……我也沒幹什麼呀！」趙王氏心虛地低了頭，「我不過是要帶媳婦去看大夫，她不肯去，還推了成材一把，把成材衣裳都弄破了，我就……」
「妳就幹什麼了？」
「我就打了她一下唄！」
「什麼？」趙老實當即叫了起來，上前指著趙王氏的鼻子，氣得話都說不利索了，「妳……妳怎麼這麼渾啊！」
他大步走來走去，搓著手嘮叨，「妳也不想想，妳在親家屋裡，當著人家的面打人家閨女，也虧妳下得去手！」
「那不是……她不聽話嗎？」
「媳婦就是不願跟妳去看大夫又怎地？妳讓她自己去看不就得了？非得妳拉了去，顯得妳特別有本事嗎？妳瞧瞧現在好了，親家都撂下話來了，人家不願意跟咱們過下去了！」
趙王氏真有些後悔了，「這該怎麼辦？」
「怎麼辦？」趙老實難得強硬地抓了趙王氏，「妳跟我去向人家認錯去！」
趙王氏拉不下這臉。
趙老實急了，也不顧她願不願意了，拖著她就走，「難道妳真想毀了成材？妳瞧那孩子都成什麼樣了！妳要是今兒不去向親家賠罪，我也不跟妳過了！」

趙成材躲在家門外頭瞧見，捂嘴偷笑，趕緊一溜煙地先回了家，端了飯躲書院吃去，這種場合小輩在場總是不大好看。

家裡幾個小的都上馬場去了，章清亭還在酒樓未歸，張發財一見女婿那樣，多少猜出點來。他眼珠一轉，就知道該怎麼做了。怕趙玉蘭在家瞧著面子上下不來，找了個由頭，打發她去趙玉蓮那兒逛逛，和張羅氏耳語幾句，就迎來了趙老實兩口子。

趙老實陪著笑臉進了門，見張發財兩口子沉著臉愛理不理的樣兒，先沒話找話問了句：「親家，吃飯了沒？」

張發財瞟他一眼，「氣都氣飽了，哪還吃得下飯！」

趙老實畢竟是個老實人，騰地臉就紅了，訕訕地道：「真是不好意思，我不知道那個啥……孩子他娘昨兒來竟幹了那事！對不住，實在對不住了！」

張發財斜睨著他，「這可是你提起來的，我們兩家父母都在，今兒可要當面鑼對面鼓好好評評這個理。小玉，妳在前頭招呼著，你們二位跟我進來吧。」

關了門，張發財才開始理論，「親家母，我竟不知道了，我女兒嫁你們趙家到底是幹了什麼大不了的事情，妳竟要當著我們的面如此作踐她？」

趙老實忙把趙王氏往前一推，皺著眉頭催促，「妳倒是說話呀！」

趙王氏想想確實是自己有些理虧，沒奈何低了頭，「昨兒確實是我心急了些，可我也是為了他們好呀！」她為自己找臺階下，「要不，你們也說說，這成親一年多，什麼動靜也沒有，哪個做父母的能不著急？」

見她道歉道得心不甘情不願，張羅氏很不滿意，哼了一聲，反唇相譏，「這沒動靜就一定是我閨女的錯嗎？你們倒是想想，從他們小倆口成親到現在，有個消停的時候嗎？先是開店蓋房子，後來又弄起馬場來，不是忙活著掙錢，就是忙家裡頭那些亂七八糟的事，光那衙門就不知跑了多少回了。成天忙得腳不沾地的，成材又三不五時出去求學，前段時間還大病了一場。妳若是著急，倒是把我閨女好端端地養在家裡呀，那她要是一年都沒動靜，妳怎麼說我們也沒意見，可你們有那本事嗎？」

趙王氏一噎，想想這一年來，那小夫妻操了多少心，幹了多少事，會不會因為太忙，所以他們小夫妻一直過於疲憊，故此才沒能懷上孩子？

很有這種可能啊。趙王氏別的不清楚，但章清亭幹事時的樣子她還是見過的，那完全就像被抽打的陀螺似的，雖然有些看不順眼，但她也不得不承認，這個媳婦確實是個能幹的人。

要不然，也不會在這麼短的時間內置起這麼大的家業了。她如此一想，心下多了幾分理解，神色也和緩了些，只是強硬的性格怎麼也說不出委婉的話來。

趙老實趕緊向他們賠禮作揖，「真是對不起，我家孩子他娘就是個急脾氣，這不是瞧見老二屋裡人有了，心裡替老大他們著急嗎？總是一番好意。」

趙王氏一聽這話，感覺自己又站住了三分腳，有了些底氣，「可不是？我就想帶媳婦去看個大夫，誰知她竟發那麼大的脾氣。」

說起來，也是你們管教無方，教個女兒如此潑辣，一點也不把我這個做婆婆的放在眼裡。

見她竟想尋自己女兒的不是，張發財不幹了，這個短是一定要護的，「我閨女是說不去了嗎？她幹一天活回來，本就累了，已經應了妳改天再去，妳呢，幹麼非得逼她立即就去？咱們說個不怕妳惱的話，妳若是真心疼她，至於這樣挑理嗎？」

趙王氏訥訥地說不出話來，張發財還不依不饒道：「妳還特意等著成材回來，非拉著女婿跟她鬧去，她就是個泥人也有三分土性。我自個兒養的閨女我最是清楚，我家蜻蜓是那不分好歹、胡亂撒氣的人嗎？若不是妳逼人太甚，她至於這麼強？」

「就是！」張羅氏跳出來幫腔，「咱也是有兒有女的人，這做長輩的不說勸著兒子媳婦、女兒女婿好好相處，反領著頭鬧他們小夫妻去，這是做大人該幹的事嗎？」

趙王氏被批得顏面掃地，趙老實同樣覺得下不了台，一個勁兒地道歉，「真是對不住，全是我家孩子他娘的錯，以後必不會了，還望你們也別往心裡去，別傷了咱們親戚和氣。」

張發財眼見差不多了，心想見好就收，「咱們也是做父母的人，能理解你們要抱孫子的心情，昨兒不是見你們一吵，立即就請了大夫來。可親家母妳倒爽快，當著外人的面就給我閨女來一下。她也是那麼大的人了，還在外面做大買賣，這不成心在外人面前拆她的台嗎？年輕人也是要面子的，否則這個坎兒過不去，以後始終難見面。」

趙王氏一聽這話不對啊，怎麼這裡頭竟然有讓她向章清亭道歉的意思，那她可絕對不幹。正尋思著對策，忽聽外頭小玉喊了一嗓子：「姨太太和大姊回來了。」

章清亭一進門，就聽說趙王氏來了，本待避開，牛姨媽卻把她一拉，「過去見見妳婆婆，總不能彆扭一輩子。」

張發財在裡頭一聽，「正好，就當著孩子的面把這事說清楚了。」他把門拉得開開的，迎了牛姨媽和章清亭進來，主動問道：「牛嬸子，我閨女今兒去瞧大夫，可有話說嗎？」

「能有什麼事？」牛姨媽笑著坐下，揀著話說，「大夫說她有些肝氣鬱結，思慮過重，說白了，就是操心太多，人累著了。我說大姊，妳能娶著這麼個媳婦還有什麼不滿意的？有見識有擔當，多少男人連她腳後跟都趕不上，不過是一時沒懷上孩子，妳至於急得像熱鍋上的螞蟻似的嗎？妳要是真心不想要這媳婦，外頭不知道多少人排隊等著呢！」

趙王氏聽得心裡不爽，可又不能再來嗆聲，萬一真把媳婦氣跑了，她怎麼跟兒子交代？

趙老實左思右想，讓自家老婆子低頭實在難度太大，算了，他豁出面子主動到章清亭跟前道：「媳婦，昨兒妳婆婆打了妳，實在是她不該，我在這兒就替她賠個不是了。」

見公公要對自己行禮，章清亭無論如何不能受，慌忙攔著他道：「公公說的是哪裡的話？您是長輩，怎麼能向我這做晚輩的行禮呢？自我進門，您別說對我動手了，從來就沒對我大聲言語過一句。」

這個公公雖然懦弱老實，但不多言不多事，其實更好相處。

趙王氏聽著這話不是滋味，哦，他沒對妳動手，就我對妳動手了，他沒對妳大聲言語，就我對妳大聲言語了？

趙老實見自家老婆子不吭聲，直接打破砂鍋問到底，「媳婦，那妳可原諒妳婆婆了嗎？」

這老實人說話，有時還真讓人難以招架，這讓章清亭如何回答呢？

她又沒跟我道歉，我幹麼要原諒她？可是這話能說嗎？

章清亭反問了一句：「只怕婆婆還惱著我吧？」

趙老實回頭使勁瞪了趙王氏一眼，「妳倒是說話呀？難道妳還能惱著媳婦不成？」

趙王氏被噎得無語，憋了半天才紫漲著面皮道：「只要你們沒事，我有什麼氣好生的？」

趙老實笑得比哭還難看，「媳婦，妳就別跟妳婆婆見氣了，她年紀大了，說話做事難免犯渾，妳就瞧我的面子，這回就受點委屈，算了吧，還跟成材好好過日子，成不？」

章清亭待要不允，可著實難駁公公的面子，都這麼大年紀的人了，低聲下氣地央求自己，難道自己真的就能狠下心來拒絕？

再說，趙老實方才那番話已經把趙王氏狠狠說了一通，看趙王氏那又紅又白的臉，已經是尷尬得不行了，難道還真能逼著她向自己認錯？那也太不現實了。

牛姨媽在一旁打著圓場，「行啦，成材媳婦，妳瞧妳公公已經把話都說到這個分上了，這事就這麼算了吧。妳婆婆也不是故意的，這人脾氣上來了，總有些過火的時候，妳一向最是明理的，瞧妳婆婆，既沒念過書又不識字，妳這做小輩的就多擔待著她這老糊塗，好吧？」

趙王氏聽得肺都要氣炸了，什麼時候我成老糊塗了？

章清亭覺得面子又多扳回來了些，淡淡道：「只要婆婆不惱我，我這做媳婦的，又有什麼可抱怨的？」

張發財對女兒微微點頭，示意此事就這麼算了，卻又正色對趙老實夫婦道：「不過，我這兒有一句話是非說不可的。昨兒的事我們可以就這麼算了，不過絕沒有下一回。我們家閨女要是真做錯了事，親家你們只管來告訴我們。若是她的不對，不用你們動手，我親自管教她，還上門向你們賠罪，但我家閨女可不能隨隨便便被人欺負，若是再有下回，那咱們也別講親戚情面，徹底斷了往來才好。」

這番話說得擲地有聲，趙老實滿口應承，趙王氏窘得恨不得鑽個地縫裡去，鐵青著臉，逃也似的走了。

等趙成材晚上回來，家裡已經基本上是風平浪靜了。

眾人都很有默契地沒有再提此事，張發財只是提到另一樁要緊之事，「成材，你姨媽想讓你媳婦陪著旺兒去京城，還特意送來了盤纏。依我說，你們小夫妻同去好，彼此路上有個照應。就是馬場也無甚大事，橫豎還咱們這麼多人看著。你們年輕人同去，只當是長長見識也是好的。」

趙成材當然沒意見，只是微有詫異，姨媽不是個提不起放不下的人，之前既是允了讓旺兒與他同去，怎麼會又無緣無故提到讓娘子一起去呢？其中必有緣故。當著眾人，他也不問，只說那若是他們倆都要走，家裡的事須得好生合計合計才是。

這話說得不假，吃了飯，章清亭先去方家，與方德海爺孫商議。

方明珠很是支持，只興奮得像自己也要去似的，一個勁兒念叨讓章清亭帶些新奇玩意兒回來。方德海卻似乎觸動了心事，眉頭深鎖，半晌無語。勉強打起精神跟她們商議定了馬場諸事，便心事重重地讓章清亭回去了。

至於張家，因見哥哥嫂子都得出去，趙玉蘭覺得自己留下甚是不便，決定回家去生孩子。

張發財欲待挽留，趙成材卻同意了。

一是那邊房子修好了，住得舒服，二是女人生產，始終是大事，在岳父家裡倒不如送回親娘家去，縱有什麼，也好有個說頭。

章清亭覺得有理，只是私下囑咐娘和妹子：「那丫頭是個最會省事的，她娘又小氣，但是這做月子可不比尋常，妳們一定要時常去探望探望。也別拿錢了，就送些她和孩子能用得著的東西，燉了吃的送去給她。寧可一次少拿些，多跑幾回，免得弄多了，又落到那些人手裡。」

而趙成材也回去報了信，讓趙王氏也準備一下，過兩天就送妹妹回來。

趙王氏倒是沒什麼可說的，唯獨柳芳聽了不大高興。

現在家裡伺候兩個老的不算，又來一個坐月子的，豈不是更辛苦？在趙成棟面前略嘮叨了兩句，卻讓他一頓好說。

趙成棟雖愛貪點小便宜，但這點良心還是有的，「我姊這還沒回來坐月子呢，妳就抱怨天抱怨地的，莫非等妳生的時候就不要人照顧？這也忒不仗義了，怨不得我哥說妳的話聽不得。」

柳芳自悔莽撞，心中暗恨趙成材，忙又打起千般溫柔去安撫他才罷。

趙玉蘭事定，剩下張家自己人，章清亭如今倒是不用操什麼心，只囑咐弟妹們做事多動腦子，有什麼事相互商量著辦，千萬別貪玩置氣，生出事來。再要張金寶趕緊去永和鎮進趟貨回來，省得她不在家，他也走不開。

回頭章清亭上了樓，沉默地打點著兩人要出門的箱籠衣物。

趙成材門了門，未語先笑，上前賠罪，「好了好了，公公婆婆都上門跟妳賠禮道歉了，是不是還要我跪算盤？」

章清亭放下衣物，悶悶地坐下，「你過來，我有話要跟你說。」

她想過了，夫妻之間應該坦誠以待，不管怎樣，她都必須把實情告訴他。

「正好，我也有話要跟妳說。」趙成材端把椅子在她對面坐下，伸手捏著她的兩頰，「妳呀，真該好好地被教訓一頓。」

「別鬧，我有正經事。」章清亭一把將他的手拍開，白了他一眼，「我今兒看了大夫。」

趙成材一聽就知道裡頭有話，「如何？」

章清亭黯然看了他一眼，咬著唇道：「我身子……從前不知保養，真的落下了毛病。」她很想堅強，可是一語未了，卻是泫然欲泣。

趙成材臉色慎重起來，「怎樣的毛病？可醫得好嗎？」

「不知道。」章清亭心頭酸楚至極，撲簌簌落下淚來，把今日看大夫的話原原本本說給他聽，末了道：「故此姨媽才為我遮掩了過去，還非說要我跟你上京城。」

趙成材點了點頭，「怪道我說她怎麼突然改了主意，原來如此。」

章清亭絞著衣帶偷眼覷他，「若是……若是我真的……」

趙成材一把掩住她嘴，「胡說什麼呢！妳呀，什麼事都沒有，不過是些小毛病，吃幾服藥就好了，咱不說那些不吉利的話，妳也不許胡思亂想，知道嗎？」

章清亭含著淚，靠在他的胸前，「可我……真的好怕！」

「沒什麼可怕的。」趙成材把她抱在懷裡坐著，「妳想這天下窮人有多少？不說別的，就說妳娘和我娘吧，從前那日子過得多苦？別說保養了，就是生病也看不起大夫，不也一樣生兒育女？」

這麼一說，章清亭心下好過了許多。

趙成材柔聲安撫著她，「當然，現在既是瞧了大夫，那我們就一定要治。他也說別人吃了藥，沒半年就懷上。咱們到時還是親自去看，肯定懷得更容易些，瞧妳……」

他的手順著她豐滿的胸滑到圓潤的臀，「這兒、這兒都這麼大，怎麼可能沒得生養？」

章清亭臉上一紅，輕啐了一口，心情卻著實好了許多。

趙成材刮她的鼻子，「現在不哭了嗎？」

章清亭點點頭，擦擦眼淚不哭了。

趙成材面帶微笑，卻是神情嚴肅地道：「那我也有件正經事要跟妳談。」他停頓一下，直奔主題，「娘子，妳這麼個伶俐人，怎麼就不能跟娘好好相處呢？」

章清亭聽趙成材神情誠懇地問她，沒有訕笑，卻反問了一句：「相公，你為什麼不去問問，你娘為什麼就不能跟我好好相處呢？」

趙成材一噎，是啊，為什麼娘也總是跟娘子彆彆扭扭的呢？

「只是，我是這麼想的。娘是長輩，我們是晚輩，不管怎麼說，只有做晚輩的去討長輩歡心的，沒得說讓娘來討咱們歡心的。娘子，妳自來就是個最聰明伶俐的人，我說這話也不怕妳惱，只要妳肯花心思，難道還哄不好娘？」

章清亭微嘆著哂笑，「這你可就太高估我了。」她從趙成材懷裡起身，到另一張椅子坐下，正色問他：「你說，我和你娘是什麼關係？」

「婆媳。」

「那我們因何而成婆媳？」

「我。」

「這就對了。」章清亭指著他道：「若是無你，我和你娘原本什麼關係都沒有，可就因為你，我們才成了一家。可是，相公，你有沒有想過，在我們成為婆媳之前，我和你娘原本只是個陌生人，可既成了婆媳，就成了父母子女般的關係。然而，這能跟真的父母子女一般嗎？我也得說一句不怕你惱的話，你娘能把我當成你一樣疼嗎？她若不能，你讓我如何把她當作父母一般對待？」

趙成材想想也覺有理，「可是，總能好好相處吧？就好像我跟你爹娘，這樣不是很好嗎？」

章清亭忍俊不禁，「但凡是嫁女兒的，只盼著夫家能對女兒好，別的就不計較了。所以說，丈母娘看女婿，是越看越有趣。可有誰說，這婆婆看媳婦，是越看越有趣的？大多不僅不喜歡，還要挑三揀四，諸多不滿。這個也不是說就你娘不好，而是天下的婆婆都一樣。我縱是待她再好，你娘會滿足嗎？她只會覺得是應該的，我還應該做得更好才是。」

「怎麼會？」趙成材不信，「娘也不是那貪心不足的人。」

章清亭微微一笑，「咱們話既說到這兒，你我又是夫妻，那我便跟你說幾句推心置腹的話。相公，你捫心自問，婆婆她因何要娶我進門？」

是看中了妳會殺豬，算個勞力！

「我嫁進你家後，一開始是為什麼鬧？又是怎麼解決的？」

為了錢鬧，直到答應按月交錢給家用才罷。

「而後是為了什麼咱們大過年的從家裡搬出來？」

為了成棟不爭氣，但那歸根結底也是因為娘怕咱們過好了，不顧著弟弟。

「咱們多的再不說了，只說這回，我明明已經答應了說明日自己會去瞧大夫，為什麼你娘非要逼著我立刻跟著她去？」

這個……趙成材也覺得很是無理。這幸好章清亭沒跟趙王氏去瞧大夫，萬一讓她知道此事，那怕不得又是一場軒然大波？

趙成材忽地明白了為何章清亭那日堅決不肯跟婆婆去，恐怕就是防著萬一有點什麼，怕婆婆給她難堪。

章清亭幽幽嘆了口氣，「相公，不是我不願意聽婆婆的話，只是你也替我想想，婆婆是個什麼樣的人，你比我更清楚。若是我這回讓她，下回就還得讓她，長此以往，我還做得了什麼事？」

趙成材明白她的意思了，趙王氏是個最強勢不過的人，也只有章清亭這樣的牛脾氣，才逼得他娘無法下手，若是她稍稍示弱，恐怕娘那手早伸到他們家來了。

「你若是要我虛情假意地哄著婆婆做個好媳婦，那原本也不難，可你敢保證，我那麼做了之後，你娘就再不挑我的刺了嗎？」

趙成材想想，不敢答應。

「相公，你想想，自打我進了趙家門，可有一日閒著嗎？不說鞠躬盡瘁，起碼也是勞心費神，為了這一大家子吃飽穿暖，日夜奔波。也許是我沒有朝夕請安，侍奉茶飯，可是我讓他們都過得豐衣足食，這難道就不是在盡孝道嗎？而兩相比較，你自己想想，是哪一個更實在些？」

當然是後者。趙成材看得很透徹，若是接個不中用的媳婦回來，哪怕再乖巧溫馴，可是成日吃糠嚥菜，捉襟見肘的，恐怕日子才更難熬些。

章清亭雖然面上總是淡淡的，但在銀錢方面確實是不吝嗇，雖然也有她的小小私心，但該給公婆置辦的也都置辦了，趙成材也覺得沒什麼太多可以挑理的地方。

「這世上的事情總沒有個十全十美，相公，你既不能讓婆婆拿我當親生女兒般看待，那我也只能保證做到一個媳婦應該做的。讓公婆老有所養，老有所依，可再多，也請恕我無能為力了。」

話既說到這個分上，趙成材也沒有什麼好勉強的了。

章清亭說得有理，這一個巴掌拍不響，兩人又不是血緣至親，若是趙王氏不能打開心防接納這個媳婦，又憑什麼讓章清亭做二十四孝好兒媳？這未免也太強人所難了。

見他面色為難，也知他夾在中間難做人。

章清亭眨巴著眼，作出一副可憐兮兮的小模樣，「那我答應你，日後儘量跟婆婆好生相處，只要不是什麼大事，儘量讓她滿意，這總行了吧？」

她可以不在乎婆婆的感受，卻不能不在乎自己的相公。婆婆不會跟她過一世，但相公卻是要白頭偕老的，討他的歡心可比討婆婆的歡心來得要緊。

趙成材心下感動，媳婦肯讓到這一步，已屬難能可貴了，握著她的手，「那就難為妳了。」

她夫妻二人相視一笑，算是達成了某種協定。

趙成材不再苛責章清亭，而章清亭呢，自答應他後，每回早上去趙家接趙成棟上工，從馬場回來時也都特意在趙家盤桓一時，也不管趙王氏理不理她，都跟公婆請個安，問幾句家計。

幾日下來，也讓趙王氏感覺之前失掉的面子漸漸找了回來。

趙老實最是容易滿足，背地裡勸老婆：「妳瞧瞧，媳婦多懂事，妳那麼待她，她還成天來跟咱們問好。要我說，這媳婦已經很不錯了，妳這成天跟她找碴，不是跟咱們成材找碴嗎？一家人和和美美地過日子不好嗎？非跟孩子們彆扭個什麼勁兒？他們這眼看著就要上京城了，難道妳還想讓他們帶一肚子氣走？」

說得趙王氏翻來覆去地睡不著，等第二日一早，章清亭再來請安時，便主動問她：「路上盤纏打點好了沒？擇了上路的日子提前來說一聲，滷幾隻雞給你們帶上吧。」
章清亭謝過，也算是大家面子上都過得去了。

貳之章 機靈避禍事未明

匆匆數日，諸事齊備。

趙成材和李鴻文商議之後，已經擇定了八月二十六出門。雖說李鴻文也要帶兩個小廝，但因自家人要去的實在太多，使喚人家僕役總是不好意思，趙成材和章清亭還是決定帶了小廝保柱同去，倒讓家裡其他人羨慕不已。

路線已經打聽好了，先乘船到永和鎮，再包輛馬車去往京師承平。走得快的話，若是順利，九月中旬就能抵達。略作休整，便可以好整以暇地趕上九月底開課。

因帶著趙玉蓮出門，趙成材恐她美貌遭人覬覦，命她改作男裝同行。

章清亭瞧著有趣，自己也穿了相公衣裳打扮起來，卻被趙成材譏笑不已，「就妳那身材還扮男人？瞎子也不信啊！」

把章清亭氣得面紅耳赤，「那我與小蓮扮夫妻去！」

這個趙成材卻是同意，畢竟晚上要投宿客棧，妹子單身著實讓人不放心，不如讓她姑嫂二人作伴，自己帶旺兒和小廝睡在外間，那才穩妥。

二十五日，學堂裡給他二人放了一天假，讓他們自在家裡收拾行裝。

趙成材左右無事，就到馬場裡去幫忙。

晏博文知道他們明兒要走，心神不安在他們身邊徘徊來徘徊去。

趙成材瞧出他那心事，主動上前道：「兒行千里母擔憂，不過託封家書，報個平安，又有何不可？總好過讓他們日夜懸心。」

晏博文思之再三，才從懷中取出早就寫好的小紙條，「那就煩你按這上面的地址找一位姓祝的老嬤嬤，就跟她說，我很好。別的……再請她替我向……向太太請個安，便沒有了。」

趙成材點頭接過，「那若不是找不到她呢？」

晏博文黯然搖了搖頭，「那便算了。」

趙成材也不知安慰些什麼好，忽地李鴻文興高采烈地也來了，「成材，成材！」

趙成材倒是稀奇，「你怎麼有空來了？」

李鴻文笑嘻嘻地牽著剛馴化的野馬道：「這不是明兒就要走了嗎？我就想來你們這兒逛逛。都餵了這些時日，這馬兒總該念點舊情，帶我馳騁一回了吧？」

「小蝶說行了嗎？」趙成材很是懷疑，「這野馬就阿禮還馴得住，要不……」他正想說讓晏博文帶他騎騎，卻見他已經悄然走開了。知他心情不好，也不好叫他再來。

「小蝶不在。弟妹不是也得跟你上京嗎？帶她去辦事了。」

趙成材覺得不妥，「要不，還是算了，這明兒就要出門了，萬一跌了，可不是好玩的，等回來再騎也一樣。」

「哪就那麼不濟事了？」李鴻文不以為然，「大毛已經馱我蹓躂過兩回了，只沒跑過，今兒試試，應該能行。」

趙成材若是再勸，反倒顯得捨不得自家的馬，只得命人好生跟著他，跑一圈就回來。

直到連李鴻文的身影都瞧不見了，趙成材才回轉屋裡來，被方明珠抓了壯丁，「姊夫，你幫忙算算這個，我進去盤查一下糧食，看還有哪些需要增補的。」

趙成材幹得熟了，也不多話，接了帳本就坐在章清亭的桌前開始算帳。

不一時，聽門外張小蝶的聲音響起，「渴死了，明珠有茶快倒上！」

「明珠沒有，茶有！」趙成材笑著高聲應了，這個姨妹，不管怎麼學，始終帶著點孩子氣。他在紙上記了個數，起身倒了兩杯茶。試試水溫，正好入口。

門簾一掀，張小蝶和章清亭前後腳進來了。

章清亭見左右無人，才教訓妹子，「瞧瞧妳方才說的什麼話？成天死啊活的，也不知避諱。日後看妳嫁出去了，怎生是好？」

張小蝶也不理大姊的說教，只顧接茶來喝。咕嘟咕嘟一氣灌下，猶不解渴，趙成材又續上一杯給她，另遞一杯給章清亭，笑著岔開話題：「事情辦得順利嗎？」

章清亭橫他一眼，接了茶道：「這丫頭總教不好，你也有三分不是。」

趙成材噗哧笑了，「是是是，下回妳們姊妹說話，我不再插言便是。」

「那可不行，到時我哭著喊著讓姊夫來救我。」張小蝶喝了兩大杯水，終於緩過些氣來了，嘿嘿一笑，「走嘍，免得有人看我討人嫌！」

看她跑了，章清亭忿忿咬牙，「死丫頭，氣我的本事比什麼都強！」

「算了。」趙成材拉著她坐下，替她揉捏著肩，「妳們忙什麼去了？」

章清亭從袖中取出一本小冊子，趙成材一瞧，眼睛亮了，「這可是好東西，難為妳想著。」

原來章清亭見自己也要上京城了，總不能光顧著看病，她還想瞧瞧京城人家大馬場怎麼交易，可又摸不著門道，所以特意去了趟飛馬牧場，向賀玉堂請教。

沒想到賀玉堂一聽，倒是詳詳細細列了個單子出來，還央她瞧瞧京師裡的新鮮玩意兒，也帶些回來給他們家，連銀子也現付了二百兩。

趙成材卻還想著，「不僅是馬場，就像家裡開的那個文房店，或是其他能賺錢的門路，你不妨也都留些心。咱們難得上一次京城，總得多看些東西才是。」

「可不就是這麼想的？」章清亭不滿地斜睨著自己的肩，「再給我捏捏，騎馬可真累，顛得我骨頭都疼。」

因趕車費事，現在她出門為了便捷，都是騎馬，可到底不慣，總嫌辛苦。

趙成材笑著幫她捶打，「妳呀，是身在福中不知福，多少人想騎都騎不到，妳倒好，還嫌累，能累得過走路嗎？」

章清亭正待回嘴，門簾一掀，張小蝶風風火火闖了進來，「姊夫，我那馬呢？就大毛！」

趙成材道：「鴻文來騎去逛了。」

「你怎麼能讓他騎呢？」張小蝶急得直跺腳，「大毛最多就只能在圈裡走走，放牠出了欄，那不得滿地撒歡？就李大哥那三腳貓的功夫，非出事不可，我找他去！」

她話音未落，李鴻文家的小廝哭喪著臉衝進來了，「趙秀才，不好了，我家少爺摔了，麻煩趕緊抬個門板去接人吧！」

眾人大驚失色，張小蝶重重噴了一聲，「瞧瞧，我就說吧，快帶我去！」

看也沒用了。

李大秀才一時熱血，跑去跳柵欄，馬是跳過去了，他摔下來了，一條腿骨折了。

大毛無事，眨巴著大眼睛無辜地看著眾人，尤其見張小蝶來了，還到她身邊討好賣乖。似是在說，不關我的事，是他硬要我跳的。

晏博文倒是懂些外傷醫治，掀開他的褲管一看，「只要好生將養，應是不會瘸，只是把斷骨接上後，起碼百日下不了床。李公子，我現在幫你接上斷骨，恐怕有點疼，你可得忍著點。」

李鴻文怕自己受不了痛，讓人瞧見狼狽樣，主動要求：「你能先把我打暈了嗎？」

晏博文點頭，乾淨俐落一記手刀，把他打暈了過去，又拿樹枝布條幫他接好了斷腿，「趕緊送去看大夫上藥吧。」

這真是越忙越添亂。

趙成材搖著頭，打發李家小廝回去報信，自帶他去找大夫了。及至李老爺趕來，見兒子已經上好了藥，煞白著臉在那兒忍著疼。

見他無事，李老爺放下心後，又心疼又生氣，舉起手就要動手揍人，「你這個小畜生，是不是非得把你老子嚇死才罷？一天不惹事就渾身難受，我瞧你就不該做人，竟是個猴胎，真該拿個鎖鏈把你綁在家裡才是！」

噗哧！人群中有人很不識相地笑了起來，卻把李老爺那熊熊怒火一下撲熄了，提醒他這還有外人呢，要發脾氣也得等回去再說。

章清亭使勁掐了妹子一把，疼得張小蝶差點亂叫，李鴻文卻感激地向張小蝶投去一瞥。

趙成材上前賠禮，「世伯請息怒，真是不好意思，全怪我沒有攔著鴻文，明知那馬不能騎還是讓他騎了。這回上京我一定詳詳細細幫鴻文也做一份筆記，不敢有任何藏私。」

李鴻文剛想替他辯護，卻見自家老爹也是很明白事理的，「不怪你。我兒子那個貪玩的脾氣，難道我還不曉得嗎？遲早有這麼一遭。摔了也是活該，不過那學業之事，倒是真得麻煩你了。」

李老爺罵歸罵，仍是命下人們好生抬著兒子回家去了。

這真是天有不測風雲，趙成材無奈地嘆了口氣，卻又覺得有些好笑。

牛姨媽已經提前了兩日過來，因只有保柱一個小廝，她也沒準備太多的行李，倒是把牛得旺從小到大吃藥的方子專門裝個小匣子交給趙玉蓮好生收著，到時跟大夫細細說明。

這邊一大家子如何千叮嚀萬囑咐自是不提，卻說到了夜間，方德海忽打發小青來請章清亭小倆口過去說話。

這個節骨眼才找他們，怕是有什麼要事吧？兩人過去，卻見連方明珠被趕了出去，方德海親把他二人迎進了內室，鎖了兩道門，又把窗戶全關得嚴嚴實實，方讓他們坐下說話。

兩人面面相覷，這是何等機密，須如此小心？

卻見方德海忽地對他們行禮，這可把兩人嚇得不輕，趙成材趕緊把他扶了起來，「老爺子，您有話就直說，只要是我們夫妻做得到的，無有不從。」

方德海老淚縱橫，「我……按說我真是不該麻煩你們，可這事若是沒個了結，我就是到了陰曹地府也不甘心。」

章清亭驀地想到，「可是為了方明珠他爹？」

方德海拭了眼淚道：「過去的事，我也不想再去追究什麼，可我唯一不甘心的是，我家天官的屍首至今還找不著。每每想起來，我這心呀，就沒一日能放下的。」

趙成材和章清亭聽得心下戚然，人都死了，連入土為安都做不到，還身首分離，這對活著的親人來說，確實太殘忍。

所以，方德海別無所求，只求他們上趟京兆尹衙門，幫著打聽當年的舊事，因為當時報了案，是有案宗可查的。別的他一概不追究了，只求能找到他兒子的屍首就行。

不過，方德海也道：「你們在京城，先打聽一位燕王，若他依然得勢，你們就什麼都不要問了，權當沒這回事，我也就死了這條心。若是他不那麼得勢了，你們再去衙門裡打聽。」

趙成材道：「好的，老爺子，此事我們記在心上了，只要有機會，一定幫您打聽。」

「那就多謝你們了。」方德海轉身取出一包銀子，「這兒是五十兩銀子，你們別嫌寒磣，我們爺兒倆也就能拿出這麼多東西了。去衙門裡問話時，總是要使費的。要是使不著，就算我謝謝你們了。」

章清亭想了想，若是不收，只怕這老頭不安心，到時這錢拿了幫方明珠帶些東西回來也好，於是大大方方接過銀子。

方德海似是鬆了口氣，「成材，你先回家去吧，我跟你媳婦再說幾句話。」

趙成材走了，方德海才對章清亭道：「丫頭，妳是個聰明人，我方才說的事，不管妳明白了幾成，都別再對人說了。京城水深得很，你們能問就問，不能問千萬別瞎打聽，寧可辦不成，可別耍小聰明惹來禍事。」

章清亭明白其中利害，應了回去。和趙成材閨房私話，甚覺方德海可憐。因要出門，夫妻倆早早歇下，翌日黎明即起，恰好風和日麗。

行裝早就整束齊備，頭一回出這麼遠的門，一家人都是諸多不捨，囑咐再三，依依話別。

田福生也特意趕了來，「沒什麼好東西，就打了兩柄小匕首，小郭幫著配的皮鞘，給嫂子和趙玉蓮妹子帶著防身，你們女孩兒家藏在袖中都是方便的。」

這可是好東西。章清亭見那匕首小巧鋒利，很是喜歡，又暗自囑咐他：「咱們不在家，若是玉蘭生產時要幫手，可別只顧著避嫌，得過去搭把手才是。」

田福生憨憨一笑，「放心吧，嫂子，家裡都安排好了，讓秀秀天天去幫著幹活。」

李家也打發了小廝過來，拿了封信，「這是我家少爺寫的，說是上京的行程和從前一些京城的朋友，給趙相公拿著。這兒一包銀子，是他送您的盤纏，這兒一份是想託您帶些東西回來，單子也在信裡頭了。」

趙成材忙又道謝收下，裝進行李之中。

又有青松帶了官差過來，「大人有令，命我等來送趙秀才一程。」

趙成材明白，這也是怕薛紹安生事，所以給他行個方便。道了謝，登了船，揮手作別，當船槳划動，漸行漸遠，牛得旺忽地不捨別離，嗚嗚落下淚來，弄得大夥兒強忍的淚水全都下來了。

趙成材忍著酸楚，勸眾人進船艙，「不過一兩個月就回來了，快別如此，免得他們瞧見，心裡更不好過。」

到底還是等船行得遠了，方才沖淡離愁，再看外頭湖光秋色，自有一番心曠神怡的味道。

平安到了永和鎮，眼見他們安頓好了，青松又遞給趙成材一張名帖，「這個您收好，若是路上遇到什麼緊急情況，拿著去找當地官府，多半會賣個面子。送君千里，終須一別，我們這就趕晚上的船回去了。」

再三謝過，送別了他二人，趙成材一大家子在客棧住下。頭一次離家，眾人都有些不慣，趙成材怕次日沒精神，強要大夥兒都躺下休息。章清亭和趙玉蓮睡在裡間，咕咕噥噥說著閒話，直折騰到三更方陸續合眼。

一宿淺眠，客棧又嘈雜，次日天一放亮，除了牛得旺睡得香沉，眾人都早早醒了來，還頂著個黑眼圈。

再瞧牛得旺那睡相，都覺有趣，「到底是小孩子，走哪兒都能歇下。咱們倒是得跟他學著點，要不這一路下來，人可折騰不起。」

說笑著喚他起來，用了早飯，趙成材和保柱出去雇車。永和鎮水陸交通甚是方便，趕往京城做買賣的不少，車夫們跑來跑去都很習慣，瞧趙成材是斯斯文文的讀書人，一家人也和氣，很容易就談定了下來。

車把式是四十許人，很老練，可巧也姓趙，趙成材一路便以「大哥」相稱，頗為有禮，幾人相處得甚是融洽。

自此曉行夜宿，辛苦趕路。這越往京師，越見繁華，雖是路途顛簸，但好歹看著窗外景致，也不覺旅途寂寞。趙成材因帶了妻小，為求穩當，不令趙把式急行，只求每晚必得尋到村鎮歇息投宿，方才穩妥。

趙把式呵呵一笑，「趙相公真是個明白事理的人。有些客人求快，略勸兩句，反倒說我們趕車的拿大話嚇唬他，是貪圖那幾日的銀錢。殊不知這路雖是通往天子腳下，一樣有盜匪出沒。每年都有貪黑趕路失財喪命的，可由不得人不小心。」

這話聽得眾人都緊張起來，「這路上還有強盜？」

「當然有。這一路還算太平，大白天的人多車多，沒什麼事。在要進京城那塊兒，有座翠屏山，甚是山高林密，也不知藏了多少強盜。縱是白日，就咱們一輛車也是不敢過的，非得等到有幾家同行。」

趙成材不解，「既就在皇城根下，又不是天高水遠的，為何官府不來剿匪呢？」

「怎麼不來？」趙把式嘴一撇，「年年鬧得凶時都來剿匪，可那又如何？今兒趕走了，他明兒又回來了。官府總不能天天在這山裡駐紮著吧？你縱然是抓到幾個砍了頭，可只要還有人賊心不死，總是又要來當強盜的。幸好你們不是客商，沒那麼扎眼，不過等到了那兒，也得記著提前把銀錢藏好了。小娘子可千萬把頭花首飾什麼的都去了，儘量穿得素淨些才好。」

眾人聽得有理，趙成材又拜託這車夫到時多提點些他們，趙把式甩一記響鞭笑道：「那是自然。我也是要太太平平回家的，當然不想出事。你們也別太害怕了，畢竟一年裡也只有那麼幾回，咱們哪就那麼倒楣遇上呢？」

趙成材心道，這要是一旦遇上，可就是身家性命的事情了，大意不得。

一路無話，數十日後，便到了這座傳聞中有匪徒出沒的翠屏山下。

因天色已晚，趙把式先趕著車把他們帶到翠屏山下的村莊之中投宿歇息。這兒地方不大，統共只有百步開外的一條小街，兩邊的小店都是鄉民開的，既住店也管飯。因離得京城近，都頗具規模，不算太差。

隨意選了一家進去投宿，卻見客人們都聚攏在一起，聽那夥計正講得是唾沫橫飛，「諸位客官，你們瞧瞧，這可是什麼世道？連侯府的貨都敢劫，這群強盜可不是吃了熊心豹子膽嗎？偏就拿他們沒法子。這山高林密的，誰知道這會兒藏哪兒去了？明兒有要過山的嗎？趕緊報上來，好搭夥上路。」

趙成材聽得心中一動，剛想過去打聽，章清亭卻把他一攔，悄聲道：「這兒人多口雜，咱們先住下，等夥計進來，再詳細問個明白豈不更好？」

這話有理。一家子先住進店裡，等有夥計來招呼時，再打賞了幾個錢，那小夥計講得更加仔細了。

原來就在上個月，京城永興侯府從南康國販的一批貴重絲綢瓷器在翠屏山遭到洗劫。因是王親貴胄，立即上奏了天聽，朝廷震怒，派了軍隊前來圍剿，卻因地形所限，折騰了大半個月仍是無功而返，鬧得這些天要過往的客商們都是人心惶惶，都得打聽著有多少人同行，若是人數少了，還不敢走。

小夥計笑道：「你們還算來巧了。前兒只有七八個人，昨兒來了十多位，今兒來得多，加一起總有三四十人了，明兒就能動身。」

一家子略放下心來，先打水洗漱，又用了晚飯，才坐一塊兒商議。

趙成材有些擔心不知同路的是些什麼人，怕有帶了貴重物品的遭賊覬覦，反倒連累自家。

章清亭道：「甭管是什麼人，只要是過路的，咱們就非得搭上不可，難道還能乾耗著不成？就算是遭了強盜，咱家又沒太多金銀首飾。若是實在倒楣碰上，便把這些隨身衣物捨了，也就不過如此了。」

趙成材想想，只好如此了，又囑咐大家要格外小心，尤其是牛得旺，可千萬不能鬧，有天大的事都等安安生生過了這座山再說。

忐忑不安歇了一夜，次日一早起來，收拾停當，卻見外頭已經聚集了百十來人，原來是昨晚到了一支販糧的商隊。瞧他們夥計眾多，又全是清一色壯小夥子，同行的客商們無不讚嘆好運氣，都願意搭便同行。

趙玉蓮聽說是糧商，未免多看了幾眼，這一看不要緊，她忽地臉色一變，悄悄拉了保柱，「你去問問他們販的是什麼糧食？從哪兒販來的？」

保柱機靈，假裝閒聊，過去打聽了。

章清亭卻見趙成材在那兒發愣，「你在瞧什麼？」

趙成材悄悄指著那糧商頭領，「妳且看看，那人咱們是不是見過，我怎麼覺得似曾相識？」

章清亭仔細一瞧，那人看起來三十多歲，兩撇小鬍子，身材頎長，雙目炯然，是有些面善，那是誰呢？

保柱過去打探了回來，密告趙玉蓮：「他們說販的是麥子，從南邊來的。」

趙玉蓮心中一緊，忙到哥哥嫂子身邊，剛要出聲，卻見趙把式已經趕了車出來，大嗓門嚷嚷著：「趙相公，快收拾東西上車吧。」

這一嗓子，把旁人的目光也吸引了來，趙玉蓮不好明說，只得使勁掐了章清亭一把，皺著小臉裝起了病，「哎喲，我肚子疼！」

章清亭當即會意，對趙成材使了個眼色，扶著小姑就往裡走，「這好端端的，怎麼就肚子疼起來？別是昨晚蹬了被子吧？」

趙成材裝作急得連連跺腳，「這怎麼就鬧起了肚子？也太不小心了！」

這一鬧，一家子當然就走不了，只那糧商頭領回頭著實看了他們幾眼，目光意味深長。

重又回了頭先開的房，關了門窗，趙玉蓮才敢說出實情，「現下這時節，哪有人從南邊販麥子來的？再看那些個夥計，就那麼些糧食，怎要得了這許多人押運？他肯定是個西貝貨。」

趙成材聽到這兒，猛地一擊掌，「我想起來了，那糧商咱們見過。娘子，妳還記不記得，咱們第一回到永和鎮時，在書店裡曾見過的人？」

章清亭猛然記了起來，「就是那個阿禮認得的貴人？他貼了副小鬍子，難怪一時想不起來。說不好他就是那永興侯府的人，這次來，是要引蛇出洞的。」

趙成材點頭，「我也這麼想。那夥強盜搶了那些絲綢瓷器有什麼用？再值錢也是一堆死物。這眼看著就要下雪封山了，他們再想出來就艱難了，總得弄點吃的先過了冬再說。所以他才假意裝作官兵撤退，自帶了糧食過去，若是強盜來了，剛好就來個甕中捉鱉，順便也就能把自己的失物追回了。」

章清亭臉色一變，把聲音壓得極低，「你們想，這兒既是長年鬧強盜，為何這個小村莊還能過得如此安逸？十有八九和山上的強盜有勾結，至少有眼線給山上通風報信。若是如此，恐怕山裡已經得到消息了，這一進山定是要打起來的。咱們若跟著，保不齊要受牽連，可若是不跟著，這兒也實在難住，咱們可怎麼過山呢？」

趙成材擺手，「這個無妨，既是前頭有官兵押陣，咱們索性大大方方歇一日，明兒再過山去，估計該打的也打完了，咱們再走就是最安全的時候了。」

眾人點頭，散開行李各自休息。

過了晌午沒多久，忽見有客商狼狽不堪地從山上逃了回來，「嚇死人了，打起來，朝廷和土匪打起來了！」

原本嘆息著沒趕上大部隊的趙把式得知後可樂壞了，一個勁兒稱讚趙玉蓮那肚子鬧得好。趙成材卻是嘆氣，歷來爭鬥，無辜被牽連的總是老百姓，他們的損失又有誰來賠呢？

到了傍晚，就有頂盔貫甲的士兵進了村莊，宣讀告示。因此處盜匪猖獗，現朝廷下令，把這翠屏山徵作京師某營的駐軍之所，本地百姓負有聯防之責，家家戶戶都必須簽字畫押。以後每日行人過路，須由本村保甲組織本地村民護送，因此耽擱的農活，由官府減免此處稅賦若干補償云云。

趙成材瞧了回來，不住點頭讚賞，「善哉善哉。如此一來，不說杜絕盜匪生事，起碼本地百姓再不敢為虎作倀，行旅客商也能有個過往保障了。」

次日一早，再次整束行裝上路，就有本地青年護送，平平安安上了山。山中還不時有士兵巡邏，在清剿盜匪餘孽，盤查得極為嚴格。

走了半日，忽見一夥士兵興高采烈地簇擁著一批貨物出來，「這回喬二侯爺可該消氣了吧？總算找著東西了。」

「可別高興得太早，你瞧這瓷器，都毀了快一半，我只求回去別招罵就成。」

章清亭從簾內瞧見那箱內多是南康之物，忽然在這異國他鄉相遇，想著物離鄉貴，人離鄉賤，自己孤零零一人在此，未免有些感傷，不覺垂下簾來，默然不語。

趙玉蓮見她臉色不好，握著她手，「嫂子，妳怎麼了？」

章清亭笑著搖了搖頭，「車坐久了，有些悶。」

牛得旺立即從荷包裡翻出話梅給她，「大嫂，給妳吃這個，就不難受了。」

趙成材聽得車內動靜，挑開簾，關切地問：「怎麼，顛著了嗎？不舒服？要不要走慢些？」

瞧著他們一個兩個關心的神情，章清亭覺得心裡暖暖的，有些不好意思起來，接過牛得旺手裡的話梅納入口中，「沒事，有這個就好多了。快走吧，我也想早點進京開開眼界。」

見她無事，眾人才放下心來，趙成材道：「玉蓮，陪妳嫂子說說話就沒那麼悶了。再有半日便到了，到時咱們再好生歇歇。」

想著進京，大夥兒重又高興起來，議論紛紛，不覺已經下了山。又歇了一日，再上路便是坦蕩大道了，馬車跑起來輕快得多。

及至夕陽西下時，趙把式忽地甩個響鞭，「你們快出來瞧啊，京城到了。」

這是章清亭第一次瞧見北安國的都城：承平。

與自己土生土長的南康國京城不同，這兒並沒有如詩如畫的小橋流水，卻有氣勢恢宏的厚重城牆、寬闊的青石板路、熱鬧繁華的街市。輕裘肥馬，香車美人，撲面而來的便是富貴氣息，繁華盛景。

大夥兒都是兩個眼睛珠子不夠看了，章清亭微微一笑，卻沒有半分嘲弄的意思，作為一個普通百姓，你讓他怎麼在面對這瑰麗如錦時保持目不斜視，心如止水？又不是聖人，何必裝那矜持模樣？

「先別顧著瞧熱鬧了，咱們趕緊找個客棧住下，明兒再出來逛逛吧。」

趙成材甚覺有理，瞧這街上行走之人，穿紅掛綠，衣衫齊整，難免就想到自己風塵僕僕，難以見人，便打算先找個店住下，好生洗洗，才好去辦正經事。

還真被孟子瞻說中了，現在的京城學子雲集，連客棧都不好找，便宜划算的全是客滿。

章清亭攔著趙成材，不讓他繼續往偏僻胡同裡找，「咱們這回頭就得去孟家，若是住得太差，到時人家打發家丁來接，倒讓人看輕。莫若破費一回，住家好店吧。總不過一日工夫，也花不到哪裡去。」

趙成材聽著有理，可找間樓面稍稍華麗的一打聽，住一晚單間，還不是上房，就得要二錢銀子，足足比其他地方貴了十倍不止。

章清亭不容他置喙，眼疾手快要了兩間房，吩咐夥計去備了熱水送來洗浴。又給趙把式結了車錢，多送了幾十文湊個整數。趙把式歡天喜地去了，自找地方再搭回永和鎮的客。

趙成材真是肉痛得不行，四錢銀子就這麼沒了，還好他臉上繃得住，也沒露出太多詫異，及至進了房才嘆息，「這麼貴，妳怎麼還要了兩間？」

章清亭掩嘴輕笑，「大戶人家最重規矩，你要是讓人瞧見我們男男女女混住一屋，像什麼樣子？這是天子腳下，又不會出什麼亂子。」

趙成材想著也有些道理，反正錢已經花了，那就好好享受一晚吧。當晚各人收拾乾淨，好生睡了個安穩覺，等次日一早均換上光鮮衣裳，趙成材雇了乘小轎，帶著保柱，找夥計打聽了道路，拿了孟子瞻的東西先去了孟府。

為示尊敬，趙成材記著章清亭跟他說的規矩，到那胡同口就落了轎下來，步行到門口。這一條街上也就開著一個獸頭朱紅大門，門前蹲兩大石獅子，列坐著幾位家丁，衣飾齊整，比外頭普通行人要好上許多。

儘管有了心裡準備，但瞧見門上牌匾時，還是讓趙成材心裡緊了一緊，除了孟府兩個斗大的字，旁邊還有一行小字，是「敕造英國公」，這都是公侯之家啊。

孟府家丁家教甚好，見他們主僕過來，立即有人趕上來問：「請問公子找哪位？」

趙成材回禮道：「在下是紮蘭堡人，受孟子瞻孟大人所託，帶了書信土儀過來。」

「原來您是大公子派來的！」那家丁眼中是掩飾不住的喜悅，回頭叫嚷，「快去回稟老夫人和夫人，大公子打發人回來了。」

幾個家丁跑進去傳話了，這邊幾人也全都下來，接了東西，把趙成材主僕迎進門裡奉茶說話，噓寒問暖，極是熱情。

時候不長，有人來領他們進去，趙成棟不敢亂瞟，規規矩矩走了半天，才進了一個寬敞院落。

眼角餘光瞥見院中花木蔥蘢，廊外雖有不少丫頭僕婦，卻是鴉雀無聲。

小丫頭打起門簾，「趙公子請。」

趙成材頷首進來，大廳上首坐著一位白髮如銀的老太太，旁邊是個雍容華貴的中年婦人，看著面相年紀，想來是孟子瞻的祖母和母親了。她們身後各跟著幾名丫頭僕婦，那屏風後頭隱隱還有些金珠玉翠之色微透出來，想是不便見客的年輕女眷。趙成材沒有多瞧，依禮拜了孟老夫人和孟夫人。

「好好好，快請坐吧。」孟老夫人剛發話，旁邊就有丫頭搬了繡墩請趙成材坐下，又奉上香茗，翩然退下。

此時孟老夫人已經看過孟子瞻帶來的書信，可仍是不住盤問，孫兒在那裡吃得好不好，住得好不好，官兒做得辛不辛苦？

趙成材早有準備，微微一笑，「說起孟大人，在我們那兒可是無人不誇的好官……」

他細細把孟子瞻為官之事一說，聽得孟家二位夫人又是驕傲又是心疼，尤其是聽得賑災那一段辛苦，禁不住滿屋子人都落下淚來。

趙成材道：「孟大人心繫百姓，正是有了他身先士卒，我們那兒遭的災雖重，受的損卻比其他地方少多了。百姓們無有不感念孟大人恩德的，就是區區這條小命，也全虧了孟大人捨藥相救。」

孟夫人勸婆婆不必過於掛念傷心，「娘，趙公子這長途奔波，倒是該安排他先歇著才是。」

孟老夫人這才問起：「子瞻信上說，你還要帶你弟弟來瞧病？他人呢，現安置在何處？」

「回老夫人，我們是昨晚上到的，先不敢驚動，在客棧裡住了一宿，今早才來。」

孟老夫人忙道：「是哪家客棧？快打發人去接來。」

趙成材有些遲疑，不是說給他們安置個地方就行了嗎？這老太太怎麼這麼熱情？這意思竟還要跟他們見上一面不成？

孟夫人瞧出他那猶豫，溫言道：「趙公子別拘束，我們家人少，自子瞻去了你們那兒，家中更顯冷清。你們就留下來，陪老夫人吃個飯，熱鬧熱鬧，我再安排你們住宿不遲。」

那就只好恭敬不如從命了。

不過大半個時辰，丫頭們過來傳訊：「趙公子的家眷都接到了。」

章清亭領著頭兒，帶著趙玉蓮和牛得旺進來。她也不怕生，落落大方就上前向孟老夫人及孟夫人行了禮，言談對答甚有禮貌，看得孟家二位夫人倒是稀奇，如此平凡人家怎地養出這樣一位大家閨秀？

還有趙玉蓮，她此時已換回女裝，雖無大嫂的氣度風華，卻更加漂亮溫婉，極是惹人憐。就是牛得旺，儘管傻乎乎的不懂禮數，但心眼實在，有一答一，逗得孟老夫人甚為開懷，便不讓往外住去，命孟夫人使人去將後頭的棠棣院收拾出來，安置他們住下，又撥兩個丫頭過去照應，一應茶飯都由他們供給。

趙成材欲待推辭，孟老夫人卻不依，「咱們家房舍極是寬敞，讓你們住的那院子也有後門通到街上，你們自要出門辦事也都便利。我這老太婆成天在家悶得慌，難得你們來了，你自安心讀書，讓你媳婦、妹子和弟弟時常來陪我說說話，我就高興了。若是不依，那就是嫌我這老太婆惹人厭了。」

她都這麼說了，趙成材還能說什麼？只得應允，但章清亭卻笑吟吟提出要求：「老夫人，您若是不嫌咱們淺薄無知，咱們自願意時常來聽您教誨。只一樁，咱們莊戶人家，也不習慣人服侍，就請哪位媽媽或是姊姊照看著門戶便是。再借我們一副爐灶，讓我們自己料理。您若是不依，我們也不敢住了。」

章清亭太了解這些大戶人家了，典型的相見歡，同住難。別看表面上一團和氣，誰知道底下什麼樣？何況這回上京，得在孟府打擾一個多月的時間，雖然對孟府來說，送些茶飯不過是舉手之勞，但若是讓那些下人們來伺候，非得破費銀錢打賞他們不可，一個鬧不好還會生出嫌隙。不如自己動手，豐衣足食。反正花著自己的錢，自家用得心安理得，也不給他們府上的下人添閒話。

孟老夫人深深地看了章清亭一眼，臉色越發和緩，「好吧，就按她說的，記得撥人到他們那門上守著，有什麼事方便通傳。再交代我的話，不許人拿喬作勢。人家大老遠的過來求學求醫，哪裡經得起咱們家這些陣勢？要讓我知道有人敢怠慢一丁點，就給我扒了他的皮！」

章清亭知道，這是絕了那些下人向他們吃拿索要的心，如此甚好。

一起用了個午飯，孟夫人便打發人送他們過去休息。那棠棣院是一處小小院落，就在孟府角上，一應家什齊備，鎖了門就自成一格，很是便利。

瞧那房間還有多的，章清亭也不使人開門，她和趙成材一間，趙玉蓮一間，再一間給牛得旺住，讓保柱去跟他作個伴，另加一間小廚房，幾人便足夠了。又當著管事周大娘的面，讓把他們房間裡頭的花瓶擺設全部收了，再有丟失損毀也賴不到他們頭上。

那周大娘已經得了夫人吩咐，淡笑著任憑章清亭吩咐行事。等收拾清楚，章清亭再見著滿屋空蕩蕩，除了桌椅板凳別無他物，方才舒心，「周大娘，您別笑話兒，我們鄉下人不懂規矩，那些好東西放我們這兒也是浪費，倒是這樣清清靜靜的更好些。」

周大娘噗哧笑了，「若說秀才娘子還不懂規矩，那我們真都不敢出來見人了。你們安心住下吧，若是有什麼事，儘管讓小丫頭們來找我就是。」

她拿了鑰匙給他們，那連著花園門的章清亭堅決不收，「若有事，我們招呼一聲就是了，那邊門戶還是你們掌著才是。」

周大娘知她要避嫌，收了鑰匙帶著人走了，這屋裡的一家子才長舒一口氣。

趙成材第一句話就是：「娘子，妳做得太對了。要是天天跟他們家吃飯，估計妳相公一個月就得瘦十斤。看著那一桌子菜，我都沒好意思下嘴。」

眾人聽了哈哈大笑，趙玉蓮掩嘴笑道：「別說大哥了，就我也是。」

章清亭現在也習慣自由自在的生活，以前的生活雖然錦衣玉食，卻不是那麼值得留戀。說起來，也不知那個張蜻蜓在南康國能否吃一頓飽飯？

把行李收拾了出來，廚房裡柴米油鹽都給他們備齊了，正琢磨著是不是要去買點菜回來，卻見兩個粗使丫頭提著一籃子菜，「這果子點心是老夫人特別交代，送牛少爺吃著玩兒的。菜是夫人讓送來的，她說今兒晚了，恐怕你們人生地不熟的，也不知上哪兒買東西，就先給你們送了這些來。若是還缺什麼，只管跟我們說。」

章清亭道了謝，從點心裡揀了幾塊送這兩丫頭，她們嚇得連連擺手，堅決不要。章清亭反覺好笑，卻也瞧出這個孟老夫人在家裡還是很有權威，說的話下人們沒有敢違拗的。

幫著一起做了晚飯，保柱見消停下來了，特意找主母交出一個紅包，「這二兩銀子是進門時，孟府管家打賞的，我原說不要，可他說這是規矩，硬塞給我的。」

章清亭接了銀子微微一笑，另拿了一吊錢給他，「你把這個收著，咱們既到了京城，你也得跟著咱們四處跑，身上不能不帶著點錢。這兒一半給你自己零花，一半拿著打點雇轎乘車這些使費。晚上給我報個數，錢不夠了我自然再給你。你也算是咱們這兒的小管家了，可應付得來嗎？」

保柱猶豫了一下，有些膽怯，「怕幹不好……」

章清亭笑著鼓勵他，「沒事，你本就是個伶俐人，要不，也不會挑你在相公身邊伺候了。但凡心細些也就是了，這既是出來一趟，也不能光開眼界，待人處事也得歷練著些，咱們家日後要用你幹大事的地方還多著呢。」

保柱這才點頭，接了錢，認真去忙活了。

趙成材笑道：「就咱們這幾口人，能有多少事？妳也太會使喚人了。」

章清亭橫他一眼，「你以為我是躲懶啊？他們這些人，既賣到咱家來，也就是咱們家的人了。讓他們多學著些，對往後有好處的。要說起來，還是為你操著心呢。這不趕緊調教出來，等明兒你趕考去了，可有你操心的時候。」

趙成材笑著討饒，說起正事，「明兒我想去婁大人府上拜會一下，再幫阿禮把話傳到，先了了一樁心事，回頭再打聽方老爺子的事。妳明兒是陪著旺兒和玉蓮去看病嗎？」

章清亭想了想，「明兒一早別的不說，我得先和保柱買菜去。婁大人早上應該要上衙門辦公，你也未必能見得著。不如你等我們買菜回來，一起到京裡逛逛，順路去遞個帖子就成。他若是有空，自會打發人來請你。咱們瞧了病，再去幫阿禮傳話便好。」

趙成材點頭，去寫帖子了，忽又好奇，「妳怎麼對這些官府人家的規矩這麼清楚？」

章清亭挑眉一笑，「本姑娘生來就見多識廣。」

趙成材撇嘴，「愛說不說。隨妳多少見識，橫豎是我娘子就成。」

小夫妻正調笑著，聽得外頭有人敲門，保柱去開了門，卻是孟府的小廝，特地送了一張名帖來，「我家老爺白日裡在朝中忙著公務，晚上才回，聽說貴客到了，本說今晚就要宴請趙公子及夫人一家的。只是聽說你們旅途勞頓，便打發小的來說一聲，明兒晚上準備了宴席給你們接風洗塵，請必要賞光才好。」

趙成材接了帖子道了謝，那小廝自去回話了。

章清亭道：「那咱們明兒不用買菜了，中午就在外頭吃了，把事情辦好，下午早些回來準備著就是。」

這邊收拾了睡下，次日一早簡簡單單燒了個早飯用了，又打發保柱去跟孟府那頭看門的婆子說了一聲，鎖了門，一家子都出去了。

因不知遠近，便雇了輛車，問那車夫幾個地址，恰好全都知道，當中晏博文說的地方最近，藥鋪最遠，那就先去傳話了。

在京城裡，就是個小車夫也是見多識廣，性喜賣弄的。瞧趙成材也是讀書人，就問道：「莫非你也是與晏太師家人有舊，求他老人家提攜的？」

晏……太師？趙成材連連搖頭，「我們不過受人之託，送個信而已。」

那車夫好生奇怪，還有些不信，「那晏家可是三朝的太子太傅了，教的全是皇子皇孫，你既有熟人，何不去攀攀門路？」

趙成材心下驚詫，原來阿禮竟是如此的書香門第？卻又不好打聽人家的傷心事，只那車夫猶自嘟囔著可惜。

等到了胡同口，趙成材讓弟弟妹妹在車上等著，帶了章清亭和保柱同去。想著是個老嬤嬤，有個女眷也好說話些。

這胡同緊鄰著一套大宅的後門，看那邊宅院深深，與孟府不遑多讓，想來就是晏府了。

那小胡同雖是僻靜，卻歇著好些挑擔的小販，有賣吃食的，也有賣珠花脂粉的，還有些才總角的小孩子們在那兒淘氣。

見趙成材瞧著稀奇，章清亭悄聲解釋：「這大戶人家的後門是最好做生意的。你想，這一個府裡，上上下下主子帶奴才幾百口子，家裡的東西吃膩了，時常也得要買些外頭的零嘴針線這些小玩意兒。」

趙成材恍然大悟，章清亭已經叫過一個小孩問道：「請問這兒有位祝嬤嬤，在家嗎？」聽她問話，一群小孩都圍攏過來，「我知道，我知道！」七手八腳就拉著他們，推到一處門前嚷著：「這就是祝嬤嬤家了。」

到了地方，卻仍是拉住他們的衣襬不放，趙成材不解何意，章清亭卻是一笑，「保柱，帶這些孩子到那擔子上，一人買一塊麥芽糖。」

聽她這麼一說，那些孩子們才放了手，一窩蜂跟著保柱去了。

趙成材不覺莞爾，「這還真是閻王好見，小鬼難纏。」

祝嬤嬤家已有一個小丫頭迎了出來，堵在門口，骨碌碌的眼珠子不住打量著他們，「你們是什麼人？找嬤嬤什麼事？」

章清亭反問：「祝嬤嬤不在家嗎？我們是受人所託，來帶個信的。」

小丫頭也不怕生，立即追問：「什麼人？」

章清亭想著晏博文畢竟是被逐出家門，名聲不雅，看看左右還有閒雜人等，便道：「能讓我們進來說話嗎？就說兩句話，說完我們就走。」

小丫頭歪頭想了想，指著章清亭，「那妳進來，他留下。」

趙成材主動往後退了一步，章清亭進去掩了院門方道：「妳跟妳家嬤嬤說，是一個叫阿文的年輕人讓我們來的，她就知道了。」

小丫頭皺眉想了想，跟她說了實話：「妳說的那人我也不知道，嬤嬤不在，正在府裡伺候太太呢，妳若是有什麼要緊的話，就留下我轉告吧。」

「也沒什麼，只是給嬤嬤報個平安，再請她幫著向夫人請個安就完了。不過，這話，妳就別跟外人說了，只告訴她一人就行。」

小丫頭點頭，「這個我懂。」

「真是聰明孩子。」章清亭笑著告辭了。

阿禮不過是要帶個平安，他們幫他做到，這便足夠了。

等出了胡同口，剛要上馬車，卻見那小丫頭又氣喘吁吁地追了上來，「等一等。這位夫人，麻煩您留個地址吧，我怕嬤嬤回來還有話要問，到時便知道上哪兒找你們了。」

小丫頭很機靈啊。章清亭附在她耳邊說了，小丫頭聽得臉色大變，「你們是……」

「我們不過是暫時在那兒借住，跟他家沒什麼關係。」章清亭打消了那小丫頭的顧慮，又把晏博文寫的那紙條塞她手裡，「妳要不放心，就拿這個給嬤嬤看。我們不過是帶個話，不騙人的。」

小丫頭這才將信將疑地回去了。

上了車，趙成材才道：「只是傳個話，卻弄得跟作賊似的，這些大戶人家規矩真是煩人。」

章清亭哂笑，「就這你就嫌煩了？日後等你高中做了官，咱們家不也得一樣光景？」

趙成材搖頭，「那我寧可就過現在的日子。」

「只怕那時候也由不得你了。」

眾人說笑著，又去了婁府投遞了名帖。

再去找那濟世堂，倒是京城之中，無人不知。一座藥堂，竟也弄得在市集上開了三層的樓面。人頭攢動，極是熱鬧。還沒到門口，就聞見濃重的藥味。

他們才進來，就有小夥計過來招呼，問要看哪方面的病症。

趙成材一說，那小夥計把他們領到一個大夫後頭坐下排隊。

等了一時，就見樓板咚咚咚跑得山響，上來幾個家丁，直接就扔一大錠銀元寶出來，「再拿十斤金創藥。有多的先記你們帳上，回頭咱們再來拿，最近可多配著些。」

看是熟人，那小夥計也不問，一面抓著藥，一面聊著閒話：「難道是我們的藥不好嗎？怎麼還要這許多？」

家丁冷笑，「你們哪裡知道？這都是給那些王八羔子們用的。不一個個把嘴巴撬開，咱們還捨不得他們死呢！哼，也不打聽打聽，咱們永興侯府的東西是能藏私的嗎？也不是我們自誇，只有我們二爺不想知道的，否則就是他八輩子的祖宗，也能給他刨出來！」

小夥計又問：「那追回來的東西差得很多嗎？只怕得又辛苦你們跑一趟了吧？」

「可不是？不過年前是趕不上了，只好明年再多跑一趟了。其實東西丟了也沒事，我們府上也不是賠不起，只是這口氣實在難嚥。你說那些強盜也真是不長眼，劫什麼不好，居然劫咱們府上的貨。全京城誰不知道，除了我們二爺，有誰能從南朝販來那些東西？他縱是劫去了也沒法出手啊！」

「他們若是要有這等見識，也不會去做強盜了。」

「只可恨毀了不少好東西，說不得只好賤價賣了。」

「那我們可得去逛逛。你們也別惱，那些好東西我們買不起，就只好去撿些便宜了。」

「這個無妨。」

章清亭聽得心中一動，見那些家丁已經包了藥匆匆離去，忙招手叫那小夥計過來打聽，「咱們是頭一次上京城，剛聽說那府裡有從南朝販來的好東西，可是在哪兒呢？你說說，讓我們也去開開眼。」

小夥計笑道：「若說起來，這家可是大大的有名。」

原來這永興侯府姓喬，有一位二公子，雖是聰明伶俐，卻自幼不愛上進，偏好走馬鬥雞，行商經濟之事。他們家不知打罵了多少回，總不肯悔改。

幸好家裡還有長子繼承爵位，下面又有好幾位小公子讀書上進，便只得放手隨他去了，倒是給他正正當當謀了一個出身，在朝廷裡掛牌做了皇商，也算是有了個正經差事。

這喬二公子呢，自從正大光明從了商，性子收斂多了，為人又謙和，不管三教九流，見面都是三分笑，沒有不誇的，故此生意做得是風生水起，而且並不仗勢欺人。

他雖把持著從南康國販貨的財路，卻只做最高檔的貨品，餘下那些尋常貨色就留給其他商販們去經營。況且他也不直接對外發售，只做批發，讓更多的人都能有錢賺。故此雖是行商賈之事，但在京師之中名聲仍是甚好。

他在京師只開了一家鋪子，名叫榮寶齋，只接待大主顧和零散賣些長途運來有瑕疵的貨品。尋常人家都愛去逛，期待能挑個自己中意的好物件。

章清亭聽得暗暗心驚，這個喬二公子是個人物啊。如此玲瓏剔透，長袖善舞，怕不僅僅因為喜好才入這一行的吧？不過，這不關她的事。正琢磨著抽個空去那喬家鋪子逛逛，看能不能撿個漏回來，那邊大夫的隊已經排到了。

一家子進去，大夫先問了大致病由，便望著章清亭道：「妳先來吧。」

她症狀較輕，沒那麼囉嗦，大夫給她瞧了，論了病由和紮蘭堡那邊大夫瞧得差不多，不過開的藥方卻改了不少，「妳底子不差，毛病也不算太重。人既來了，又能住一段時日，便吃這湯藥，再到後頭那淨室裡，讓女弟子給妳照著此方針灸，十日後再來瞧過。等妳走時，再給妳拿那丸藥，包妳不出半年就能懷上。」

章清亭聽了這才放下心來，紅著臉道了謝，結了這筆帳，趙玉蓮陪著她去內室針灸了。

這邊再來瞧牛得旺，細把了脈，又看了他從前吃的藥方，那大夫問了他一些問題，卻是不知如何下藥。

趙成材問：「大夫，我這表弟還有得醫嗎？您就跟我說實話吧。」

大夫想了半天，仍有些不敢肯定，叫了夥計來，「你去樓上瞧大師傅有空沒？有空的話，就說我要帶個病人上來。」

等了一晌，夥計下來道是可以，大夫領著趙成材他們就上了三樓。原來還以為這三樓也是診堂，上來才知竟是個教學之所，四壁全是醫書，當中長案上有各式各樣的醫用針刀，一頭還擺一個模擬銅人，想來是練習針灸之術所用。幾個學徒正圍著一位鬚髮花白的老大夫聽他教誨，見他們來了，自覺退讓開來。

大夫對老大夫道：「爹，這兒有個孩子，兒子方才瞧了，不敢貿然定奪，想來請您確診。」

想來這位就是名震京師的老黃大夫了，年輕的肯定就是小黃大夫，趙成材搶先一步，帶著牛得旺向老人家行禮。

老黃大夫擺了擺手，「不用多禮。孩子，你坐下，讓爺爺瞧瞧。」

牛得旺老老實實地坐下伸出了手，其他人全在一旁侍立，連咳嗽都不聞一聲。兩手診畢，小黃大夫又拿出牛得旺從前的藥方，「兒子以為，這病似乎一開始用的藥就不對。」

老黃大夫年紀大了，眼神不好，他就輕聲念給他聽，只聽了一半，老人家就生氣地把桌子一拍，「庸醫誤人！想他當年才那麼點大的小孩子，怎麼禁得起如此虎狼之藥？就是大人，若是素有弱症也禁不起啊！你們可得記好了，這用藥不僅是照本宣科，更重要的是得結合病人當時的年歲大小、身體狀況，甚至陰陽寒暑來定，豈有人人都用一樣的理？否則即使是靈丹妙藥，也可能被用作奪命砒霜。」

一屋子學生都知道黃老大夫生平最恨誤診，俱不敢吭聲。老黃大夫發了通脾氣，起身竟對趙成材行禮賠不是，「這位公子，真是對不起了。老朽無能，治不了令弟。」

趙成材忙攔著他，「老人家說的哪裡話來？這也是他的命，怨不得人。」心裡頭卻著實猶如兜頭一盆冷水潑下，澆了個透心涼。

黃老大夫嘆息一聲，「若是這孩子在病發一年內找我，興許還有五分把握，可這委實拖得太長了，老朽實在連一分把握都沒有了。不過這孩子並不是全然的癡傻，想來也不是就此無救了，這天下能人異士甚多，還是另請高明吧。」

趙成材道了謝，就要付診金，老黃大夫卻堅辭不受，「我們既無法診治，哪裡還能厚顏收你的銀兩？快別折煞老朽了。」

見這老大夫心地赤誠，趙成材反怕他心裡不好過，牽著牛得旺就下了樓，快快不樂地坐在那兒等章清亭。

牛得旺眨巴著小眼睛看著他滿面愁容，很懂事地鼓著小胖嘴道：「大表哥，你別難過。我回去好好念書，以後長大了肯定能管好自己，不讓你們操心。」

趙成材撫著他的頭，更覺心酸。一時章清亭她們出來，見這臉色，就知道情況不好了，微微嘆息，「回去再說吧。」

一家子剛走到門口，卻有方才一個小徒弟追了出來，「我們大師父請你們回去。」

莫非是有了轉機？趙成材當即兩眼放光，拉著牛得旺蹬蹬蹬一口氣衝上三樓。

老黃大夫正扒著樓梯等著他們，見面也沒有廢話，就遞上一個錦盒，「老朽雖然無用，但在這京城裡還有太醫院，那兒說不定有人能治這孩子。我這兒也有些達官貴人們留下的名帖，給你們都拿去，說不定就能用上。這兒還有一張藥方，雖不能根治，卻能為這孩子調理調理身體。藥材我已經讓夥計們去包了，一會兒就好。」

趙成材婉拒，「多謝老人家費心了，實不相瞞，我們已經託了人去求訪御醫。」

老黃大夫這才作罷，卻又道：「你們若是瞧得有消息了，萬望也來知會我一聲，若是抓藥，儘管來我們這兒拿。再有個不情之請，若是那大夫同意，也讓我這老朽去學習學習。日後若是遇上類似的病人，我們也知道如何醫治。」

這還真是活到老，學到老，且能不恥下問，又有一顆扶危濟世的心。趙成材很是敬重，怨不得人家這藥鋪開得好，其中還是有道理的。雖然牛得旺的病暫時沒有消息，但能碰上一個好大夫，也略掃了些沉悶的心情。

出了門，章清亭道：「還有宮裡頭呢，旺兒這病還是有機會的。」

眾人重又打起了精神，便在街上用了個飯。章清亭見時候尚早，非拉著大夥兒在街上逛逛，順便散散心再回去。

這京城繁華畢竟不比別處，瞧得眾人眼花繚亂，那抑鬱的心情也漸漸散去。忽抬頭瞧見一家店，擺了不少南康國的東西，章清亭看得眼熱，望一眼招牌，卻正是喬家的榮寶齋，不覺信步走了進去。

這家做生意果然與別處不同，貨架上所有物品都標了價，店中掛著八個大字：童叟無欺，還價免言。兩個小夥計看著店，也不招呼，見他們進來，只是點頭笑笑，「客官請自便，若有相中的，再叫我們來，細說給您聽。」

章清亭心說這也是個好法子，不用天花亂墜地吹噓，自然而然就讓客人心生好感。她一時相中塊玉玦，見成色還不錯，只是兩頭包了金鉑，想來有些殘缺，但勝在做工別致。瞧那價格還算適中，正想叫夥計拿了給趙成材試試，卻見後頭又出來幾個夥計，抬著箱籠，一位似是掌櫃模樣的人招呼著：「小心些，莫撞著。」

很快便整理了一處出來，把那貨物放上，牛得旺讚嘆了一句：「姊姊妳看，真鮮豔。」

章清亭循聲望去，眼前一亮。那一塊大紅衣料，可不就是南康國最著名的婚嫁衣料合歡錦嗎？大紅的衣料上勾勒出荷花朵朵，嫵媚精緻。只可惜這料子有一半浸了泥水，只得削價出售。章清亭見獵心喜，趕緊上前詢問：「請問掌櫃的，你們還有這樣的貨嗎？我若是整匹買下，還能有得少嗎？」

那掌櫃回頭瞧她一眼，「妳買這麼多幹什麼？」

章清亭眼珠一轉，微笑回道：「我是做裁縫的，見這料子鮮亮，想買回去給人年下做些新衣，想來還是不錯的，總有些人願意貪這便宜。」

掌櫃聽她這話不錯，「那妳可以隨我進來，後頭還有好些料子，妳若是能全要了，我就少點給妳。」

章清亭喜笑顏開就要跟他進去，趙成材暗把她一拉，皺眉小聲道：「妳瘋啦？這料子就是按這價錢，也得不少銀子。咱們哪來那麼多錢？這還浸過水呢，賣不出去怎麼辦？」

「你別管，隨我進來就是。」章清亭拖著他一起往裡走。

在這店鋪的後院裡，看來是剛剛過來卸了一地的貨，正在整理當中，掌櫃指著散放的幾匹布道：「這一批的全在這兒了，妳都要嗎？」

布還有五匹，均有不同程度的損毀。兩匹是泥漬，兩匹是整捲的邊都在沙地上磨過，糙了有一寸多的邊。最後一匹更離譜，想是被人在慌亂之中當作了兵器打鬥，竟是在斜上方被人用不知什麼兵器扎透了一大半，偏偏還是最不禁染的雪緞。相形之下，外頭那個紅錦算是受損最輕的。

章清亭瞧著真是可惜，全都是上好的料子啊，就這麼糟蹋得不成形了，「請問掌櫃，你這剩下的幾匹要怎麼賣呢？」

掌櫃的道：「這四匹和外頭的價錢一樣，只這白的可以再少一半。」

章清亭盤算了一下，指著兩副磨了邊的，「那我就要這兩匹和外頭那匹紅的，能少多少？」

掌櫃見她識貨，微一沉吟，「妳若是要這三匹，最多加起來給妳少個幾十文錢吧。」

「那也太貴了些，您瞧……」

還沒等章清亭還價，那掌櫃就冷冷地打斷了她，「咱們這店做的就是童叟無欺，妳要想便宜，就一起拿啊，我給妳全部打個九折如何？」

「可是……」

「妳要就要，不要就算了。我們又不著急，慢慢賣也是一樣的。」

章清亭知道今兒遇上狠角色了，果然是強將手下無弱兵，一個掌櫃都如此精明，想那正主兒更是難纏。她略一思忖，「那好，麻煩您算一下，這些布匹一共要多少銀子？」

掌櫃從袖中取出一個巴掌大小的精緻算盤，扒拉兩下，很快得出答案，「一共二百二十七兩銀，算妳九折，給個整數吧，那就是二百零五兩。」

章清亭心中默算了一遍，確實也是這個價，知道這個掌櫃不好說話，她也不太敢還價了，只說：「尾數本是四兩三錢，你這一下子就多算了我七錢，能全抹去，就算二百兩行嗎？」

掌櫃嗤笑，「這位夫人，您怎麼不說我直接就給您少了二十多兩？您既看上這料子，想必是有了法子處置，您自己算算，我這算您貴了嗎？我也不多的，就這兩匹磨了邊的，雖是賣相不好，但做衣裳時總得裁去吧？就這兩塊料子，至少能做出十身衣裳，若是樣子好，您都能保回大半的本錢，不信您上街那些店裡看看什麼價再回來說話。不過，那時，我可就一文錢都不會讓了。」

這果然是京城，可比紮蘭堡那些純樸百姓難糊弄多了。

章清亭咬了咬牙，「行，就依你！」

當即掏出一張二百兩的銀票，讓趙成材帶保柱去取銀子，再雇輛車一起拖回去。

那掌櫃見她做事還算爽快，便道：「過幾日我們應該還會來些新貨，到時夫人若是有意，再來瞧瞧。」

章清亭心想這下可真是一窮二白，再來不起了。不過瞧著那堆布，她卻是滿懷信心，要在這批貨上賺回這次上京的花費。

及至回了家，趙成材才問：「說吧，妳到底想幹麼？」

章清亭神神祕祕地一笑，「這是我們女人家的事，你不懂，快把這些布都放小蓮屋裡去。」

趙成材還待詢問，卻見那頭有孟府看門的婆子看到他們回來，過來傳話：「我們老爺已經回來了，請你們回來了就過去。」

他只好暫且打消了心中的疑慮，淨了手臉，收拾齊整，一家子重入了孟府。

後門已經有丫頭小廝在等候了，因時候尚早，先帶章清亭她們去陪孟老夫人說話，趙成材去書房見孟老爺。他沒想到，在孟老爺的書房裡，還有一位意想不到的客人。

「婁大人！」趙成材真是又驚又喜。

婁瑞明也是滿臉的笑意，「成材，還不快過過來見過孟國公？」

趙成材忙向一旁那位衣飾華貴，氣度不凡的中年長者行禮。孟子瞻的相貌與他頗為相似，一眼就能認出必是父子無疑。

孟尚德頷首一笑，「不必客氣，都坐下說話吧。我聽說你們昨兒才到，想必還來不及去拜會婁大人，下朝時便把他也一起約了來。你們既熟，就更好說話了。」

趙成材和婁瑞明忙又躬身道了謝。

客套了幾句，孟尚德便細問起兒子在紮蘭堡的為官之道，他可比孟老夫人她們要求嚴格得多，並不聽那些動情之處，卻更加細緻地考察兒子的公務情況。趙成材雖只是講解，手心裡都捏了一把汗，不偏不倚把知道的全說了，至於做得好不好，就由著這位父親自己評判去。

及至問完了兒子的公務，他又考察了趙成材的功課幾句，末了一笑，「回頭我打發人送幾本書過去給你，你安心在家理理，過兩日再讓人送你到太學院去走走，拜訪一下幾位老師。婁大人，你家兩位公子要不要一起作個伴？」

婁瑞明雖然也是七品官，但在顯貴雲集的京城裡，根本算不得什麼。他和孟尚德原本只是泛泛之交，若不是因為趙成材，也沒有機會到這府上來做客，現還能得他提攜自己家的兩個兒子，當然是無不應允。

孟尚德問完了話，自要處理些事務，便打發小廝把他們請到偏廳自去敘舊了，趙成材這才和婁瑞明好生攀談了起來。

原來孟家這英國公是世襲的爵位，孟尚德的正職是朝廷裡的文淵閣大學士，那可是皇上身邊說話最有分量的大臣，一共只有八位，處理的是全是軍國大事。

婁瑞明特意說道：「現今他們八位之中，孟國公還是五年前先帝過世時，親指給太子，也就是當今聖上，身分自然與別人又有不同。」

方德海從前侍奉過的宣帝已然過世，當今聖上稱為景帝。從前當太子的時候素來仁孝忠厚，原本還怕他過於寬和，彈壓不住，沒想到即位之後，朝臣們才發覺這位年輕的皇帝陛下，也有著精明強勢的那一面，只是言語和順，面上寬容而已，這幾年的歷練下來，朝中再沒有不服的。

自古能做皇帝的，哪有幾個老實本分的？趙成材聽著點頭，卻並不妄加議論，只道：「今兒一早已經送了拜帖過去府上，敢問大人何時有空，容學生上門造訪，並與兩位年兄切磋一二？」

這是有私房話想說，婁瑞明一聽就懂了，「這說的什麼話？明兒下午我打發家裡人來接你，可以帶你娘子和妹子幾個都一起來坐坐，咱們把酒言歡，不醉不歸。」

趙成材笑著應下，又扯些閒話，就有下人來請，晚宴已經準備好了，請他們二位入席。

大戶人家甚重規矩，孟尚德在前廳陪他們二人，孟老夫人卻在後廳陪著一眾女眷。牛得旺年紀還小，又懵懂無知，便讓他也跟在女眷裡頭。

這回章清亭才算是把孟家的人弄了個明白，原來孟尚德有二子二女，只是除了大兒子孟子瞻是孟夫人嫡出，其餘均是妾室所生。

其中二公子年少亡故，只略提了一句，便都有些戚然，打斷了話題。兩個女兒大的名喚芷芸，已然十四，出落得亭亭玉立，芳姿綽約。小的名喚芷萱，今年十歲，雖是身量不足，但亦看得出眉目清秀，頗有大家風範。

因家中子息單薄，這兩個女兒也都放在孟夫人眼皮子底下親自教養，與生母感情淡漠，只能從後面侍立的幾位姨娘面相中依稀猜測一二。

這一頓飯雖是珍饈美味，但吃得寡淡無味。牛得旺因年紀小，好歹還有人幫著布菜，吃了個七分飽。趙玉蓮只看著大嫂，她起筷自己就起筷，她落碗自己就落碗，囫圇混了個半飽，便坐下喝茶閒話。孟府二位千金偶爾跟她搭一兩句話，趙玉蓮答得不卑不亢，既不一味逢迎，也不小家子氣，倒讓孟夫人很是注意地多看了她幾眼。

那邊章清亭卻是應酬得遊刃有餘，逗得孟老夫人很是開心。撿著機會，她就把今兒帶牛得旺去濟世堂看病之事也說了。

孟老夫人忙道：「妳先別急，今兒已經讓老爺去太醫院那兒傳了話，想來這一兩日就有消息的。你們只管在家安心等著，總不會讓你們白跑這一趟。」

章清亭道了謝，孟老夫人似是不經意地問起：「聽婆子說，妳今兒還買了幾匹布回來，是打算販回去賣嗎？」

這老太太好長的眼線，不過章清亭原本就不打算瞞人，笑著回話：「我呀，就是天生的勞碌命，想閒都閒不住。這不是在京師還得住一段時日嗎？便買了幾匹榮寶齋的便宜布回來，想搗鼓幾件衣裳賣賣，老夫人，您可千萬別笑話。」

「這有什麼好笑話的？難為妳一個婦道人家成天惦記著這些事情。」孟老夫人眼睛一瞇，「榮寶齋的便宜布也算不錯了，等妳做了，送來也給我瞧瞧。若是要針線上的人，儘管開口，我家裡挑幾個針線好的丫環婆子還是有的，反正她們也沒什麼事，倒不如跟妳學著做點正經事。」

「老夫人，您這可真是羞死我了。」章清亭笑著自嘲，「我哪懂什麼正經事？府上的嬤嬤姊姊們做的都是精細活，我們那粗針大線的哪裡能入得了您的眼？無非是胡亂弄了，賣給我們一樣的窮苦人罷了。」

孟老夫人含笑瞧著她，「妳要不是懂正經事，能經營那麼大的馬場？」

章清亭一噎，老太太厲害啊，自己不經意提起，她竟然都留了心，可她讓人來幫自己到底是什麼意思呢？難道他們家也有開裁縫鋪子，想學點新樣子？不可能啊！那她如此盛情，是為得哪般呢？

章清亭想了想，自己不過是個已婚婦人，又家小業薄的，實在沒什麼讓人好覬覦的。至多不過想借著她的手，辦點什麼事，現在寄人籬下，還是應承的好。

於是，章清亭笑道：「老夫人，您既這麼體恤人，那我可就少不得要厚著臉皮，向您討幾個人幫手了，不過……」她噗哧一笑，「老夫人，您別嫌我小家子氣，我可付不起太多工錢。」

眾人都笑了，孟老夫人樂得合不攏嘴，「好好好！妳放一百二十個心，我不收妳工錢！」

「那可不成。」章清亭忽又正色起來，「若是白幹，誰願意擔這份辛苦？總得給做事的嬤嬤姊姊們一點小錢，讓她們不白忙活才是。」

「行，都依妳。我只不許她們跟妳討價還價，如此可好？」孟老夫人一言又把大夥兒全逗笑了，她招手將自己身邊一個得力的大丫環叫了來，「碧桃，這事就交給妳去辦了。這些天好生跟著趙家小娘子，要辦什麼儘管支使人去做，若有人不依，妳就來回我。」

孟夫人也立即吩咐：「周大娘，妳是府裡的內管事，老太太的話妳可聽到了？」

「聽到了。趙家娘子、碧桃姑娘，妳們若是有什麼差遣，只管打發人來說話。」

章清亭端起杯茶微微抿了一口，這左右都給我埋伏下了，老太太到底燒的是哪炷香呢？

等著前頭男人散了，後頭便也告辭了。

一進家門，趙成材就問：「廚房裡還有什麼吃的？趕緊弄些來。」

眾人皆笑，章清亭白他一眼，「你也真是實心眼，那飯吃不飽，不會多拿些點心吃？」

趙成材頭搖得像波浪鼓似的，「別人都不動，我好意思動嗎？再說那些玩意兒做的花裡胡哨，又不認得是什麼，也不敢亂吃。」

章清亭走去廚房看看，「那就熬一鍋粥，再配點小菜就行了。」

這頭弄了吃的，又洗漱過了。小夫妻一面收拾了準備睡下，一面交換著今晚各自的資訊。

兩人都猜不透孟老夫人的意思，趙成材胡亂猜想著，「總不可能是孟家缺錢，要妳幫著找個賺錢的門道吧？」

章清亭莞爾，「難道我竟這麼有本事？」

趙成材道：「妳呀，最有本事的就是這個了……」

忽聽臨街的那一面有人輕輕叩響了門扉，兩人訝異，這麼晚了，會是誰呢？

保柱出去應門，匆匆過來回報：「是個男人，我也不認得，非說要見大爺和夫人才說話。」

這出了門，可不能似家中隨意，是以章清亭讓他改了口。

夫妻二人出來，卻見是個老實巴交的陌生男子，車夫打扮。還帶了個小丫頭，卻是白天裡見過的那個。

「公子、夫人，是我們嬤嬤來了，她年紀大了，腿腳不好，麻煩你們過去一下好嗎？」

兩人隨這小丫頭到胡同外頭，一個僻靜的角落裡停著一輛馬車。小丫頭請他們也上車，保柱和車夫就大眼瞪小眼地在外頭守著。

車廂裡光線不好，只依稀看得見是一位老婦人，卻比想像中的似乎要年輕一些，她的手裡正拿著晏博文所寫的那張紙條，聲音微微顫抖著，「這個……是他寫的？」

「他的筆跡，您應該比我們更清楚吧？」

祝嬤嬤聞聽此言，立即拿絹子捂著口鼻，極其壓抑地低低哭了起來，半晌才收拾了情緒，「小少……我是說他……過得還好嗎？」

「還好。」趙成材簡略地將晏博文在他們那兒的生活介紹了幾句。

祝嬤嬤哭得更厲害了，這種連聲音都不敢出的無語凝噎，聽著更叫人萬分揪心。

章清亭忍不住伸手輕輕拍她不住顫抖的肩，「老人家，您也不必過於悲痛了，阿禮在我們那兒過得很平靜，你們也不需要太擔心。」

她這一碰，祝嬤嬤驀地警醒起來，「你們……是怎麼住到孟家來的？」

「孟家公子現在是我們那兒的縣太爺，他介紹我們來的。」

祝嬤嬤差點驚叫出來，「孟子瞻是你們那兒的縣太爺？那他見過阿文沒有？」

章清亭不知，趙成材卻是知道：「見過，沒事的。」

祝嬤嬤垂著頭，不知在想些什麼，半天才道：「多謝公子和夫人對阿文的照拂，請恕老身不能行全禮。」她拿出一個絹包，沉甸甸的似裝著金銀，「這個就算老身謝謝你們的了。」

多禮。」

「快別如此。」二人堅辭不受，「阿禮也幫了我們許多。既能相識，也是一場緣分，委實無須多禮。」

趙成材拉著章清亭告辭下車，祝嬤嬤撩開車簾追問了一句：「那你們這些時都住這兒嗎？」

「是，您有事就打發人來說話吧。」

祝嬤嬤看著他們的背影完全消失了，深深地嘆了口氣，才讓車夫駕車離去。

直等進了屋，章清亭才道：「看樣子，這孟家和晏家關係似乎不大好。」

趙成材悄悄告訴她原委，章清亭聽得直咋舌。不過這些陰私之事，還是少打聽為妙。

趙成材把話題轉回自家，「那布匹上的那些污漬，妳可有法子去得掉嗎？要不要趕緊找人來洗洗，免得越放越壞。」

章清亭說起這個可就得意了，「實話告訴你吧，這吉祥齋的料子好，可不光是在花色上，質地還特別精良，最耐洗的，三五年都不會壞顏色。你別看那些弄髒了，只要拿淘米水一浸，全都能洗乾淨，等再製了衣裳，一樣鮮豔，絕對看不出水浸的痕跡。」

趙成材立即挽袖子，「那妳不早說？我去把它泡起來。」

「要你忙什麼？」章清亭把他拉回來，「剛才咱們做飯的時候，你不是沒瞧見玉蓮嗎？我就打發她幹那個去，都已泡上了。只是那匹雪緞著實有些難弄，隔不了一尺就是一個大窟窿，一多半都用不上，做裙做衣都不行，就只能配了做衣裡子了，真是可惜了那好料子。」

趙成材幫她出主意：「就不能像妳從前似的，配了別的料子做衣裳？加個邊繡個花，不是挺好看的嗎？」

章清亭搖頭，「從前那都是不太好的料子，怎麼混著搭都行。可這回的料子本身都是極好的，這就像一朵牡丹，你硬要再給它配一朵芍藥，反而顯不出好來了。你說，若是拿那料子給小孩兒做衣裳如何？」她自己又皺眉覺得不妥，「哪有小孩兒穿白的？」

「豈止是顏色不妥？小孩兒成天四處亂爬，又是屎又是尿的，弄個白衣裳，沒兩下子就埋汰得不成樣了。妳要實在沒地兒用，不如做兩件貼身的小衣。那料子那麼好，縱是拼一拼，也沒多大關係了。」

章清亭忽地眼前一亮，「對啊，用那料子做些肚兜褻褲倒是極上等的。」她忽又發起愁來，「可咱們那布的生相兒，怎麼見得人？也賣不起價來。」

趙成材隨口接道：「若是賣不起價，妳不如就白送給人家，還討人個歡心。」

章清亭腦子裡靈光一現，拉著趙成材激動萬分，「相公，你實在太聰明了！咱們就把這雪緞裁了，送給來買衣裳的客人。這既是白送，當然也沒得挑大小了。隨她們自己愛做些小衣或是繡個帕子都可以，咱們還不用費那個工夫。」

趙成材點破她的真正心思，「然後，妳還可以把這價錢偷偷加進去了。」

章清亭咯咯直笑，「這是不是知妻莫若夫呢？」

像小孩似的！趙成材瞥她一眼，眼神裡卻滿是寵溺，又想到一個關鍵問題，「就算是妳都做成了衣裳，可想過上哪兒賣去呢？這麼好的東西，總不能擺地攤吧？」

「這個我也想過了，跟從前賣那衣裳一樣，做成幾套，就到街上找個鋪子掛著代賣。現在既然孟家要來幫手，說不定她們還有地方可以介紹。」

趙成材點頭，卻問：「那妳怎麼沒想著販回家去賣？那可是獨一份，豈不是賺得更多？要是怕沒錢，我找妻大人借一點就是。」

章清亭搖頭，「販回家裡雖是個稀罕物，但有錢的人畢竟少，賣得肯定慢些。家裡街坊鄰居又熟，咱們總不好搶人家生意。京城裡有錢人卻多，回錢肯定快些。若是有利息，回頭咱們再捎點別的稀罕貨回去就行了。」

趙成材讚賞不已，「果然有進步。不僅是君子愛財，還學會取財有道了。」

章清亭一笑，卻道：「那個喬二公子才是個真正厲害人物呢！」

兩人又在枕畔議論一番，這才歇下。

次日在家中休息，章清亭帶著人買菜，收拾布匹，卻不叫趙成材幫忙，只讓他專心理書，「你那才是正經事，別為了我們這些小事情耽誤了，這才是本末倒置呢！」

趙成材笑著掩了門，一心唯讀聖賢書。又有孟尚德打發書僮送了好些書來，趙成材一目十行地囫圇翻了一遍，做到心裡先大致有個底子。

碧桃伺候孟老夫人用了早飯，自也過來了。章清亭也不客氣，請她找幾個粗使婆子，先把那布匹都洗乾淨了晾上。那幾塊料子用淘米水泡了一夜，果然痕跡都淡了許多，再拿皂角一揉，全都恢復了鮮亮。

足足忙活了半日，才把布都洗淨晾上。望著這些布在陽光底下重新綻放出的美麗色澤，饒是見多識廣的碧桃都讚嘆不已，「怨不得老夫人讓我們來跟您學，瞧這布在您手下一收拾就全然不一樣了，可您要做成什麼樣呢？」

這個嘛，卻還沒有決定。

❁　❁　❁

有孟國公發話就是不一樣，等到下午，就說御醫已約到，後日便來，大家聽了都很高興。

隨後碧桃也打發人送來一箱針線活，全是府上人做的，任章清亭揀選合意的留下。

趙玉蓮見大嫂不看刺繡，只把邊角縫紉做得好的留下，便猜出她的意思，「大嫂，妳是想快點做了賣出去吧？那到底要做什麼樣兒的呢？」

得益於從前在紮蘭堡賣布的經歷，章清亭並不著急，「咱們明兒抽個空到集市上去逛逛，總得瞧瞧京城裡的大姑娘小媳婦們愛穿什麼，才好回來琢磨樣子。」

「依我說，那匹紅的應該最是好賣的，這眼看就要過年了，哪家姑娘不想添件紅妝呢？做成襖子面兒，喜慶又漂亮。」

章清亭當即一笑，「那嫂子送妳一件。」

「那可不行。」趙玉蓮很是乖巧懂事，「咱們這上京來，家裡姊妹們都瞧著呢。嫂子若是給我做了，又怎能不給她們做呢？若是咱們都做了，那這匹布還有什麼可賣的？莫若等嫂子真正掙了錢，再送我們些衣裳，那我才歡喜。」

這丫頭，真是讓人不疼都不行！姑嫂說笑著，把要用的針線揀選了出來。

眼見日頭偏西，婁府打發了馬車來接。碧桃心細，知他們要赴約，又晾了一院子的布匹，提前帶了兩個小丫頭過來幫他們看屋子。章清亭把挑揀出來的衣物給她，她也不問緣由，便讓人準備去了。

婁瑞明家中早已準備妥當，親在前廳迎接。他家這房子雖還不及孟府四分之一大，但也是層次分明，並帶著一個小花園，精緻小巧，收拾得乾乾淨淨。

這兒也不講孟府那些規矩，婁瑞明直接將他們請進內廳，夫人子女悉數出來相見。婁夫人和女兒是從前在紮蘭堡就見過的，婁家兩位公子倒是第一回相見。老大婁承志，年十七。老二婁承業，十六，均是斯文子弟。

寒喧一番，便上了晚宴，婁氏夫婦殷勤熱情，可比在孟家要隨意許多，趙成材終於在做客時也能吃個八分飽了。

章清亭卻留意到，婁家二位公子悄悄注視了趙玉蓮好幾眼，看得小姑頭都不敢抬，小臉始終微紅。再看看單純懵懂的牛得旺，章清亭暗自憂心。幸好飯後婁瑞明便帶他們全去了書房，這邊只有幾個女眷閒話，氣氛方才輕鬆許多。

趙成材和婁家父子談了些學問功課之事，約好改日切磋，婁瑞明把兩個兒子都打發出去，一個下人不留，才跟趙成材推心置腹說起了心裡話。

「真沒想到，孟國公的兒子居然接了我的任。成材，你能認得他們府上，倒是好運氣。」

趙成材卻無半分喜色，一揖到底，「還請大人指點。」

婁瑞明微微一笑，「不必拘禮，你一向是個聰明人，應該也能看出幾分厲害。況且你來京城不過是借宿讀書，沒什麼大事會牽扯到你頭上。只是太學院中人多口雜，可要牢記謹言慎行，尤其不可妄議朝事，知道嗎？」

趙成材點頭記下，卻問：「那若是有人問起，我該怎麼說和孟家的關係？」

「含糊帶過。」婁瑞明道：「到時我會讓承志、承業陪著你，他們對京中子弟比你熟些，雖不能全都認得，卻也頗知幾分好歹。你住在孟府，本身就夠惹眼的了，若是有人別有用心，你只裝糊塗，一概推作不知便是。」

趙成材暗暗心驚，看來孟家勢力甚大，想攀龍附鳳的人不少，但想尋釁滋事的也很多。

謝過了婁大人，又聊了幾句閒話，趙成材似是漫不經心地問起：「上回到郡裡讀書，聽一位同年說起，從前京裡有位燕王……」

一聽說起這個名字，婁瑞明立即臉色一沉，連連擺手，「以後切莫在人前提他。」

趙成材故作無知，「為何？」

婁瑞明壓低了聲音，「你不說我也知道，是不是說他極是禮賢下士，還有許多人還曾受過他的恩惠云云？」

「大人怎麼知曉？」

婁瑞明冷笑，「你們在鄉下有所不知，這個燕王當年好博名頭，竟私吞國庫銀兩，還妄圖犯上作亂，陛下仁慈，念著兄弟之情，將他流放異地，聽說前幾年已經病歿他鄉了，此後京中再無人提及。」

趙成材可以放心打聽了，便略說了下方德海的家事。

婁瑞明聽得頗為同情，「怨不得他歸隱鄉間，原來還有這樣一段辛酸。你若是要問，去京兆尹衙門便是，要不要我給你一個拜帖？」

「不用了。」趙成材一聽就知道他這不甚乾脆的語氣，便知他不大方便插手，裝作滿不在乎的樣子，「這種陳年往事，誰知道還查不查得出來？方家也沒抱多大希望，不過去問一聲，有便有，沒有便沒有，實在無須勞動大人。」

又打聽了一會兒太學院的事情，趙成材便起身告辭了。婁瑞明把他們送出門外，依舊讓家裡的馬車送了他們回去。

次日用了早飯，趙成材自帶保柱去衙門打聽消息，章清亭讓孟家婆子請來碧桃，請她領著上街去逛了。也沒特定指定的地方，章清亭一路專揀繁華路段走，遇到看得順眼的裁縫鋪子還要下車來瞧，卻什麼都不買，只略逛逛。

帶路的小廝不解其意，逛了半日也不見她消停，便建議她去京城最熱鬧的神廟逛逛，那裡人最多。章清亭很有興趣，碧桃也不見半點不悅，笑盈盈帶她們用過午飯，便去了天一神廟。

那寺廟座落於京城東南方的神山上，氣勢恢宏，莊嚴肅穆。

進廟的數千級臺階上香客如蟻，人頭攢動。

章清亭看得眼睛都亮了，精神十足地往上走。及至大殿，卻見原來這裡也分了三六九等。普通百姓只能在外頭的大殿祈福上香，達官貴人們可以到二進的大殿內添油點燈，最後面供奉的天一真神屬皇家禁地，一路都有御林軍看守，閒人免進。

碧桃招手叫來一個小師父，拿出孟府的權杖，把章清亭他們請進了二層殿，還帶她們按照京城習俗，點了油燈祈福。只是離開時，不意又有信徒進來。待瞧清面貌，可不就是那位糧商頭領，侯府二爺？

碧桃上前對他行了個禮，喬二公子似也認得她，「你們今兒怎麼有空來了？快帶我去跟老夫人請安。」

碧桃一笑，「老夫人沒來，婢子是奉老夫人之命，陪趙夫人出來逛逛的。」

喬二公子看向章清亭一行，微微訝異，又很謙和地笑著頷首，算是打了個招呼。

章清亭微福了一福，就很自覺帶著弟妹先走開了。不多時，碧桃出來，主動說了兩句。

原來這喬二公子名叫喬仲達，和孟府還有些瓜葛。孟家的大姑奶奶，也就是孟尚德的妹子原本是永興侯的元配，只可惜紅顏薄命，嫁過去不到兩載便香消玉殞，一點香火也沒留下，現在永興侯府的夫人乃是續弦。

這喬仲達卻是孟府大姑奶奶當年陪嫁過去的丫頭秋萍所出，秋萍又是孟家的家生子兒，感情自然不同。

自她生了兒子，被喬家抬舉了姨娘，孟家念著過世的大姑奶奶，怕秋萍在那府裡面上無光，便把他們一家子全都放了出去，還幫著尋了個體面差事讓他家營生。這些年，那邊府裡也多有幫扶，日子過得越發好了。

按照大戶人家的規矩，喬仲達的外祖家雖應該算是現在的主母那邊，但終因不是親生的，不過只是些場面上的情禮。倒是因親外祖這層關係，和孟府這邊很是親近，逢年過節皆會來請安問好，是以與府中上下皆是熟稔。

章清亭明白過來，卻替孟大小姐可惜。若是能留下一點骨血，只要有這樣強勢的外家，將來的日子何須發愁？現下卻是人死萬事休，白浪費了這一樁聯姻。怕是孟家也心有不甘，才籠絡秋萍和喬仲達的吧？

碧桃忽地笑道：「恕奴婢方才一時多嘴，喬二公子聽說您買了他們店那幾匹布，還打聽您想怎麼做來著。他那兒還有好些多的，說您若是不嫌棄，儘管再去瞧瞧。我這兒胡亂給您也出個主意，您到時衣裳做成了，若是想拿出去賣，倒不如求老夫人去跟他說一聲，放他店裡，他斷無不應允的。」

章清亭心想，我這還沒開始，這都想著要勸她做大了，連代賣都幫她想好，恐怕就不是這丫頭自己的主意了。

這孟家慫恿著自己做買賣，到底是什麼意思？她們若是真想要合夥，找喬仲達不是更好些？幹麼非要兜個大圈子來找自己呢？章清亭暗自納悶，卻也不問。

到家時天都黑了，趙成材雖知她們隨了孟府的車出去，但見到眾人都平安歸來，這才放心。

他倒是早就回來了，飯也做了，秋日乾燥，那些布匹也都乾了，全疊得整整齊齊收了起來。這有個能管事的夫君，還是挺享福的。章清亭吃著熱飯熱菜，問他打聽的事情。

方家那種陳年老案子，哪裡能這麼快打聽得出來？只找了個管文書的小吏，打點了些銀兩，答應幫著查一查，讓他過幾天再去等消息。

逛了一日，章清亭也累壞了，吃飽了坐下就不想動彈。

趙成材幫她把煎好的藥端了來，「妳也累了，喝了藥早些睡吧。」因見他捧著小案，恰到自己眉前，章清亭歪著頭調笑，「這也算是舉案齊眉嗎？」

「是啊。」趙成材就勢拿湯勺要餵她，「夫人請張嘴。」

章清亭咯咯直笑，自己接了過來，「等我哪天病得不能動了，你再來伺候我吧。」

趙成材臉一板，「虧妳在家還老教訓小蝶，怎麼自己也說這些不吉利的話？」

章清亭話一出口，便覺不妥，知他好意，卻不好意思認錯，便打個哈哈兒岔過去了，「孟大人給的書多嗎？讀得辛苦嗎？什麼時候太學院開課，都定下來了沒？」

見她避重就輕，趙成材輕彈了她額頭一記，卻提醒著：「這孟家雖然殷勤，但咱們待人處事可得更加小心。大樹底下好乘涼，但樹大也招風。」

章清亭當然明白這個道理，「你放心，我會小心。倒是你，還得去太學院讀書，那兒王公親貴更多，得更加留神才是。」

閒話幾句，她服了藥先睡下了，趙成材很是體貼地把燈移了個方向，讓她好眠。看著帳外那秀才朦朧的身影，雖不是那麼魁梧有力，卻讓人感覺到寧馨踏實，章清亭帶著笑意，翻了個身，安心睡去。

次日，趙成材和婁家二位公子跟著孟尚德安排的管事去太學院拜訪老師了，章清亭就安心坐在家裡，對著那幾匹布料用心畫著衣裳樣子。這些都是極好的料子，可不像從前在紮蘭堡似的，幾百文能隨隨便便打發一套，既想賣得出好價錢，就一定要有吸引人的獨特之處。

趙玉蘭送茶水進來時笑道：「大嫂，我也畫了幾個樣子，妳要是不嫌棄，就瞧一眼吧。」

章清亭瞧著她畫的，又有些新的思路，姑嫂二人小聲商議著，定下一匹衣料的樣子。

忽有孟府丫頭過來相請，說是御醫來了，正在為老夫人把平安脈。

這可是正事，趕緊把在院子裡玩的牛得旺叫回來，洗了手臉，換上乾淨衣裳去看大夫。

他們這小院要到孟老夫人的後院間有一個小花園，雖時已深秋，仍有不少菊花尚未凋零，和經霜的松竹一起，仍是裝點得花團錦簇，頗有幾分可觀。

冷不丁斜刺裡滾出一個大紅彩球，還綴著黃色纓絡，紮得極其精緻。牛得旺畢竟也是小孩子，一見就喜歡上了，剛抱起來，卻見後頭有個小傢伙邁著兩條小短腿追出來，奶聲奶氣嘟著一張粉紅色的小嘴討還：「我的，我的！」

只見他不過兩歲左右，不及膝高，正是粉嫩可愛的時候。身上一件綠色的小衣裳，濃得都快要滴下翠來，下面一條黃色撒腳小褲子，都是極上等的衣料。頭上用細細的紅頭繩紮一根小小的沖天辮，繫著兩顆龍眼大的明珠，脖子上掛著金燦燦的長命鎖，渾身上下透著股富貴氣息。只這孩子委實太瘦了些，長得像根小豆芽似的，小下巴尖得讓人心疼，越發顯得那一雙黑黝黝的眼睛大得嚇人。

後面已經有奶媽跟著跑了過來，「小少爺，你又跑這麼快，小心摔著！」

牛得旺已經懂事地把手裡的球給了那小娃娃，「還你，我不要。」

小娃娃抱著球，仰著小臉好奇打量著他們，大眼睛骨碌碌轉來轉去，「你是誰？」

碧桃已經從裡面迎了出來，笑著介紹：「這位是喬二爺的小公子，敏軒少爺。這幾位就是方才老夫人念叨過的，趙夫人一家子。」

原來是喬仲達的兒子。這沒什麼好奇怪的，讓章清亭心中起疑的是，昨兒在神廟相遇如果說是巧合的話，那今天又在這裡相逢，恐怕就不是這麼簡單了吧？

似是猜到她心中疑惑，碧桃低聲解釋著：「敏軒少爺因是早產，素來體弱，今兒既請了御醫過來，老夫人便也把他接了來，同找大夫瞧瞧。」

章清亭更詫異了，那喬仲達不是侯府公子嗎？怎麼給兒子看個御醫還得到孟府裡頭來？是北安國的御醫太難請，還是他在家裡頭沒地位？

按下諸多猜疑，先跟著碧桃進去了。

小孩子見到陌生人總是好奇的，尤其是當中還有一個小孩子，他興趣就更大了。

孟老夫人那邊還未把完脈，碧桃引著他們先在耳房等候。眾人皆在炕沿上坐下，唯有喬敏軒人小鬼大地踩著炕，偷偷走到牛得旺身後，伸出小指頭戳戳他的背，自己嘻嘻笑出聲來，「肉肉！」

眾人聽著莞爾，牛得旺轉頭吐舌做個鬼臉，「小豆芽！」

喬敏軒似是頭回見到這陣勢，愣了一下，發覺這個胖哥哥是在逗自己玩之後，也咯咯笑了起來，越發肆無忌憚地上前揪著牛得旺的肉，「大肉肉！」

牛得旺撇著小胖嘴，板著小臉回頭瞪他一眼，小傢伙便笑著縮回去。等牛得旺再一轉身，他就又伸出小爪子摸他一把。兩個小孩子就在這你嚇我一下，我打你一下的遊戲裡越玩越瘋。沒一會兒，趙玉蓮都攔不及，牛得旺踢了鞋轉身也上了炕，抓著小傢伙滾作一團。

趙玉蓮很怕失禮，但章清亭瞧旁邊那奶娘，還有碧桃她們都是一臉縱容之意，便只囑咐牛得旺：「手輕些，莫真打著小少爺。」

牛得旺雖然憨直，卻不蠢笨。在學堂裡有了和同學們相處的經驗，再跟這個小不點玩兒時，下手也知道分寸，只是假意呵小傢伙的癢，逗得他笑個不停。

由著兩個孩子高高興興玩了一時，奶娘見喬敏軒有些氣喘才上前制止：「好啦好啦，小少爺玩夠了，來擦擦汗，別吹著風。」

小傢伙正玩在興頭上，哪裡肯停？奶娘卻不依了，「別一會兒又病了，回家可是要喝藥的。」

小傢伙的嘴巴快噘到天上去了，大搖其頭，「不喝，苦苦，不要！」

這小模樣真可愛至極。

章清亭忍不住半羨半妒起來，自己要是也有這樣一個孩子……

不，自己的孩子肯定比這個好，起碼不會養這麼瘦！

奶娘寵愛地把喬敏軒抱進懷裡，拿帕子細心幫他擦去額上的細汗，又摸摸他的後背，見略有濕意，便要跟著的小丫頭拿乾淨裡衣來換上。

趙玉蓮帶過牛得旺，也有經驗，忍不住多嘴插了一句：「這屋裡雖然暖和，但小孩子這麼老換衣裳容易著涼，嬸子不如就拿塊乾淨的棉布給他隔在背上，又吸汗又不怕受風了。」

那奶娘聽著有些道理，卻仍有些遲疑，「這法子管用嗎？可我們沒準備啊！」

「很好用的，我們那兒帶小孩都是這樣。由他去玩，只記得過一時換一塊便好了。」

碧桃聞言很快進屋拿了一塊做衣裳剩下的絲棉來，問她能不能用。

趙玉蓮一笑，「這個也使得，只是太好了些。這裡頭摻著絲的，摸著雖滑，未免有些涼，反不如尋常的棉布吸汗柔和。若是怕那個棉料子硌著不舒服，只多洗曬兩回便好用了，千萬別為了好看去上漿就使得。若是天涼，把這棉布用火烤熱了，再給孩子墊上，那便更舒服了。」

碧桃忙幫著把絲棉裁成合適大小，再拿爐上烘熱了才給喬敏軒墊上。趙玉蓮又教她們在後領口那兒多翻幾個褶，或者拿個小夾子夾住，就不怕滑下去了。

這般料理一番，果然比換衣裳要方便得多，那奶娘過來跟趙玉蓮道謝，因見她會照顧小孩兒，便話起了家常，「我們這小少爺什麼都好，就是太愛犯病了。體子弱，偏又不肯好好吃飯，姑娘若是還有什麼好法子，也教我兩招。」

趙玉蓮笑著自謙，「我哪懂什麼好法子？只我們窮人家沒那麼嬌慣，他若不愛吃飯，那多半是零嘴吃多了，狠下心不給他就成了。雖是身體不好，但也要時常放他出去玩耍，曬曬日陽什麼的，慢慢也就長好了。」

奶娘聽著笑了，「咱們二爺就這麼一個命根子，未免偏疼些。」

正說著，裡頭丫頭出來回稟，孟老夫人的脈已經拿過了，現請他們進去。

那御醫看著五十許人，其實已經六十開外了，年紀雖大，但精神矍鑠，耳聰目明。一看他把自己保養得這麼好，章清亭心下便有了三分底氣，只有真正懂得照顧自己的大夫，才會照顧病人。

那奶娘先抱著喬敏軒給老太醫行禮，「王大人，煩您也瞧瞧我們小少爺吧。」

看來他們都是熟識，王御醫呵呵笑著稱好，便要拿捏喬敏軒的脈。

可那小傢伙似是極怕，死活把小胳膊藏在背後，跟扭股糖似的不肯伸手，嘴裡還嚷著：「軒兒很乖，軒兒不要吃藥！」

眾人皆笑，牛得旺勇敢地把胳膊伸出去，「小豆芽，你看哥哥就不怕，你是膽小鬼嗎？」

「我才不是！」喬敏軒被人一激，終於鼓著兩頰也把小胳膊伸了出去。

王大夫順利地拿了脈，「小少爺近來還好，可以不必吃藥。若是又犯了咳嗽，不甚厲害便拿秋梨蒸了水餵他吃。這時氣乾燥，還可以每日拿銀吊子給他熬上一小盅燕窩粥，最是滋補平和。」

奶娘臉現愁容，「王大人，您說的這些我們都知道，可現在小少爺都嫌吃膩了，怎麼也不肯吃，還有別的方子嗎？」

王大夫道：「那只能扎針吃藥了。你們多哄哄，餵他多吃些那個吧，總比吃藥強。」

牛得旺忽地插了一句：「我姊姊會治咳嗽。」

「旺兒！」趙玉蓮面上一紅，把他一拍。這真正的大夫在這兒呢，她有什麼可顯擺的？

偏牛得旺不懂事，還道：「真的！我小時候生病，姊姊就拿針扎我，扎出血就好了，上回她還給孟老師治過病！」

王大夫捋著花白的鬍子瞧著趙玉蓮，「這位姑娘，妳用的可是民間的挑針之法？」

趙玉蓮臉更紅了，「不過是些雕蟲小計，鄉間土法。小孩子不懂事，您別見怪。」

王大夫卻笑著搖了搖頭，「那法子看著雖然簡單，要練好卻沒個十幾年的工夫也是不成的。妳這年紀輕輕的，是怎麼學會的？」

趙玉蓮窘得汗都要下來了，結結巴巴道：「我……我不過是在自己身上多扎了幾針罷了。」

因為牛得旺怕痛，她怕練不好傷著他，跟著鄉間的土大夫學了這法子就在自己身上扎，也不知試了幾千幾百次，才能做到認穴準確，手法輕巧。

王大夫一聽就懂了，望著她目露欣賞之意，「有妳這樣好的姊姊，倒是做弟弟的福氣了。來，小傢伙，過來坐下，讓爺爺給把把脈。」

牛得旺為了表示自己的決心，給喬敏軒做表率，把兩隻胳膊都伸了出去。

王大夫也不笑他，閉目細心辨他脈象。

一屋子人，包括喬敏軒都瞪大了眼睛等著他宣判最後的結果。

章清亭心裡七上八下，要是這位大夫也說沒治，那他們真是沒希望了。

足足有一盞茶的工夫，老大夫才收回手來，又捋著鬍子沉吟許久，要了牛得旺從前看病的藥方，一張張看過才問：「你們是想治他到什麼程度？」

章清亭不敢抱太大希望，說得實在：「我們知道這孩子的病耽誤太久了，不可能讓他突然開竅的。只想問問，能不能盡力治好一些？我這弟弟雖有些愚笨，但這半年自從在書院上課以來，還是長進了許多。我們不求他多聰明伶俐，只要長大了能照顧好自己，我們便心滿意足了。」

王大夫呵呵笑了，「若你們是這麼想的，那我倒可以一試。」

章清亭姑嫂一聽，喜出望外，尤其是趙玉蓮，連眼淚都不覺落了下來，顫聲問：「大夫，我這弟弟真的還有得治？」

王大夫點頭，「治雖有得治，但能治到什麼程度，卻也得看醫緣了。聽你們口音，不似京城人氏，可這病若是要治起來，非一年半載的不能見出成效，你們可能留在京城嗎？」

「能！」章清亭當即作主了。

就怕牛得旺沒治，現在哪怕只有萬分之一的希望，他們也要盡力一試，「那就拜託您了。」

「還有一樁，治這個毛病，可辛苦得緊。那針灸吃藥自不用說，還得在教養啟智上下苦功，這個可比醫治更加辛苦。就他這樣，首先得讓他瘦下起碼十斤肉來，你們可能配合嗎？要是你們一心疼，我可也就藥石無效了。」

章清亭咬咬牙，「行，您就說該怎麼治吧！」

見她態度堅決，王大夫這才開出第一劑藥方，「首先，幫他在京城找個書院，繼續上學。認多少字不要緊，多少要學些人情世故。再為他請三個老師，一要教他拳腳強身健體，二要教他樂器陶冶性情，三要教他學個極精細的活計，如篆刻刺繡之類，練他的眼手之力。這三樣每天都得練上半個時辰，你們可能做到嗎？」

這……這會不會太難了些？就是正常孩子學這麼多也有些吃不消，何況是牛得旺呢？

「一定要學嗎？」

王大夫頷首，「若是要求再高些，最好還讓他琴棋書畫全都學到。若是你們都覺得堅持不下來，他就更沒法子學了。」

章清亭看著牛得旺，狠了狠心，「好！」

現在苦不過苦上三年五載，往後卻能好好過上一輩子，就是他不願意，逼也要逼著他學。

牛得旺還不知其中厲害，只瞧著大表嫂的目光凌厲，不由得有些退縮之意。

王大夫最後抽出那張老黃大夫開的藥方來，「這方子是誰開的？已經是極高明的了，我只略增減了幾味，你們就照這個抓了藥來，先讓他調理學習上一段時日。一個月之後，我再來瞧他。」

他起身告辭，章清亭要奉上診金，王大夫卻笑著推辭，孟老夫人也說不用。

章清亭卻不想沾他家太多的光，正待再讓，卻見門外進來一人，笑意盈盈，目光炯然，「趙夫人，委實不必客氣。若不是老夫人，縱有金山銀山也是請不到王太醫來相看的。」

喬敏軒見了此人，歡歡喜喜探著大半個身子，伸著小手往前撲去，「爹爹！」

喬仲達見著寶貝兒子，表情柔和下來，連語調裡都透著全天下父母都會有的濃濃慈愛：「軒兒乖。」

喬敏軒小臉笑得燦然，把小腦袋一個勁兒往爹爹懷裡拱，那撒嬌勁兒看得人心裡都像是被最柔軟的羽毛輕輕拂過，說不出的溫馨與愜意，讓人嘴角都忍不住噙上一絲笑意。

跟王太醫道了謝，喬仲達又上前向孟老夫人請安。有他這麼一打岔，章清亭也不好再堅持什麼，只好又多承了孟府的一份情。

她想著孟府既與喬仲達淵源頗深，肯定與待她們不同，正事已畢，便知趣地起身告辭。

卻不料孟老夫人竟出言挽留，明顯有引薦之意，「趙家小娘子，妳先別忙著走，這位喬二公子，便是妳買那料子的東家了。」

這下章清亭可不大好走了，只好坐下重新見禮，算是正式認識了。

喬仲達微微一笑，「我與趙夫人已經見過了。」

他這麼一說，倒是讓孟老夫人詫異起來。

「上回我不是自帶人去追被搶的貨嗎？那路上就遇到了他們一家子。」他的目光越過章清亭，投到趙玉蓮身上一眼，「他們一家子倒好眼力，一下就認出我是假冒的了。」

「哦，那卻是因何露的餡兒？」孟老夫人也來了興趣，要聽究竟。

章清亭只得把話接了下來，也不好太削人面子，話說得委婉：「只是覺得喬二爺您不像個普通商販，而我家姨媽又恰是做糧食買賣的，故此才多看了兩眼。」

喬仲達爽朗地笑了起來，「原來是我這假李鬼碰上真李逵了，怪道一眼就認了出來，我還尋思半天到底是哪裡露的馬腳呢。」

孟老夫人笑得前仰後合，「幸好是被他們瞧出來了，要是被那強盜瞧出來了，那可不就打草驚蛇了？對了，追回多少東西，你這損失大嗎？」

「不值什麼，下回多捎點貨也就完了。」喬仲達說得輕鬆，似是渾不在意。

孟老夫人卻不同意，「話可不能這麼說。你這孩子，就是這點不好，做了什麼從來不愛張揚。這些年，要不是虧了有你……」

她忽地冷哼一聲，卻又換了話題，「那夥強盜全抓著了沒？可得好好懲治一番，這在天子腳下就這麼猖狂，也太無法無天了。」

章清亭聽得心中不禁猜想，難道這喬仲達在侯府之中還有什麼隱辛？想他既是庶子，又主動從商，那便是斬斷了自己從仕之路，間接也絕了與兄弟之間的諸多紛爭。依他這性子，應該是個八面玲瓏又長袖善舞的人，那還會在府中與何人結怨呢？為何孟老夫人語氣中大有不平之意？

喬仲達淡淡道：「不過是夥窮瘋了的山賊，問清了藏貨的地方就交給衙門裡的人處置了，只怕他們從前還有些什麼作奸犯科的事情，還得好好審審。」

「尤其是那個主使的強盜頭子，一定得嚴辦。」孟老夫人似是多囉嗦了一句，卻又暗含了某些機關。

章清亭注意到，喬仲達的眼睛微微瞇了一下，卻只一下，便又若無其事了。

孟老夫人又笑著把話題轉了過來，「這趙家小娘子也是個能幹的巧媳婦，才來了沒幾日就買了你鋪子裡遭劫的布，正搗鼓著要做買賣呢！」

章清亭此時要再聽不懂她話裡的意思，那真是個白癡了。不管自己願不願意，此刻都得隨著孟老夫人的話接了下去，「本來還想求著老夫人跟喬二公子開個金口，我們這初來乍到，又是鄉下人沒個見識，說句不怕打臉的話，可否請二爺行個方便，介紹我個地兒賣去？」

她這話裡留了活扣，要你幫忙，但也沒說要你親自幫忙。這個情是孟家硬要我承你的情，但允不允卻在你自己了。

喬仲達似是早有準備，「這有何難？京城裡的綢緞鋪子我還認得幾個，到時夫人做成了，我便跟您引薦了去。」

話已至此，基本就達到了孟老夫人的第一目的，一直沒露面的孟夫人適時出來，問要擺飯的事情。喬仲達父子當然是要留，章清亭卻謝絕了。只是喬敏軒剛認識了牛得旺，見這個胖哥哥要走，有些不捨，抓著他不肯放。

這留個孩子吃飯卻是無關緊要的，章清亭一笑，「若是不嫌他不懂規矩，就留下來陪小少爺多玩會兒吧。」

她自帶著小姑告退了，本想等著趙成材回來，就趕緊請先生去，他卻直到晚飯後才滿身酒氣地回來，進門就連連感嘆：「這京城實在是個銷金窩，真真住不起了！」

因有孟尚德打過招呼，他今兒很順利拜訪到了幾位太學院的老師，可巧又遇著幾個世家子弟，說要請老師吃飯。婁承志悄悄跟趙成材說，他們也得附和，費用得由幾位學生均攤。

趙成材只好硬著頭皮隨了大流，可這一頓飯就吃去二十幾兩銀子，就攤一人頭上也有三兩多。本來婁承志要替他出，但在人前不好為了銀兩失了顏面，便自己出了，結果一路心疼至家。

章清亭聽了不覺好笑，「你們這還算好的，沒請那些彈琴唱曲的姑娘來陪，若是那樣，怕是一人二十兩也是要的。」

「出來時，婁家兩兄弟也是這麼說。」趙成材拍著大腿又心痛又不甘，「聽說這京城裡請一個紅姑娘見個面，什麼都不幹，光茶水費就得十兩銀子，這還是人家給面子。若不然，你縱是堆著金山銀子人家也不搭理你。」

章清亭咯咯直笑，「那你要不要也去那煙花之地見識見識？」

趙成材一拂袖子嗤笑著，「我吃錯藥了嗎？好好的拿錢去喝那十兩銀子的茶水？那漂亮臉蛋看了能管飽嗎了？有毛病！」

章清亭笑得前仰後合，趙成材卻不跟她扯這些沒用的事情，只問：「旺兒的病怎麼說？」

章清亭詳詳細細把王太醫說的話複述了一遍，趙成材連連點頭，「妳說的很對，只要有希望，就讓旺兒在這多住些時候吧，不過……」他又犯起愁來，「那咱們回去了怎麼辦？總不能讓玉蓮一個人在這兒陪著旺兒吧？難道還真住在孟家了？」

「這個我想過了，咱們趕緊寫封信回去，讓姨媽準備準備，先派兩個老家人過來。不過這個情欠孟家是欠定了，若是不住在這兒，咱們上哪去請王太醫呢？怕是連太醫院的門也摸不著的。」

趙成材輕嘆，「如今已經住下，又不好說搬到婁大人那兒去，要不，他家倒還熟一些。」

「別說已經住下了，就是沒住下，也千萬不能搬到婁家去。」章清亭嗔他一眼，「你也不好生想想。」

趙成材一怔，隨即明白過來了。

要是這麼說起來，倒是孟家還相對安全一些，「只不知孟家到底要咱們幹什麼回報呢？」

章清亭微微一笑，「跟你從前想的一樣。」

趙成材訝異了，「難道他們家真的缺錢？」

缺不缺錢章清亭不知道，不過孟家想讓她幫忙賺錢已是昭然若揭。等她這筆生意做起來，一定會來找她談。

看自家媳婦如此自信，趙成材忍俊不禁。

參之章

娘子細訴生意經

翌日一早，孟府就使了碧桃來傳話，牛得旺的三位先生他們府裡可以包辦了。大戶人家總得養幾個拳腳師傅、琴棋書畫先生的，至於要學什麼精細手藝，看牛得旺喜歡，他們也沒問題。

既是盛情難卻，那便笑納了唄，反正債多了不愁，蝨子多了不癢。只是章清亭隱隱有些懷疑，當初孟子瞻介紹他們來家裡住，是否就想到了今日？不過趙成材覺得他不是這種人。

回頭趙成材找到一家離此不遠的平民小私塾，幫牛得旺報了名，他的事就基本搞定了。以後早上起來打拳，然後上學，放學回來吹笛子，第三個愛好他頗有些迷茫，趙玉蓮幫他選了個木材雕刻。

再去濟世堂抓藥，黃老大夫親自接待，看了他們的藥方，又請教了王太醫的做法，他單獨準備了一個小冊子，記錄牛得旺的脈象病情，還異常固執地不肯收他們的藥錢，「算是從這孩子身上，也讓我再學點醫術吧。」

牛得旺這頭收拾清楚，章清亭的衣裳樣子也畫出來了，拿給眾人一看，無不覺得新穎別致。碧桃趕緊帶著上回章清亭選出來的幾位針線好手，每日過來趕製新衣。

太學院裡也開課了，趙成材每日一早便去，至晚方歸，午飯就讓保柱送去。他除了跟人探討學問，也不東拉西扯地四處套交情，倒是耳根頗為清靜。

這日，一群婦人正在院子裡做針線，冷不丁見喬敏軒又竄了出來，扒著門框嘿嘿笑著，「我找旺兒哥哥！」

說起來牛得旺人雖笨笨的，但人緣真好。自從上回見過一面後，喬敏軒老惦記著這個胖哥哥，三不五時就鬧著要來找他玩。

章清亭故作嗔色，「旺兒哥哥要上課，不能跟你玩。」

「就玩一會兒，一小會兒。」喬敏軒伸著一根小指頭放在兩眼中間比劃著，可憐巴巴像隻小狗般哀求，「可以嗎？」

章清亭忍俊不禁，「行啦行啦，你去找他吧。跟他一起上課，不許搗亂，知道嗎？」

牛得旺初學笛子，實在難聽得受不了，故此師傅帶他躲到孟府另一處僻靜角落裡去了。孟夫人索性就把那地方借給他上課，這時候牛得旺應該在上木雕課，反正是做手工，讓這孩子去玩一會兒也不打緊。

喬敏軒歡天喜地跟著奶娘走了，忽有位大娘嘆道：「到底是沒娘的孩子，端地可憐。」

「夫人過世都快三年了，可他們家就是不肯為他續弦，這安的什麼心啊？」

幾個女人嘰嘰喳喳，章清亭很快聽明白了原委。

原來這喬仲達因是從前舊主丫頭的孩子，在家裡特別不受侯爺續弦的夫人待見。雖說不好在檯面上為難他們，但暗地裡使了不少絆子。外人都在猜，喬仲達最終決定走上商途，也是迫於無奈。可他既去從商了，確確實實又能為家族帶來利益。

那喬夫人怕他有了錢就難以控制，故此一直不肯放他出府單過。喬仲達賺的錢再多，也只是為他人作嫁衣裳，自己撈不著多少好處。而喬仲達的元配還是侯爺夫人娘家的一個遠房親戚，除了長得貌美，實在沒什麼家世。當初喬仲達想要經商，就是以娶此女作為交換。

聽說他們夫妻感情好，只那夫人卻是命薄，勉強懷了八個月，就生了喬敏軒，還送了性命。

而那喬夫人就四處跟人說他們小夫妻情深，怕再娶個人委屈了敏軒少爺，死堵著他續弦的路。把人困在府裡，依舊給她賺錢撈銀子花。

跟他一比，章清亭突然發現自己也沒那麼悲慘了。雖然趙張兩家也拿她當搖錢樹，可她起碼活得痛快，不像這人，還得受這麼多憋屈。

忙碌了好些天，她那五匹衣料做了三十套衣裳。那匹雪緞也清洗乾淨，一塊塊的裁好了。央孟府把喬仲達請來，委託代賣。當然，他也帶來了喬敏軒，小傢伙一落地就高舉著個小風車，歡快地跑去找牛得旺了。

孟老夫人不覺莞爾，「敏軒也該添個弟弟妹妹了。」

喬仲達裝作沒聽見，專心看章清亭的衣裳，讚賞了一時，又問到關鍵：「趙夫人，您打算怎麼賣？」

章清亭倒是坦誠，「我這一共才三十套，光料子錢一套就快七兩錢子了，還有工錢沒付。故此，除了那匹紅的要貴些，賣十二兩一套，其餘全是一口價，十兩銀子一套。您看使得嗎？」

這樣下來，章清亭算過，付完做針線的錢，再給代售的一點抽頭，自己也能落個四五十兩的賺頭，便算不錯了。

喬仲達微微一笑，卻指著那夾在衣裡的雪緞道：「這又是何用？」

「這是贈品，買一套我送一塊。」

喬仲達聞言眼睛一亮，對她有些刮目相看，又仔細看了貨色，當即道：「趙夫人若是賣得這麼便宜，我現就可以全買下來了。」

「不行。」孟老夫人笑意盈盈，「仲達，你可不能這麼欺負趙家小娘子。人家初上京城，好不容易才費神費力做點事情，自然得讓她多點賺頭才是。」

喬仲達眉眼彎彎，帶了幾分晚輩在長輩面前恰到好處的活泛，「依老夫人說，該當如何？」

章清亭啞然失笑，這可有意思了，我的買賣你們倒商量得起勁，那就聽聽你們要怎麼來做我這門生意。

孟老夫人對章清亭一努嘴，「你幫著她賣是應當的，只不能由你包圓了再去賺那高利息，這不是讓人家為你做嫁衣了嗎？不過，你放心，也不讓你白幹，該你抽的你儘管抽去，只是這再多賺的都該給人家才是。」

喬仲達笑著賠禮，「是我貪心了，老夫人教訓得是。」

「在商言商，你這麼做也無可厚非，只是呀……」孟老夫人指著章清亭，「難為她花了這麼多的心思。別看只是寄居在我們家的，我倒是真捨不得看著她受委屈。」

章清亭從善如流，適時拍兩句馬屁，又道：「我們畢竟是外地人，在京城不過住幾日就得回去，這買賣做起來也不是長久之計，若是喬二爺肯把我這貨全吃下，我倒是感激更多一些。至於其他，也不敢再有什麼非分之想了。」

喬仲達把話頭接了過來：「趙夫人，實不相瞞，我那兒還有幾匹受損的布，正準備削價出售。您若是不想自己辛苦了，過來指點一下如何處理可好？這筆費用我會另付給您的。當然，您若是想要自己做那也行，要是手頭不方便，我可以先賒給妳，等妳賺了銀子再還我便是。」

「這法子好。」孟老夫人已經倚老賣老，替章清亭答應了，「趙家小娘子，妳抽個空去看看。這打牆也是動土，既然已經做了，不如就多做一些，趕這年下衣裳好賣，多賺一點總是好的。縱是日後妳要走了，妳家弟弟還得在京城治病，家裡總得有人留下照應。有我老太婆在此，不怕有人欠了妳的銀子不還。」

章清亭臉上笑得燦然，心下暗暗叫苦。她方才故意說那番話，就是表明自己並不是很想做這買賣，也不是貪心之人。

喬仲達是個明白人，當即就把話繞開了，要單獨請她去商議。只這孟老夫人委實太精，一字不露，就把章清亭給綁上了賊船，還特意提到了牛得旺的病，便是擺明了態度，妳可別想著過河拆橋。但這個緣由她還絕對不會主動找章清亭開口，非逼著章清亭自己主動向他家投誠不可。

章清亭只得笑著道了謝，先把話題收住。

正在無話可談之際，還好喬敏軒進來攪局，捧著一個木頭雕的小老虎對他爹獻寶，「軒兒雕的大老虎，嗷嗚！」

「軒兒這麼能幹呀？」喬仲達裝作極其驚訝地讚賞。

那隻小老虎雕的雖然簡單，但線條清晰，憨態可掬，連牛得旺學了好幾日都雕不出來，怎麼可能由這麼個小不點雕出來？定是雕刻師父握著他的小手雕幾筆哄小孩子玩的。

大人們個個都知情，卻誰也不說破，哄著孩子開心。

章清亭忽然覺得，自己此刻便像個傻孩子，被身邊兩個大人逗著。

唯一不同的是，小孩子懵然無知活得是真開心，她卻不得不揣著明白裝糊塗。

唉，看在有錢賺的分上，就當一回傻子吧！

喬仲達走了，章清亭這才向孟老夫人行了個禮，「老夫人，我們這鄉下人沒什麼見識，全虧了您替我們著想。只是，您也知道，我們這家小業薄的，一來沒這麼多本錢，二來在這京城人生地不熟，倒是求老夫人賞個臉，索性替我們多操著些心才好。」

孟老夫人似笑非笑，「妳想讓我怎麼操心啊？」

老狐狸！章清亭心中暗罵，嘴上卻替她說出想說的話：「自然是求老夫人替我做個掌舵的人才好呢！」

「原來妳這是要拉我上賊船啊！」孟老夫人順水推舟，「只是我這年紀大了，也操不了什麼心，可瞧妳這小可憐的模樣兒，又不忍心不管。這樣吧，紅杏，妳去把太太請來說話，說有正經事找她，讓她把管事娘子也帶一個來。」

章清亭暗自挑了下眉，我這傻子已經當了，妳們可別想白忽悠人，總得讓我賺回本錢。

不一時，孟夫人帶著心腹管事周大娘到了，章清亭又把所求之事一說，孟夫人卻面露難色，「也不是我們不幫妳，只是妳若是短少銀錢儘管跟我們開口，雖說咱們家也不是那大富大貴，但幾兩銀子還是有的。只一條，律法裡明文規定，這官宦之家不許從商，至多不過置些田莊地產，買幾間鋪子收些租金而已。妳要做事，我們可以幫些小忙，卻不能跟妳合夥。」

章清亭明白了，原來這北安國和南康國管得一樣嚴。不過，這樣也對，若是官宦之家都去經商了，那小老百姓可就真的沒活路了。

她開始理解為何孟家會找上她這個不起眼的小人物了。因為他們無法直接經商，又期待經商帶來的利益，所以就得找一個跟自己家族完全無關的外人來做幌子，自己在後頭坐收漁利。恐怕這也是喬家死抓著喬仲達不放的主要原因，畢竟，肯徹底放棄仕途，甚至捨下臉面去從商的公侯子弟，確實是不多見的。

章清亭見風轉舵，換了一套說辭：「咱們是什麼人？怎麼敢高攀府上這樣的人家去合夥？這也不是你們這樣大戶人家該行的事。我只是想著，我年紀輕，根基又淺，既蒙老夫人賞臉，說句心裡話，也是想賺幾個錢，在京城找些財路，可我們又哪知京城裡的水有多深？可是老夫人方才那句話了，若是被人騙了，連銀子都收不回來也是不無可能的。」

「所以就別怪我冒昧，生出個這麼個歪念頭來。其實我是想請府上幾位管事嬸子們幫著照看一二，萬一遇上什麼事情，我也能狐假虎威地嚇嚇人家。坑人的事那是絕計不敢做的，只求不至於被人欺負就是了。到時，我若得了什麼好處，當然也得謝謝府上幾位出力的人。對了，現在可當真得跟夫人借點錢，等賺回來還得重重謝過府上呢。」

章清亭扯了這一通，也有自己的打算，你們要想藉著我的名頭去做生意發財也不是不可以，但實際的主動權還是得掌握在我自己手中。除非你們敢白紙黑字給我立下契約，否則我想分你們多少就是多少，可別想牽著我的鼻子，真把我當傻子耍。

章清亭很是篤定，孟家一定不敢跟她立字據，什麼事情一旦落在白紙黑字上，那可就是實打實的把柄和證據。

果然，她這番話說完之後，二位孟夫人的臉色都有些不自然。她話說得好聽，卻沒有留下一點確鑿的承諾，光一句重謝算是怎麼回事？可她們又得自重身分，怎麼能開口跟章清亭討價還價呢？

孟老夫人遞個眼色過去，周大娘開口了：「趙小娘子既想著要提攜著我們這些不成器的老貨一起去發財，那敢情好。只是這府裡管事當班的人可不少，若是只找這個，不找那個，都不太好，若是個個都找到，那也煩不勝煩。比如咱們裡頭的幾個，不過是照管著家宅後院，若是有些要拋頭露面的勾當，還得拜託前頭的爺們兒，所以依著我的糊塗心思，若是要做，到底有些事情還是先說明白的好。這既有老夫人和夫人替妳作主，妳只管放心說了，也不怕有人不依。如此一來，看老夫人和夫人是要把事情指派給誰，趙小娘子只管拜託她就是了。」

章清亭心中感慨，這真是算計得周全啊。知道孟家不可能出面跟她談什麼，便讓這些下人們跟她商議。若是以後無事便罷，出了事就往奴才身上一推便罷。

你們有你們的張良計，我也有我的過牆梯。

章清亭不慌不忙道：「周大娘說得有理，只是現在什麼生意都沒開鑼，談什麼全是虛無，不如等明兒先去喬二爺那兒看個究竟，到底有無可為，再議這些也不遲。妳們說，是嗎？」

這……周大娘覷了孟老夫人一眼，暫且退下了。

章清亭捧著衣裳告辭，這個事兒上，誰更著急誰就先輸頭籌。她想得很清楚，大不了不做京城這筆買賣，把衣裳帶到永和鎮上去賣，也不愁銷路，強過彆彆扭扭受人拿捏。

孟家對她們有恩是一回事，可要怎麼回報又是另一回事了。若是在施恩之時便想著要如何索取，那也算不得施恩，只是互相利用罷了。

既是各取所需，那就得相互掂量掂量，各自付出多少，又該謀得多少好處了。

趙成材下午回來，聽她說起此事，微微嘆息，「若是當真有什麼難處，攤開來好生說了，咱們未必不幫著他們，為何偏要這麼裝神弄鬼的？難道這就顯著更高明些？」

章清亭聽出一絲不對勁來，「你怎麼這麼感慨？是在太學院裡遇上什麼事了嗎？」

趙成材從袖子裡掏摸掏摸，拿出四盒胭脂，卻沒好氣地道：「送妳的！」

一瞧那精美的小盒子，章清亭不覺失笑，故意揶揄：「誰對我這麼好啊？」

趙成材瞧著那胭脂嘆氣，「果然是親兄弟，連送禮都送得一模一樣。」

章清亭噗哧笑了，這定是婁家兄弟想送給趙玉蓮的，又不好意思只送給她一人，便買了兩盒假裝送給她們姑嫂，可不就有四盒了嗎？

看著色澤聞聞香氣都不錯，章清亭喜孜孜地收了起來，還道：「才這麼幾盒帶回去怎麼夠分？下回跟他們說，咱們家姑娘面子大，這麼一點可不夠使的。」

趙成材氣得樂了，「那要不要提一句，咱們家姑娘不止面子大，那眉毛也長，臉也不夠白，最好各色粉黛全送來了來，那才叫全乎？」

章清亭一本正經地點頭，「若是再能配上珠花簪環、綾羅綢緞，那就更好了。」

夫妻二人相視大笑，聽得隔壁屋裡的牛得旺心中納悶，問趙玉蓮：「姊姊，大表哥他們做什麼呢？這麼高興，我去瞧瞧。」

趙玉蓮攔著他笑道：「你下午和小喬少爺玩得那麼開心，難道我們也都去瞧了？快寫你的大字吧。還有二十個了，趕緊寫完睡覺，明兒還得早起呢。」

牛得旺不吭聲了，想想，才問：「姊姊，我能去小豆芽家裡玩嗎？小豆芽讓我放了假去他家裡玩。」

「這才上幾天課，就想著放假了？」趙玉蓮嗔了他一眼，卻又道：「過些天吧，這月十五是下元節，若是夫子放假，你便也歇一日。若是大哥同意了，就讓你去。」

牛得旺高高興興扳著手指頭數日子了，趙玉蓮瞅著他日漸消瘦的大圓臉，未免心疼。

可王太醫說過，這人要神智清明，首先就不能過於臃腫，一定得讓他把那一身肥肉減下，筋骨練得精壯靈活了，才能更好地啟智明理。

正告誡著要自己硬下心腸，不可半途而廢，忽聽院門外響，是周大娘的聲音：「趙家小娘子，歇了嗎？」

趙玉蓮過去開了門，「還沒呢，大娘快進來吧。」

章清亭也已經聽到動靜，迎出來了。因趙成材還要溫書，況且這些事情也不好讓他在明面上參與，便將周大娘請進趙玉蓮的房裡說話。趙玉蓮很知趣地倒了茶便掩了門退下，讓她們商議正事。

周大娘拿眼瞅著章清亭，卻只抿著嘴笑不吱聲，章清亭不想拿喬作態的，於是先開了口，「大娘見我臉上長了花嗎？竟有這麼樂呵！」

周大娘笑出聲來，「妳臉上倒沒長花，只是那心裡怕是開了七個孔吧？」

「這話我可不懂了。」

周大娘也不跟她玩笑了，「我為什麼來，就是不說，妳心裡也該明白七八分。若是非要我說出來，那也沒意思了，況且也不像個話。這兒畢竟是主子府上，要真逼著我說些什麼，少不得心裡還要惱妳太輕狂。」

章清亭會意，她這就是主動來求和了，於是放低了姿態，「大娘可千萬別這麼說，若是有什麼事，就儘管吩咐。好歹體諒我年輕不懂事，若是行差踏錯些什麼，您這大人可別跟我這小人一般計較。」

周大娘道：「小娘子是個絕頂聰明之人，我也不跟妳兜圈子了，咱們這樣說吧，下午說起那事，妳可想好了？」

想好了。章清亭已經和趙成材商量過了，「正想請大娘回去跟夫人帶個話呢，我打算先找府上借五百兩銀子。先把這一撥衣裳做了，若是生意紅火，再接著來。」她頓了頓，伸出一根手指頭，「這借府上的錢嘛，只要有得賺，我就按一成的利來還。」

周大娘眉頭一皺，正在嫌棄這也太低了些，卻見章清亭又笑吟吟伸出四根手指頭，「還有四成就算作各位大娘的辛苦錢，以及針線上的工錢等等，您看可好？」

你們出錢出人工，我出名字出腦子，大家五五分帳。若能如此，章清亭就覺得這門生意有點做頭了。自己一個本錢不拿，淨賺半數，也算不錯了。

周大娘低頭思忖了半晌，覺得自家太虧了些，含蓄點了一句：「這……恐怕不大合適吧？」

「會嗎？」章清亭故作不懂，「大娘放心，就算是民間借錢，還上一成的利息也是使得的。只要我們兩家願意，算不得是印子錢，若是再多，恐怕就有些不好說了。」

周大娘猶豫不定，可這樣的結果與孟老夫人交代的有些差距，她作不了主。

套用喬二爺的名言，咱這是童叟無欺，還價免言。

章清亭不跟她囉嗦，「大娘，您去幫我求求夫人，若是允了，明兒咱們就上榮寶齋去走一遭，早些做起來，大家都有進益，可使得？」

想偷腥總是要付出一定的代價，章清亭可不是善男信女，既是相互利用，那就不必客氣。末了，她又悄悄說了一句：「大娘，此事若成了，我可真得好好謝謝妳。」

跟章清亭想的一樣，雖然兩位孟夫人不太滿意這樣的結果，可她們最後還是同意了。

翌日一早，周大娘就帶著銀子來。章清亭也不客氣，先把上回買布的成本揀了出來，轉手就拿了五兩銀子塞回給她。

「這個談不上謝字，不過是請大娘喝茶吃果子的。大娘要是不收，那就是嫌少了。」

周大娘略一推辭，便笑納了。

收了錢，就有了利益關係，兩人再說起話來，立時親近不少，再要辦起事來，都有動力。

這就是有錢能使鬼推磨啊，章清亭不禁感慨，這些大戶人家，總是這樣，個個都是利字當頭，倒不如鄉里那些鄰居友人，大家雖然窮些，反倒更加淳樸仁義。

有個什麼事，三街四鄰不用招呼，都出來幫忙了。也難怪趙成材不喜歡京城的風氣，總惦記家裡。便是她自己，出來這些天，也挺想家的。

馬車微晃，章清亭端坐其中。思念的閘門一旦打開，便如潮汐般全湧了上來。

想弟妹，想爹娘，想馬場，也想趙玉蘭，還有她肚子裡的小東西，應該生了，也不知是男是女，乖不乖的。然後，章清亭發現，她居然還挺掛念趙王氏。也不知這個婆婆又折騰了些什麼，不過自己不在，她會不會覺得很無聊？

章清亭被自己逗樂了。

想歸想，倒是如秀才所言，很應該藉著機會，在京城裡謀份賺錢的營生，但這份生意可得私藏起來，不能再告訴婆婆了，否則那也太虧了些。

她一時又歡喜起來，還是自己相公好。大到生意，小至熬藥，處處把她的事記在心上，這樣的行止可比空虛的甜言蜜語強多了。

周大娘就見章清亭眼神閃爍，一時莞爾，一時蹙眉，忽又化作甜甜一笑，忍不住笑道：「小娘子，妳在想什麼呢？這麼入神？」

章清亭臉上微微一紅，「不好意思，想家了。」

「那也是應該的。」周大娘隨意跟她話著家常，「你們家鄉好嗎？」

「挺好的。當然沒有京城富庶，不過鄉親們都熟，一家人都在，還算熱鬧。」

「那妳有沒有想過搬到京城來呢？這既是要做買賣，總得要自己照管著才是。若是咱們生意做起來了，妳卻走了，那可怎麼好？」

「這個等做起來再說吧，現在還不知能不能站得住腳呢！」

章清亭心裡清楚，京城裡可以留點生意，但絕不會成為她的重心。且不說紮蘭堡的馬場她不能放棄，就是從小家庭來說，趙成材走到哪兒，她就必須得跟到哪兒。

賺錢固然要緊，但絕不是人生最重要的事情。就好像她前幾日在神廟中許下的心願，既不求自己發大財，也不求相公登金榜，只願夫妻美滿，永結同心。

趙成材回來聽她說起，只四字評價，「甚合吾意。」

從繁華場中打過滾的章清亭，已經不會再膚淺地羨慕那些浮華美景了。

周大娘見說她不動，也就噤了口。不一時，到了榮寶齋。早打發小廝前來報了訊，那掌櫃親自迎了出來，把她們直接請進了後面庫房裡。

章清亭這才知道，原來這掌櫃姓高，單名一個逸字，原也不是京城人，自己也有些生意，本是喬仲達起初做生意時結交的一個朋友，因欠了他一個人情，所以才來幫他做幾年掌櫃。因存了一份報恩的心，高逸也不像尋常掌櫃，真正是把喬家的生意當作自己的盡心竭力。

先帶她們看了一些毀損的衣料，竟是比章清亭之前買的還不如。大幅好的都被裁走了，剩下的都不太好處理，周大娘瞧得直皺眉。高逸也不哄她們，直接說這將近十二匹的料子，二百兩銀子就可以全給妳們。當然，要那些好的也行。

章清亭沒先做決定，只注意到庫房裡還堆著幾個大木頭箱子，順嘴就問了一句。

高逸苦笑，「全是碎瓷器。若是布匹，洗洗縫縫，也是能穿的，可這瓷器砸了，還能有什麼用？只是捨不得扔，看著又添堵，正發愁呢！」

章清亭心中一動，讓他開箱看了看。瓷器都是上好的，可惜全碎了。周大娘直嘆可惜，章清亭嘴裡附和著，心下卻暗暗思忖。

後頭去看那些好料子，也只剩下十來匹了，但顏色花型均屬上等，很是華麗。

高逸道：「這回咱們進貨本就晚了一個月，市面上都等了許久，又因有不少損毀，一回來就賣空了，原本是一尺也剩不下的，只因有幾個性急的客人，怕我們的貨追不回來，又趕著訂了別的貨，才多出這一點來。本來二爺說要留著年下送禮的，可趙夫人既是孟府介紹來的，還是讓我帶妳們來瞧瞧了。若是相得中呢，就全拿去。若是再晚，也就沒有了。」

這還真會做生意，勾著你非買不可。

周大娘問：「那這些得要多少錢？」

「價錢不等，十三匹折扣下來，只收一千二百兩即可。均價一匹連一百兩都不到，算是交個朋友了。」

章清亭暗自翻個白眼，這個朋友，好大方啊！

周大娘聽那總價嚇了一跳，她身上才三百兩銀子不到，這上千兩銀子她可不敢隨意答應。可又不好出口還價，便拿眼覷著章清亭，示意讓她開口。

章清亭裝作沒瞧見，低頭看那布匹，「果然是好料子。只是上回喬二爺曾說，若是我想做，可以把料子賒給我的，這話不知跟高掌櫃交代了沒有？」

周大娘鬆了口氣，卻見高掌櫃一皺眉，「這個……竟是我疏忽了嗎？怎麼不記得了？」

想賴帳？章清亭心中暗笑，面上卻越發謙和了，「這也是有的，二爺每天那麼忙，哪有工夫記著說這些小事？」

「我們老夫人也都聽見了的。」周大娘生怕他不信，還忙不迭插了一句。

這個周大娘，雖說待人處事是極老練，但做起生意還是稍嫌稚嫩了些。周大娘本是極有眼色的，見章清亭瞟她一眼，便知道自己失言了，微一低頭，再不吭聲。

章清亭才解圍道：「這批貨不是小數目，就是要賒我也沒這個臉。我這意思是這樣的，我現下想要你這兒零散的所有布匹。高掌櫃，您看這樣行不行，我先付訂金，您把貨給我。東西我拿回去加工，做好了仍是在貴店之中代賣，所有的銀子由您來收。等回了本錢，支了您的抽成之後，餘下的錢您再結給我。若是我做的這些衣裳賣不出錢來，這貨還是全在您的手上，您也虧不到哪裡去，我就只當白花工夫。」

這個法子確實不錯，若是做得不好，頂多平價賣出去，於榮寶齋一點損失也無。於章清亭只是白花了些心思，孟府也只白花了人工。於是，皆大歡喜，一致通過。

只是這抽成該要多少呢？

章清亭很是大方，「高掌櫃，您說多少就是多少。」

她都這麼主動了，高逸也不開高價，「行市裡的規矩，這樣代賣，售價的二成得歸我們，但妳們……」

他還想客氣幾句，減些零頭，卻不料章清亭一口應承，「那就依著規矩來，若是日後做得好了，高掌櫃想給我們減些也使得。」

這話說得讓人心裡舒服，高逸也不客氣了，認真跟章清亭商議起代賣之事。

聽她那買一送一的主意，高逸覺得很新鮮，「妳要買那些零碎料子，是否也是想這樣做？」

「倒也不全是。那些料子我方才看了，能湊起來的，儘量還是湊成衣裳，湊不起來的，就做些小孩兒衣裳。實在用不了的零碎，可以做鞋面，或是縫個香囊荷包之類的小東西，再送人便是。」

高逸聽得連連點頭，「京城裡的人忙，圖省事的多。要依我說，妳這生意趕緊定下一個名號，乾脆往後只做成衣，也算是個特色。最好一樣花色就大中小一套碼子，量越少才越稀罕好賣。」

他這說得很是，章清亭只是不解，「我這賣衣裳還要定什麼名號？」

高逸卻笑，「妳這樣子既新鮮，難保掛了出來，沒人來學了仿去。若是定下名號，就像人家做壺似的，每件成衣上都繡上一個獨特的標記，那就是妳名下的東西。仿得再好，那也贗品。日後管妳到哪裡再做，人家只要知道這個名字，就認妳這個老字號了。」

這個法子好啊！章清亭覺得給他二成的抽頭真的不算多了。

當下便給三百兩銀子訂金，收了布匹回去，約好了先把頭一批的衣裳加了標誌就送來代賣，和周大娘滿載而歸。

章清亭自回了棠棣院去琢磨名號和新樣子，周大娘回過孟家二位夫人之後，便開始挑選能幹的針線繡娘，另闢院落開始做正經事。

趙玉蓮有些不解，私下請教大嫂：「他們這府上難道不要人伺候了嗎？抽這麼多人出來做針線，旁的活計可忙得過來？」

章清亭抿嘴輕笑，「妳看他們家老少一共才十個正經主子不到，卻養了多少奴僕？怕是檯面上的就足有一二百了。還有許多上不了檯面的家生子，幾輩子都在這兒。又吃不得苦，又沒個營生，全靠家主養活。可若是往外賣，未免落個不仁厚的名聲，白養著又耗銀錢，可不得尋點事做？」

趙玉蓮本就聰明，一點就透，「等開了這個口子，要是有些實在不中用的，到時往外打發幹些苦差，只怕也順理成章了。」

章清亭沒有說錯，等料理妥當，孟夫人粗粗算了筆帳，去了這些人，再加上撥過去打雜跑腿的，以後每月內宅的銀錢至少就省下好幾十兩銀子來。

若是生意做大，往後還不愁沒地方安置閒人。一旦手上有了錢，又可以去添置農莊，安置下人，相信長此下來，家裡就不用再寅吃卯糧了。

報給孟老夫人，婆媳二人都很滿意。就算章清亭要錢，但確實能辦事，想想，對她的怨氣也漸漸散了。

趙成材今兒回來，就被媳婦派了個差使，「快幫我瞧瞧，哪個名字好？」

趙成材看她擬的，無非是些麗影雲裳之類的穠詞豔字，他看一眼便放下了，實話實說：「雅是雅，但不夠特別。」

「那你說叫什麼好？」

趙成材不答，只斜覷著她，「有什麼好處？」

章清亭耳根一熱，「不幫忙拉倒！」又低嗔著，「這還在旁人家呢，也不知檢點！」

趙成材湊她耳根，「那妳不能讓我做幾年和尚吧？路上不方便，來這又不方便，妳這不是逼著我往外找人嗎？橫豎鋪蓋都是自己的，閂了門，誰知道啊？」

章清亭默了一時，「那你先幫我出了這個主意再說。」

趙成材一笑，寥寥幾筆繪了隻小蜻蜓出來，旁邊落下三字：「這名兒可好？」

章清亭眼前一亮，卻看著自己擬的又有些不甘心，便把這些全都另謄在一張紙上，「我明兒送去給高掌櫃瞧瞧，看他覺得哪個好，就用哪個。」

趙成材橫她一眼，卻道：「這生意既做起來了，便不是一朝一夕的事。玉蓮暫時可以在這幫妳看著，可日後怎麼辦？況且她又生得如此美貌，我始終有些放心不下，總不能把姨媽叫來吧？方老爺子和阿禮倒是都好，只他們都不可能上京城來的。」

章清亭狡黠一笑，「所以咱們得在走前交幾個用得著的朋友。一隻小羊落在一隻老虎旁邊當然是危險的，可若是又來一隻老虎呢？」

趙成材懂她的意思了，「那怎麼能請得動那隻老虎？」

章清亭搖頭晃腦，掉書袋：「子曰，君子喻於義，小人喻於利。對於我這種勢利小人來說，只好去利誘人家了。」

調皮！趙成材刮刮她的鼻子，才想玩笑說，只要不色誘，怎樣都行，牛得旺下學回來了。只嚷著渴了餓了，章清亭忙倒茶拿點心給他，趙成材就奇怪了，「玉蓮呢？」

章清亭挑眉一笑，「這不是讓小羊去給老虎送禮嗎？」

她若是親自出馬，難保孟家的人不盯著，便以抓藥為名，打發小姑帶著保柱出門了。

牛得旺不懂他們在笑什麼，只問：「大表哥，夫子說，下元節要放假的。姊姊說你要是同意，我就可以去小豆芽家玩的，你同意吧？」

趙成材笑了，只一個字：「好。」

至晚，更深夜重後。

章清亭伏在枕上，拚命壓抑著聲音嗚咽：「……好哥哥，饒了我吧，實在受不住了……」

可身後男人猶不知足，「這一回還沒完呢，妳慌什麼？」

章清亭又羞又急，「那你……你倒是快著些啊……不，不要那麼快……」

男人隱約帶著悶笑的聲音滾燙而曖昧，灼燒著人的皮膚，「一時要快，一時又不要，妳到底想要怎樣？」

章清亭羞恥得連腳趾都緊緊縮起，卻只能和著男人粗重的喘息，和他沉進火熱的夢裡……

第二日，章清亭又約了周大娘去了趟榮寶齋，把才畫好的的幾款衣裳樣子和店的名號交給高逸揀選。

瞧來瞧去，高逸最後還是選中趙成材擬的那個了，「這個就好。荷月塢，風輕荷氣微，隨月上人衣。意思好，這隻蜻蜓也畫得好，又簡單好繡，也不必用什麼彩線了，就繡成這種淡淡水墨的樣子，就極雅致了。」

章清亭略略無語，其實她也是這麼想的，不過看人這麼讚那秀才，有些不服，尤其昨晚……算了，章清亭不糾結了。

名號既定，高逸還信手在這蜻蜓之上又加了半輪明月，下面添一角小荷，讓她去雕一塊窗戶大小的木雕畫，到時掛在店中展示，就更好看了。

這事沒注意，交給牛得旺那師傅就行。

沒幾日，就聽說榮寶齋出了一款新玩意兒。用名貴碎瓷按著一定的花色組合成各式圖形拼鑲在陶土盆上，既可裝飾，亦可用作花盆等器物，非常別致，很快就銷售一空。

最後連他們貼在牆上，用作招徠顧客的大幅碎瓷壁畫也不得不全鏟了下來，被人買去如法炮製。有些買不到的，便特意買些瓷器來砸了，一樣鑲貼在家中，在京城裡也算是掀起一股小小的風潮。

趁著這批碎瓷製品賣得火紅的時候，榮寶齋又適時推出一系列名叫荷月塢的新款衣裳。與京城常見的略有不同，更加清新雅致。用的料子好，價錢又比外頭的便宜，且是成衣，一種款式就那麼兩三件，賣完就沒了。

他們店裡賣得也有趣，並不是擺在那兒讓人看，而是挑了幾個美貌的小丫環穿著給人展示，看著就賞心悅目。

雖是概不二價，但每買一套都還有東西贈送，縱是沒有訂做的如意，只要大體合適，還是有許多人願意慷慨解囊。

那邊生意紅火，章清亭倒是閒了下來，趁空把賀玉堂、李鴻文他們要的東西買了，也去逛了逛京城的馬市，長了不少見識。

因下元節太學院放假，便和趙成材約好，一起出去遊玩，也準備著給家裡人帶些禮物。沒想到頭一日，喬仲達打發人來，要請他們全家都去逛逛。

趙成材笑道：「這下終於可以深入虎穴了。」

喬家因主子多，比起孟府來說，更加講究規矩。雖然過門是客，但畢竟身分懸殊太大，連正門都沒瞧見，派來接人的馬車就把他們直接拉到了西北角的小門上。

那兒早有奴僕在此等候，一層層領他們進去。到三門上，卻見喬敏軒正扯著奶娘的衣角在那兒翹首以待，遠遠瞧見他們，歡喜得不得了，使勁揮舞著小手想往跑過去迎接，卻被奶娘扯著不放。

章清亭知道他們大家子的規矩，忙忙擺手示意不用，只推了牛得旺一把，讓他快些過去。

小胖子得了許可，高高興興往裡跑，「小豆芽，你站著，我來了！」

喬敏軒高興得直跳腳，拍著小手歡呼，「小胖哥哥快跑！」

這兩人倒像是久別重逢的難兄難弟，眾人看著俱是含笑不語。

牛得旺剛要進那道垂花門，冷不丁走出一個衣裳華麗的中年婦人，後頭還跟著幾個丫環婆子，陰沉著臉，冷冷斥責了一句：「哪裡來的野孩子？怎麼大呼小叫的，一點規矩都不懂！」

牛得旺被她嚇了一跳，忘了腳下的臺階，一下子絆倒摔了下去。幸好他現在練了幾天拳腳，身手靈活了些，忙亂中手撐了一下地，人就沒摔著了。可到底右手在臺階上蹭破了老大一塊油皮，當即就有血滲了出來。

章清亭他們已經趕了上來，扶起了牛得旺。趙玉蓮慌忙撩開他的褲管，卻見右膝上也磕出老大一個淤青，很快便泛起了紫。

幸好小胖子很堅強，知道不是在自己家，收斂了脾氣，強忍著眼淚沒有落下，可這懂事的模樣看在大人眼裡，就更覺心疼了。

他不哭，喬敏軒看著他的傷口倒是嗚嗚哭了起來，孩子氣地替他吹著手，「不痛不痛，哥哥不痛！」

旁邊奶娘瞧著那婦人，面上甚是尷尬，屈膝行了個禮，囁嚅著道：「孫大娘，這幾位是二爺請來的客人。」

那孫大娘是喬夫人的陪房，素來在府中驕橫慣了的，今兒聽得喬仲達請客，特特的過來打探消息。見趙成材不過是一介寒儒，就完全沒放在眼裡，不屑地用眼角餘光掃了他們一眼，不接這話碴，只顧教訓著奶娘，「妳也忒不懂事了，怎麼能帶著軒哥兒就這麼亂跑？這是我們這府上的規矩嗎？別只管著他好吃好喝，行出事來卻不像個樣子，若是親戚上門，瞧著像什麼樣子！」

章清亭聽得心中火氣騰騰往上竄，不過是個有頭有面的管事娘子罷了，竟如此囂張，也不把人放在眼裡了。

「敢問這位夫人，我們確實是鄉下人，不懂什麼規矩，可我們家孩子不過是叫了敏軒少爺兩聲，這算是壞了哪門子的規矩？您這麼大年紀，又瞧著像是有身分的樣子，就非得跟一個孩子這麼計較，又算得上是什麼規矩？」

「把孩子嚇得都摔了，您連瞧都不瞧一眼，反倒指責敏軒少爺的不是。可他這麼小年紀還知道為了朋友哭兩聲，可是您呢？就這麼插著兩手教訓這個，教訓那個，請恕我們這些鄉下人就不明白了，這就是你們大家子待客的規矩？」

「或許您是瞧我們身分卑微，就不把我們放在眼裡，可我們再怎麼說，也是清清白白的良家百姓，又不是任人使喚的奴才下人。就是來府上，也是應了喬二爺之約，光明正大進來的，您這麼瞧不起我們，到底是瞧不起二爺呢，還是怎麼著？這我竟不懂了，還請大娘好生教教才是。」

她一番話，字字句句都像是在抽打她的耳光，說得孫大娘臉上一陣紅一陣白，噎得半個字也分辯不出。

趙成材冷哼一聲，還要火上澆油，「若是這位大娘覺得我們實在粗俗，不夠資格來侯府做客，盡可以把我們趕出去。只是走前，也請留個名號，出去也好替你們宣揚宣揚，這永興侯府好大的威風，好大的氣派！」

孫大娘的臉色鐵青，心下恨透了這夫妻二人。章清亭罵得她已經夠難受的了，趙成材居然還雪上加霜，打了當頭一棒，明褒實貶地絕了她的退路。

她再體面，也不過是一個下人。喬仲達即便是再不得勢的庶子，畢竟也是主子。她一個做下人的，怎麼可能替主子攆客？要是傳出去，別說受罰了，把她攆出去還差不多。

眼下這情形，孫大娘心裡清楚，只有自己道歉才能解圍，可是要她平白無故向這樣兩個窮酸夫妻賠禮說好話，她日後還怎麼有臉見人？

這四周可都站著不少人呢。再遠一些，還不知有多少人在看笑話，該怎麼辦？孫大娘鼻尖已經開始冒汗了。

偏偏此時，喬仲達急匆匆從後頭趕了過來。

方才跟著奶娘的小丫頭眼見情形不對，就趕緊跑回去請人了。論身分，喬仲達是不能迎至門口的，便只在書齋之中等候，聽見稟報，立即趕了過來。

孫大娘才想解釋，可喬仲達卻沉著臉，先向她賠不是：「大娘是太太那邊有年紀的人，說話行事都是極有分寸的。別說敏軒您方才教訓得很是，就連我，您也教訓得很是。我這既從了商之後，往來的朋友也沒什麼達官貴人。雖是清清白白，但我也不該在府內請客，丟了府上的臉。認真說起來，就連我們父子也丟了府上的臉，不該在府內住著的。」

他轉頭吩咐：「你們趕緊回去收拾，咱們這就搬出去。回頭老爺太太問起，我自去說明。」

這話說得很是嚴重了，孫大娘臉都嚇白了，若是喬仲達以此為由，真的搬出府去，那她現在做的算什麼？太太不剝了她的皮才怪！

她雙膝一軟，撲通就跪下了，磕頭如搗蒜，「二爺開恩！是奴婢一時糊塗，求二爺開恩！」

喬仲達理都不理，只過來向趙成材一家賠禮，「全是在下考慮不周，讓賢伉儷受委屈了。我也不敢求幾位諒解，只求貴客稍挪玉步，進屋幫孩子先把傷口包紮好了才走，我再親送幾位回家，改日必將登門負荊請罪。」

趙成材還了一禮，卻偏偏不肯賣他這個帳，「喬二爺無須多禮，我們鄉下孩子沒那麼嬌貴，縱是傷筋動骨也不妨事的。您既要搬家，這會兒必是忙的，就不必麻煩相送了，我們自帶他回去便是，告辭！」

喬仲達再三客套，趙成材卻似發起了脾氣，執意不肯留下。到底喬仲達無法，叫身邊的親信長隨送他們一家離開，務必要請最好的大夫給牛得旺瞧了，再送他們回家。

他們這邊正亂烘烘的送著人，那邊喬夫人已經派人來請喬仲達了。他聽了只微微冷笑，讓人前去傳話，推說要收拾東西，晚些時再去跟她解釋。

等上了車，章清亭才悄聲問趙成材：「咱們今兒這個見面禮如何？」

趙成材一挑大拇指，但笑不語。

誰都知道喬家這位二爺想搬家，可一直被夫人扣著不放，況且也沒有合適的藉口。可巧今兒他們歪打誤撞就鬧了這麼一齣，迅速就被喬仲達利用上了。

聰明人之間不需要串通，橫豎這個人情他們是賣了，喬仲達不是傻子，回頭自知道來還。出了喬府，那長隨徑直讓馬車去了濟世堂，牛得旺不過是些小小皮外傷，卻也買了最好的傷藥幫他包紮才罷。

那長隨本來還說要送他們回家，可趙成材道了謝，說要在街上逛逛再回，那長隨才帶著馬車回去了。他們一家就在街上逛了逛，找家餐館吃了晚飯方才回去。

到家之時，才知喬家早打發人送了一桌上等席面來賠罪。

趙成材看了卻笑，「早知道就回來吃飯了，還可省幾兩銀子。不過，這麼多菜，也很夠咱們幾天嚼用了。旺兒，看你一跤摔出多少好吃的來？」

牛得旺搖頭，認真地道：「那我也不要摔跤了，好痛。小豆芽家的人不好，我不喜歡。」

「看我們旺兒多聰明，什麼都明白呢！」

幾人說笑一回，各自歇下，只章清亭睡下時，忽地發現貼身小衣似小了些，「這料子不是不縮水的嗎？難道那老闆騙我？」

趙成材湊過來一瞧，忽地笑了，「他沒騙妳，是妳長大了。」

章清亭怔了怔，反應過來，臉臊得通紅，「你現在怎麼什麼話都敢說？」

趙成材把手伸過去罩上比比，「確實是長大了。我聽說人，等生了孩子，還會長大些的。」

章清亭羞憤欲死，「我才不要！快把手拿開！」

「真不要？真要我拿開？」趙成材從後頭抱著她，吮著她的耳垂，兩手就動作起來。

……

「如今還要不要了？嗯？」

……

等到天明起來，趙成材突然想起來，「大點好。不過多費點布，咱家又不是穿不起。」

章清亭踩他一腳，去瞧那衣裳的進度了。

回頭帶保柱出了門，想去買幾本養馬的書看看，可尋了半天也沒尋到。她這才知道，賀玉堂肯借她兩本經書，是多大的面子。

後來店裡夥計倒推薦她去些舊書店淘一淘，章清亭覺得有理，不過看已經近了京兆尹衙門，便去問問方德海那老案子。之前趙成材打點過的那個小吏認真查了，仍是無頭公案。

「像這種老案子，除非有當時犯事的人落進牢裡，招供出來，否則很難查到什麼。」

章清亭知他說的是實情，又塞了幾兩銀子，留了個地址，「那就請您費心留意，若是以後查到什麼線索，煩來跟我們說一聲。」

那小吏點頭應下，記在心中不提。

章清亭又去尋那舊書店，保柱一直盡職盡責地跟在她身後，拎著東西，觀察左右。出來這些天，這孩子也學得老練多了，有些事情不用吩咐，他都已經做到了。

「夫人，好像有人在跟著咱們。」在一家書店裡的拐角處，見四下無人，保柱悄悄上前說了一句。

章清亭頓時警覺起來，藉著書作遮掩，「瞧清楚了沒？」

保柱很是肯定，「他們應該有幾人輪換跟著，剛剛突然瞧到的那一個，那天我去打水時，還特意拿錢過來跟我搭訕，打聽咱們家的底細。我沒理他，也沒說什麼。」

章清亭有些納悶，薛紹安的手不可能伸這麼長吧？那會是誰？

她一時也想不透他們來意，只道：「下回你要再遇上這事，就裝著貪財，多要些錢，再回來報我。你別怕，咱們家也沒什麼見不得人的事情，能說的你就說個大概，若是覺得不妥，就支應過去。知道嗎？」

保柱點頭記下，「那外頭這些人呢？」

章清亭道：「沒事。這青天白日的，難不成還當街擄人？咱們該幹什麼就幹什麼。」

她落落大方地繼續逛著街，直至日頭偏西才回去。

進門時，竟是喬仲達來了，他是特意來登門道歉的，「家中下人無禮，冒犯了貴客，實在是無地自容，但請賞光許在下置薄酒兩杯，聊表歉意。」

「喬二爺客氣了。」

正好趙成材也前後腳回來了，客套了一番，全家人隨喬仲達一同出去。去的是京城一間上好酒樓，早訂好了房間，打點好了菜肴。菜並不算太多，也不浮誇，但都是這裡的特色。

「在這兒吃飯，你們可千萬別客氣。」高逸也來作陪，笑著為大家斟酒，「二公子在外頭是侯府王孫，但關起門來卻是最隨和不過的，所以來此吃飯，你們若是還講那些個虛禮，把這好東西都浪費了，那才是暴殄天物。」

這番話說得甚合全家人心意，這頓飯放開來吃，算是真正享受到了美味佳餚。

一時飯畢，上了茶點。眼見他們要談正事，趙玉蓮主動帶著兩個小孩到外間看戲去了。

屋內只剩下四個大人，喬仲達對高逸微微頷首，他取出一包銀兩遞上，「趙夫人，這是妳的第一批回款。」

章清亭接過，微微訝異，在他們的幫助下，頭一批三十套衣裳是賣得比她想像中要高出五成有餘，錢早結了，怎麼又結？

高逸笑著解釋：「這八十兩銀子當中，有六十兩是您幫我們出主意賣那些瓷器的酬勞，一樣也是按總價的兩成算給您。另有二十兩是我們從那些衣裳裡抽的二成當中，再抽出來的半成。您為我們介紹了生意，以後我們每結一筆款，就會私下結這筆錢給您。」

章清亭坦然收下，「正好喬二爺和高掌櫃都在，我這兒有件事想請教你們。」

「趙夫人不必客氣，但說無妨。」

「我想問，你們覺得荷月塢能長期經營下去嗎？」

喬仲達笑了，「若是夫人不提起，我也想說的。這門生意不僅能做，而且大有可為。本朝與南朝不同，百姓尚武，就是平民婦人也多豪爽豁達，針線自不如南朝婦人般細密精緻。而愛美之心人皆有之，現下做的衣裳有些偏貴，都賣得如此之好，若是能大量做些價廉物美的衣裳，這其中的利息可高出更多。」

這真是英雄所見略同，章清亭道：「可是，二爺，您這榮寶齋做的歷來都是精緻東西，若是日後做了便宜貨色，再放在這間鋪子裡頭代賣，恐怕就有些不合適了吧？您可千萬別多心，其實我是巴不得這門生意就全權交給您發售來著，只是怕壞了您店的風氣，覺得是否應該另闢一個所在？再者說，我畢竟只是個婦道人家，又家小業薄的，縱是要做大，日後需要您照應的地方可就更多了。我倒是想斗膽邀您來入股，也不知您嫌不嫌棄？」

高逸先擊掌笑道：「若是果然如此，我也想來分一杯羹了，願意代銷幾處的銷售，幫著把這生意做開。」

喬仲達一笑，「蒙趙夫人不棄，區區也願略盡綿力，討個現成的便宜。」

當下三人就開始商議起來。

章清亭知道，就憑一己之力，不可能和孟家長久合作下去。等她把孟家的管事們帶熟了，人家還要她做什麼？

眼下因初嘗甜頭，會覺得她要那五成還可忍受，但是將來呢？這樣的好事憑什麼給妳占？她章清亭就算是要做傀儡，也要做一個無可取代的傀儡。

幾人商議多時，連趙成材也幫著出了不少主意，最後基本框架出來，打算做成統一採購設計，各地派設掌櫃分銷樣式。只是落實到實際中，尚有不少難題，還想商議，卻是天色已晚，兩個孩子都已經睏得直打哈欠了，只得改日再議。

喬敏軒對牛得旺說：「小胖哥哥，你上回沒去我家玩成，等我搬了新家，你再來好嗎？」

看來他這搬家有望了，相信有這一份人情在，便是不用章清亭開口，日後也會關照趙玉蓮姊弟的。

「好啊，只要不叫那個凶大嬸來就行。」牛得旺痛快應了，還格外寬慰著小傢伙，「我知道你們家也不都是壞人的，小豆芽，你可別往心裡去啊！」

喬敏軒瞪大眼睛不太能領會，倒是喬仲達聽得心裡一暖，知道定是趙成材他們教的，便對他們一家子頷首微笑，「多謝諸位體諒，實在感激不盡。」

本要送趙家人回去，可趙成材瞧著在他肩頭打瞌睡的小傢伙道：「孩子都熬不住了，你快帶他回家歇著吧。這晚上風又涼，別再講這些虛禮了。橫豎我們離得不遠，走走就回去了，只當是散步了。」

喬仲達再三懇求，可章清亭已經拉著小姑和牛得旺走開了，趙成材一笑，「這可無法，先告辭了。」

喬仲達只得道謝離去。

回頭趙成材快步趕上一家人，才問：「你們要不要坐轎的？尤其旺兒，你睏不睏？」

牛得旺搖搖頭，「剛才是有點睏的，可出來走走又不睏了。霍師傅也說，讓我沒事多動動，大表哥，我可以走的。」

連他都願意走，全家人更沒話說。一路說說笑笑，倒也溫馨。

雖說北國十月中旬的夜已經涼颼颼的，但並不算太晚，旁邊人家透出來的燈火不少，一路全是青石板，走起來也快。

「快到家了！」忽地，牛得旺認出了這一帶熟悉的街景，準確地指出了家的方向。

全家人又驚又喜，「旺兒真不錯，會記路了！」

那王太醫確實有幾分道行，依著他的法子調理了這一月，小胖子真是進步很大，這回來京城，就算一文錢不賺，也來得值了。

牛得旺得了誇獎，別提多高興了，更加活泛起來，「大表哥，咱們來比賽，看誰先到家。」

趙成材搖頭，「這天還黑著呢，摔著怎麼辦？」

「就這一段，你陪我跑吧，不會摔的。」牛得旺搖著他的手，想玩一會兒。

「你就陪他跑吧。」章清亭在後頭慫恿著，「這沒幾步路就到家了，若是摔了，旺兒，你可不許哭。」

「小狗才哭！」牛得旺拍著小胸脯保證，趙成材沒奈何，只得陪他跑了起來。

牛得旺是當真了，一路奮勇當先，趙成材怕他摔了，小心翼翼跟著他後頭保駕護航。

趙玉蓮看著他們的背影，笑得溫柔，「大哥日後肯定是個好爹爹，對孩子真有耐心。」

章清亭對這個倒是一點也不擔心，她是擔心自己什麼時候能懷上。

眼見他倆跑進一個黑暗的拐角，章清亭趕緊提醒了句：「那兒黑，慢點！」

可話音未落，剛剛消失了身影的兩人驟然發出尖叫，隨即響起沉悶擊打皮肉的聲音，在這靜謐的夜裡聽得格外清晰。

章清亭全身汗毛都豎了起來，和趙玉蓮對視一眼，腦子一熱，都提起裙子就往前跑，「這是怎麼了？怎麼了？」

黑暗之中只聽到急迫的唔唔之聲，像是被堵住了嘴。

章清亭忽然想到，這是遇到強盜了嗎？那她還往前送死幹麼？倒是叫人來救命啊！

她想出聲，可是已經來不及了，昏暗的巷道裡，迎面快速衝出來兩個黑影。

一人一個擒住她們，捂著她們的嘴，低聲恐嚇：「老實點！再敢吭聲，就立即殺了他們！」

被男人強勁有力的胳膊緊緊箍住，強烈的恐懼從心裡漫上頭頂，幾欲窒息。

章清亭長這麼大，除了薛紹安那一回，這是第二回經歷這樣的陣勢，但還是一樣被嚇得半死，腿都開始哆嗦。思緒轉得飛快，不住在想，這些是什麼人？為什麼要襲擊他們？是要劫財還是害命？趙成材呢，他們又怎樣？

兩個蒙面大漢給了她們重逢的機會，擒住兩個弱質纖纖的女流之輩後沒在原地停留，拖著她們就到了前頭會合。

藉著淡淡的星光，章清亭勉強辨認得出趙成材和牛得旺被幾個手執木棍的蒙面男人制住，堵上了嘴圍毆。趙成材拚命把牛得旺護在身上，盡力替他擋著棍棒拳腳。一時轉頭瞧見妻子妹子也被人拿住，很是焦急，奮不顧身就想衝過來保護她們，卻被人拉住一陣猛打。

此情此景，眼淚像是開了閘的洪水，嘩啦啦的往下滾落，章清亭拚命想掙脫出那男人的手，可力量過於懸殊。

若是要錢，她給就是，可那夥歹徒明顯不是衝著錢來的，倒像是尋仇，直到把那對兄弟打到地上爬不起來才住了手。

見一個領頭模樣的人朝著章清亭她們走來，趙成材怕對她們不利，急得眼都紅了，死命想往那裡爬，卻被人重重一腳踩在胸口上，動彈不得。

章清亭心疼得一顫，拚命搖頭，含淚企求。

那人拿棍子一指章清亭，「妳就是那個荷月什麼衣裳的老闆？」

看這姑嫂倆一個已婚、一個未婚的打扮，很容易就辨別出她們的身分。

章清亭使勁點頭，生怕連累小姑。

那人拿棍子頂著章清亭的下巴，惡狠狠地道：「妳相公來求學，妳做的什麼買賣？給我聽好了，從明兒起，收了妳在榮寶齋的所有衣裳，馬上滾回老家去！若是再敢做這些東西，下一回我們可就沒這麼客氣了，！記住沒有？」

章清亭流著淚，拚命點頭。

那人使個眼色，示意放人，卻又撂下一句：「若是不怕死的，儘管去報官！爺爺我既然敢在天子腳下打人，就不怕你們來告，只不過，你們可得提前給自己備好棺材，走！」

他領著那夥人很快就消失在了夜色裡，章清亭哭得不能自已，一得了自由立即就跌跌撞撞地向趙成材他們撲去，掏出堵著他們嘴的布團，解開他們手上的繩子。

趙玉蓮扶起牛得旺，心疼得直掉眼淚，「這究竟是什麼人啊？無緣無故就打人，這還有沒有王法了？」

「都是我，都是我連累了你們！」章清亭自責得心都要碎了。

不管那夥人是為什麼來的，但歸根結底，還是自己想賺錢做生意才招惹出的禍端。

章清亭啊章清亭，妳真是混蛋加三級！

孟府震怒，在他們家眼皮子底下打了他們家裡的人，就算只是些鄉下人，這也是對他們最赤裸裸的挑釁。不過章清亭卻什麼也不想管，什麼也不想追究，當看著趙成材那一身青紫交錯的傷，她就決定了，她要退股，她什麼都不做了。

「不行！」等趙成材天明醒來，卻是告訴她：「妳先別跟我爭，趕緊打發保柱去太學院，跟婁家二位公子說我病了，讓他們記得做了筆記，回頭借我抄一份。」

章清亭早安排了，只是吃了這麼大虧，這生意還有什麼做頭？

「成材，這種氣可鬥不得。不管人家是為誰來的，咱們這些小老百姓，拿什麼蹚這渾水？」

趙玉蓮端著熬好的湯藥進來，交到章清亭手上，「大嫂大概不知道吧？從前姨父不在時，姨媽店裡也有人來鬧過，甚至還砸到家裡來了。當時我也怕極，姨媽也氣得直哭，可等回過頭來收拾了，咱們該做什麼還是接著做。姨媽說，這背後打黑拳，暗地裡下絆子的人，多半是些心虛無能之輩。就像陰溝裡的老鼠，雖然討厭，卻不用害怕。」

她語氣輕柔，聲音卻隱含著勇敢與堅定，「只要咱們拿起棍子，牠就不敢再來家裡禍害。」

趙成材望著小妹鼓勵的一笑，一邊喝藥一邊慢慢說：「昨晚那些人要真敢下手，為什麼要躲在暗巷裡，生怕人認出來？只怕就是想把我們嚇跑。要是我們真的退縮了，豈不是中了他們的計？」

他眼神很有些冷，「他越不要讓我們做，我們偏要做！不僅要做，還要做大做強，讓那幕後指使之人日日氣得吐血，卻沒有辦法，這才是最好的報復！娘子，妳素來是個最勇敢的，怎麼就竟膽小起來？」

章清亭驀地發現，這兄妹倆果然很像，骨子裡都有一股倔強不馴，讓她想起了趙王氏。

趙成材又望著妻子，溫厚一笑，「娘子，我知道出了這樣的事，妳心裡很不好受，可這真不是妳的錯。」

「不，此事是我疏忽了！」章清亭這才想起曾被人跟蹤之事，「要是我早些留心，也不至於惹這麼大禍！」

趙成材卻道：「瞧，這說明人家早就盯上咱們了，縱是再怎麼避讓，也還是會出事的。哼，欺負咱們老趙家是任人拿捏的軟柿子嗎？我倒要看看，他敢不敢上門殺人！」

趙玉蓮也道：「大哥說的對，咱們可不能服這個軟，滅了自己志氣，長他人威風！」

章清亭把藥餵畢，收了碗道：「我明白你們說的道理，可要是再出點事怎麼辦？」

趙玉蓮道：「大嫂，妳想想，咱們如今這門生意，一邊關係到孟府，一邊關係到喬二爺，若論身家，哪個不比我們強上千倍百倍？那壞人不敢動他們，來動我們，也是打了他們的臉，他們能不管？若怕出事，咱們往後只要出門多加些小心就是了。難道為了怕樹葉砸到頭，就連門也不敢出了？」

趙成材努力抬起手，章清亭忙把手遞上，讓他握著。

趙成材看著她，目光裡滿是情意，「不要自責，妳做得已經很好，真的很好了。賺多少錢我不在乎，可我在乎的是我的娘子，若是妳因為此事耿耿於懷，甚至失去信心，變成個畏手畏腳的小媳婦，那我就真的要難過了。」

趙玉蓮上前，雙手合握著兄嫂的手，輕輕笑道：「容我來礙一回眼。嫂子，妳放心去做吧，我們不怕的。姨媽說過，被人欺負無非兩樣，一是沒錢，二是沒勢。咱們家的勢，要靠大哥去爭，可錢，卻要靠妳去爭。等咱們也有錢有勢了，哪裡還敢有人欺負咱們？」

章清亭眼圈紅了，用力吸吸鼻子，「好，我聽你們的！」

隨後，孟老夫人那兒，章清亭親自去走了一趟。

待回來時，收穫了她一句話：「難得小娘子如此深明大義，日後別說是在京城，若是你們在家有什麼難處，儘管開口，只要我們能幫得上忙的，絕不推辭。」

回頭孟夫人親自送了不少補品過來，那態度和藹，與之前相比，更進一層。

在這樣的情況下，卻沒有想著逃跑，這樣的合作裡，就多了一份真情義。

傍晚時分，喬仲達也到了。

他這人沒什麼廢話，問明章清亭還願意合作下去之後，就請她抽空，帶她去見幾個朋友。

章清亭知道，這算是正式把她接納進他的生意團夥了。

幾日後，趙成材身上傷勢漸癒，便催著她去做正經事，「我這傷看著嚇人，到底都是些皮外傷，不礙事的。妳趕緊把正經事辦了，省得回頭趕不上回家過年。」

章清亭想想便去了，去的是喬仲達在城外安的新家，一個叫思荊園的小莊子。雖然僻靜，但規劃得非常好，像個小小的市鎮。即使簡樸，不少地方還未完工，可看著就非常舒服。

章清亭忽地動起一個心思，不過暫且沒吭聲，先去見人。只是沒想到，喬仲達身邊真是如此的藏龍臥虎。不提那個高逸，還有一位包世明包先生，綽號包打聽，自稱是喬仲達的莊頭，倒像是個軍師。上知天文，下知地理，精明能幹，又善識貨，帶隊跑船，主要就是此人負責。

還有一對兄弟，哥哥叫閻希南，弟弟叫閻希北，看著像是種田的，卻是真正的武術高手。聽說從前混江湖的，家中祖傳的形意拳，威震八方。看著二人沉靜寡言，不過是保鏢護院之流，可偶然出言卻都能一針見血說到點子上。

好比說起做這成衣怕人仿製，他們哥倆就道：「既然是定好大小的，那不如把衣料裁開，譬如某人只管衣襟，某人只管繡花，不僅能讓她們做得更快，還可避免有些人私自把咱們的樣子洩露出去。」

不過，章清亭印象最深的是一位三十許的中年婦人，姓姜，名綺紅。一身青衣，打扮得極是素淨，如寡婦一般，卻依舊梳著姑娘長辮，以示雲英未嫁。

聽她自稱「不過是個繡娘」，可回頭只隨意瞟了一眼章清亭從前設計的幾款衣裳，便能準確地說出每一款布料底細及花樣繡法，甚至搭配顏色，無一不精。

章清亭大為汗顏，深感自己從前那點小伎倆在她面前全是賣弄了。

而最讓章清亭感到奇怪的，是一個十五六歲的小道士，長得雌雄莫辨，漂亮至極。

他滿頭大汗地跑進來時，就連連告罪，「對不起，我來晚了，一會兒罰我掃地吧。」

這位玉茗小道長的主業就是掃地，自他三歲出家，就在神廟裡學掃地了，可他負責打掃的，是天一神廟只供招待皇室的三層殿。

來天一神殿祭祀與祈福，幾乎是所有宮中嬪妃貴人唯一能夠與外界取得聯繫的機會，那這位掃地的小道僮，自然非同凡響。

眾人商議著把生意定下，喬仲達親送章清亭離開。

章清亭正猶豫著要不要開口，喬仲達忽地道：「趙夫人，如果妳不嫌棄，我想邀你們全家來住。自然你們留在孟家也沒什麼不好，只我想著，他們那兒畢竟家大業大，反不如我這裡清靜。橫豎各家都是單獨的院落，想買菜什麼的，莊裡日日都有，也不必客氣。就算往後你們離開，你們家小姑和弟弟住在我這兒，也是便利的。」

章清亭笑道：「實不相瞞，我才來就有這個心思了，只怕麻煩你們，不好意思開口。」

喬仲達一笑，「麻煩什麼，其實我也是有私心的。若是旺兒肯來，敏軒可得高興壞了。至於學業問題，也不必擔心，我這裡就有一個小學堂，教的都是莊戶子弟，琴棋書畫老師都有，如不喜歡，去城裡也行，不過派人接送一下便是。」

章清亭謝過，回去跟趙成材一商量，他也願意，「依妳這麼說，倒是住在那裡更好。橫豎費用自理，不過白住個屋子，也不用欠誰人情。給家裡的信應該快到了吧？不知是派誰過來，咱們等到人來，就送他們搬去。」

章清亭也是這麼想的，忽地瞧見趙成材枕邊放著一份工工整整的筆記，不覺一笑，「這又是妻家哥哥還是弟弟送來的？」

趙成材搖了搖頭，「玉蓮生得那般模樣，咱們走了，我還真怕有人打她主意，不若清清靜靜找個農莊待著，倒比在京城拋頭露面要好。」

章清亭點頭，「況且那邊日後還要建起成衣坊來，女工必多，等咱們走了，玉蓮在那兒也能尋人作伴，倒比這孟府待著要自在得多。」

二人商議已定，次日章清亭去孟老夫人那兒，把重新整合生意之事跟她們婆媳說了。

原本孟家是不太滿意的，覺得章清亭背著她們幹了這麼大事也不言語，可後來章清亭一解釋，尤其是表示將把孟家分的五成股還來，還可以繼續打她的名號，這對婆媳就沒什麼話好說了。

回頭再細細一盤算，就算把這筆生意單給她家，她們也沒個實力吃得下來。眼下只不過是不能獨家經營，但搭上這條船，利益卻是少不了的。況且既不用擔風險，又不愁銷路，還能把家裡富餘的勞力全部用上，整個算下來，還是很划算的。

於是，反過來，倒對章清亭頗多感謝，又含蓄表示，牛得旺那邊的御醫，會繼續由她們負責，不必操心，只是趙成材回頭問媳婦：「那妳如今賺什麼呢？」

章清亭不太想告訴他，喬仲達他們就看中荷月塢這個牌子了，又因是她最早想到的點子，所以抽了一成乾股給她。其他人要占股份，可全是按出銀子多少來分的。

為怕這秀才太得意，章清亭只說，「喬二爺雖給我抽了一成的乾股，卻也給我規定了一個任務，每一季必須出幾個新樣子，賣到多少錢才分給我。」

這話其實也是真的，不過她把前頭某句話給隱去了。趙成材沒有多疑，只覺很是應該。

章清亭到底有些心虛，便把孟府送來的補品拚命燉給趙成材吃，又每天任勞任怨幫他搓藥化淤，把趙成材養得迅速痊癒中，只可惜那夥打悶棍的賊人一時查訪不到，讓人有些鬱悶。不過，這事已經有孟家出手了，他們等著就是。

喬仲達的辦事效率是驚人的，既然大意已定，短短十天之內，便又準備了一支商船，即將啟程前往南康國。因包世明剛跑一趟回來，這回主事的是高逸，閻家兄弟依舊隨行。

走前要請大家吃個飯，說若是趙成材身體允許，也請他一起過來，章清亭應了夫妻必去。

看人都要走了，章清亭心下也有些著急。不知家裡到底商量著派誰過來，扳著指頭一算，這差不多也該到了，怎麼一點動靜也沒有？別是路上出了什麼事吧？那翠屏山的一幕，她還心有餘悸。

「妳別疑神疑鬼的了，不會有事的。趁著有空倒是好好想想，有什麼要帶回去的，或是還要辦些什麼事，可別忘了，這上一趟京城可不容易，下回還不知什麼時候呢。」

趙成材按著她的肩坐下，遞上一杯暖茶。

這些天，在源源不絕的大補之下，他的身體復原得很好，微胖了一圈，除了胸口偶爾的悶痛，並無什麼大礙了。

章清亭喝了口茶放下，拿了張單子出來指給他看，「賀家、鴻文讓帶的東西都已經買齊了，那打鐵做皮套的畫冊是給田福生他們準備的。另有咱們書店要用的東西，我也零零碎碎買了一些。再給你在衙門和書院的那些同僚們準備了禮物，回頭估計孟家要幫著帶著東西。至於咱們自己家裡，那些胭脂水粉、綢緞布匹、土儀特產該買的也都買了。你瞧瞧，應該再沒什麼了吧？」

趙成材細細瞧了，「再添上一樣，就是濟世堂的錠子藥，一樣買些回去，家裡可以常備。」

「這個我倒是想著來的，一時忘了，幸好你提醒一句。」章清亭趕緊又添上一筆，忽又笑道：「縱是忘了也不怕，好歹玉蓮總是在京城的。若是要什麼，到時捎個信來就是。若是你明年秋天中了，後年春天就又得上京城來了，那時才光彩哩。」

趙成材也樂了，「妳可別對我抱那麼高的期望，萬一中不了，妳還要趕我下堂嗎？」

章清亭俏皮地一笑，「那可就不好說了。」

趙成材見她神態嬌媚，忽起了逗弄的心思，板了臉道：「真敢要我下堂？」

「是啊，讓你下了廳堂，入廚房！」

趙成材作勢撲上去追打，「敢讓我下廚房？反了天了！」

章清亭咯咯笑著，不覺就瘋鬧到了床上，嬉戲兩下，忽地發現趙成材眼神有些不對了。做了這些時的夫妻，已經很能了解對方每一點細微的變化。章清亭粉面微紅，把他推開，「還沒好利索，就動歪腦筋！」

「這怎麼叫歪腦筋？」趙成材又撲了上去，「吃了這些天的藥，總得檢驗好了沒不是？」

章清亭急了，「大夫都說了，你起碼得保養些時的！」

「那他也沒說保養時就不能做點別的……」

窗外無聲地飄起了雪花，屋內卻是春意盎然。

燈火雖熄，可燒得通紅的火盆卻映出淡淡幽光，讓那泛紅的嬌軀更顯動人。

章清亭渾身上下只著一件茜紅肚兜，抱著雙膝縮在床角，烏黑的長髮披散下來，半遮著身子，軟軟哀求：「不去了……就在這兒……」

男人眼中的熾熱更盛，抓了她圓潤白皙的腳踝，把人往外拖，「妳從前答應過我什麼？」

章清亭急得快哭了，男人到底不忍心，重新覆上來，溫柔地親吻著她。趁她慢慢放鬆下來，才把人抱了出來。

在低低的驚呼聲中，人已經被放到火盆邊的書桌上。

烏沉堅硬的桌面，泛紅柔彈的肌膚、飄搖的長髮、茜紅的肚兜裡暗藏的風情，無不刺激著男人的所有神經。

火很旺，一點也不冷，可那份羞恥卻讓人全身都止不住地痙攣起來。等到雲歇雨散，重嚴嚴裹回被窩裡的人兒，那身紅暈還半天消不下去。

啪的一記清脆巴掌，是不輕不重打在臀上的聲音。

「你、你幹什麼？」

「誰叫妳夾得那麼緊，害我丟得那麼早！」

「那、那不是……」有些羞恥的話怎麼也說不出口，可男人的手已經懲罰般的往下探去。

「我不來了……不來了……」

「再一起好好丟一次，否則就不放過妳……」

小夫妻第二天都起晚了。

幸好，昨夜下了一場雪，大家都起得有些遲。

喬仲達也很體貼地快到中午才打發馬車來接，章清亭有些薄怒，始終不肯搭理趙成材。

幸好牛得旺撩開車簾，興致勃勃瞧著外面的雪景，趙成材跟他有說有笑，倒也不見異常。

待出了城，看著四處皆是白茫茫一片，如晶瑩琉璃世界一般，章清亭也覺天地豁然開朗，心情隨之雀躍起來。

「我一會兒要跟小豆芽去堆雪人，我們約好了的！」

看牛得旺一臉興奮，章清亭也受了感染，「那你們還打雪仗嗎？要打就算我一個。」從前做大家閨秀沒機會，如今她要把自己沒有玩過的統統玩一遍。

趙成材腆著臉報名：「我也要去！」

趙玉蓮笑了，「哥哥，你就別湊熱鬧了，才好了，別又鬧病了，那可就辜負大嫂燉的那些好湯了。」

她說者無心，章清亭聽著卻是臉紅。

那秀才辜負了嗎？他是補得太好了！

趙成材在車裡悄悄踢了踢她的腳想求和，可章清亭看他那一臉忍笑的表情，更加不理了。

不多時，思荊園到了。幾日沒來，這裡又建得更好了些。

喬敏軒牽著他爹，站在大門口的耳房那裡等著，一見牛得旺就撲了過來。

兩人穿的都多，抱在一起，像兩隻大小熊似的，看著就稚拙可愛無比。

不過，他們倆人相互影響倒是挺有利的，喬敏軒本來身嬌體弱，走不了三五步就要人抱，要人背，一點力氣都不肯出，可自從跟牛得旺熟識，特別是這個小胖哥哥開始習武以來，時常在他面前炫耀，弄得小傢伙那愛嬌氣的毛病好了許多，不時跟著這個胖哥哥跑跑跳跳，身體也越來越好了。而牛得旺因為帶弟弟，也更加懂事了。知道危險的地方不能去，陌生的人不能搭理，為了在弟弟面前顯擺本事，學習上也努力了許多。

這樣的變化是喬仲達和章清亭一家都樂於看到的，所以跟趙玉蓮一說，她就願意搬來了。

進了莊，喬仲達先把他們領到撥給他們的住處參觀。這是一處朝南的小院落，雖只一進，但很是實用。裡頭的家居布置雖是中等貨色，但都樸素耐用，尤其適合章清亭他們如今的身分，一家人看了非常滿意。

左邊鄰居是包世明家，章清亭沒想到，他那樣能言善辯的人，兒子居然非常害羞靦腆。七八歲的小男孩，叫包世雄，打個招呼就羞紅著臉跑了，不過以後可以跟牛得旺慢慢認識去。

右邊鄰居是姜綺紅家，她一個人照顧著一位滿頭銀髮的老太太，據說是她夫家的祖母。只是老人家有些神智不清了，趙玉蓮看得同情，就上前幫忙。

章清亭故意沒動，給機會讓小姑和姜綺紅親近。

姜綺紅瞧了牛得旺幾眼，再看著趙玉蓮的眼神裡多了幾分柔和，難得客氣打起招呼：「既住下了，以後便是鄰居了，有什麼事就相互照應著吧。」

有她做鄰居，章清亭又多放了一層心。回頭又謝喬仲達，安排得很貼心。

午宴自然是熱鬧的，只是喬仲達略帶歉意地對要走的幾人敬酒，「本來論理，這趟船該我去跑才是，可……」

高逸拍拍他肩，「別說了，大家都明白。你好歹熬過這個年關，日後也就好了。」

包世明道：「就是，不過是些身外之物，只要能離了那牢籠，總是能賺回來的。」

聽著這話，估計喬仲達搬出家的血本不低。

姜氏難得也淡淡插了一句：「便是賺不回來也沒什麼，但求心之安樂。」

「這話說得很是！」包世明擊掌叫好，「做人最要緊就是開心，若是天天憋屈著，就是吃龍肉也沒意思！」

牛得旺突然問：「包叔叔，你還吃過龍肉嗎？」

眾人皆怔，然後噴笑，倒是把離別的氣氛重又弄得活躍起來。

回頭喬仲達問了章清亭一句：「趙夫人，你們是即刻就走，還是在京城裡再待一段時間？若是走得早，倒可以跟著商船一起出發，會快很多。」

章清亭當然知道，可家裡沒來人，她哪敢走？

沒想到一回去，就聽孟府家丁來報喜：「你們家裡來人了！」

這可讓大家都驚喜了一把，這到底是誰來了？

肆之章 再遇惡霸眉頭擰

周大娘已經讓人收拾出了一間屋子，正陪著來人說話。一見他們進來，滿面堆笑，「你們家表舅爺中午就到了，料著你們下午也就回了，便沒去請。你們一家好好敘敘吧，我就不打擾了。」

章清亭這才笑著打量這位表舅爺，「這是什麼風兒？怎麼竟把您給颳來了呢？」

方德海樂呵呵地揮手，「快關了門說話。」

真沒想到，居然是方德海來了，雖說這是章清亭最理想的人選，這老頭又精明又仔細，該放下臉的時候絕不含糊，有他坐鎮，實在讓人走得放心，但畢竟方德海是外人，年紀又大，身體又不好，家裡還有個小孫女。按說應該自家人來才對，沒想到最後還是他趕來了。光這份仁義，就足以銘記於心了。

方德海笑著跟他們說起家裡的事情。

「自接到你們的信，說旺兒還能治，牛嬸子是高興得哭了又笑，笑了又哭。她原本打算把家產全都變賣了，親自上京城來陪旺兒瞧病，可你們信中寫明，旺兒可能只要個三五年便可治癒，那時若是兩手空空地回去，可是連個安家立業的東西都沒了。」

「所以不光是我，就連你們兩家爹娘都不太贊同，勸她先緩緩。本來你們兩家爹娘都說要來幫忙，可商議來商議去，哪家都有丟不開的事情。算來算去，還就是我家人少，就一個明珠，我便將她拜託給妳爹了，毛遂自薦來京城頂上這一段日子。再等上幾個月，牛嬸子說她打理好了家裡的生意，仍是要上京城來的。家裡的生意，就先交給妳家金寶和小蝶照看著。」

章清亭聽得愣了，交給她那弟妹倆？

「他們怎麼能行？」

「妳可別小瞧了人。」方德海嘴一撇，「難道就許妳能幹，不許他們能幹？你們不知道，自你們上了京城，家裡這群年輕人可懂事多了，比你們在家的時候還勤勉，都怕當不好差，妳回去了要罵的。」

趙成材聽著笑了，「玉不琢，不成器，便是如此才好。只是辛苦您偌大年紀，又跑這麼老遠一趟，連年也過不好，真不好意思。」

「這說的什麼話？若是我們兩家認真算起來，到底是誰欠誰更多一點，恐怕叫我這老頭子汗顏。我是真心把你們一家當作親人來看待的，親戚家有了事，怎麼能不幫忙？若是再跟我客氣，那就是嫌棄我們家這孤老弱女的太累贅，不願與我們來往了。」

這話說得趙成材啞然，章清亭笑著解圍，「行啦行啦，不謝你，表舅老爺。」

「對了，再告訴你們一個好消息。玉蘭生了一個大胖小子，足有七斤一兩。母子平安，小傢伙胖嘟嘟的，乖巧可愛得不得了，人見人愛。」

趙成材連忙追問：「那孫家……」

「你們放心，沒事。洗三那天就讓成棟和金寶去他們家報信了，孫家自從上回出了事，敗落多了。據說家裡的田產所剩無幾，就那老倆口和老僕三人守著大宅子度日，一步也不敢亂走。附近鄉鄰都知道了他們家的惡行，根本無人願意去他家幹活，兩口子也老了，身體大不如從前，時常害病，過得很是不如意。」

「他們知道玉蘭生了，只問了孩子的八字和姓名，也沒說要接回去養。成棟就按你們從前教的，說孩子還小，得跟著親娘，他們家也同意了。怕他們事後不認帳，金寶做事也留了個心眼，特意帶了不少紅蛋點心去，分發給了四周鄉鄰，還邀了幾位德高望重的長者同去作了個見證。」

這麼一說，大夥兒都放下心來。方德海對趙玉蓮和牛得旺笑道：「牛孀子還讓給你們捎了信和不少東西來，你們先出去瞧瞧吧。」

等他們走了，方德海這才壓低了聲音問：「那燕王真的死了？」

趙成材就知道他要問這個，「真死了。黨羽盡散，再無半點星火留下。只不過那案子年代太過久遠，難以追查。不過衙門裡我們已經打點過了，說有消息，就會通知我們的。」

方德海這才鬆了口氣，「那便好。自你們上了京，我可時刻都懸著心，直到收到你們那信才安定一些。這死的都死了，犯不著再為了死的又連累上活的。我也知道，這種事也是得講機緣的，只是趁著這回恰好要人上京，我這把老骨頭還能折騰得動，就過來看看。若是有消息當然好，若是沒有，那也是天意。」

見他想得透徹，小倆口也沒什麼好說的，只把要搬家的事說了。方德海倒很樂意，他曾在京城吃過大虧，本能的對這些名門世家不願親近。

章清亭後又說起荷月塢一事，方德海聽得呵呵直笑，「我就知道妳這丫頭在京城也必不得安生，結果又弄了這麼一樁好買賣。這事辦得很好，若是等到將來我手上有了閒錢，這裡又有需要的話，也幫著明珠投一份進來。只是，成材，這件事可不許再告訴你爹娘弟弟了，否則我都要替這丫頭罵你幾句了。」

章清亭抿嘴一笑，也不吭聲，趙成材卻有些鬱悶，回房才嘟囔道：「就算我娘有點那啥，也不至於這麼說吧？」

章清亭輕笑，「你娘是有點那啥嗎？你可不許跟方老爺子見氣，他最早是我請回來的，當然跟我更親近些，自然也會站在我的立場說話。」

這倒也是，誰讓自家娘和弟弟不爭氣呢？趙成材想想便釋然笑了，回頭卻想起一事，「妳那一成的股份到底是怎麼來的？還哄我那些話，今兒我都聽說了！」

章清亭頓時如臨大敵道：「你可不許再有壞心思，說什麼我都不會聽你的！」

瞧她這樣，趙成材反倒笑了，「這都要出門了，縱妳有這心思，我還沒有呢。妳以為天天那麼弄，不累的？」

章清亭氣得臉紅，死勁掐了他幾把才罷。

翌日一早，小夫妻便來孟府辭行，可還未進到院門，就聽碧桃和周大娘屏退了小丫頭們，在那裡閒話。

「原來那日出手襲擊趙先生和他家小娘子的，竟是晏太師府上的走狗，這也太可恨了些。他們若是要跟咱們家過不去，儘管明刀明槍地來，這麼藏頭露尾的，欺負些外鄉人，算什麼本事？」

「話可不是這麼說的？老夫人為了這個氣得連飯都吃不下，可這事要辦起來牽扯就很有些大了，咱們家又不比他們家，什麼陰謀詭計都能使出來。這就得等著來日方長，再好生計較了。」

「那此事還是暫時別告訴趙家兩口子了，免得他們聽了添堵。」

「正是如此。不過老夫人說了，可一定要替他們出這口氣呢！」

趙成材現在可不是那鄉下無知秀才了，對章清亭挑一挑眉，聽見沒？人家特意守在這兒說給我們聽呢。這深宅大院可規矩得很，尤其是這二位，更加謹言慎行，怎麼會這麼湊巧就在他們來的時候說這話？

章清亭心下卻在納罕，果真是晏家的人？會不會是哄他們的？不過，孟家拿這個誆她們也沒多大意思啊？

倒是晏家人也很奇怪，為何得知晏博文的消息後，除了那個祝嬤嬤露了一面，就再無聲息？從那晚她的表現來看，不像是故作姿態的悲切與哀傷。如果連一個親近的老嬤嬤在得到故主的消息時尚且如此，那晏博文唯一要帶話的親娘為何卻始終不聞不問？

是被兒子傷透了心，無話可說，還是嫌棄他坐過牢，壞了名聲？

章清亭有些為晏博文感到難過，真不知道這要回去了，該如此對他啟齒。這就沒幾日要離京了，晏家的人如果再不出現，那就真的沒有機會了。

章清亭心中微微嘆息，打起精神跟趙成材一同進去跟孟老夫人辭行。因之前早已打過招呼，孟老夫人客套一番，也沒過多挽留他們，還送上禮物，算是踐行。至於要帶給孟子瞻的，約定等他們走的時候，再上門來取。

辭別完了回去，就開始打點搬家事宜。因方德海初來，昨日來不及招待，孟府又送了一桌酒席給他們。這個倒好，家裡正忙得亂烘烘的，也就省了還要自己動手做飯了。

行李不多，到了下午，便全部收拾妥當，孟府又多留他們歇了一宿，第二日一早，派了兩輛馬車送他們去了思荊園。

方德海拄著拐杖左右瞧了一圈，對這個地方甚是滿意。

到了晚間，沒想到喬仲達親自帶著喬敏軒過來了，請方德海和他們一家吃飯，這份細心和禮數讓人覺得很舒服，連方德海一貫不喜歡這些大戶子弟的，都破例對他和顏悅色了些。

當下再無多話，喬仲達已經擇定了黃道吉日，沒幾天就是商船出海的時候，趙家便跟著大船一路同行。住下來之後，方發覺這莊子實在管得極好，又夠清靜，住著非常愜意。

章清亭私下裡羨慕不已，「若是日後有了錢，咱們在紮蘭堡尋個僻靜處，也做成一個這樣的小莊子，恐怕連我都不願住在市集裡了。」

趙成材煞有其事地點頭，「到時蓋了大屋子，就是多生幾個，也不愁沒地方撒歡了。」

章清亭又羞又氣地擰他一把，不理他了。

到了啟程的前一日，小倆口特意進了趟城，去婁家辭行。

婁瑞明知道他們要回去了，早就備好了一份禮物。這份禮物沒有孟府送的花哨，卻比他家送的要實在得多，不管是拿出去送人，或是自家留用，都是極好的。

真心實意道了謝，婁瑞明拍拍秀才，「成材，你這番回去了，可得好好用功，等到明年秋天，我在京城等著你的喜訊。」

趙成材只能說一定盡力，也祝他家兩位公子都能金榜提名。

那頭婁夫人似是不經意地跟章清亭打聽了一句：「妳家表弟不是還要治病嗎？仍是趙姑娘留下來照顧？」

章清亭簡單跟她說了說，聽說是住在喬仲達的農莊裡，又有長輩看顧，婁夫人點頭笑道：「我就說你們家也是知禮之人，那樣一個大姑娘，必得要有長輩守著才是。喬二公子我們雖不大深交，但也有數面之緣，他這人雖是公侯之門，卻無一絲傲氣，極是難得。她們既留在京城了，若是有空，也時常來這兒走動走動，可千萬別因你們走了，便生分了才好。」

「多謝夫人賞臉，原本就想求夫人多多照拂著呢。」

婁夫人忽地話鋒一轉，「趙姑娘也不小了，可曾說親了沒？這京城裡好人家可不少，只可惜你們不能長住，要不也能替她說門好親。」

章清亭聽她這話，索性說了實話，「我家姨媽因膝下只有一子，又自幼生病，故此便求了婆婆，將這小妹接去她家，日後她的終身，還得問過姨媽才能作主。」

婁夫人一聽就明白了，讚了一句：「真是個好姑娘！」便絕口不提了。

從婁家出來，又去了趙濟世堂，除了幫章清亭拿藥，也向老黃大夫辭行。這老大夫做人做事都不錯，很值得結交。

老黃大夫樂呵呵地親自為二人都把了個脈，捋鬚微笑，「此時若是要孩子，應不妨事了。」

聽得章清亭俏臉飛紅，卻又喜出望外。

最後去了孟府，看著那一地的行李，很讓趙成材咋舌。滿滿當當七個大木箱子，還是壓了又壓，減了又減的。從孟夫人的念叨中，他們才知原來這都是為孟子瞻準備的，可他走的時候，一樣都沒帶，就收拾了個小包袱，帶著青松青柏悄悄出了門。

因是託他們帶東西，孟夫人還不好意思全拿出來，怕送去了兒子又要怪罪，所以才「只拿了一小部分」。

那要全拿上，豈不成搬家的了？趙成材嘴角暗自抽搐幾下，開始理解孟子瞻了。可這麼多行李，他要是搬回去，過兩年又搬出來，那不是沒事找事嗎？而且這些也太多了，趙成材可搬不動，便約定時間，讓他們直接送到碼頭去。

從孟府出來，小倆口又買了些東西，正打算叫輛馬車回莊子裡去，卻被一個頗似管家模樣的中年大叔攔住了。

「請問是趙成材趙先生嗎？」

趙成材道：「正是，不知您是……」

那管家近前半步，刻意壓低了聲音：「我是晏府管家，我們大少爺想請先生過去一敘。」

終於來了嗎？小倆口交換了個眼色，跟到茶樓裡去了。

在上樓之前，那管家忽地道了句：「趙先生，您明年是要參加大比吧？相信我，你們夫妻只要好好回話，絕對會在明年的應試中多幾分裨益。」

趙成材微微色變，章清亭也聽得極不舒服。說這話是什麼意思？利誘還是威脅？

上得樓去，在一間雅室裡，已有一位錦衣男子負手而立。面貌與晏博文有兩三分相似，但氣質相差甚遠。

「大少爺，人請來了。」

那男子目光中滿是熱切與欣喜之意，看著特別溫和可親，「是趙先生和趙夫人嗎？快請坐。上好茶。」又不由分說挽著趙成材坐在上首，立即如連珠炮般開始發問：「我二弟呢？他現在人在哪裡？做什麼營生？過得可好？」

趙成材被他溢於言表的思念之情弄得有些措手不及，若不是之前管家那般態度，幾乎都要對面前這人放下所有戒心了。

「這位公子說什麼呢？誰是您二弟？」

那男子臉上的笑容僵了一僵，隨即笑著解釋：「是我太激動了。我是晏博文的親大哥晏博齋，自幼和這弟弟感情最好。他離家這幾年，無日無夜不在為了他牽腸掛肚。我知道前些天你們幫他帶了信來給祝嬤嬤，可偏偏家裡長輩一直餘怒未消，祝嬤嬤直到昨兒才偷偷尋機會告訴了我。你們可能知道，我家和孟府之間有些誤會，也不好登門造訪，只好用這個笨辦法，在外頭守株待兔。真是天可憐見，讓我有緣遇上二位。怎麼樣，博文現在還好吧？」

小倆口對視一眼，卻是異口同聲一起搖頭，「不知道。」

晏博齋面上露出明顯的詫異之色，「你們不知道？你們不是認得他嗎？怎麼會不知道？哦，我知道了，是我弟弟不讓你們說的，對嗎？你們放心，他是不知道你們找到的是我。若是知道，斷然不會如此。你們放心，儘管說吧。」

「我們真的是什麼都不知道。」章清亭一臉無辜，「帶話之事確實有的，可我們也不知道那人是誰，只是讓我們給祝嬤嬤帶個平安，其他的就什麼都沒有了。」

趙成材把謊話編得更像一些，「我們也不過是萍水相逢，因聽說我們要上京城，便讓我們帶句話來。至於那人到底姓甚名誰，是不是您弟弟，我們也不曉得。」

「你們怎麼就不問問呢？」那中年管家沉不住氣，咄咄逼問：「他叫你們帶話你們就帶話，哪有這麼容易的事情？」

趙成材一笑，「這位大爺此言差矣。這人在路上，總有些相互照應的時候，我們鄉下人沒那麼多心眼。不過是讓帶個話，又有什麼難的？」

晏博齋連忙斥退了管家，上前賠禮：「對不起，下人無禮，讓趙先生見笑了。只是我那二弟難道就讓你帶了句話，連一幅字、一個信物都沒留下嗎？」

「沒有。他只說是祝嬤嬤的一個遠房子侄，就讓來報個平安，其餘什麼都沒有了。」

「你們是在哪裡遇到他的？他有沒有說要去哪裡？」

「我們是在臨風渡遇到的，隨後便分手了，他去哪裡我們也沒打聽。」趙成材隨口胡謅了個路上的地名，應付了過去。

晏博齋低下頭，思忖半晌，抬起頭來時溫煦一笑，命管家取了兩封銀子過來，「區區薄禮，算是謝謝二位帶話了。若是有緣再遇上我二弟，跟他說，大哥很掛念他。」

趙成材擺了擺手，「禮就不用了，不過是舉手之勞而已。至於帶話倒是可以，只要我們能遇上，一定轉告。」

他起身帶著章清亭告辭了。

眼看著他們出了酒樓，管家才道：「大少爺，要不要派人一路跟著他們回去？」

晏博齋臉上的笑容盡數褪去，眉宇間鎖著一層厲色，「查查也好。不過，切記，一定不可打草驚蛇。有什麼消息，讓人速來報我，還有，母親和祝嬤嬤那裡，都盯好了！」

管家奉承起來，「說來老爺重病，委實不能再為了這些小事生氣了。往後這個家，可全靠大少爺了。」

晏博齋微微一笑，目光卻投向了不知名的遠方，那一種複雜的情緒，只有他自己明白。

等回了思荊園，趙成材仍是滿腹狐疑，「那人真是阿禮的哥哥？怎麼有些不大對勁。」

章清亭也有同感，「若是真關心這弟弟，怎麼可能扔在外頭自生自滅？就算家裡人再怎麼不同意，總也該想法子照應才是。」

趙成材嘆息，「也不知他家到底什麼情形，若是我們再去找祝嬤嬤，說不定反而壞事。」

章清亭忽地想到一種可能，「你說，他哥會不會派人找回咱們老家去？」

真有這個可能，趙成材道：「他若真有心查，咱們也不可能瞞得住。不過到底是親兄弟，阿禮都已經那樣了，也威脅不到誰什麼，不至於那麼無情，非置人於死地吧？」

「那可說不準。」章清亭撇撇嘴，「你看書上說自古以來當皇帝的……」

趙成材連連擺手，「快打住吧。回去以後，跟馬場那幾個小廝交代一聲，以後在阿禮身邊始終留個人，免得哪天真出什麼事，可就不好了。」

章清亭點頭稱是，兩人又把行李整理了一遍，確認沒有什麼遺漏之處，方才歇下。

一宿好眠，次日起來，就見窗外天光已然大亮，還以為起得晚了，可推窗一瞧，卻是昨夜又紛紛揚揚下起一場大雪。

趙成材正在屋裡洗漱，回頭問了一句。

章清亭應了一聲，忽地玩心一動，從窗臺上揉了一團雪球，冷不丁照他面門打去，結結實實打了個正著，雪花頓時碎了一地。

「妳看妳，還小嗎？一大清早玩這些！」趙成材急忙抖著衣裳上的雪花，嘟囔著抱怨。屋外乾冷，屋內卻是溫暖如春，雪花很快就融入衣裡，染出點點濕意。

章清亭咯咯直笑，「誰叫你躲不開來著？」

「你們樂呵什麼呢？」方德海在門外聽見他們的笑聲，「說出來大夥兒一起樂樂。這麼個大雪天，你們上路可得抓緊了。」

「可不是？」趙成材瞪她一眼，「就妳最慢，每回偏還事最多，總是磨磨蹭蹭的。」

章清亭迅速收拾去了，出門不用好衣裳，但回家那天得穿好的，過年也要。

趙成材又在外頭絮絮交代，讓方德海沒事去找老黃大夫，學下五禽戲，好好保養身子。讓旺兒聽話，不要讓人操心。又讓趙玉蓮別太操勞，記得休息。閒了可以去做點針線，但不要太累著自己。

方德海失笑，「年紀不大，竟是比我這老頭子還囉嗦。」

才說著話，院門外頭有人在喊：「趙先生，你們一家好了沒？再過一會兒車就來接了。」

「好了好了。」趙成材應了，回頭又催章清亭，「聽見沒？我們先吃了，不等妳了。」

章清亭慌慌張張趕出來，趕緊吃飯。

牛得旺看得著急，也拚命吃，方德海忙道：「我們不用急，還可以回來吃的。」

因想著上路，到底無心飲食，小倆口匆匆忙忙都只吃了個六七分飽，便都放下了筷子。

趙玉蓮眼疾手快到廚房包了熱呼呼的饅頭滷菜，單獨裝了一籃子，給保柱拿著，萬一餓了，可以墊墊。

正忙亂著，莊子上的馬車已經到了。

幾個大小夥子幫他們把行李都搬上車去，聞著滷菜香氣，不覺讚了兩句，趙玉蓮忙又給他們也各抓了兩顆滷雞蛋。

隔壁的鄰居姜綺紅聽到動靜也出來了，拿了一個小布包，「我就不送了，這幾樣針線是趕著做的，可別嫌棄粗糙，留著做個念想吧。」

「紅姊真是太客氣了。」章清亭知道她要照顧老人，就這幾樣針線，不知在家怎麼熬油點燈才做出來。

「你們知道，我這人不大會和人應酬。也不多說了，快走吧，沒得叫人等著，一路平安。」

章清亭暖暖一笑，「你們在家也要保重，趕明兒有機會，也歡迎妳來我們紮蘭堡做客。」

姜綺紅點頭笑笑，目送她們離開。

到了莊門口，閻希南已經整好了護衛隊，三十幾個小夥子在漫天風雪中猶如根根標槍般筆直挺立。等著他們到了，一起上車去碼頭。

趙成材回頭對一家子道：「就到這兒。風大雪大的，趕緊回去，別吹病了。」

真要離別，一家子都有些不捨了。

牛得旺先忍不住紅了眼圈，拉著他的衣角，「大表哥……」

「旺兒已經是大孩子了，可不許哭的。」趙成材拍拍他的頭，「在這兒要聽方爺爺的話，聽姊姊的話，好好吃藥，好好學習，知道嗎？」

「嗯……」牛得旺使勁揉揉酸溜溜的小鼻頭，把眼淚憋著，「那你回去了，幫我跟娘問好，讓娘放心。還有我給她的信，給銀寶、元寶，還有秀秀他們帶的東西，你可別忘了。」

趙成材點頭，微有哽咽，要說這孩子笨吧，偏偏比誰都有心。在京城裡買了許多小玩意兒，都以為是給他自己的，沒想到這一走他才拿出來，這是給誰的，那是誰的，一份份不知道記得多清楚。

「放心，大表哥肯定不會忘的，等回去了，還叫他們也都寫信給你，好不好？」

「好了好了。」趙玉蓮紅著眼眶上前，「哥、嫂，你們快上車吧。旺兒，你也要準備上學了，可不能耽誤功課，知道嗎？」

「嗯。」小胖子重重點了點頭，「大表哥，我會好好讀書，好好練拳，好好跟著師傅學手藝，長大了不叫你們擔心。」

趙成材努力維持著笑容，掩去眼角的濕意。只要他努力了，將來不管做到哪一步，都足以令他們為之驕傲。

待他們匆匆忙忙趕到碼頭了，喬仲達偏偏沒到。

開船回航都是有講究的，須由東家親自敬香禮敬，才顯得對龍王爺恭敬，才會保佑這一路順風順水，平平安安。喬仲達平日最是謹慎細心，不可能把這麼大的事情都給忘了，那究竟是被什麼事絆住了？

高逸正急得團團轉，喬仲達才趕了來，跳下馬來連連道歉，幸好沒誤了吉時。

辦完了正事，他對趙成材兩口子搖頭苦笑，「我竟是不知，你們認得晏博文。」

此言一出，小倆口都怔了怔，這是什麼意思？難道晏家不僅跟孟家有仇，跟喬家也有仇？

喬仲達道：「你們別誤會。雖說我和孟府關係頗深，但博文也是我的朋友。」

他從懷中取出一枚紅寶戒指，「今兒一早，晏府忽地打發來，說是園子裡的梅花開了，請了好些相熟人家過去賞花，還指名要我一定帶著軒兒過去逛逛。我本想點個卯就走，不想丫頭上茶時，卻把軒兒的茶碗給打翻了。晏夫人就賞了這個戒指給他，還說『這又不是你的錯，縱有錯也該是我的不是』，聽得我好生奇怪。等到要走時，祝嬤嬤送我出來，說謝謝你們幫她帶話，還說他對夫人的孝心，夫人心中明白，也很是安慰，只盼他好生照顧好自己就行了。我細想想，才明白這應該說的是博文。這東西和那句話，也都是要帶給他的。」

趙成材接了戒指，卻覺心裡頭沉甸甸的。一個母親要帶句話給兒子，還得費這許多周折來掩人耳目，可見她的日子也不好過。

「此話必定帶到，只那晏夫人可好？我們回去也好跟他說說。」

喬仲達眼前似又浮現出晏夫人的容顏，分明只四十許人，還是從前京中出名的美婦人，卻在兒子出事後華髮早生，還有晏太傅……

可告訴晏博文又能如何？他還能出現在父母面前嗎？不過徒增傷悲。

「尚可。」喬仲達用兩個字簡簡單單回答了趙成材的問題，卻多囑咐了一句：「勞煩你們照看他了，日後他若是有什麼為難之處，都可以來找我。若是他不好意思，你們就應承下來，只是別打我的名頭就是。」

送走了喬仲達，章清亭仍對著那只戒指琢磨。

什麼不是他的錯，而是她的錯？莫非晏博文當年的那樁命案另有隱情？

既然晏夫人弄這些花招才把話傳出來，那晏博齋之前說什麼祝嬤嬤跟他交代之事，多半是子虛烏有。就算晏博齋沒安什麼壞心眼，只想探聽一番，可如此作為，就很難讓人信服了。

這種兄弟……嘖，不提也罷！

槳聲悠悠，劈波斬浪，載著人們一路前行。

隨著歸家的臨近，幾人的心情也不禁如枝頭的小鳥兒一般雀躍起來，開始扳著指頭數到下一站還有幾天，而那船頭的甲板也成了章清亭最愛去的地方。縱然知道瞧不瞧都是一樣的速度，仍是按捺不住心中的渴盼，非得站在那兒，彷彿這歸程就快了一些。

「妳說妳，這不是有病嗎？」趙成材替她拿了件大氅出來披上，「這麼大的風，天天站在這兒瞧，都快成了望家石了。」

章清亭含著笑，亮了亮手裡的小暖爐，示意他放心，「別淨說我了，是誰每天跑去問高大哥還有幾天呀？」

「行啦。」趙成材笑著打斷她的話，「咱們大哥莫說二哥，不如想想回家怎麼過好年吧。」

章清亭道：「我在京城賺錢的事不許亂說，就說我幫著有錢人做了幾天掌櫃，賺了點小錢，嘴巴可放緊點。」

趙成材失笑，「知道知道，耳朵都快起繭了，妳只管住保柱就好。」

章清亭得意一笑，「那孩子早說了，就是說夢話都會管住自己的嘴。」

「那妳不建議他乾脆拿塊布巾繫上？」

夫妻二人說說笑笑，共同憧憬著回家的喜悅。

在視線裡終於出現永和鎮那熟悉的景致，夫妻倆眼中的光彩是怎麼也無法隱藏得住的。

行李早就打包好，再三檢查過。如果趕得及，這晚就有一班回紮蘭堡的船，明早就能到。

不過，這話小倆口都很有默契地沒對旁人提起，大家行船已經夠辛苦的了，若是再讓人家為了他們夫妻去趕船，實在有些過意不去。不行的話，就在這鎮上住一晚，明晚也能到家，卻不料運氣就是這麼好。

等他們從大船上下來，有幾個水手幫著他們把行李搬上小船時，保柱眼尖，一眼就瞧見從紮蘭堡過來的客船也正停靠在碼頭上，正在上下客。

「大爺，快看，咱們那兒的船！」

趙成材見之大喜，忙跟那船工道：「不用上岸，直接送我們上船！」

船工把他們送到船下，還順手幫他們把行李全給搬了上去。

章清亭忙拿錢要謝大家，高逸卻道：「客氣什麼？就此別過，來日再會！」

揮手道別，趙成材是滿足得連連嘆氣，「真是趕得巧了，明兒一早就能到家，還能趕上午飯，妳說，咱們怎麼這麼好呢？」

「可不是……」章清亭才想說笑幾句，卻見迎面出來一夥人，一下子喉嚨裡像是被人扔了隻蒼蠅似的，噎得人難受。

趙成材回身瞧見來人，也是臉上笑容一僵，立即擋到娘子身前，嘿嘿冷笑，只從牙縫裡擠出兩個字：「好巧。」

對面那位身著黑裘，手持灑金摺扇，故作風流又皮笑肉不笑的，可不正是紮蘭堡的老對頭，薛紹安？

他今日出來，也不是一個人，不僅帶著夫人，還帶著一雙兒女，都是一身的珠光寶氣，錦衣華服，不知是到永和鎮來採買過節的東西，還是去走親戚。

薛夫人瞧著他們，就想起從前被這對夫妻忽悠之事，臉上多少也有些尷尬，拉著女兒快步走了。薛紹安帶著兒子，卻甚是無禮地上下打量著他們夫妻，眉頭微挑，笑容虛偽，言語諷刺。

「可不是巧嗎？看來趙先生是從京城學成歸來了？兒子，你可得看好了，像這樣頭戴方巾的讀書人，可是萬萬不能得罪，否則他們一張嘴，可抵得上咱家百十人的拳頭呢，連你老子也不敢惹。」

孩童無知，瞪著大大的眼睛看著趙成材，一臉迷惑。

聽他滿口兒子老子，章清亭本沉了臉，可趙成材卻淡淡笑了，「薛大爺這番話，倒甚是有道理。且不說萬般皆下品，唯有讀書高，不過這讀書，確實比做那些旁門左道、偷雞摸狗、坑蒙拐騙、遭人唾棄的生意要高潔多了。您既有這心，想必家中子女日後定是要成大器的，到時有他們青雲直上，護著您這當爹的，您將來的日子想必好過。只是這子女爭了氣，做爹的可不能給他們扯後腿，若是不然，哪怕是再位高權重，金銀滿倉，弄不好也要重重跌下，人頭不保。」

薛紹安臉色變了幾變，只見四周人多，好不容易收斂了脾氣，沒有當著眾人的面發起火來，只把兒子一推，「我們走！」

他心裡壓著火，手勁兒未免大了些，那孩子被他猛地往前一推，站立不穩，一個趔趄，摔了下去。

薛紹安更覺得失了面子，一把將兒子提著後頸拎了起來，罵罵咧咧，「怎麼？眼見快過年了，就骨頭軟了，逢人就下跪討賞嗎？縱是要討賞也得分清人家，別不管窮酸還是臭殺豬的，也一併去求了，丟不丟人的？」

章清亭聽得心頭火起，「是啊，我們就是一個窮酸一個殺豬的，那又如何？我們賺的每一文錢可是乾乾淨淨、清清白白的。既不求人，也不靠人。縱是走出去，也是抬頭挺胸，沒什麼見不得人的。不像有些人，竟然教孩子有了錢，就可以下跪磕頭。我雖是個婦道人家，可也知道男兒膝下有黃金。相公，咱們可萬萬不能學這樣的歪風邪氣。」

薛紹安氣得臉上一陣紅一陣白，卻分明是自己說錯了話，無法反駁。

「那是自然。咱們家好好的家風豈會如那些不講禮義廉恥的人家一般？」趙成材冷哼一聲，「自己其身不正就算了，連好好的孩子都給教壞了。」

薛紹安鼻子差點都給氣歪了，霍然頓住腳步，轉過身來就要發火，卻聽兒子方才摔疼了，又半天沒人理睬，大聲哭鬧起來。

前頭薛夫人聽見，大是心疼，轉頭厲聲呼喝：「你還杵在那兒幹什麼？怎麼把孩子都給弄哭了？還不快帶他過來？」

薛紹安狠狠瞪了一眼小夫妻，「你們給我記著，咱們山不轉水轉，總有相逢的時候。」

「隨時恭候。」趙成材毫不示弱地立即回了一句。

薛紹安拖著兒子走了，章清亭白了他的背影一眼，「一回來就遇到這種人，真是晦氣！」

「咱們有什麼好晦氣的？沒見是他走，咱們回去嗎？有晦氣也是跟著他走的。」趙成材盯著他的背影，喃喃自語：「遲早有一日……」

「你說什麼？」章清亭沒聽清，還待追問，趙成材卻擺了擺手，不想多談，「趕緊進去收拾行李吧，就保柱一人在那兒忙活呢。」

怕娘子心情不好，他還找了個讓她高興的事由，「妳不趕緊收拾打扮起來？明兒就要回家了，把妳的新衣裳穿起來吧，省得到時手忙腳亂，又說我不提醒妳。」

章清亭氣得樂了，這時候她哪有心情？

算了算了，沒必要為了那種人跟自己過不去。他自橫行他的，他們也要過好自己的日子，找自己的樂子，那才划算呢！

這一夜，當真難眠，半夜裡夫妻二人都醒了幾次，從沒覺得黑夜這麼漫長，幾乎是眼睜睜地盼著天亮，只到四更天才迷迷糊糊睡著了一陣，到了五更天醒來，就再也睡不著了。索性全都收拾了起來，主僕三人就圍著火爐等著船靠岸。

保柱興奮異常，「大爺、夫人，你們說咱們回去，會不會把他們嚇一跳？」

「傻小子，咱們又不是離家多久，他們早知道咱們這時節要回來的，怎麼會嚇著？」

保柱不好意思地撓著頭。

章清亭笑道：「保柱也想家了吧？」

保柱連連點頭，「京城再好，畢竟不是咱們自個兒的家。家裡雖窮，但住著踏實。我還惦記著咱們家馬場的那些馬兒呢，也不知怎麼樣了，開春就要生小馬駒了，那時咱們家可就要興旺了。」

章清亭和趙成材相視而笑，說不激動，那是假的。

天終於露出了曙光，船晃晃悠悠到了岸。

章清亭快走幾步上了岸，雇了兩輛車才把一家子的行李全都裝下。

有一個車夫恰好認得，笑呵呵地打招呼：「趙夫人，可好長時間沒瞧見你們了，這是打哪兒回來啊？」

「上了趟京城，辦了點事。」章清亭笑著回應，再回到家鄉，見著熟悉的面孔，聽著熟悉的鄉音，都透著一股別樣的親近，讓人從頭到腳每個毛孔都舒坦起來。

「那可是去了大地方，見大世面了。」車夫奉承了兩句，也不用他們指揮，熟門熟路地趕著車往他們家去。

剛到胡同口，就見張銀寶、張元寶兄弟在門前圍著爐子，想是學堂放年假了，小哥倆也得幫忙幹家務。

保柱迫不及待在車轅上嚷起來，「銀寶、元寶，我們回來了！」

兩個兄弟聽得一愣，隨即大喜，興奮得就往家裡衝，「爹！大姊、姊夫回來了！」

張發財正抓了枝毛筆坐在文房店裡，畫著圈圈叉叉，記他自己才明白的帳，一聽這話，驚得連筆都掉地下了。

「你說什麼？」

「大姊、姊夫回來了！爹，您的筆掉了！」

張發財哪有空管筆啊，趕忙就迎出門去，見女兒、女婿已經從車裡露出臉來，對著他笑。

張發財咧開大嘴，一拍大腿，「你們可算是回來了！」

章清亭心裡溫暖，忙不迭要奉上禮物，敘述別情，可張發財卻拉著他們進屋歇息，原本有話想說，見他二人風塵僕僕的樣子，又將堵在喉嚨裡的話給嚥了回去。

見張羅氏打來熱水，章清亭隨口問了句：「小玉呢？」

張發財搶在前頭道：「我讓她到玉蘭那兒，幫忙帶孩子了。」

章清亭沒有多想，一家人說起別後閒話，趙成材注意到幫自己打水的張銀寶、張元寶手上生了凍瘡，就問了起來。

張發財道：「不止他倆，如今全家誰手上沒生幾個凍瘡？連明珠、小蝶也一樣。她們還好，只在家幹活，在馬場的幾個更辛苦呢，都流膿了，不過我給大夥兒都找了大夫來看了。這也沒啥大事，到明年開春就會好的。」

他說得滿不在乎，章清亭聽得心疼。這都是人手不足，每個人都得頂幾個人的活，能怎麼保養？正說要多請幾個人回來，張發財卻說起家裡辦年的事。

「……還是牛姨媽送了二十兩銀子來，讓我們別弄得太寒酸了，才把魚啊肉的醃上，可馬場那邊夥計年下該結的工錢、要置辦的東西卻不能省，等你們回來拿主意呢。明珠說不行，就只好再上錢莊借些錢了。」

章清亭忙道：「不必了，我這回上京遇著貴人，做了點小買賣，倒賺了些錢。這年下的使費都夠了，回頭再把姨媽那銀子也還了她。」

張發財很是高興，「我閨女厲害啊，出趟門還賺著錢了！那敢情好，妳再多送點禮給姨媽，她幫著咱家馬場收了好些便宜糧食回來，明珠說可省了不少的錢。說來這些時，也真難為那小丫頭了，成天忙得腳打後腦杓。自入了冬，領著頭囤糧曬草，可生生磨去幾層皮呢。」

章清亭卻知，爹雖不讚，但自家弟妹肯定也是吃了一番苦的，回頭再好好犒勞他們。

把行李開了箱，一份份打開給爹娘看過，哪些東西是留著自家過年用的，又有哪些土儀是分送給左鄰右舍的，一一清點了出來。又瞧了瞧家裡準備的年貨，盤算著還差些什麼。

趙成材去衙門送東西了，不一時回來，後頭還跟著幾個衙役，抬了兩大罈好酒及些過年之物，都是本地士紳孝敬縣太爺的。孟子瞻無家無口，便借花獻佛，轉送給了他們。

張發財瞧著這個，忽想起一事，「臘八那日，趙家族長打發他們家兒子送了半大肥豬和一大簍青魚來。說不是族裡分的東西，是自家一點心意。我本說不收，可他們擱下就走。你們若是回禮，可別忘了他們家才是。」

這個族長還當真轉了性？章清亭記下，正收拾著，趙成材道：「妳先放下吧，今兒肯定是沒空過去的，等去時再說。妳先把給左鄰右居的禮拿來，我跟岳父一起去送了。回頭吃了中飯，妳就跟我回家去。」

章清亭又把那些拿出來，等張發財也換了身乾淨衣裳，和趙成材一起出去送禮了。

這邊章清亭正在準備給趙王氏、趙玉蘭及孩子打點的禮物，張羅氏才說，「別帶去了，去了也到不了玉蘭的手。」

章清亭心裡咯噔一下，「那邊有事？」

張羅氏不肯說，「妳爹不讓說，是怕你們一回來就生氣。方老爺子上京肯定也沒說吧？妳一會兒到那邊去瞧瞧就知道了。」

章清亭受不得打這樣的悶葫蘆，「總是要知道的，娘就說唄。」

張羅氏卻是笑了，「糟心的事情，妳這麼著急知道幹啥？反正別往心裡去，這大年下的，咱們還是要高高興興的才好。」

章清亭無語，這就是典型的張羅氏處事風格。天塌下來她也不愁，日子該怎麼過就這麼過，能不操心就絕不操心。

章清亭也不問了，「那我去洗洗頭髮，這在外頭也不方便，都多少天沒洗了。」

「妳坐著別動，我去打熱水給妳。妳是就在一樓洗，還是回你們屋洗？自你們走了，那屋子我天天打掃，誰都沒讓進去過。」

「謝謝娘了，那我回屋洗去。」

「行，一會兒我讓妳兩個弟弟提水上去給妳。」

等趙成材他們送完禮回來，章清亭已經坐在爐邊烤頭髮了。

中午家裡就他們幾人，簡簡單單吃了頓飯。歇了一會兒，保柱拿著禮物，跟著他們小夫妻回趙家了。

張發財問張羅氏：「家裡的事情，妳跟閨女說了嗎？」

「沒，就給她提了個醒。」

「算妳聰明。」

許久未曾回來，趙成材歸家的心情還是非常愉快的。上前敲了敲門，滿心歡喜要給爹娘一個驚喜。

「誰呀？」出來應門的是個陌生女孩，趙成材愣了一下。

這位姑娘不過十四五，眉眼倒生得平順，只是兩頰微有幾粒雀斑，滿臉的不耐煩，「問你們呢？找誰？」

趙成材覺得奇怪，「請問姑娘，妳是何人？」

「你這人是不是有毛病啊？我是誰關你什麼事？吃飽了沒事，來尋開心的是不是？本姑娘沒工夫陪你瞎扯！」

那姑娘劈里啪拉說了一通，砰的一聲就把門重重關上。

趙成材一下就懵了，這還是他家嗎？左右看看，沒錯啊。新起的房子，都是他一手一腳盯著做起來的。這姑娘難道是娘新請回來的丫頭？可這也太大脾氣了吧？

他不由有些氣惱，重重叩響了門環，「快開門！」

「你這人有完沒完？」那姑娘隔著門叫罵：「這兒又不是你家，快給我滾！」

「妳胡說八道什麼？這就是我家，開門！」

「你這人臉皮怎麼這麼厚啊？死乞白賴地認親戚，你丟不丟人？」

趙成材喝道：「妳是哪裡來的丫頭？怎麼一點禮數也不懂？我就是這家的大兒子趙成材！」

「真沒見過你這麼賤的，上趕著到人家家裡來做兒子，我呸！」

趙成材一口氣噎在喉嚨裡，憋得臉紫紅，渾身都開始打哆嗦。

這到底是哪家的姑娘，怎地如此蠻橫？

有心與她理論，卻是站在自家門外，跟個小女子爭吵，實在是有失身分，讓外人看了也太不雅觀。

章清亭趕緊把他拉了下來，「跟這種沒有家教的人，生的哪門子氣？」她轉頭吩咐保柱，「踹門進去。或是傷了人，或是砸壞了門，都由我擔著。」

得了主母的允許，保柱當然照做，放下手裡東西，提了口氣，大腳正要往門上招呼，卻聽院子裡有個柔柔弱弱說話的聲音：「是誰在外面叫門？」

「討飯的！」那女子答得斬釘截鐵，擲地有聲。

章清亭卻已經聽出那聲音了，「玉蘭，我是大嫂，和妳大哥回來了。」

「大嫂？」趙玉蘭驚喜交加，「蔓兒，不得無禮，快開門。」

等門再打開的時候，那姑娘倏地一下鑽進了西廂房，卻又隔著門簾偷眼瞧看。

初見趙玉蘭，小夫妻暫且沒空搭理那丫頭，只要在咱們家，回頭關起門來收拾妳！

趙玉蘭雖是初產，但面龐卻未見圓潤，反而比他們走時清減了不少，臉色也顯得有些蒼白憔悴。趙成材一看就知道事有蹊蹺，先問了一句：「爹和娘呢？」

現在時已入冬，莊稼地早就閒了，就連菜地裡也長不出什麼東西，爹娘不在家裡貓著，上哪兒去了？

趙玉蘭先瞧了嫂子一眼，才低聲囁嚅：「他們……他們上馬場去了……」

章清亭一聽就明白了，定是趙王氏又不肯消停了。

她真是不願意把人往壞處想，可你瞧瞧，這家裡都是些什麼事？怪不得張羅氏不願意跟她說，真是提起就讓人直冒火。

趙成材心裡也明白，可這剛進家門，又不好說什麼，先讓妹子趕緊進屋，「這天寒地凍的，妳又沒好利索，快別在外頭站著了，讓我們瞧瞧小外甥。」

提起孩子，趙玉蘭臉上浮現起初為人母的慈愛笑意，「也是呢，慈兒還沒見過大舅舅和大舅母，快進屋說話。」

保柱手裡還捧著不少禮物，那意思是擱哪兒呢？章清亭瞟了西廂房裡晃動的人影一眼，堂屋又沒人，放在那裡沒人守著她可不放心。

「把東西擱這邊，你去瞧瞧小玉在哪兒，要是忙著，先搭把手。」

保柱會意，把禮物全放進趙玉蘭屋裡，才轉身去了後院。

因有孩子，屋子裡倒是很不吝嗇地生了個旺旺的大火盆，溫暖如春。

小傢伙裹著包被，躺在搖籃裡，睡得正香。才滿月的孩子柔嫩得就像剛出爐的嫩豆腐，胖乎乎的小臉紅通通的，簡直愛煞人了。

趙成材瞧得滿心歡喜，將小外甥輕輕抱了起來，「小傢伙還挺沉的。娘子，妳來抱抱。」

章清亭當然也要抱，就是有點笨手笨腳，抱得孩子在睡夢中皺起了小眉頭。

趙成材很是好笑，「妳怎麼連抱孩子都不會？來，我教妳，用胳膊這樣托著他的頭，右手這麼兜著。瞧，這樣他就舒服了。」

章清亭很是新鮮，「你怎麼會的？」

「妳這話倒說得好笑了，我下頭三個弟妹呢，怎麼沒抱過？難道妳沒帶過弟妹？」

「我忘了不行嗎？不過是會抱孩子，也值得拿出來顯擺？」

見哥嫂又開始拌嘴，趙玉蘭笑著端了兩杯茶來解圍，「嫂子從小就擔著家計，哪裡有工夫幹這些活？等你們明兒有了孩子，抱得煩的時候也是有的呢。」

「那怎麼會？自己家的孩子再累也不嫌煩，對不對，慈兒？」趙成材輕輕搖著小傢伙的小肉手，一腔疼愛溢於言表。

章清亭不覺有些好笑，「別搖了，小心把孩子折騰醒了，還是把他放回去睡著吧。」

趙成材還沒抱過癮，抱著孩子在懷裡拍哄著，十足好舅舅的模樣。

章清亭懶得理他，拉著趙玉蘭的手坐下了，「妳這月子過得可好？」

「嫂子這話怎麼說的？在自己家裡，能不好嗎？妳瞧我這兒……」趙玉蘭正想說些高興的事，卻見門簾一動，柳芳一手端著盤點心，一手牽著芽兒進來了。

未曾開口，笑得很甜，「大哥、大嫂回來了，這在京城過得辛苦吧？怎麼回來了也不提前招呼一聲，讓家裡好準備準備？方才我妹子不懂事，衝撞了大哥幾句，可別生她小孩子的氣。這是我讓她到外頭買的紅豆糕，還沒動過呢，嘗嘗吧。」

柳芳的妹子？趙成材滿腹疑問，柳家人的嘴臉他不是沒見識過，不是都不管他們母女了嗎？怎麼又開始來往了？

有心不搭理，可瞧著她刻意把肚子挺得老高，也不好意思讓個孕婦這麼乾站著。況且她已經賠過罪了，再要不依不饒倒似顯得他們太過小氣似的，於是淡淡回了一句，「有勞妳費心了，坐吧。」

手上依舊抱著孩子不放，趙成材背過身對章清亭使個眼色。

章清亭朝他翻白眼，你不想搭理就甩給我？卻起身將柳氏手中的盤子接過，臉上堆著笑，「這說的什麼話？咱們回自己家，還需要提前說嗎？」

柳芳急忙解釋：「我不是這個意思，是想著哥嫂回來了，好去多買些菜回來預備著。再有這長途奔波辛苦了，也該叫成棟回來接接才是。」

章清亭呵呵一笑，「又沒多少行李，哪要人接？成棟在馬場裡把事情幹好，那就是替我們操心了。」

柳芳忙把話接了過去：「成棟在馬場裡可用心呢，馬場裡那麼多馬有個大病小災的全靠他照應著，沒一點毛病。」

想邀功也得有個譜兒才行，趙成棟會出多少力，章清亭心裡有數。不想與柳芳夾纏，她直接把話挑明了問：「妳那妹子怎麼來咱家住著了？是來要錢，還是怎麼著？」

趙玉蘭一噎，還是大嫂厲害，從來都不含糊，一點面子也不給。抬眼就瞧大哥對她微微使個眼色，她便裝作沒聽見，跟大哥一起瞧著孩子閒話。

柳芳被章清亭問得甚是尷尬，半晌才支支吾吾道：「不……不是的……」

「不是就好。」章清亭快人快語，「既然沒那些亂七八糟的心思，那親戚總也還是親戚，沒個說做了人家小老婆，就連爹娘老子都硬逼著人丟了的，有空來家裡坐坐，沒事。」

柳芳心裡揣著鬼，是應也不是，不應也不是。

章清亭瞅她那神色，話鋒一轉，「論理，妳妹子既不是咱們家人，也沒我教訓的道理。只不過呢，她委實也太不像話了些，竟連相公和我都不許進門，不知道的，我還以為這個家裡換了主人呢。」

柳芳聽這番話，本來微紅的臉刷地一下又白了，她還以為賠了個禮已經把此事揭過，沒想到這殺豬女還是這麼不好說話，可章清亭畢竟是長嫂，又是家裡的財神奶奶，她眼下還得看著她的臉色過日子。

她嘴角抽搐幾下，才忍氣吞聲地開了口，「真是對不住了，大嫂，我妹子就是這麼個急性子，說話不中聽，我回頭就去狠狠罵她一頓。」

「算了。」章清亭擺了擺手，「畢竟是客人，說重了也不好，外人不知道的，倒顯得我們不待見妳娘家人似的。」

柳氏剛鬆了一口氣，章清亭卻緊接著又問了一句：「她什麼時候走？」

這……柳氏遲疑了半天，才低聲開了口，「我、我這肚子大了，做什麼事都不方便，所以、所以讓妹子來照顧一段時日……」怕她又說些不好聽的，忙說了句：「公公婆婆也都同意了的。」

此話一出，別說章清亭生氣，連趙成材都聽得惱火。

難道又是娘貪圖小便宜把這等人弄了進來？那可真是屢教不改，沒得救了。

章清亭微微頷首，面上不見半分不愉，「既是如此那就算了。妳肚子也大了，諸事都不方便，趕緊回屋歇著去。」

柳氏這麼殷勤過來，可不是光是為了向他們賠個禮道個歉，那她那盤點心不白送了？當下見章清亭不再追究妹子之事，她放心之餘，倒是有話說了。

「這在家裡待著，有什麼不方便的？嫂子，你們上京城，可見了不少大世面吧？快給我說說，也讓我長長見識。對了……」柳氏笑著把芽兒往前一推，「小丫頭已經會說話了，快叫大伯、大娘。」

小丫頭如今一歲還差一點，剛剛學語，哪裡能把話說得清楚？跟章清亭又不熟，膽怯地直往後縮，半天也不敢出聲。

柳氏急了，乾脆藉著訓女兒，把心思說了出來，「平時怎麼教妳的？就妳這樣，還能管大伯、大娘拿禮物嗎？到時全給了弟弟，什麼都不給妳！」

章清亭聽了冷笑，「真是不當家不知柴米貴，我們這上京的盤纏還是找姨媽借的，不知哪日能還上，手頭可拮据得很，哪裡還好意思帶禮物回來。哦，我知道了，妳定是瞧見外頭那些東西了。說出來也真怪難為情的，那都是京城裡一些朋友送的，拿回來哄公公婆婆開開心而已。妳也別為難孩子了，芽兒，過來。」她從盤子裡拈了一塊紅豆糕子，「拿去吃吧。」

芽兒小孩子不懂事，接了吃的就往小嘴裡送。

柳芳心裡憋著火，沒地方撒，把孩子拍了一下，「成天就知道吃。這是孝敬大伯、大娘的，妳饞個什麼勁兒？」

芽兒受了驚嚇，手上的紅豆糕一下掉到地上，頓時哇哇大哭起來。

趙玉蘭趕緊捂著兒子耳朵，怕把這一個也給吵醒了。

章清亭臉色一沉，「怎麼？我給妳孩子吃塊糕還嫌棄嗎？那妳這東西也太不值錢了！」當著她的面，章清亭就把那一盤子紅豆糕盡數拂於地下，棄之如敝履。

妳扔，我比妳還捨得扔！

「就是要教訓孩子，也回妳自己屋去，這兒還有孩子呢，妳打給誰看啊？出去！」

柳芳見她把一盤子點心全都扔了，臉漲得通紅，心中更加生氣，憑什麼這麼對自己大吼大叫的？可現下家裡無人，要說起來就是他們夫妻最大，自己要是當真吵起來，恐怕討不到什麼好。只得強按著怒氣，吃了這啞巴虧，抱著女兒扭頭就走，步履如飛，一點也不裝樣了。

等她出了門，章清亭才啪地將桌子一拍，「這叫什麼事兒？玉蘭，妳過來老實跟我說說，她那妹子到底是怎麼到家裡來的？」

趙玉蘭怯怯地瞧瞧大嫂，又看著大哥，不知從何道起。

趙成材也急了，「玉蘭，妳倒是說呀，娘怎麼同意弄這麼個人進來？」

趙玉蘭難以啟齒，低著頭半天才擠出一句話來：「你們……要不，等娘回來，問娘吧。」

「玉蘭姊，這有什麼不好說的？」門口有人清脆地應了一聲，是小玉一挑門簾子進來了。

她大冬天也挽著袖子，袖口衣襬明顯濕了一大截，凍得通紅的雙手上捧著個托盤，放著兩盅剛燉好的雞湯，一盅遞到趙玉蘭面前，另一盅遞到章清亭面前。

「大爺、大姊，你們可算是回來，趕緊趁熱喝了雞湯，帶玉蘭姊離了這兒吧。這見天兒的受著窩囊氣，我都快受不了了！」

「小玉！」趙玉蘭見阻攔不及，又羞又窘，嘆了口氣，卻是什麼也不說了。

趙成材立即臉色變了，「小玉，妳快講，家裡到底發生了什麼事情？」

小玉一肚子怨氣，待要說話，卻眼圈先紅了，癟著嘴，過去開了趙玉蘭的箱子，「大姊，妳瞧瞧，這裡頭還剩下些什麼？」

章清亭看著那箱子，臉色立即變了，那箱子是她送趙玉蘭過來時，特意給孫善慈準備的各式小衣裳還有玩意兒，當時可是裝得滿滿當當的，足夠孩子穿戴到半歲的，可現在呢，自己送的好東西幾乎全沒了蹤影，取而代之的全是一些陳舊的小孩兒衣裳。

她當即解開小傢伙的襁褓，又吸了一口涼氣，就外頭這件大紅包被仍是自己送的舊物，那孩子裡頭穿的也是一身不太合適的舊衣。

趙成材心頭火起，「玉蘭，這到底是怎麼回事？是娘捨不得用，硬把妳的東西收走了嗎？」

趙玉蘭臉上一陣紅一陣白的，甚是尷尬，「不是娘。」

「那是誰？」

「還能有誰？」小玉終於見著自家主母，自覺腰桿立即硬了，說起話來底氣都足了，「全是柳姨娘哄去的。」

原來自從趙玉蘭回了家，章清亭他們沒走之前，那柳芳倒還老實。等章清亭一走，柳芳就有些不安分了，每日裡藉著過來說話之機，把趙玉蘭這屋子翻了個底朝天，見著什麼好東西都想要。起初她也不好意思明說，仗著自己也懷了身孕，便把給自己孩子準備的東西拿過來也給趙玉蘭瞧，瞧著瞧著，眼淚就下來了。說她和孩子好命，有人心疼，自己歹命，孩子沒人心疼，用的都是破爛貨。

趙玉蘭本就是個心軟的，一見她這架勢，便把她瞧上的東西送了幾樣，可這柳氏就越發貪心起來，成日就盯著她那些東西，於是自己箱子裡的東西，就陸續全給那柳氏倒騰了去。

章清亭聽得大怒，把趙玉蘭的額頭一戳，「妳也太不給我爭氣了！那婆婆呢，不管的嗎？」

這要是說起來，趙王氏可有些冤，她發現之後，便要柳芳把東西拿出來。可進了柳芳的手，哪裡肯吐出來？便把趙成棟往前一推，「你姊生的娃是姓孫的，我懷的可是姓趙的。東西又不是給我的，還不是你們趙家人用了去。」

趙成棟並不覺得是多大回事，便勸娘親：「總是些小孩子的東西，有什麼好爭的？又沒送給外人，都是您孫子？要是姊那兒東西不夠了，讓芳兒把她為孩子準備的給姊不就成了？」

趙王氏雖然疼女兒，可終歸更疼兒子，這外孫和孫子一比起來，孰輕孰重一目了然。有了趙王氏的姑息，柳芳越發得寸進尺。眼見趙玉蘭那兒沒什麼油水了，她便也開始裝病，裝頭暈，裝胃口不好，反正拿著肚子當擋箭牌，誰也不能真拿她怎麼辦。

章清亭之前有交代過，讓家裡人時常過來照看小姑，小玉便時常在家裡燉了些好吃好喝的，捧了送來，可這柳芳每每聞香而動，你吃東西的時候老有人在一旁盯著，總不好意思一人吃吧？於是便拿了碗來分她一半。可這漸漸又成了例，以致於後來小玉只得在家裡做了雙份的東西送過來。就像今日，這還是章清亭臨時來了，所以這雞湯到了她的面前，若是不然，便又得給柳芳送去。

小玉一直謹記著章清亭從前的教訓，多做點事也沒什麼，就是張羅氏，也不過是多費些錢，再準備一個人的食材，咬咬牙也就忍了。

「我做點什麼也就算了，可她竟連秀秀那麼小的孩子也欺負。」小丫頭除了說自己的委屈，還要打抱不平。

田秀秀？那又是怎麼一回事？

小玉說得是咬牙切齒，自趙玉蘭回了娘家，田秀秀每天下午就過來幫忙幹活，本說是照顧趙玉蘭，可柳芳欺人家年紀小，今兒幫她做個飯，明兒幫她洗盆衣裳，漸漸的把家裡的活全甩給了她。小姑娘也不吭聲，老老實實都給做了。

趙玉蘭瞧著不對勁，暗地裡說了幾次，不讓田秀秀再來，可小姑娘卻一天都不帶落下的。每天幹了活就走，連飯都不吃一口。

等到趙玉蘭生產那一天，偏偏正趕上農田最忙的時候，家裡一個人都沒有。

趙玉蘭疼得受不住，讓柳芳去喊人，可柳芳以自己生過孩子為由，說那疼還得好一會兒，等晚上家人回來再說，硬是把她撇下，活活痛了一上午。

直到下午秀秀過來，瞧著不好，當即跑回家去喊了她哥。田福生一刻也不敢耽擱，讓妹妹陪在旁邊守著，讓他爹和弟弟分頭去通知張趙兩家人，他自己跑了幾里地，請來了大夫和接生婆，那時孩子的頭都露了形跡，危在旦夕。

後來據大夫說，要是再拖的時間長了，搞不好就一屍兩命了，可那柳芳又故作無辜，說自己初產就是那樣，誰知道趙玉蘭這麼好生?聽得眾人無語。

等孩子總算是平安降生了，田秀秀更是每日一早就到趙家來幹活。月子裡的孩子，光尿布一天都不知道要洗多少，天又冷，張羅氏看不下去，讓小玉也來搭把手，可這倒更加便宜柳氏了，成天衣來伸手，飯來張口，樂得清閒。

等著田間地頭的活全都收了尾，趙王氏也閒在家裡，瞧著柳芳就開始橫挑眉毛豎挑眼起來。柳芳心中大不自在，不願意家裡天天有個黑面夜叉管著自己，於是便挖空心思要調唆趙王氏去馬場管事。

「現在大哥、大嫂都不在，那麼大的馬場真的交給姓方的小丫頭，您真的能放心？萬一壞了事，損失的還是咱們自家。」

這是柳氏的原話，小玉學起來像模像樣，基本上都可以想見得到她當時的那副嘴臉。

趙王氏本就對那馬場一直心癢癢，被說得怦然心動，又趁著章清亭不在家，便帶著趙老實過去了。那裡的情形小玉不說，章清亭也想像得出來。擺一擺手，讓她不必多說，當務之急是搞清幾個關鍵點。

「方老爺子究竟是怎麼上京城的？柳家那妹子又是怎麼回事？」

小玉說話倒還客觀，「自接到你們信後，姨太太走不開，趙大嬸倒也說要去京城的。只家裡這般情形，她若是走了，那西廂不翻了天才怪。你們不在家，玉蘭姊又不好跟咱們回家去，所以方老爺子才說他要去京城。至於那柳柳蔓，她是自己找上門來。」

柳芳娘家人來鬧過一回，沒討到什麼便宜之後，回去之後是越想越不甘心，總覺得是白白放過了個有錢財主，成天琢磨著要如何搭上這條錢。後來也不知是哪位高人給他們出的主意，說硬的不行，就來軟的，左右也是親戚，沒個真的不理不睬的道理。

柳家人想想有理，便在中秋那日，也裝模作樣準備了幾樣禮品上趙家走動。伸手不打笑臉的客，趙王氏雖然不喜，但也勉強接待了。

柳芳從前沒相公時，多受家人的白眼，現下算是鹹魚翻身，自然趾高氣揚。聽著父母兄妹一番奉承，誇她如何如何命好，心思也開始活動起來。

自己再怎麼好，現如今也只是個妾，若是完全沒了娘家人做依仗，往後的日子想必艱難。倒不如就著這個臺階下來，跟家裡人搞好關係，萬一日後有什麼事，就不說感情，只瞧著利益的分上，他們也能幫著自己的忙。

於是，柳芳就抱著這樣的心態，與家裡人又重修舊好了。

最開始，柳家人動的腦筋是想把柳芳幾個兄弟弄到馬場上來做工，可趙成棟不敢答應。雖然哥嫂都不在，但方明珠也不是好糊弄的。再說哥嫂沒幾個月就回來了，萬一嫂子發了火，他也招架不住。

於是，柳家人便把十五歲的三丫頭柳蔓送了來，說是要幫著照看柳芳，其實是姑娘大了，總要吃要喝，還要穿花戴朵，把這丫頭送到趙家，一來可以省了家裡嚼用，二來有門像樣的親戚，日後也能幫她尋個好婆家。

再有一層，柳家人就是對著柳芳也不好開口，只私下交代了柳蔓，若是有機會，最好能勾到趙成棟，給他做正妻。雖說姊妹倆共侍一夫不大雅觀，但如此一來，趙家二房可就完完全全落在他們家手裡了，日後怎麼也不能繞出他們這個岳家去。

柳蔓只聽說得天花亂墜，又想著是個殷實的有錢人家，便歡歡喜喜答應了。她的容貌不及姊姊標致，但那好吃懶做的習性卻是有過之而無不及。

要說趙王氏也不蠢，她雖不知柳家打的什麼主意，卻不願家裡多添花用，尤其伺候柳芳，那就更不可能。

看說不通她，柳芳就去跟趙成棟說。灌了幾罈子迷湯下去，趙成棟被奉承得快活了，便找趙王氏把這事說定了。

見趙家光景果真比柳家強上太多，柳蔓一來就打定主意不走了。本來還鼓動著姊姊要開了東廂房搬過去，可趙成棟別的好說，此事還是分得清輕重，很是乾脆地回絕了她們，「我還不想被哥一回來就打死。」

柳蔓只得嘟囔著在西廂末的那間小客房住下了，從此，對面的東廂就成了她的夢想。只要她嫁給了趙成棟，就是這間東廂的主人，那些上好的家具物品就全是她的。

也就是因此，柳蔓在趙王氏跟前，一貫是老老實實的，可只要她一不在，那就完全是個什麼事都不做的主兒。瞧著她對旁人，那一張嘴利得跟刀子似的，偏在趙王氏面前又跟抹了蜜似的甜，哄得趙王氏對她頗為歡喜。

末了，小玉忿忿道：「大爺、大姊，快把玉蘭姊接回家吧。讓我伺候旁人我都沒話說，可憑什麼還得伺候她？連自己的內褲都塞給我洗，也太不要臉了。我就是做丫頭的，也不是她們柳家的丫頭！」

趙成材嘴上沒說什麼，可那緊握著的拳頭分明彰顯著怒氣。忍了又忍，才努力以平靜的語氣開了腔：「小玉，妳去把今兒的事還是做了。玉蘭，妳現就把東西收拾出來，一會兒帶著慈兒，跟我和妳嫂子回家去。」

小玉清脆應了，高高興興地出去了。

趙玉蘭卻皺了眉，「哥，我知道你心疼我，可你們這麼一回來我就跟你們回去，是不是不太好？那讓娘怎麼想？」

「沒什麼好想的。」章清亭橫了她一眼，「妳跟我們回去了，才是心疼妳娘呢！」

這話怎麼說？趙玉蘭不解。

章清亭卻已經動手開始收拾她的東西，「一會兒明珠他們要送成棟過來的吧？正好就著那車，把行李先搬回去，妳跟我們一起吃了飯再走。」

趙玉蘭還待多言，趙成材卻道：「聽妳嫂子的，收拾東西跟咱們回去。哥既回來了，必不能再讓妳受委屈。小玉有句話沒說錯，她縱是丫頭，也是咱們家的丫頭，憑什麼還得伺候她？簡直是人心不足，得隴望蜀。這毛病不能慣著。她們家既想送人來丫頭，就得有個丫頭的樣兒，別當我們趙家的門是這麼容易進來的。」

這下趙玉蘭再也無話可說，只得草草收拾了行李，暗自又跟章清亭商量：「那一會兒娘回來了，可別把話說得太重，就說接我們娘倆兒過去住住，行嗎？」

「本來就是這個意思。」章清亭對著西廂冷笑，「妳要記清楚了，這兒可是咱們家，咱們高興住哪兒就住哪兒，難不成還為了那些外人，反而讓咱們這正經主人避出去不成？不過，妳呀，也給我爭口氣吧！」

雖說柳氏姊妹可恨，但弄成這樣，趙玉蘭自己也要負一定的責任。章清亭是憐其不幸，又怒其不爭，「玉蘭，我記得從前跟妳說過，這待人寬厚是對的，但也不能任人騎到頭上來作威作福。雖說拿些衣裳什麼的不過是小事，但妳待人好也得分清對象吧？像這樣待妳不好的，還傻乎乎的跟人和氣，那就不是好氣性，是蠢了！」

趙玉蘭被教訓得頭也抬不起來，半天努力憋出句話來：「其實我……我也是有些生氣的，只是、只是面子上抹不開，總想著是一家人。她之前，也照顧過我來著……」

「一家人有這麼對妳的嗎？既然知道生氣，怎麼就不知道和她理論？就算她跟成棟告狀，妳又怕什麼？本就是他們站不住腳，妳有什麼理不直氣不壯的？妳把她當一家人，她有把妳當一家人嗎？妳幹麼受那點小小恩惠，就覺得好像自己欠她似的？」

章清亭劈里啪拉罵了一通，方才稍稍出了些氣，「妳既覺得她給妳端個茶遞個水都欠她的，那我呢？妳又該欠了我多少？回去之後，妳好好給我把身體養好了，想心思給我賺錢去！先把欠我的還清，再去還別人的。這麼想還債，還不如先還給我，免得便宜了旁人！」

趙玉蘭本被罵得滿面羞慚，可聽到這裡，卻又忍不住噗哧笑了起來。

大嫂雖是刀子嘴，卻是一顆豆腐心，到底還是心疼自己的。

趙成材怕這妹子死心眼，一下想不開，反倒怪罪章清亭，於是在一旁提點著：「聽得懂妳大嫂的意思嗎？」

「哥，我知道嫂子是為我好。」趙玉蘭上前拉著章清亭的手，漲紅著臉，鼓足勇氣道：「大嫂，其實我……我真想著做事來著。我跟方老爺子學了這麼久，多少也會點東西了。我原本想著，現在慈兒還小，騰不出太多手來，便想著先接著他家的糕餅鋪子做起來。這眼下就要過年了，應該生意還是不錯的。」

她怕自己說得不對，又補了一句：「妳說，是不是這樣？」

章清亭斜睨了她一眼，「算妳還動了點腦筋。不過，這過年妳就好生歇著吧，就是要賺錢也不急於一時，等過完元宵再說。」

趙玉蘭聽這意思，知道是允了，連連擺手，「不用等年後，做那個一點也不累，真的。現在慈兒一天有多半時候是睡著的，我就能騰出手來做事了。聽小玉說，自方家的糕餅鋪子關了門後，這些天可有不少街坊鄰居來打聽的。我想過了，這年下，各家各戶都會蒸些包子饅頭什麼的，那些東西咱家就不做了，專門做些尋常人家不好做的糕餅，應該還是受歡迎的。」

她遲疑了一下，才猶豫著道：「我知道家裡人手不夠，只要給我雇一個幫手就行了，嗯……我想我還是能賺出一個小工的工錢的。」

趙成材聽得笑了，「娘子，妳看咱們是不是就讓玉蘭試一試？」

章清亭冷著臉道：「妳既有這心思，我先借妳十兩銀子。房租不算妳的，可米麵柴炭，包括讓人來幫忙的工錢可都得全算妳的。不過，咱們說好，這筆錢妳可是要還的。也得給妳點壓力，才知道不能瞎做人情！」

「嫂子放心，我會努力盡力賺回來。」趙玉蘭雖說得有些結結巴巴，但一貫溫和的眼睛卻開始閃閃發亮。

趙成材心下贊同章清亭的做法，這個妹子很能吃苦耐勞，又細心踏實，只是性格太過柔順，需要有人推她一把，讓她自己去面對外頭的風雨。將來再嫁進田家，也能替田福生分擔些擔子，而不僅僅只是溫柔賢慧而已。

等到院門外響起車馬粼粼的聲音時，仍是柳蔓過去開的門。她這回已經換了副嘴臉，笑容甜美，趕著報喜，「趙大嬸，趙大哥和趙大嫂都回來了！」

趙成材和章清亭對視一眼，由著她前去討好賣乖，只站在屋裡冷眼瞧著。柳蔓被後頭那意味深長的目光瞧得渾身起雞皮疙瘩，笑容不覺也僵硬起來。

車上人一聽說趙成材小倆口回來了，俱是大喜，一車人爭先恐後地跳下車。

一夥人招呼聲喊成一片，把個柳蔓冷落在後頭，無人問津。

趙王氏喜孜孜地拉著兒子就進了堂屋，連珠炮似的發問：「你們回來了，怎麼也不到馬場上去說一聲？這一路上可好？瞧瞧這瘦得，在京城裡可是過得辛苦？趙玉蓮好嗎？旺兒那病真有得治？」

章清亭也被一眾弟妹圍住，七嘴八舌問著：「你們什麼時候到的？怎麼也不帶個信回來讓我們去接一接？京城裡好玩嗎？都有些什麼好東西？方爺爺也去了，你們遇到了嗎？」

小夫妻笑著一一作了答，柳氏姊妹瞧著猶如被眾星捧月般的二人，自己卻像是被排除在外，心下甚覺落寞，還有一點隱隱的不甘心。

他們憑什麼這麼受歡迎？不就是仗著有錢嗎？等到日後分了家，她們也有了自己的家業，一樣也能前呼後擁，威風八面。

這一刻，兩姊妹無比地想分家。

章清亭說了一會兒閒話，便提起正事：「詳細的情形等咱們回去，晚上再細細說給你們聽。你們也累了一天了，趕緊都回去吃飯。」

趙王氏聽得臉一沉，這說得什麼話？難道就不能在我們家吃個飯？當下便道：「都留下吧。成棟，你趕緊跟吉祥出去買桌席面回來。」

趙成棟應了正要走，卻被趙成材攔住，「算了，那邊都做好了，都是一家人，不用講這些虛禮，讓他們回去吧。對了，你們把玉蘭的行李帶回去，小玉也跟著回去。」

一大屋子裡聽得全愣了，眾人的目光都看著趙玉蘭，卻是各有不同。

柳氏姊妹心想，這下家裡頭可不就沒人伺候了？

張家人和方明珠他們倒是歡喜，哥嫂回來，趙玉蘭不用受氣了，可是，趙王氏能同意嗎？

果然，趙王氏一皺眉，「成材，你怎麼一回來就要把你妹子接走？玉蘭，難道妳在家裡住得不好嗎？」

當著眾人的面，趙成材當然還是要給娘留幾分顏面的。

「玉蘭本就在我們那兒住著的，只不過為了生孩子，才搬過來。現在既然咱們回來了，玉蘭還是跟我們一起回去的好，免得小玉成天跑來跑去，兩頭辛苦，弄得偌大個馬場裡的事情全壓在小青頭上，這可不大好。」

「那讓小玉以後不用來了。」趙王氏可不是瞎子，她也知道柳蔓住在家裡基本上算是個閒人，這姑娘雖然嘴甜，但幹活著實不怎麼樣，可她心中一直另有打算，便也不太好說，正好趁此就提了出來，「總是有蔓兒在，你們應該已經見到過了吧？以後玉蘭屋裡的事情就交給她了。」

柳蔓一聽，當時臉像吃了黃蓮一般的苦，讓她去伺候趙玉蘭母子？那可是個苦差事，心裡一急，就開始推諉：「還是小玉照顧得熟些……」

趙王氏聽得臉色一變，「怎麼？不過是做飯洗衣這些事，還要什麼熟不熟的？」

柳芳聽得不妥，暗自擰了妹子一把，「既然婆婆說什麼，那就是什麼。」

趙王氏臉色稍霽，「這就要過年了，你們那邊事情也多，還是讓玉蘭住在家裡吧。」

章清亭笑著上前，「婆婆，這可不是爭什麼，讓玉蘭回去，也是心疼您呢。可是您說的，這馬上就要過年了，之前我們在外頭，這家裡，還有馬場裡都勞您和公公看顧著，這些日子可著實辛苦了。」

她先給趙王氏戴了頂高帽子，轉而才道：「既然我們回來了，斷沒有再讓您操勞的道理，家裡這年怎麼辦，全仰仗您操著心，馬場那頭，就丟給我們年輕人吧。」

怎麼？妳這一回來就要趕我走？趙王氏聽得心頭不悅。

趙成材趕緊把話接了過來：「娘子說的是。娘，我方才看家裡準備的年貨，有好些不大齊全的，今年翻新了房子，還有馬場裡那麼多夥計要照管，我正要跟您商量，再多準備些年貨分送眾人呢。讓玉蘭回去，可不僅是為了怕您辛苦，還有一點她自己的想法。玉蘭，妳過來跟娘說說。」

趙玉蘭在大哥的鼓勵下，走上前來，「娘，我現在也出了月子了，想趁著年下，把糕餅鋪子的生意再接著做起來。」

「可妳這都沒好利索，哪用急於一時？」

趙玉蘭鼓起勇氣說出心裡話：「娘，我現在有了慈兒，縱然是您和爹，還有哥嫂都願意養活我們，但我們母子總得要個能傍身的東西。嫂子既然從前給我搭了線，讓我拜方老爺子做了師傅，有這福分學了些手藝，總得用上，方不負方老爺子教我一場。我也得學著自己應付些事情，總不能靠著你們照應一輩子。」

這話說得很有道理，連趙王氏都找不出理由反駁。

大女兒的情況明擺在那裡，沒了相公，拖著個孩子，現在是有父母兄弟幫扶著，但日後嫁了人還是靠自己，田家的光景也不是太好，若不趁著年輕做點什麼，那以後可怎麼辦？

趙成材勸道：「既然玉蘭有這份心思，咱們不要攔著的好。她在我們那邊，東西人手都是現成的。既然遲早要做，不如早點做，免得那鋪子歇得時日太久，好不容易攢下的老客戶又都全跑光了。」

方明珠笑道：「玉蘭姊，妳放心做吧。爺爺不在，我也沒空張羅，這回做的全算妳自己的，可不用再跟我們家分了。」

現在連趙老實都同意了，「孩子他娘，就讓玉蘭回去吧，反正就在她哥家裡，離得也近，就是要回來，不過走幾步路的功夫，哪裡用得著這麼不捨？」

「爹這話可說得太對了。」趙成材笑呵呵拍了個馬屁，「又不是讓玉蘭上外頭去住，娘，您有什麼不放心的？這就同意了啊！」

趙王氏瞅了兒子一眼，又看看女兒，微微笑了。

有章清亭這個活生生的例子在前頭，她也想讓自己閨女自己長些本事，日後過得好一點。

見她這神色，趙成材當即朝弟妹們一招手，「你們還不快幫著搬東西？」

眾人應了，很快便把趙玉蘭的東西搬上了車，帶著小玉一起，揚鞭而去。

柳芳瞧瞧妹子，柳蔓一張小嘴快翹到天上去了，甚是不悅。

可這個幹活的機會，趙成材也不想留給她。

既是剛進門，先不提別的，一家子吃飯，趙成材把爹娘弟弟讓到趙玉蘭那屋，一面說著閒話，一面給他們看著禮物。

給自家帶的禮物都非常實用，不管是土特食品，還是布料藥材，都是居家過日子要用到的好東西。趙成材見娘非常滿意，特意說了句：「這全是娘子挑的。」

趙王氏瞅了媳婦一眼，沒接這腔，卻問：「東西是不錯，只不過你們哪來閒錢買這些？連上京的盤纏都是你們姨媽出的，這也太破費了。讓姨媽瞧見，多不好？」

趙成材解釋道：「這回上京，娘子可沒閒著，我去聽課，她就成日想心思攬活幹。倒是讓她認得一個大老闆，去人家鋪子裡幫著賣東西，狠狠賺了幾注大財，這些便是那東家打賞她的。不過也沒多少，只帶了這些回來，剩下的打算給夥計們發了工錢，估計也就沒了。」

趙王氏此時才瞧著章清亭，難得讚了句：「這趟上京，也辛苦妳了。」

章清亭賣了個乖，「媳婦知道家中艱難，斷不敢亂花錢的。」

趙王氏聽得點頭，「咱們家如今雖有了個馬場，但還遠沒到出利息的時候，凡事還是該節儉些。你可別嫌我囉嗦，我去你們馬場，居然瞧著還給馬餵雞蛋，那也太敗家了吧？縱是好馬，也沒這個養法。」

章清亭微一挑眉，要她知道京城裡那些豪門貴族怎麼養馬的，恐怕要心疼得睡不著覺了。

趙成材趕緊把話題岔開：「就算這馬吃了幾個雞子，但到時賣起價來，也不在乎這一點了。對了，娘，我看到後院掛的那一點臘貨，過年就這些東西了嗎？那可太不像樣了。您看再添點什麼好？娘子，趕緊去拿個筆記下來。」

「我去吧。」趙成棟很是積極地去拿了筆墨，說起過年，大家都有興致，又擬了半天的單子，算了年下各人要用的東西，列了分明。

章清亭在心裡點頭，趙王氏還是個很節儉的人，這份單子上沒什麼不合情理的地方，滿打滿算也要不了多少銀子，算是很實在的了。

只是，末了，趙王氏自個兒提了一句：「我瞧這布也夠，給柳家妹子也做一套新衣裳吧。」

既說到這個，趙成材有話要說了，「難道她還得在咱家過年不成？這個也不是我說，那丫頭實在太沒禮貌了些。今兒一回來，話沒說到兩句，居然就要我和娘子滾出去，簡直不像話。若是從前家裡沒人，讓她來照顧也就罷了，可現在咱們既回來了，娘，您也不用去馬場了，這麼大個姑娘家，留在咱家像什麼話？成棟，你說是不是？」

他主動把話語權交給了弟弟，趙成棟可不知柳蔓今兒還鬧了這麼一齣，可畢竟是小姨子，也不好說什麼，當下囁嚅著道：「那丫頭，平時瞧著還好……」

「那是在你們面前還好。」趙成材毫不客氣地道：「成棟，你也管管屋裡的人，就瞧著玉蘭好說話……」

「哥，算了。」趙玉蘭臉通紅，到底還是不忍心讓哥哥為了自己的事情說弟弟。

趙成材卻不理會，「玉蘭，妳別插嘴，有些話該講，就必須講個分明。那柳氏成天從你姊姊手上倒騰東西，難道成棟你就沒瞧見？雖說只是些小玩意兒，但非得要把你嫂子給慈兒準備的一點東西全都扒拉乾淨了才稱心？你嫂子既然給阿慈準備了，難道日後就不給你孩子準備？就這麼急赤白眼的等不得，虧你也好意思！」

他話是衝著弟弟說的，但趙王氏聽著心裡頭也有些不大舒服，到底還是自己縱容了。

趙成棟更是臉通紅，「我現就讓她拿來還給姊。」

「算了。」趙成材擺手，「就當提前送你們了。不過，再往後，可什麼都沒有了。成棟，你回去跟她說清楚，別日後又嚼舌頭根子。」

趙成棟臉上大感無光，「我這就去說。」

「等等。」趙成材當著弟弟的面，跟娘商量，「明兒要不讓成棟歇一日，買幾樣禮物，把柳家姑娘送回去。」

趙成棟剛被訓斥了一通，不敢吭氣了。

趙王氏卻眼神閃爍了幾下，態度曖昧，「這個……留她住住也不是多大的事吧？」

「若是人好，當然沒什麼，可這樣的丫頭，我們趙家不要。」趙成材說得斬釘截鐵，瞧著趙王氏的猶豫，直接問道：「娘，您難道還有別的打算？」

趙王氏瞟了章清亭一眼，對兒子道：「你跟我過去說話。」

章清亭心裡咯噔一下，婆婆打的是什麼主意？她想到一個可能性，臉也不覺冷了三分。

「有什麼話不能在這兒說嗎？」趙成材很不喜歡這般藏頭露尾的模樣。

趙王氏卻起身往外走了，「叫你過來，你就過來。」

見婆婆這般神色，章清亭更加證實了自己的猜想，不覺心頭火起。

趙成材百般無奈跟著出去，趙王氏才說出自己的打算，「那丫頭，我原本是想留給你的。」

趙成材一怔，瞬間明白過來，當時就急了，「娘，您打的什麼糊塗主意！」

「成材，你聽我說。」趙王氏真覺得自己是一片好心，「你媳婦那麼久還不見動靜，成棟都快當爹了，娘不是替你著急嗎？那柳家姑娘縱有千般不好，但是好生養啊，你瞧她姊就知道了。那丫頭長得也不差，還是個黃花大閨女，以咱們家現在的光景，縱是收在房裡，還算他們家高攀了呢。」

這也是趙王氏後來改變主意收留柳蔓的最重要原因，章清亭已經夠能幹的了，再討個小的，只要好生養也就罷了，脾氣差慢慢管教也就是了。

「我不要！」趙成材怒道：「就那樣丫頭，也真虧娘您看得上眼，就是白送我都不要！」

趙王氏癟了癟嘴，暗惱那柳蔓一進門就把趙成材給徹底得罪了，「算了算了，你既然不喜歡，那就送回去吧。」

「娘，不止這個我不要，您以後可千萬別再給我折騰這種事了。」

「那可不行。」趙王氏硬了起來，「若是你媳婦遲遲不生，難道你屋裡就一直不擱人？」

「娘子不是不能生。」趙成材差點把大夫的診斷說漏嘴，「您放心，娘子遲早是能生的。」

「那個遲早是多久？成材，你可不能慣著你媳婦，就連你那一房的香火都斷送掉。」

「哪有這麼嚴重？」

「那你得給我個准信，總不能天天這麼耗著。」

「那……那就以一年為期。」趙成材想起黃大夫打的包票，還特意延長了一些，「一年之內若是娘子還懷不上，那咱們再說這事，行嗎？」

「還要一年啊？」趙王氏有些等不及了。

趙成材正色道：「娘，您想想，娘子自進了家門，可有半分不賢不淑、行止不端的地方嗎？光看她這麼費心為咱們家掙的這些家業，咱們也不能這麼平白無故的傷人心吧？」

「我又沒說休她，不過是納個妾，她不還是元配正室？」

趙王氏頗不以為然，心裡可不覺得這個媳婦有多好，夠本事是真的，但哪有半分溫柔賢淑？不過兒子既答應了一年之內若是章清亭仍然無出便要納妾，她也就放下一半心來。今天兒子才剛回來，有些話也不便多提，以後再說吧。

「既要把柳丫頭送回去，倒是不要讓成棟去送的好，免得柳家的人抓著不放，又難為你弟弟。她柳家姑娘上門可沒咱們家的人接，是她家自己送上門來的，回去就雇輛車，我去得了。」

趙成材搖了搖頭，「您也別老護著成棟，總也要他自個兒學著擔當些事情。明兒就讓他去，這事咱們誰都不能插手，一插手只會讓柳家人越纏越深。」

趙王氏還待多言，趙成材卻轉身回去了。當著一家人的面，教了趙成棟幾套話，如何應付柳家的刁難，最後下了死命令：「你現就去跟她姊倆說說，明兒必須把那丫頭給送走。若是送不回去，你自己想辦法安置，總之是不許再帶進趙家門！」

趙成棟無話可說，回頭把柳芳好一通埋怨，既占了姊姊的便宜，也不管束著妹子，現在弄得這般沒臉，還讓他跟著為難。

柳芳一聽就急了，「那你怎麼不求求婆婆？可是婆婆允了蔓兒來家住的。」

趙成棟冷笑，「妳這話可是糊塗了。哥剛才說得分明，那時是姊姊生孩子，妳又大著肚子，才允妳把妹子留下。她居然敢讓哥哥嫂子滾出去，這話也是她能說的？妳現就去跟她說，趕緊把東西收拾了，哥還允了置辦幾樣禮物，咱們也算好來好去，否則鬧開來，可別又說我不管妳們。」

聽了這話，柳芳心中頓時涼了半截，猶不死心，「那讓蔓兒去向他們磕頭認錯行嗎？」

趙成棟嗤之以鼻，「妳現在才想著，早幹麼去了？哥可說了，要是不能把她送回去，那咱們也都不用進這家門了。妳有本事，妳自己安置去，別來煩我！」

他一摔門簾，回自己屋裡歇著去了，把柳芳氣得無語，可思量半天，還是不能不依。

柳芳是想要在這個家裡謀點家私，可那前提是自己在趙家站穩腳跟的基礎上，若是她連自身都保不住，還怎麼保得住池魚？

想通此節，雖然百般怨恨，柳芳還是去了柳蔓房裡，把妹子劈頭蓋臉一通好罵，反正今兒這人是她自己得罪的，也怨不到旁人身上，就是要被趕回去，也是她自己不爭氣。

柳蔓可真急了，「我偏不回去！」

柳芳可不理妹子這一套，「妳當妳自己是誰呢？不是靠著我的面子，妳能來這吃香的喝辣的？要怨就怨妳自己這雙招子瞎了，得罪什麼人不好，得罪他們兩口子。老實收拾東西走吧，免得讓人拿棒子攆妳，那才叫沒臉呢。」

柳蔓是個性格刁蠻，胸中沒什麼丘壑的貨色，眼見人家動真格的了，也沒什麼好法子，只一味夾纏著她姊，鬧著不願意離去。

柳芳被吵得受不了，一甩手自己也回了屋，撒手不管了。

柳蔓氣得直哭了半宿，可心中再是不平，也無法可想。

伍之章 妹子愁嫁姊放行

趙成材料理完了家事回家，一大家子全都圍著火爐等著。見他們回來，正嘰嘰喳喳想要說話，張發財卻體貼地道：「今兒他們才回來，也都累了，各自把各自的禮物拿走，回房歇著去，有什麼話不能明兒再說的？」

弟妹們哄笑著散了，張金寶問：「大姊，妳明兒是在家歇歇，還是去馬場？」

「我跟你們去馬場。」時近年關，馬場有許多事要打理的，況且，章清亭還惦記著要給晏博文帶的話。

「妳放心，馬兒都好好的呢！」張小蝶俏皮地眨了眨眼，「只要趙大嬸不來，只怕馬兒都能多吃兩斤！」

「妳這丫頭，胡說什麼呢！」張發財拍了女兒腦門一記。

張小蝶呵呵跑了，章清亭抓了方明珠，讓她晚上把馬場的事好好理理，準備好明天彙報。方明珠扮個鬼臉，應下走了。

章清亭回了屋，才沉下了臉，「說，你娘收留那柳家妹子，到底打的什麼主意？」

趙成材企圖蒙混過關，「我娘那人妳不知道的？聽說她不要工錢願意來幫著幹活就允了，可等人進來了，她也後悔了……」

「你少在這兒跟我打馬虎眼。」章清亭眼裡可揉不得一粒沙子，「怕是見了人家姊姊這麼快就大了肚子，所以想著把人家妹妹也送給你吧？」

「哪能呢？」趙成材一臉的義正辭嚴，「妳可別把娘想得太壞了，她怎麼能動那心思？」

章清亭冷哼一聲，「是不是你心裡有數。趙成材，咱們可得把話說清楚，你要是敢起那樣花花心思，我……」

「妳放一百二十個心吧，我的好娘子。」趙成材拉著她就往洗漱間裡走，「熱水已經燒好，皂角已經擺好，這是妳的衣裳，那是妳的香爐，要不要為夫親自幫妳洗浴？」

章清亭憋了半天，到底忍不住嘴角上揚，噙了一抹笑意，小聲嘟囔著：「就會聲東擊西！」

趙成材攬著她的腰，在她左邊面頰上親了一記，又轉到去右邊親了一記，「哪兒是東？哪兒是西？」

「正經點！」章清亭揪著他的衣襟，嘟著小嘴，帶了三分怨氣，「我別的什麼都能忍，就是不能容忍這屋裡有別的女人。」

趙成材皺眉沉吟了一會兒，「那……可不能保證。」

章清亭當即瞪起眼睛，難道這死秀才敢有二心？

趙成材一本正經，「若是咱們生個女兒，難道妳也不許她進屋？」

討厭！章清亭舉著小粉拳，使勁在趙成材胸前擂了幾下，還不解恨，抬腳就踹，「讓你欺負我，讓你欺負我！」

趙成材笑呵呵地左躲右閃，「我知道我娘子又凶悍又小氣，還是天字第一號醋罈子，所以妳放心，妳相公沒什麼紅杏出牆的可能性。」

章清亭不依不饒，繼續踢，繼續踢。

「好了好了，水都涼了，妳還洗不洗？妳不洗我先洗了。」

「你來啊，我再給你加幾瓢冷水。」

「大冬天的，娘子妳可不要亂來。要不，咱倆一塊兒洗得了。」

「誰要跟你一起洗？快放開我。」

掙扎中，一件件衣裳悄然滑落。

末了，那浴桶裡仍是硬生生擠進兩個人，洗澡的時間也比平常長了好些。

等終於回到自家熟悉的大床，趙成材摟著全身泛著好看的嫣紅，累得眼睛都睜不開的媳婦，滿足地長長嘆了口氣，「到底是家裡好啊！」

打個哈欠，夫妻相擁，交頸而眠，一夜好睡。

翌日一早，章清亭跟弟妹們去了馬場。那頭趙成材便去給趙族長、李鴻文等人送禮。

路上，章清亭又特意去趟田家，把給他們家帶的東西送了去。別的東西倒還罷了，田福生對她帶回來那幾本新鮮鐵器花樣的圖冊特別感興趣，當即就愛不釋手。

聽說趙玉蘭母子已經回了胡同，還打算再開鋪子，要打幾副好看的器皿模子，田福生立即義不容辭地道：「一定幫她打最好看的，保管沒重樣。」

章清亭笑道：「那可要快，這年下正是生意好的時候，耽誤了她發財那可不行。這兒還有幾盒藥材，是我在京城最有名的濟世堂裡買的。這一包是給你爺爺的，這一包是給你娘的。你去問問大夫，若是和他們現在吃的藥不犯沖，就給他們服下試試。要是吃著好，再捎信讓玉蓮從京城裡捎來便是。」

田福生連聲道謝：「謝謝嫂子惦記著了。那模具這兩日就得，等爺爺和娘都大好了，我讓秀秀去幫趙玉蘭打下手，她就不用再請人了。」

「家裡現在有人幫著，你也不用太擔心。年下家家都忙，讓秀秀安心在家吧。你這兒也忙，我先告辭了，有空了來家裡坐坐。」

馬場裡見章清亭回來，那真是群情振奮。

方明珠雖也是東家，畢竟年紀小，真正管事還得指望這位大東家。

這個節骨眼上，章清亭也不含糊，一開口就應承年前必結算了大家的工錢，讓那些雇工可以安心回去過年。不過走前須按著規定，得把活幹完。等過完了年，他們還願意來的就早點來，另謀高就的她也不勉強。

聽了這話，大家心裡都有了底，幹得更加積極了。

章清亭坐下，先把這段時間馬場大大小小的事理了一遍。做得好的、不好的，跟弟妹們都說了一遍，聽得大家心服口服，又各去忙活了，她這才把晏博文叫來，拿出那個紅寶石戒指。

晏博文一看見這個，眼睛立即就亮了，激動之情溢於言表，可壓抑太久的思念反而梗在喉間，一個字也說不出來。

「你應該認得吧？」

晏博文當然認得，這枚戒指是他送給母親的生辰禮物，有一套，每一件都在不起眼的地方鑄了個小小的壽字，獨此一家，別無分號。

他的手微微顫抖，聲音乾澀得要命，「母親……母親她還好嗎？」

「這又不是你的錯，縱有錯也該是我的不是。」章清亭一字不落地複述著，「只可惜我們沒能親自見到她，這話是喬仲達喬二公子捎來的。」

晏博文愣了，喬仲達的為人是他所信任的，只是母親為何要帶這麼一句沒頭沒腦的話？

迎著他疑惑的目光，章清亭抱歉地搖了搖頭，「我們也不明白，只見過你家那位祝嬤嬤一面。這戒指還是臨走的時候，令尊才匆匆忙忙託喬二爺送來的。」

晏博文的眉間的疑惑更深，這是什麼意思，心中陡然一緊，「難道我家……出了什麼事？」

「對不起，京城裡的事情我們不大好打聽，不過，阿禮，你若是想回去看看，現在倒是方便的。喬二公子在京郊有所農莊，很是僻靜，現在方老爺子就帶著我家小姑他們住在那兒。他曾說過，你若是有什麼事情，儘管去找他。」

晏博文手裡緊緊攥著那枚戒指，臉色變了幾變，到底還是黯了下來，「我……我哪還有臉回京城？趙夫人，謝謝您和趙大哥了。」

他深深鞠了一躬，落寞地走了。

章清亭暗自嘆息，若是他自己無法轉過這個彎來，誰也幫不了他。

「大姊，妳方才和阿禮說什麼呢？他怎麼瞧著失魂落魄的？」方明珠好奇地打聽。

章清亭瞟了她一眼，「幫他帶了封家信，怎麼，不行啊？」

「這有什麼不行的？」方明珠臉微紅了，低頭嘟囔著，「我又不是小孩子了……」

她近來確實對晏博文面上淡了許多，但是小姑娘家，又是情竇初開的年紀，難得喜歡上一個人，怎麼可能說不喜歡就不喜歡了？只不過是更加含蓄擺在心裡，不再流於表面。

章清亭不忍心把她逼得太狠，「方大姑娘，別發呆了，快過來幹活吧，多少事等著妳呢！」

方明珠鬆了口氣，輕輕笑了，瞧瞧四下無人，忽地上前問了一句：「大姊……」

「有話就直說，別吞吞吐吐的，瞧著就著急上火。」章清亭早就看出來了，家裡好像還有事情瞞著她，張發財好幾次欲言又止的表情很明顯。

方明珠道：「張大叔，那個……他有跟妳說嗎？」

「說什麼？」

方明珠自悔失言，連連擺手，「就當我什麼也沒說過。」

再要逼問，方明珠卻已經逃之夭夭了。章清亭氣得桌子一拍，合著逗著她好玩嗎？

等回了家，趙玉蘭已經把糕餅鋪子重開了起來，白天做的幾籠點心全賣完了。因怕她累著，家裡人不讓她多做，只等賣完了那些，便收了攤。

趙成材上午先送了李家和夫子們的送禮，回來見趙成棟已帶柳芳送柳蔓回家去了，還算滿意。邀了趙老實，去給趙族長送禮。想著那趙族長家遠，恐怕留他吃飯過夜都是很有可能的。眼見時辰差不多了，就讓家裡擺飯了。

一家子終於坐在一起好生吃了頓飯，章清亭也跟大家好好說了說京師的風華物貌，繁華盛景，聽得眾人心馳神往，羨慕不已。

章清亭道：「只要你們把馬場經營得好了，日後我打發你們每個都能到京師裡去開開眼。正好玉蓮他們還得在京師待上三年五載的，也不愁沒人招待。」

「真的？」兩個小弟弟當即蹦了起來，「那我們明年夏天放假了，能去京城看看旺兒嗎？他信上邀我們去玩的，還要介紹小豆芽給我們認識。」

「美不死你們！」張發財給他倆兜頭潑盆涼水，「你們倆好生把書念好，啥時候能考中個秀才，老子就出錢讓你們上京城。」

見弟弟倆一聽就蔫了，章清亭掩嘴笑道：「爹，您也不用這麼嚴苛。他們雖小，但也是正長見識的時候，要不，明年夏天您和娘就帶著他倆上京城逛逛，也去天子腳下走走，見見世面。」

「我也能去？」張羅氏一聽就高興了，「那敢情好，趁著腿腳還利索，也去開開眼。等著再老些，想走都走不動了。」

聽大姊允了，其他人也都急了，「那我們呢？什麼時候讓我們去？」

「都去都去，只不過得把事情安排開了才行。」章清亭正好說起正經事情，「這回我上京城認識了位做大買賣的喬二公子，他馬上要開個成衣鋪子。我打算在永和鎮弄一間，負責包銷這一片，此事你們誰有興趣？」

章清亭說這話還是打了埋伏的，也不是她不相信弟妹，主要是怕人多嘴雜，日後又傳到趙王氏耳朵裡，引起些不必要的麻煩。

幾個弟妹面面相覷，都不敢吱聲，不是他們沒這個膽量，而是現在頗知好歹，知道有些事情不是光拍胸脯就行的，還得了解清楚才能知道怎麼做。

張金寶問道：「大姊，那是怎麼個做法？若是需要人成天在那兒守著，家裡這攤子可怎麼辦呢？這個可不是我偷懶，我手上的事情以對外居多，等到明天開春下了小馬駒，馬場裡還是要用男人的地方多，倒不如明珠和小蝶容易抽手出來。」

「還有周轉的銀錢。」方明珠現在管帳，很是了解兩家的財務狀況，「若是在永和鎮開鋪子，那錢可少不了。咱們兩家的馬場才剛剛起步，就是開春下了小馬駒，也沒有立刻就賣掉的道理，至少得養到秋天再說，胡同裡的租子多半得到六月才收得。」

「就算是別的都能賒來，那夥計的工錢總是賒不得的。」張小蝶也提出自己的見解，「一鋪子的人要吃要喝，也不能指望這買賣一開張就賺大錢，這沒有一點本錢可不好弄。」

章清亭讚許地點了點頭，弟妹們是真的長進了，「你們都說的不錯。這本錢呢，我跟喬二公子商量過，他可以借我。只是這管事必得派一個信得過的人去，當然起先我也會跟著，但再往後便得靠你們了。具體怎麼做，我也還在等京城裡的消息，但這卻是一個好機會。爹，這門生意我不想再放在我名下了，您看著是放在您名下，還是金寶名下？」

眾人愣了，不放在她的名下，那誰好意思接？

章清亭微微一笑，「明珠，別說大姊不帶著妳，這門生意我問過妳爺爺的意思了，他想著妳一個小姑娘畢竟勢單力薄，不可能什麼都照應得上。你們家日後若是有了錢，妳爺爺倒是希望妳能開起個酒樓來，所以這鋪子妳就不能去了。」

方明珠連連點頭，「大姊，我明白的。爺爺教過我，貪多嚼不爛，我能幫著大姊把馬場弄好就不錯了。」

「可是，閨女，」張發財有話要說，「這門生意是妳拉來了，放我們名下做什麼？這讓成材多不好想。」

章清亭抿唇一笑，「爹，您放心，這事我跟相公早商議過。玉蘭，妳別走，這話也不怕當著妳的面說。這也不是我偏心，有好事只顧著娘家不顧婆家。雖說咱們家現在看著是有家有業的，但我說句不好聽的話，這些畢竟都是我和相公的家業。我是嫁出去的女兒，老張家正兒八經的東西，恐怕除了門口這間小鋪子，再沒有什麼了。」

「日後公公婆婆，包括小叔小姑你們全是我和相公的責任，只要有我們的，必短不了你們的。而我娘家卻著實難說，於是我便和成材商議著，想把這門生意給娘家留下。爹，若是你們願意做，這筆錢我可以賒來，但日後歸還卻得著落在您和金寶的頭上。這麼說，你們聽明白了嗎？」

大夥兒都明白了，章清亭這麼做，是要給娘家一個不落把柄，也能置下張姓家業的機會。

趙玉蘭當即表態：「嫂子，妳既信得過我，那我也說句公道話，這事妳和哥做得不偏心。真要說起來，還是我們家占了便宜才對，縱是娘知道了，也無話可說。」

張發財心中感動，沒想到大閨女居然為自己家打算到這一步了。隨著章清亭家業的擴展，張發財起初雖然欣喜，但也不是沒有擔心。雖然這女兒女婿都公道，但畢竟他們作為娘家人，老是跟嫁出去的女兒住在一塊，多少也落人閒話。

「咱們接！」張發財一拍大腿，果斷應承了下來，「閨女，妳既信得過妳爹，我還有什麼好說的？」

既是塵埃落定，那他們一家子少不得還有些具體的事情要商議，方明珠很是乖覺地說要回去再理理馬場的帳，趙玉蘭也抱著兒子回了房。

張發財關了門，正色對著張家人宣布：「這門生意既是你們大姊辛辛苦苦弄回來的，雖說放在娘家名下了，但也是她的產業，你們誰都不要想著打這主意。」

章清亭聽得怔了，瞬間卻是紅了眼眶。

沒想到這個當爹的居然如此體貼自己，這就是讓人可以放心倚靠的娘家人啊！

只想著如何讓妳好，寧可自己窮些，也不要讓閨女受委屈。

只聽張發財道：「金寶，你們都聽好了，你們老子和娘沒本事，這些年可以說咱們家全是靠你們大姊養活的。若是沒她，你們一個兩個餓沒餓死都難說，你們這輩子都得記得她的好。她現在將這門生意放在咱們娘家了，咱們少不得要提起精神來幫她打點好，這也算是咱們還她的債。日後大姊說分你們多少東西就是多少，自個兒再攢下的銀錢想幹些什麼，就由著你們自個兒折騰去，但誰要是敢跟她爭什麼，誰就不是咱們張家的人，都記住了嗎？」

「記住了！」一眾弟妹答得整齊又響亮。

章清亭哽咽著道：「一家人談什麼還不還的？我是真想給你們的。」

張發財擺了擺手，「閨女，妳別說了，爹知道妳心地好，可一個人有多大的本事，就該吃多大碗的飯。他們若是自個兒有本事，能掙出東西來是最好的，可若是他們沒那本事，不如讓他們守著本分，反倒能把日子過得安穩些。行了，你們該幹什麼都回各屋去。金寶和小蝶也該上你們牛嬸子家鋪子裡去查帳了，她既把這麼重個擔子交給你們，你們也別讓她失望。」

張羅氏和一眾弟妹全都散了，張發財這才跟章清亭說起另一樁要事：「閨女，有件事……唉，爹真不知該怎麼辦才好。」

……

章清亭沒有料錯，趙成材今兒去到趙族長家時，被他留下吃飯。欲待推辭，趙族長卻已經命人殺雞打酒地置辦了起來。本還要留宿，可趙成材堅決不允，這才作罷。

才進胡同，就遇見張小蝶和張金寶，從牛姨媽那鋪子裡盤查帳目回來了。

他略有些不自然地瞥過姨妹一眼，不動聲色招呼著，「都回來了？姨媽那兒生意可好？」

「都挺好的，趕年下了，各家買的上等米麵都多了起來，幸好牛嬸子預備得足，應是不缺的。」張小蝶嘰嘰喳喳說著，又問了一句：「哥，上回牛嬸子說，是過小年的那天過來吧？」

張金寶點頭，伸手扶過步履略帶踉蹌的姊夫，「說臘月二十三她那邊鋪子就收了放年假，過年就在咱們這邊。不過年後可能要大姊跟著去一趟，把那頭的生意接下來，牛嬸子想上京看看。」

趙成材點頭，「你也跟著去，好生學學。早些學出來，你大姊也能輕省些。」

張金寶憨笑應著，扶著他進來，送回房裡。

章清亭正怔怔想著心事，連他們進來也沒留意，還是張金寶喚了一聲，才驀地回過神來。

「喝酒了？要不要燒碗醒酒湯給你？」

「不用了，倒杯茶來吧。」

張金寶見沒什麼事，就下去了。

等章清亭遞了茶來，趙成材卻是一把抓住她的手，悶悶道：「娘子，我對不起妳。」

章清亭心裡頭咯噔一下，「你幹什麼了？」

趙成材一頭栽倒在柔軟的床鋪裡，「我引狼入室了。」

一聽這話，章清亭頓時心下雪亮，臉一沉，把茶水往旁邊一擱，使勁掐了他一把，「你還知道啊？快給我起來，少裝蒜！」

趙成材卻把鞋子一踢，往床鋪更深處滾去，「被子捂熱沒有，遞一床來。」

「美得你了！還想要熱被窩呢，快起來！」章清亭不依不饒把他拽了起來，咬牙切齒道：

「說，小蝶那兒究竟是怎麼回事？」

「我哪兒知道啊？」趙成材嘟囔著趿著鞋，自己端著茶到熏籠上臥下了，「我也是今兒去了他家才聽說的。」

趙成材真是難以置信，他去李鴻文家送禮時，竟收到一個可以稱之為驚天動地的消息。

那小子居然紅著臉，結結巴巴地說：「我、我覺得你們張小蝶挺好的……」

趙成材簡直想把他的腦子切開看看是不是壞掉了，這個傢伙，他怎麼能、怎麼能對小蝶生出那種心思呢？

李鴻文是什麼人，再沒有人比趙成材更清楚的了。自從那回一同落了水，他更是把八輩子的老底都掏得乾乾淨淨了。自打初曉人事起，這傢伙身邊就沒斷過女人。

可小蝶呢？雖然也有潑辣勁兒，卻是再單純不過的小丫頭片子一個。

要這樣的一個小姑娘嫁給這樣的一個臭小子，趙成材即使不是親哥，也怎麼都放不下心。

「你不知道？」章清亭冷哼，「你若是不知道，成天把他往家裡頭帶？」

「這說的什麼話？」趙成材努力辯解著，「鴻文來過幾回？哪一回又不是全家人都在？那時你也沒反對，再說，小蝶她……」

「那傻丫頭居然自己也允了。」

這是張發財滿心不忿跟章清亭說的話，「自從你們走了之後，起初想著那小子畢竟是在咱家馬場摔傷的，便也讓你幾個弟妹時常去看看他，說說話，解個悶啥的。就不知怎地，一來二往的，他倆竟然就看出毛病來了。」

「那……李家上門來提親了？」李家的態度章是清亭關心的重點。

「那倒還沒有。」張發財重重地嘆了口氣，「在咱家沒同意之前，不好意思直接挑明，只隱約透了那麼個意思出來。估摸著等著你們回來，問準了意思再做打算。」

章清亭半天說不出話來。

誰能想得到呢？她還想把妹子多留幾年，許個好人家，誰知那不爭氣的丫頭，偏偏看上那個花花公子了！

「李家同意了嗎？」章清亭問趙成材，她還需要確認更多的消息才能做出判斷。

趙成材搖頭，「鴻文跟我說，他會解決，可是，想來應是他家也沒同意。」

這是理所當然的，李鴻文家從祖上四五輩子起就發了家，這麼多年的累積下來，也算是富甲一方的鄉紳富戶，怎麼可能就這麼隨隨便便與在他們面前幾乎可以說是一窮二白的張家結親？

再說得直白一點，張小蝶真要嫁過去，除非把半個馬場或是半條胡同送給她做陪嫁，否則你讓張小蝶進了門怎麼做人？

章清亭恨得直磨牙，「你說那死丫頭給咱們添什麼亂不好，偏惹這種麻煩！」

趙成材拉著她一同坐在熏籠上，「娘子，妳先心平氣和地聽我幾句成不？」

章清亭白他一眼，「想說就說，又沒人攔著你。」

趙成材握著她手，「其實說心裡話，我也不同意這樁婚事。門不當戶不對還在其次，最關鍵的是鴻文這人，雖然心地還算淳厚，但身上壞毛病真不少。要把小蝶嫁過去，我不放心。」

章清亭態度軟和了下來，「我也是這麼個意思，只是，只是爹說小蝶她自己……」

「這就是問題的關鍵了，咱們再不喜歡畢竟都是局外人，這過日子總得他們倆自己過去，要是他們倆王八看綠豆，愣是看對了眼，咱們能有什麼辦法？」

趙成材還有更深層次的擔憂，「鴻文家的情況咱們也曉得，他雖不是長子，但多少有個功名傍身，又素得他爹疼愛，即使成了親，定也不會分家另過。小蝶若嫁了進去，少不得就得跟他們一大家子相處。那上上下下也有好幾十口子，小蝶那個爆竹脾氣，又怎麼相處？」

章清亭不住點頭，又補充道：「還有最關鍵的一點，他現在可還有通房丫頭在屋裡。說句難聽點的話，小蝶一過門就得跟幾個女人搶相公，也不知那丫頭想沒想過，真是聽著我就上火。」

「這個鴻文倒是跟我提了一句，自上回賀家事後，他就想把那兩個通房丫頭嫁出去了，可畢竟人家也跟了他那麼多年，要尋個好些的人家也得要時間的。」

「就算現在送走又怎樣，日後呢，會不會又弄回來幾個？」

趙成材忽地輕笑，「妳知道嗎？我今兒在那兒，鴻文他居然指天誓日地跟我說，他要改邪歸正。呵呵，說以後要在紮蘭書院當個好夫子，一輩子教書育人，謹言慎行，等著桃李滿天下。這，也是小蝶的意思。」

章清亭臉上本和緩不少，聽到最末一句，臉又拉了下來，「合著你是來為他當說客的？」

趙成材一臉無辜，「我可什麼都沒答應鴻文，小蝶上頭有岳父岳母，怎麼也輪不到我應承此事，我只答應把這話帶到。不過，娘子，若是鴻文真的能改過自新，這輩子就在紮蘭堡當一個教書先生，妳能同意他們的親事嗎？」

這下輪到章清亭為難了，半晌才道：「鴻文是個什麼樣人，我們心裡都清楚，不算太好，可也不壞。若是小蝶嫁了他，日子是不愁的，可我就怕他們倆現在只是一時腦子發燒，等到日後又發現彼此不合適，那可怎麼辦？」

「那妳有沒有問過小蝶，她到底是怎麼想的？」

「問她？」章清亭拉長了腔調，不屑地撇嘴，「就那傻丫頭，能問得出什麼？被人哄著賣了還要幫人數錢呢。你倒是問過那姓李的沒有，他究竟看上我家小蝶哪點了？要才沒才，要貌沒貌，就這麼一個傻乎乎的笨丫頭，也虧他李大少爺下得去手。」

趙成材呵呵直笑，「妳呀，也別太瞧不起自家妹子了。鴻文跟我說，他就看上小蝶心地單純，不矯揉造作，這恐怕也是萬花叢中過後的返璞歸真吧！」

「你不如乾脆說，他就看上咱們家小蝶年輕不懂事，好騙得了。」章清亭沒好氣地睨了他一眼，最後做了決斷，「這事既然他家都沒同意，咱們也不著急，等他先把自家說通了再說。回頭我再問問小蝶那死丫頭，若是她當真要死要活都要嫁給姓李的，那少不得幫她打點出一份像樣的嫁妝來。唉，今兒剛還說，想把那門衣裳生意交給爹來做的，若是小蝶要結這門親，恐怕那鋪子就得給她了。」

「鴻文倒不是那等挑三揀四之人，咱家什麼光景，他心裡清楚。若是當真定下親事，咱們有多大的能力辦多大的事，沒那個必要打腫臉充胖子。那鋪子既掛在你們家名下，到時送幾成乾股給她就成了。再說，說不定日後還能在咱們這裡開間鋪子給她。還有咱們家的胡同，陪嫁一套院子給她，也就夠了。」

章清亭搖頭，「胡同不可能，就算是你不計較，你娘能不計較？那時肯定還以為我又怎樣，更鼓搗著你討小老婆了。」

趙成材想想也是，一日不跟弟弟分家，他們家的家業就動不得，可若真要分家，成棟的親事就非解決不可。

章清亭也記起來了，「我瞧那馬場的銀子已經夠使了，這回從京裡賺的銀子也可以給成棟把親事辦了，你倒是上上心，那柳芳眼看可就要生了。」

趙成材也覺甚是鬧心，娘也真是的，弟弟那頭的正經媳婦不去張羅，反倒琢磨給自己弄小妾，真不知該怎麼說，一時忽又想起今兒去楊秀才家的情形。

章清亭這方面做得還是很不錯的，就算對那楊小桃再有意見，可這次從京城回來，還是給楊家也備了一份禮，叮囑他別忘了送去。

楊秀才不肯見他，楊小桃也只冷著臉在門前晃了一圈，但那禮師母卻收下了。

據鄰居閒話，楊家最近確實流年不利，心情都不大好。

楊小桃原本相中了一戶人家，可上回發大水，那家受了很大的災，再要按照原定的聘禮成親，人家就沒這個能力了。

楊小桃一見人家窮了，就不樂意了，索性把這門婚事給回了。可如此一來，便把那家人得罪了，到處說她嫌貧愛富，弄得很是難聽。

眼看著楊小桃過了年又長一歲，楊家也開始發愁，再漂亮的姑娘年紀一大，也不好說婆家。可趙成材也不好去勸他們將就將就得了，只好裝作不知。

接下來的幾日，雖說書院無事，但馬場卻因為放假在即，異常忙碌。還有兩頭家裡要辦年，趙成材也閒不下來，忙得不亦樂乎。

等到過小年那天，章清亭在自家馬場請工人們吃酒，還特意把田福生和皮匠小郭也都請了來，分發工錢和過年的衣物給大家。

到了下午，牛姨媽也到了紮蘭堡。

她這回浩浩蕩蕩帶來了十幾輛車，把家裡值錢的細軟全都搬了來。因想著不日就要上京，那邊家裡只留下幾個老僕看房子家具，貴重細軟一概不留。

趙成材一直在家等著她，忙前忙後地幫著收拾打掃。牛姨媽便專心去結帳，年頭快到，她也要結帳。幸好張金寶兄妹倆做事認真，後面章清亭又特意幫她梳理了一遍，牛姨媽處理起來就順手許多，最後趕在日落前把帳對清，也給這邊的夥計結清了工錢，一樣吃了頓飯，安排他們妥善回家。

小年夜飯是在趙家吃的，滿滿當當擺了兩大桌子。張趙二家人，包括方明珠主僕都到了。

本來張發財是體諒人多，便說分開團圓算了，趙成材卻不同意，「都是一家人，哪有吃兩家飯的道理？再說，若是分開了，讓我和娘子上哪兒吃好呢？」

張發財也就不再堅持，早早的過去幫忙，再加上有趙玉蘭這個大廚傳人在，眾人齊心，倒也把晚宴收拾得像模像樣。

因趙成材私下特意打了招呼，所以有些不該說的，趙王氏一個字也都沒提，這頓晚宴，大家吃得還是很開心。

接下來，就要過年了。因為人手不夠，也不能把事情全扔給晏博文他們，章清亭便排了個次序，兩家弟弟一組，張小蝶、方明珠一組，自己和趙成材一組，三組人馬輪流去馬場照應。這是正經事，眾人都沒有意見，唯獨柳芳不滿，私下挑唆。

數數趙成棟年底才拿了二兩銀子紅包，柳芳更加不悅了，「你瞧你嫂子，上京城做的那兩身衣裳恐怕都不止這個數吧，偏對咱們又這麼小氣。」

「妳就知足吧。妳瞧不上，我還指望著這個過年呢。」趙成棟一把將錢搶了回來，譏誚著道：「妳有本事，妳也去為自己掙兩身好衣裳啊？連娘都不作聲，妳又眼紅了。小心讓她聽見，連妳過年的新衣裳也收了回去。」

柳芳噎得直翻白眼，自從趙成材回來把這弟弟一通好訓之後，趙成棟對她就冷淡多了。再加上最初的新鮮感過去，她的肚子漸大，諸事不便，趙成棟待她也沒起先那股熱乎勁了，讓柳芳不得不夾起尾巴做人。

送妹子回家，也是得了家裡好大一通埋怨，要不是她使勁壓著，說來日方長，恐怕也不會那麼容易讓趙成棟過關。她心裡清楚，眼下最要緊的就是使勁拖著，千萬不能讓趙成棟在自己生產之前成親。

可偏偏怕什麼來什麼，飯後閒話，趙成材主動提及：「娘，您對成棟的婚事到底是怎麼打算的？我這兒倒有戶人家，妳聽聽可好？」

趙成材是認真在替弟弟的婚事操著心，這回要說的人家是一戶丁姓人家，跟衛管事老婆的娘家交好，就在鄰村。

那家姑娘比趙成棟小兩歲，人生得端莊穩重，也很是樸實能幹，家裡也有十幾畝地，父母俱在，兄弟和樂，家裡日子也算過得去。

怕趙王氏挑剔，他搶先道：「娘，您也得想想，就咱們家，雖說現在日子好過了，但真若找那等大富大貴人家，那樣養出來的姑娘，又豈能踏踏實實地料理家務，孝敬公婆？」

這一句當真打動了趙王氏的心，她是有心要為小兒子結一樁體面親事，可誠如趙成材所言，若是真娶個嬌生慣養的回來，能聽她的話嗎？就是跟趙成棟日後過起日子，恐怕也是自己的兒子要吃苦受累的地方多一些。

趙王氏有幾分動心，「只不過這大過年的，也不好上門提親，總得等過完年再說吧？」

章清亭暗自哂笑，婆婆這是怕小叔成親早了，他們鬧著要分家，讓趙成棟吃了虧，所以才這麼拖拖拉拉的想慢慢來。

趙成材當然也知道娘的心思，也不催促，只要事情開了頭，後面那就好辦了。

等他們回家，柳氏可急壞了。

怎麼辦？她肚子這麼大，恐怕大半年都不能跟趙成棟同房，現在他沒有媳婦還好說，若是這個節骨眼上成了親，豈不是一下就把她拋到九霄雲外去了？

不行！柳氏咬牙切齒打定了主意，一定不能讓趙成棟在她生完孩子之前成親。

俗話說，二十四，掃房子。這一日，家家戶戶都要打掃庭除，盥洗用具。

全家人都幹得熱火朝天的，章清亭也不好意思站在一旁看著。趙成材倒是心疼她，只讓她幹些拆被子、貼窗花之類不用見水的小事，可在他們自己屋裡還好說，一旦出了這屋門，難道也什麼都不幹？

章清亭不願意弄那涼水，便把那炭火不當錢，讓爐子上不停燒著熱水，再去擦桌抹櫃。連最會躲懶享受的張羅氏都心疼得直搖頭，「閨女，妳不用幹了，這得費多少炭錢啊！」

章清亭笑道：「橫豎一年也就費這麼一次，放心用吧，不夠再去買。」

平時住著也不覺得自家房子有多大，真要打掃起來，就覺得夠。還有隔壁方家，也不好不去幫忙，等到兩家全部打掃下來，每個人都累得筋疲力盡。簡簡單單吃個晚飯，個個哈欠連天，都想休息了。

張小蝶伸個懶腰，「哎喲，我可不行了。明珠，咱們回去睡吧，明兒就該咱倆去馬場了。」

「小蝶站住。」章清亭冷不丁叫了一聲，「妳跟我回屋去，我有話問妳。」

張小蝶一聽，頓時變了臉色，知道這是要審她了，不由得支支吾吾道：「那個……大姊，我今天已經很累了……」

「不過說幾句話，又不要妳幹活，妳累什麼？」章清亭剜她一眼，先起身往屋走了。

方明珠把張小蝶往前一推，「是福不是禍，是禍躲不過，妳就去吧。」

張小蝶回頭瞪她一眼，卻見自家老子也沉下臉吼道：「妳大姊讓妳去妳就去，磨蹭什麼？」

趙成材知道這種事情自己不好插嘴，早就假裝逗外甥，抱著阿慈送趙玉蘭回屋了。

張小蝶嘟著小嘴，左顧右盼，卻見一眾家人紛紛不是看天，就是望地，愣是找不到一個外援，只得硬著頭皮跟著大姊回了房。

章清亭端坐在熏籠之上，手裡捧著杯茶，瞟了撩著門簾，裹足不前的妹子一眼，「站在那兒幹麼？把一點熱氣全放跑了，還不快進來！」

張小蝶癟著嘴，猶豫一下，大踏步進來，視死如歸開了口，「大姊，我知道妳要說什麼。李鴻文家裡有通房丫頭我知道，他還帶我看了，不過他也跟我說了，會打發她們走的。他這人其實也不壞，跟我挺談得來的，沒那麼多亂七八糟的心思，也不會笑話我什麼都不懂。妳要是不同意我也沒法子，但我以後也不嫁人了。」

「妳這說的是什麼話？」章清亭本來沒脾氣，也被氣得不輕，「拿終生不嫁威脅我是怎麼著？妳要有種妳就不嫁，咱們家也不差妳這一口飯吃，只怕妳自己日後成了老姑婆，哭都沒地方哭去！」

章清亭在家本來就積威深重，在她這一番疾言厲色之下，張小蝶十分氣焰只剩了三分，腦袋耷拉下來，縮手縮腳地站在那兒，不吭聲了。

章清亭忿忿白她一眼，「喜歡什麼樣的人不好，偏去招惹那個花花公子，妳傻不傻？現在是人家求著妳，當然說什麼都好，可等到妳真的跟了他，還能保證他那麼對妳嗎？」

「他會的！」張小蝶咬著唇努力辯解著，「大姊，妳不知道，他真的……真的改了！」

「是啊，現在是改了，可是將來呢？男人要變起來可是快得很，幾句甜言蜜語也能信得？要是窮些還好說，他家又那麼有錢，想討幾個小的，還不是信手拈來的事情？這些事妳都想過沒有？」

張小蝶不服氣地瞅她一眼，低聲嘟囔：「那姊夫呢？咱們家現在也算是有錢了，難道姊夫也會去娶小？」

「他自然不敢，因為咱們家的錢可不是他家裡帶來的。」

「妳不是說，男人要變起來總是快得很？妳就不怕姊夫會變？」張小蝶反將了大姊一軍。

「死丫頭，妳除了會氣我，還有什麼本事？」章清亭悻悻磨牙，頓了一下才道：「站在那兒顯得高啊？坐下！」

張小蝶嘴巴噘得老高，在熏籠邊上坐下了。

章清亭放緩了語氣，「說，跟他怎麼好上的？」

這話問得張小蝶臉上立即浮上兩朵紅雲，畢竟是女孩子家，帶了幾分羞澀，「也沒有好不好的，只是我們挺談得來的。在馬場的時候，就有話說，不過那時都沒這心思……直到後來，他摔傷了，我去瞧他，然後才、才……他雖是個讀書人，卻一點也不嫌棄我。」

「他有什麼好嫌棄的？就他那樣的，我答應才是給面子呢！」

張小蝶傻眼了，聽大姊的意思，是同意了？

章清亭拉長了臉，很見不得自家妹子的妄自菲薄，「妳不就是書比他念得少點，家裡窮點，這有什麼大不了的？現在可是咱們家看不上他！」

張小蝶心頭一暖，抬眼瞧著大姊，勇敢地說出心裡話：「大姊，我知道妳是為我好，可我自己什麼情況我也知道，若是真的跟他……還算咱們家高攀了。我生得也沒妳好看，又沒妳有本事，不可能找到一個多好的。李鴻文這人雖然談不上多好，但他也是個秀才，我也不求他能考個進士什麼的，只要他好好做個教書先生，我就覺得很好了。」

聽妹子說得言辭懇切，章清亭心下氣平了幾分，「這些全是妳自個兒想的？」

張小蝶頭一低，用比蚊子大不了多少的聲音道：「明珠她也有幫我出主意……」

一個方明珠可沒有這麼大的見識，章清亭臉一冷，「還有明珠她爺爺吧？」

張小蝶猶豫了一下，「方爺爺沒直接說，可能明珠跟他提過。」

章清亭越來越明白方德海為什麼要上京城了，那老頭子可精得很，一定是看出家裡這麼多亂七八糟的事，若是哪家的大人上了京城都不好處理，故此才寧可自己辛苦，與她這份方便。

章清亭其實心裡也有數，方德海分析的都是實情。這個妹子雖然長進了不少，但畢竟沒念過書，心地也單純，又心心念念想要嫁一個秀才，若是跟李鴻文，還算是知根知底。

況且兩家又熟，若是當真結了親家，李鴻文也未必好意思幹出些對不起張小蝶的事來。

她之所以不同意，卻是有著自己的顧慮，「首先，這事，李家老爺夫人能不能同意還是兩說。咱們家是要嫁女兒的，且不論貧富，都必須得矜持些，所以在他家沒有開口之前，咱們家斷然不會說個允字。這一點妳心裡要有數，甭管那姓李的說得再天花亂墜，只要他不能遣人明媒正道地來說合，此事休要再提。有什麼全給我擱在心裡，以後李府是堅決不會再讓妳去的，妳明白嗎？」

張小蝶點了點頭，事關女子名節，須當謹慎。大姊這也是為了自己好，不可不聽。

「再有，妳現在也不小了，也該為自己攢一份嫁妝。想要嫁得好，總得有些合適的陪嫁。」

張小蝶張嘴剛想辯解幾句，章清亭便擺手打斷了她的話，「妳可別跟我說姓李的不在乎。那樣的話是他說給妳聽的，可妳要嫁給他做媳婦卻不僅僅是妳跟他兩人的事情。上上下下不知多少雙眼睛盯著，妳若是嫁妝薄了，一時半會兒的沒什麼，時候長了總有說三道四的出來，那時妳可就悔之晚矣了。不看別人，瞧瞧玉蘭，那就是前車之鑒。雖說李家肯定比那孫家通情達理，但這門不當戶不對，也總是個禍胎埋下了。」

章清亭正色道：「妳既然叫我一聲大姊，我就得替妳操著這份心。就算是李家當真請了媒人上門來提親，這會兒我也不能同意。因為咱家實在置辦不起妳的嫁妝，我不能讓自個兒的妹子就這麼寒酸小氣地嫁了過去。李鴻文那頭，我會讓妳姊夫過去跟他說，若是他真的有情有義，至少等妳一年。一年之後，再三媒六聘上門來提親，我便允了。這也是給你們一點時間都好好想想清楚，別一時腦子發熱，就糊裡糊塗成了親。」

她是當真有些擔心，李鴻文之前向賀家求親不成，又意外墜馬，正是一個人最苦悶彷徨鬱結無助的時候，恰巧此時，張小蝶出現了，她的爽朗質樸與活潑單純，可能真的是讓李鴻文動了心，但這個動心的成分裡到底摻了多少水分呢？這個需要時間來驗證。

章清亭想得分明，若李鴻文是真的看上了張小蝶，並願意做個浪子回頭的好男人，那麼把張小蝶嫁給他也是個不錯的選擇。

一年時間，說長不長，說短也不短，他們可以藉此觀察李鴻文是否真心改過，而有了這一年，章清亭相信，只要馬場正常經營，喬仲達那頭生意順利開張，就算他們家攢不出多少現銀，卻可以幫張小蝶弄個鋪子出來，這也算是一筆不小的嫁妝了。

還有很關鍵的一點，今年秋天就是大比之年，雖說李鴻文吊兒郎當不大用功，可萬一他就有這個福氣中個舉人呢？到那時，除非趙成材也能榜上有名，否則只怕李家是無論如何也看不上張小蝶這樣的媳婦。

這也是章清亭給李家一個退步思量的時間，若是在這個節骨眼上把張小蝶嫁過去，無論李鴻文中不中，都會落人話柄。中了就說她好命，撿了大便宜。不中就說她歹運，帶累得相公分了心。故此這段婚事，無論如何也必須放到明年再議。

張小蝶聽完大姊一番剖心挖肝的道理，心裡原本的一點疑慮全都煙消雲散，反而自覺慚愧起來，「大姊，我是……是不是太糊塗了？就這麼給你們惹了事，要不，咱們以後都不提這事了吧？」

章清亭卻是笑了，拿食指戳了妹子的頭一記，「傻丫頭，這有什麼不能提的？男大當婚，女大當嫁，遲早都要議的。妳要是真能嫁個有錢人家，咱們一家子只怕也能少操好些心呢。人家都說，這女子出嫁就相當於再投一次胎。只是縱然嫁得好，也得自己有本事守得住才是真福氣。妳在馬場裡是幹得還不錯，可那些不過還只是些小意思。等著荷月塢的成衣鋪子開了，我原是想交給金寶去打理的，可現在看來，倒是得捎上妳了。到時說不好還得勞煩爹娘，陪著妳在永和鎮住下才合適。」

張小蝶濕了眼眶，哽咽著說不出話來。

章清亭橫了她一眼，「別在我面前這麼一副沒出息的樣兒。哪裡是隔了十萬八千里了呢？妳就是去了，也不許給我偷懶，要是把事情辦砸了，小心我把妳踢到江裡去餵魚。」

張小蝶忍俊不禁，噗哧笑了起來。章清亭事已說畢，把她打發出去，叮囑她早些歇著，心裡頭卻覺得有些傷感起來，妹子大了總是要嫁人的，這養女孩，當真是虧啊！

趙成材在樓下直等見著姨妹離去，這才上了樓，卻見章清亭咬牙切齒地嘀咕著：「我日後一定要生兒子！」

弄是趙秀才丈二金剛摸不著頭腦，「生個女兒不好嗎？可貼心呢！妳這想法可要不得，頭先還說我娘如何重男輕女，妳這不是又走了她的老路？」

「誰跟她一樣？」章清亭當即叫了起來，「我想想不行嗎？等到生出來自然都是一樣的。」

「那可不行。閨女是千金，可得比兒子更加金貴才是。」趙成材說笑幾句，也明白她那意思了，「行啦，大過年的，可別再對著弟妹們擺副臉出來了。」

「我哪有？」章清亭嘟囔著，又想起張小蝶在家一年就少一年了，真得對那丫頭好點才是。

二十五，去碾穀。家家戶戶都要把過年的米麵準備齊全，張家早就備好了，只是有些該準備的吃食也要開始準備了。

方明珠一早就拿出方德海走前特意留下的香料給章清亭，「這是爺爺親手配的，拿這個滷東西，肯定好吃，記得多做一點啊！」

那是自然，偏那死丫頭又促狹地問一句：「大姊，妳今年要殺豬嗎？要是殺豬，可等著我們在家時再弄啊，也見識見識紮蘭堡首屈一指的……」

章清亭已經漲紅了臉，「妳走不走？不走我買頭豬回來給妳，殺著練練膽。」

一家子無不噴笑，方明珠拉著張小蝶笑著跑出了門，還回頭招手，「狀元姊，再見。」

章清亭又好氣又好笑，轉過頭來，偏張發財也尋大女兒的開心，「閨女呀，要不妳就露一手吧？咱們殺一頭豬，給妳婆家也送半隻去。嘖嘖，妳那手藝可沒話說，分得骨肉清楚，哪像外頭割回來的肉，還得料理半天。」

一家子人全都笑倒在炕上了，幸災樂禍地望著她，眼神中卻多少有些期待之意。

章清亭翻個大大的白眼，悻悻道：「想讓我殺豬，行啊，金豬我就殺，你們弄一隻來。」

「算了算了。」趙成材笑著解圍，帶著家人出門買菜去。

正好趙成棟挑個擔子上門來了，帶了七八隻雞、一大籃雞蛋，另一頭吊著個筐，下面裝的是蘿蔔白菜等冬令蔬菜，上面是一大盤新鮮出爐的熱豆腐。

「是娘讓送來的，若不夠了再去家裡拿。知道今兒要去買東西，讓我也來幫忙。」

這個趙王氏還不算老糊塗，辦的這事挺讓人滿意。

一家子出了門，菜市裡生意好到爆。

東西都像不要錢似的，哪怕再窮的人家，只要有一點餘力，也要割一刀肉回去過個年。

從前來這菜市，人家給的便宜些都是看著章清亭的面子，可這回來，卻是衝著趙成材的更多。一路都有人熱情招呼著：「趙老師來了，家裡年辦得好嗎？您瞧還要點什麼？給您當然得最好最便宜的。」

章清亭斜睨了趙成材一眼，嘴角卻有掩飾不住的笑意。做個書院夫子的娘子，感覺還是很不錯的嘛。

過年到十五都不開市，家裡、馬場裡，那麼多人要吃要喝，不怕買多，只怕買少了，最後幾乎人人都肩挑手提了不少東西。

等終於回了家，章清亭去隔壁方家幫趙玉蘭的忙，讓趙成材分東西。趙成材會意，這是媳婦體貼，怕她在跟前，趙成棟想要的東西不好拿。

趙玉蘭那兒也是一片忙碌，這年關將近，來買糕點的人特別多。小青、小玉兩個丫頭全在那兒幫忙了，還做不過來。

在大嫂的指點下，趙玉蘭也學著弄了本小冊子，把各項收支，以及誰來她這兒幫忙都一一記下，也打算大年夜裡發筆工錢給幫忙的人。

等趙成棟走了，這邊一家子才收拾剩下的食材。該滷的滷，該燉的燉，天寒地凍的，東西收掇出來也不怕壞，往廊下一掛便是。

二十六日，這一天就輪到趙成材小倆口去馬場了。

趙成材回來這些天一直沒空去馬場好生待著，趁著今兒閒一些，幫著一起幹完了活，就找了晏博文另聊天去，說說京城的事情，解解他的鄉愁。

章清亭特意把小廝福慶叫了來，打聽馬場最近可有異動。

「還真有呢！」福慶早就憋著一肚子話了，就等主母來了要說，「就前幾日，馬場忽然來了兩個過路的，說要討口水喝。那天正好該著我在前頭當班，便給了他們熱水，可他們卻又跟我打聽起阿禮哥的事情。因上回您囑咐過，我就裝作啥也不知道。問他二人是哪裡的，他們也不肯說，總之聽口音不是本地的。他們見問不出什麼，便走了。這幾日我留神看了，沒再過來。」

是那晏博齋派來的人嗎？

見章清亭眉尖微蹙，福慶想了想，猶豫著又提起一事：「老闆娘，還有樁事……」

「說。」

「阿禮哥……他好像想家了。」福慶眼神沉下去，頗有幾分同情之意，「這些時日他一直沒睡好，晚上時常說夢話，喊娘來著。有一天夜裡，我還瞧見他偷偷哭了……」

章清亭心中暗嘆，瞧著福慶的神色，想起一事，「福慶，你想家了嗎？」

福慶愣了一下，立即搖頭，「大爺和老闆娘都待我這麼好，我怎麼會想家？才不想呢！」

章清亭寬容地一笑，「想了也是人之常情，沒什麼好怕的。這大過年的，若說不想，那才是謊話呢。你也別拘著，跟我說說，你們幾個原本家在哪兒，還記得家中可有些什麼人嗎？」

當日，章清亭臨時決定了一件事，家裡的這幾個小廝，包括倆丫頭，都允他們給家裡捎封信報個平安。再從每人年下分發的工錢裡勻出一吊錢來送去，另贈每家一份年貨。若是等著日後家裡不忙的時候，也允他們輪流回家去探望一番。

把這事一宣布，幾個小廝全都哭了，跪下來向章清亭磕頭。他們都是窮得實在沒法子才被賣兒鬻女的出來做了奴才，可但凡還記得自己的家，哪有人不思念自己的親人？能遇到這樣通情達理的主母，讓他們能跟家裡人走動走動，便是他們幾輩子修來的福氣了。

回去的路上，趙成材好生感慨，著實把章清亭誇獎了一番。

章清亭卻偷笑，「我哪有這麼好心？分明就是想收買人心。」

趙成材卻從她那掩飾的眼角察覺到一絲淚光，心中溫暖。

娘子的善良總是隱藏在心底深處，嘴皮子上是半點不肯饒人的。

直到晚間，章清亭才跟趙成材說起晏博文的事情，「你看，這事該如何處置呢？原本還想著讓他跟著牛姨媽上京城走走，可眼下看來，卻是一動不如一靜的好。」

趙成材點頭，「若是心裡沒鬼，可以派人大大方方來看望這個弟弟，偏要這麼鬼鬼祟祟，可見居心不正，」

「我已經囑咐福慶了，以後不管阿禮走到哪兒，一定要身邊有人跟著，咱們馬場也得提高警惕著才好。就那薛的，年前才撞上，可別又尋咱們的不自在。」

趙成材沉吟片刻，「現在既然咱們都輪著假，不如讓保柱和吉祥都去馬場裡住著吧。除了三十那日，咱們不好過去，其餘時候可萬萬不可偷懶。」

「我也是這麼想的，這幾天見家裡事多，才把他倆帶了回來。明兒起就讓他們在那邊住下，請爹娘去方家住著，給那倆丫頭壯膽。」

小倆口語畢歇下，在遙遠的京城承平，卻有人深夜還未能安枕。

晏府裡，飛簷上積著厚厚的白雪，如不堪重負的鳥兒被縛住了翅膀，無助地望著天。

「收到消息了？」厚重的門簾一挑，晏博齋裹著厚厚的貂裘，帶著清冷的寒氣走了進來。

「是。」管家邱勝應了，「才回來的鴿子，都查清楚了，他果然藏身在那對趙姓夫妻府中，在他們家的小馬場裡做了個管事，還改了個名兒，叫做阿禮。」

他又頓了一下，方道：「恕小的多嘴，留著，始終是個禍害。」

屋子裡很靜，只能聽見晏博齋近乎自語般的呢喃：「阿禮？君子博學於文，約之以禮。原來，他還沒忘記自己的名姓……」

「大公子？」邱勝一聲輕喚，讓晏博齋回過神來，眼底驀地一沉，再看看周遭的一切，幾乎是瞬間就下了決心。

「年輕人總是脾氣不大好，就算能忍一時，哪裡能忍得了一世？囑咐在外頭的下人們小心些，早些辦完事就回來。」

邱勝慢慢垂下眼去，「是，小的知道了。」

忙忙碌碌的，新年的腳步越來越近了。張趙兩家商量了一下，把年夜飯給定了下來。因小年夜是在趙家過的，那三十這日中飯就在張家這邊用過。

晚上，章清亭小倆口跟著趙王氏回去團圓，這邊張家人便帶著方明珠一起守歲。章清亭雖然有些遺憾，但畢竟是嫁出去的女兒，還是應當以婆家為主，再沒說硬攬在一起的。

馬場那頭，一早就給他們包了餃子，做了各式吃食，由章清亭親自送去，趙成材又格外叮囑他們可千萬不可貪杯誤事，就是放煙火也須在外頭空曠處，千萬別讓火星子掉在乾草垛上，那可不是鬧著玩兒的。

晏博文應下一定會細心照看，他倆才放心離去。又回趙家接了爹娘弟弟一道回族裡祭祀，因今兒人多，天氣又冷，也就不避嫌地駕了自家馬車奔波來往。

這還是章清亭初次以媳婦的身分進到趙家祠堂裡，去年那一回她生著病，趙家也事多，便錯過了。

小小一府祠堂並不大，就一進的院子，卻收拾得非常整潔。男左女右，家家戶戶只要能來的都到齊了，按著輩分站好，只因趙成材是唯一有功名的，所以一家靠前緊挨著族中長老們站了，也算是莫大榮耀。

這趙族弱小，又不甚富裕，沒多少族產，像這些費用全賴每年族人自願繳納置辦。這樣的鄉下祭祀當然跟章府那樣的大戶人家不能比，但一盆盆的祭品也是以最真誠的心意準備好的，從每個人手上傳過，再由幾位族中長輩呈放在香案之上。

供過祖先，行過禮，除了那些作表示的三牲獸頭和果品鮮花，餘下的東西還要一份份公平分發給各家的。讓大家普遍沾沾福氣，得一個祖宗庇護的好彩頭。

因家境寬裕，族人們對他們一家也是多有禮遇，可話裡話外，章清亭都聽出些意思來。怕是日後少不得置辦些族產，來堵住這些攸攸之口，眼下且裝傻混了過去。

這邊一車人就直接回胡同那頭，張家也是個小族，卻一樣有祭祀。張發財不願意回去充那個冤大頭，給閨女惹麻煩，便讓張金寶帶錢去作了個代表，等他們先後趕回來時，家宴早已準備好了。

紅紅火火的鞭炮放過，擺上一大桌子佳餚美酒，在此刻，每個人的臉上都暫時放下了芥蒂，只說些吉祥話，討個吉利。

這一頓飯直從日中吃到太陽落山才罷，這邊趙家人告辭了，那邊張家人也不用撤席，只等著晚上再加些菜來再攏成一桌便是。過年便是要如此，顯得富足有餘。

今年，這還是趙成材小倆口搬出去後第一次回家來住，趙王氏很是重視。

畢竟這是長子長媳，卻在這邊連間正經屋子也沒有，實在有些說不過去。再者說，她也怕章清亭那媳婦挑理，所以雖說只是三十及初一兩日，她還是在自己隔壁收拾了一間正房出來。

本說給牛姨媽也收拾一間出來，可再要折騰，就只能把趙成棟挪到柳芳那屋，把他的屋子給姨媽騰出來。牛姨媽表示不用折騰，她只在這兒住一晚，也不大看得上那一對，若是要歇，跟趙玉蘭住一屋就成，還能幫著她帶帶孩子，如此也便罷了。

三十夜裡，趙家各式準備的東西也是齊全的，最後無非就是圍坐一圈包個餃子就算完事。

聊著聊著，趙王氏隨口就問了起來：「玉蘭，妳那糕點生意賺不賺錢？我看還給她們倆丫頭包了紅包，妳那兒夠錢使嗎？」

「娘，您這就不擔心了，妹子那糕點生意可好呢！」趙成材笑吟吟把話接了過來，替妹子長臉，「連本錢都能還妳嫂子了，是不？」

「哪有？」趙玉蘭臉有些紅，說著大實話，「我只是算了帳，除去本錢和工錢還有賺的，可生意若要再做下去，一時哪裡還有錢還嫂子本錢？你們要是不攔著，我初四就想開業了，這大過年的，走親訪友的人多，順手買盒點心也不算什麼，年前就許多顧客問了，我想那時生意肯定好著。」

趙王氏聽著有些不悅了，瞟了章清亭一眼，小聲嘀咕著：「這大過年的談什麼還不還錢？又不是真該還的帳，算那麼清楚做什麼？」

「娘，您誤會了。」趙玉蘭急忙替大嫂辯解，「大嫂不是要我還錢來著，只是既然這做生意，還是算得清楚一點好，多少也得知道自己到底賺了多少。」

牛姨媽捏一個餃子擺上，「玉蘭這話沒說錯。真正做生意，可不能這麼稀裡糊塗的，該多少是多少。就像是賣水餃吧，說要來一大碗那就是十二個，一小碗就是八個，絕不含糊，可不能隨意往裡裝，那生意可就亂套了。」

趙王氏聽著不言語了，趙成棟忽地生個主意出來：「姊，妳看，要不年後讓阿芳去幫妳搭把手吧。她成天閒著也是閒著，還羨慕你們個個都有正經事做，讓她也學點手藝，賺點零花錢，這多好。」

他喜孜孜地說完，卻見一屋子人都不吭聲了。

柳芳臉上一僵，心中一千一萬個不願意。她又不是沒在那邊幫過忙，當然知道做吃食最是辛苦。和麵打糕，要的全是又細心又耐煩的力氣活，她就算想賺錢，也不要這樣的辛苦錢。

她不願意去，趙玉蘭還不願意收呢。從前是覺得柳芳還不錯，可真正坐月子那一段日子，她算是把這人給看透了。拈輕怕重、偷懶耍滑，她可不想尋這麼個人回去給自己添堵，可又不能明說，那也太不給弟弟面子了。可哥嫂在這個問題上也不好插嘴，怎麼辦呢？

牛姨媽一笑，破了僵局，「想做正經事那是好的，只是她現在還大著肚子呢，等生了再說不遲。況且，你們家也要個幫襯家務的，她一旦走開了，家裡這一大攤恐怕就有些照應不過來了吧？」

「那好說，咱家也可以請個丫頭回來啊。」趙成棟倒是興致頗高，渾不看眾人眼色，口沒遮攔地道：「反正阿芳做事娘也瞧不上，她自己也抱怨連天，倒不如請個丫頭回來，我看大哥家的小玉就跟張大嬸相處挺好的。」

章清亭半天沒吱聲，此時也忍不住抬起頭來瞟了小叔一眼，心想，你可真行，就這一番話，裡外得罪了多少人？

既說了你娘挑剔媳婦，又讓柳芳在你娘跟前以後就更討不到好，順帶著把我娘也拉扯進來跟你娘攀比，讓我也不好過。

此時還是牛姨媽把話接了過來，瞅了僵著臉的柳芳一眼，「這吃得苦中苦，方為人上人，成棟可千萬別誤會了你娘的一片好心。至於說你嫂子家，那邊一共多少人？人家小玉又得做多少事？可別說馬場裡的活你都瞧不見。你這邊要是多請一個人，不過也就是燒個飯擦擦桌子，犯得著嗎？當然，等日子好過了，你就是想請十個八個回來孝敬你娘也是行的。只是如今，你別瞧著你姊那兒好像生意不錯，畢竟只是些三五文錢的小意思，就算讓芳姐兒上你姊那兒去賺了幾個小錢，能不能折回你請丫頭的工錢還不一定呢。」

虧得她一番話，眾人的面子才算是找了回來。

趙玉蘭連忙附和：「姨媽說得很是。我這生意才做了沒幾天，給那倆丫頭也只發了一百文錢，意思意思而已。」

趙王氏橫了柳芳一眼，「就家裡這點事還抱怨，那像人家做丫頭得幹多少活才行？」可轉而又道：「成棟，娘知道你心疼我，可誰叫你現在沒本事呢。想給你娘請丫頭，等你自己也長了本事再說吧。」

聽婆婆說這麼陰陽怪氣的話，章清亭就知道，她心裡頭還是有怨氣，便在桌子底下踢了趙成材一腳，示意他去解釋。

趙成材道：「要說起這事，倒是該早些給趙成棟接個媳婦回來了，家裡有了人，娘不就可以安心享福了？再說，就是給了錢，娘，您捨得請丫頭嗎？若是捨得，現在每個月送家裡的錢也夠使了吧。」

趙王氏聽著兒子開頭那話本來還有些不忿，心想，我倒是給你接媳婦了，可她伺候過我嗎？待聽到後頭這半句，沒脾氣了。

趙成材每個月如數交了五百文回來，還不時補貼買東西。自己要拿著請丫頭也是夠的，問題是，她捨得嗎？

趙老實見氣氛不對，適時插了一句：「還是成材明白你娘。」打著哈哈，就把此節揭了過去。

趙成棟仍有些不死心，怎麼能讓柳芳也能學著有些進益呢？要能像大嫂學學該有多好。日後得找個機會，再找大哥說說。

等餃子包好，舉杯暢飲時，因只有一家人在，趙王氏終於不怕討嫌地仍舊說出心心念念的那些話：「媳婦兒，妳可別嫌我嘮叨。這錢要賺，但也得趕緊生個孩子才是。這新年裡頭，我也不求別的，就希望你們小倆口早生貴子。」

章清亭多少有些心虛，京城裡老黃大夫給的丸藥一直有在吃，可這正月裡諱疾忌醫，要不，等著正月過後，再去找個大夫把把脈吧。

她心下思忖已定，倒和顏悅色地謝了婆婆，只趙成材生怕她想不開，又私下裡好言勸慰了一番。偏那柳芳聽著婆婆這麼一說，反覺傲氣起來，摸著自個兒的肚子，心裡美滋滋的。斜睨著章清亭，心道任妳再有能耐，生不出兒子那可仍是要聽閒話的。

她當下便拉著趙成棟在那兒撒嬌扮癡，「成棟啊，你說咱們兒子生下來，要起個什麼名兒呢？也好先想想啊。」

牛姨媽很是看不起她那輕狂樣兒，當下嗤笑，「還不知是男是女呢，妳急什麼？橫豎是趙家的孩子，妳難道還怕少他一個名字？」

柳氏噎得無語，牛姨媽轉而又問趙王氏：「姊，聽說成棟已經留意到了一門親事？那你們打算什麼時候辦？若是時候早，我還可以看上一眼，若是等我去了京城，恐怕就連喜酒也不一定能趕上了。」

那就等妳回來再說啊！柳芳有心說這句，卻又怕唐突。

趙王氏也有些不願意提這壺，拿話岔開了去：「妳打算什麼時候走？」

「正月之後就走。」牛姨媽已經想好了，「鋪子裡的存糧都是夠的，只等著夥計們都來上工了，就把妳大兒媳婦借到我那邊去，讓她盯一段時間。那邊的老夥計都是幹了十幾年的，諒他們也不敢搗鬼，只要找個人主事就能放心。」

說起此事，趙王氏其實是有點意見的。她滿以為牛姨媽若是真要上了京，必定得把生意交到自己和成棟手上，卻沒料到竟找了張家人來幫忙。這可不是趙王氏想占妹子便宜，她只是覺得為何不找更親的，偏要找那疏遠的呢？

因大媳婦在，她也不好說什麼，只道：「妳自己家的鋪子，妳自己看著吧。下回若有機會，也教教成棟，讓他也跟著妳學學。」

牛姨媽心中搖頭，那是絕無可能。

其實說起來，和張家弟妹比起來，趙成棟更聰明一些。就像讓他去學獸醫，時間不長，他就能摸著個門兒清，但趙成棟卻總仗著這點小聰明，有些不大愛使勁，做事情老是想省力走捷徑，若是沒人管著，遲早會捅婁子。

所以，牛姨媽寧可把事情交給稍笨些的張金寶、張小蝶，至少她相信，這兩個孩子必不會生出亂七八糟的心思，頂多賠些小錢，但是趙成棟可就不敢保證了，萬一他要是耍小聰明，栽個大跟頭，那樣的虧牛姨媽可吃不起。故此寧可讓趙王氏不痛快，也不能把生意交到趙成棟手裡。

「成棟現在可是馬場裡唯一的獸醫，這開春就要下小馬駒了，他哪裡走得開？再說他屋裡的還大著肚子，怎好跑來跑去的？」

這些理由之前趙王氏也聽過，那時沒想好話來反駁，現在可想好了，「那妳在這兒不也有個鋪子嗎？日後成棟不忙的時候，也讓他跟妳去鋪子裡學學，這總該成吧？」

趙成棟也適時加了一句：「姨媽，我一定好好學，不丟妳的臉。」

牛姨媽微微一笑，「那敢情好。不過這會兒是沒什麼事，等我從京城裡回來，你們馬場也騰出空了再說。」

趙王氏立即補了一句：「妳可得上著心。雖說他現在也算學了獸醫，有了門手藝，但日後家裡的大事還是需要人打理，光靠他哥嫂可不行。」

章清亭聽出點弦外之音來，好像這婆婆有些著急要為小叔子謀事啊。

她挑了挑眉，「要不，還是讓成棟去弄那成衣鋪子？」

趙成棟一聽忙道：「我不去，那個就給嫂子娘家做吧！」

做那個鋪子，可是要自己背債的，他傻了才去。

趙王氏也無法了，雖說她也懷疑章清亭會暗中貼補，畢竟沒有證據。若自己去搶了來，萬一做不下地，倒是麻煩了。

算了，大過年的也不好爭什麼，趙王氏想想，便把這話題放下。

趙成材半天沒言語，其實他明白，娘想讓弟弟趕緊能做個體面管事，好摸清他們的家底，日後分了家也好自己當家掌舵，可這真不是他成心不提攜兄弟，趙成棟什麼秉性他太清楚了，根本就不肯腳踏實地，就算讓他管馬場，他也管不來，娘也是太心急了。

三十夜，就這麼平淡渡過了。

初一大早，趙成材便把章清亭喚起，去趙族長家拜年。

牛姨媽、趙玉蘭及柳芳都不用去，別人是理所當然，柳芳還是有些鬱悶的。

章清亭暗自感慨，這也就是正經媳婦和妾室的區別所在了，像三十那日的祭祀，只有正妻才有資格參與，當人妾室若是無子，連族譜都是上不了的，更遑論其他了。

今兒來的人沒有祭祀那天多，可也不少了，相互道了賀，便要忙著去別處拜年。

走前，趙族長特意拉著趙成材交代：「初十那天記得過來坐坐，家裡有幾個子侄也到了入學的年齡，想請你看看，年後也到書院去。」

趙成材笑著應了，章清亭出了門才揶揄：「對你還怪熱乎的，就請了你一人呢！」

趙成材攜著她的手一笑，「妳要是不放心，到時跟我一起來。」

這裡還有人呢！章清亭臉上微紅，瞪了他一眼，欲待掙脫，卻被趙成材攥得更緊，意味深長地道：「就是要讓人看著才好。」

章清亭心中一動，那便隨他去吧。

初二是回門日，小夫妻便搬回了家裡。

見面自然又是一番恭賀，等進屋落坐，張羅氏上前來跟女兒咬耳朵：「昨兒那李家公子特特上門來拜年了，禮物全擱在廳裡，咱們都沒動過。」

章清亭把趙成材一拉，「你初幾上李鴻文家拜年去？我也要去。」

趙成材扳著指頭算了算，「初三不能出門，又輪到咱們馬場值守。昨兒去向孟大人拜年時，他提起初四要宴請我們。初五是破五，婦人又不得出門訪客，初六倒沒事。這樣吧，我初四跟他約一下，若是可以，就定初六或是初七。咱們索性早點去，妳也能跟李夫人多相處一會兒。」

章清亭就是這個意思，既然妹子要嫁進去，她總得先考察一下「敵情」，知己知彼，方能知道那家人到底好不好相與，能不能放心把妹子嫁去。

當日無話，初三去馬場待一天，倒也清靜。

初四去赴孟子瞻的宴，見到了書院裡的同僚們。孟子瞻雖清廉守正，但也明白水至清則無魚的道理。年下鄉紳們送了他不少的禮，他都收下了，卻又置辦成不少年貨，轉送給了去年洪水中受災最重的鄉民們，頗得讚名。

今兒請他們幾位夫子過來，除了每人送上兩對銀錁子，又奉上一盤金銀，以作書院裡的助學之資。

雖然都知道他不過是借花獻佛，但一個父母官能做到這樣便很不錯了。當下眾人交口稱讚，一片頌揚，這筆錢便由兩位院長收下。等衙門開學了，再補一份嘉獎狀過來給孟子瞻。

席間趁空，孟子瞻特意敬了趙成材一杯，「替我謝謝尊夫人。」

趙成材心下明白，也不多提，只飲了酒便是。

他今兒沒搭理李鴻文，倒是李鴻文有些忸怩地老找藉口跟他搭話。好幾回明明可以說了，偏被趙成材混了過去，弄得一向牙尖嘴利的李大秀才很是鬱悶。卻不知趙成材心中暗笑，就為了你的事情，弄得我家娘子對我橫挑鼻子豎挑眼的。不折騰折騰你，實在對不起天地良心。不好？」

到席間出恭的時候，李鴻文又死乞白賴地追了上來，「成材，成材，你別這樣，給句痛快話好

趙成材斜睨著他，「這就等不及了？那便算了。」

「行行行，算我錯了，我不問了行不行？」

「初六還是初七？哪天你們全家有空？」

李鴻文一愣，當即明白過來，滿臉狂喜，「那就初六！」

趙成材拍拍他的肩，「別高興得太早了……」

「為何？」李鴻文急著追問。

趙成材卻一挑眉，啥也不說，等著他去抓心撓肝。往後還有一年呢，臭小子，來日方長！

說到底，趙成材是拿張小蝶當親妹子看待的，有哪個嫁妹子的大哥，心情能好得了？

午宴過後，趙成材不給李鴻文再來糾纏的機會，邀了陳師爺去家裡做客，晚上留他吃了飯，又約了上他們家拜年的日子。

既然初六要去李家，那初五便提前一日去馬場值守吧。

趙成材正跟張金寶說起來，張發財聽著插了句話：「成材，你們忙去吧。他們小孩子家的，縱在家歇著也是玩，就讓他們多輪幾日，也沒什麼。只是你家成棟屋裡有人，倒是不好找他，再該你們去的時候，就由我和金寶多去一日吧。你岳父雖老，幹點粗活還是中用的。」

趙成材細細一算，他要去訪親探友的確實不少，不如就讓岳父替上兩回，自己便能安排妥當了。當下便道了謝，算著明日便可以去楊秀才家走走了。

初五去了楊家，未料撲了個半空，楊秀才帶著兒子也出門拜年了，家中只有師母劉氏和楊小桃

二人，弄得趙成材有些尷尬，可既然來了，也不好立即就走，放下禮物，喝了杯茶便起身告辭。

楊小桃見他來了，早躲到屋裡去，待他走了才出來，瞧他送來的禮物，倒都是體面合用的。

楊劉氏因相公不在，很是嘆息，「多好的一個孩子，可惜跟妳就是差了那麼一點緣分。眼看著都能結親了，偏又被個殺豬女搶了去。依我瞧來，成材恐怕日後真有大出息，咱們家可算是虧大發了。」

楊小桃聽得心中一動，嘴上卻是彆扭著，「娘，您怎麼就知道他一定能有出息？莫非您還會相面不成？」

楊劉氏拉著女兒坐下，「娘雖不會相面，但會看事啊。妳瞧成材，前些時候可專門上了京城求學呢！」

「那又如何？又不是上了京城的都能中舉。」

「傻丫頭，他若是沒什麼真本事，怎麼可能上京城去花那個冤枉錢？我還聽人說，那衙門裡的縣太爺親自派了人送他來著。然後妳再看，從前成材他們族長對他是什麼態度？那會兒趙玉蘭要和離，族長還上他們家給他找不痛快來著，可前幾日聽村頭那個趙家屋裡的人說，族長現在對他可好得不得了呢。什麼好東西都想著給他送，這無事獻殷勤，肯定裡頭是有文章的。」

「世人都說那殺豬女好本事，能掙回偌大個家業，可又焉知這不是成材的福氣招回來的？哼，要不是有她男人在外頭撐著，她這些生意能做得這麼順當？別的不說，就是那建書院的胡同，怎麼可能落到她家頭上？」

楊劉氏越說越氣，好像那胡同馬場全是自家的，「都怨妳那好面子的爹。要當真理論起來，咱們家可也是收了聘銀的，就算是趙王氏先放定給了張家，可畢竟人也沒進門。成親那日，若是咱們家就是爭這口氣，把妳送了去，到底誰能留下，還用說嗎？這今年秋天就要大比了，若是成材高中，可真是便宜那個殺豬女了。就這麼一步登天，成了官夫人，可這原本該是妳的位子啊！」

楊小桃聽了母親的話，那一顆原本死了的芳心也不禁怦怦跳動起來。若是那殺豬女成了舉人夫人，那自己可真是不知要虧到哪裡去了。

「現在再說這些又有什麼用？他娶都娶了，我還嫁不出去呢！」

楊劉氏也是扼腕嘆息，「桃兒，若說以妳的容貌才情，怎麼不比那殺豬女強上千倍百倍？只可惜縱是成材混得再好，咱們也不能再把妳送去了。」

楊小桃聽得愣了，「娘，您這是說的哪門子話？」

楊劉氏看看門外無人，才壓低了聲音道：「說心裡話，桃兒，妳若不怕委屈，去給成材做妾室也好。一來若是成材高中，日後當了官，妳便是做個妾室，也比尋常人家的正妻體面。只要成材爭氣，妳再生個兒子，也是能掙副誥命的。再有，妳看如今成材每回上門送的禮，哪樣不精緻體面？他家如今可是真的闊氣了，過幾年馬場做大了，還不定怎麼發達呢！」

楊小桃心思活動了，「爹不會許的。」

「可不就是這話？妳爹是個死腦筋，拉不下面子，可他心裡也是後悔的。」楊劉氏看著女兒的眼神裡，多了一份憐憫，「閨女啊，也不是爹娘不替妳盡心，只怕是妳這婚事真不能要求得那麼高了。最多找個好人家，咱們就踏踏實實把日子過下去，行嗎？」

楊小桃沒說話，心裡卻打起了小算盤。

與其委委屈屈嫁個不中意的，倒真不如給趙成材做妾去。只是目前還不能急，起碼得等趙成材真的中舉再說。這段時間就慢慢相看著，若是家裡不能給她結下一門更好的親，她就纏上趙家去。

還有那個趙王氏，她不是一直對那個媳婦諸多不滿嗎？就算趙成材不允，到時若是自己豁出臉來，當真進了他的屋呢？

楊小桃想著，耳根子有些發熱，心中卻在冷笑。

哪個男子不偷腥？就像趙成棟，一個寡婦就給迷得七葷八素的，她還是黃花大閨女呢！

不過，光這麼想是沒用的，得說動父母重新搭上趙家這條線才行。

楊小桃想到一個好主意了。

❁　❁　❁

趙成材回家，一進門便聞廳中笑語盈盈。原來是娘子閒著沒事，弄了副馬吊，教妹子們打牌，在那兒大殺四方。

趙成材樂呵呵地上前，「你們也真是的，明知她打馬吊整個紮蘭堡只輸過一場，偏跟她玩，那不是擺明送錢給她嗎？」

張小蝶抬臉答話：「大姊沒跟我們來錢，賭的是幹活。一萬。」

「再糾正一點。」章清亭出著牌也不忘澄清，「那場牌是我故意輸的，在這紮蘭堡我還沒遇到過對手呢。八筒。」

張羅氏在一旁笑道：「女婿，這個可賭得好，小蝶已經輸了兩天的洗碗了。」

「岳母，您怎麼不玩？」

「我這麼大年紀，可跟不上她們年輕人，就連你岳父看了半天也還是沒弄懂，輸了今兒的午飯，正在廚房裡做呢。」

趙成材打趣了句：「這豈不是一代新人勝舊人？」

大家都笑了，張小蝶插話：「初五又不弄飯，爹不過是去下碗餃子，有什麼難的？不如讓爹再給我們做幾道小菜吧。就做上回玉蘭姊做過的蘿蔔絲，擱點辣子，涼的熱的都好吃。」

「那不如我去吧，哥來替我兩把。」趙玉蘭說著就要走，卻被章清亭一個眼神制止了，「她想吃等她自己弄去。妳忙活一早上，才做完糕點，先玩一會兒。」

方明珠已經催了起來：「小蝶快點，該妳出牌了。打完這一局，妳去弄蘿蔔絲，讓姊夫來替妳才是真的。」

「五索。」張小蝶隨手出了一張，章清亭一聽就笑了，「應該有人要胡了，正好就罰妳去做一盤蘿蔔絲。」

果然，這牌放到了方明珠手裡，趙成材極為納罕，「娘子連這也知道？」

章清亭挑眉得意賣弄，「我這是逗她們玩呢。要當真打起來，我想讓誰胡，誰就胡。」

「那我們可就不跟妳玩了。」

眾人一笑，張小蝶起身去廚房幫忙幹活，大家開始教趙成材這個新丁打牌。

章清亭想讓相公有個好彩頭，湊了下牌，讓他贏了一把，逼著方明珠輸了雙鞋給他。

然後趙成材也輸了幾把，答應給妹妹們當幾日帳房先生。

玩不多時，就開飯了。收了牌桌，淨了手，趙成材瞧著姨妹端上來的蘿蔔絲打趣，「小蝶還當真該犒勞下我和妳姊的。」

張小蝶一愣，旋即會意說的是他們明日將去李府做客之事，臉上浮起兩朵紅雲，嘟囔著：「姊夫也學壞了，慣會取笑人！」

趙成材呵呵一笑，不逗姨妹了，卻又想起一事，「說起來，金寶也不小了。岳父，您對他的婚事作何打算？」

「問我幹麼？他們的事可全著落在你媳婦身上。不過，說起來，也該差不多了。」眼見趙成棟都要當爹了，張發財也還是有點眼饞的。

章清亭嘴一撇，往妹子瞅了一眼，「這丫頭都沒搞定，哪有閒心思管他的事？成棟是太早了些，金寶二十還不到，慌什麼？男孩子晚點又沒多大關係。可別說我這做大姊的不操心，我其實有打算過，金寶這麼個憨直的性子，日後討媳婦得要個稍微機靈點的。哪怕多長點心眼，不討咱們喜歡，只要跟那小子一條心就是。」

張發財皺眉，「這心眼太多不好吧？到時把金寶治得死死的，那還有什麼意思？」

「心眼多也不見得就心地不好。要進咱們家門，人品好是第一位。您放心，若是不孝順你們二老，就是長一顆七竅玲瓏心咱們也不能要。」

一家人點頭，「這才是正經。」

張小蝶見方明珠方才笑話了她，忙不迭把她也刮拉了出來，「大姊，妳可別把明珠也忘了。方爺爺可說了，他孫女的婚事也要拜託妳的。」

章清亭咯咯笑了起來，「妳若是個男的，我就去求方老爺子把她嫁妳得了，可妳又不是，拉扯她幹麼？」

方明珠初時聽著張小蝶那話，正自害羞，鬧著要追打她，可又聽章清亭這麼一說，便啐道：「活該！妳自個兒想嫁人就算了，我可不像妳！」

張小蝶不服氣道：「大姊，那妳就把她求了給哥做媳婦呀！我不是男的，哥是男的！」

這下連張羅氏都笑了，「明珠能看上妳哥？做夢吧。別說妳姊了，就妳娘這麼老糊塗，也不會去開那口。」

方明珠這丫頭生得不錯，又聰明伶俐，還是家中獨女，以後方家的東西可全是她的，就現在說起來，已經很不少了。雖然沒有娘家的勢力來倚仗，可人家也沒有娘家的人來滋擾，找這麼個媳婦，等於就是給自家找個小金庫，何樂而不為？所以雖然大家都不說，但也知道，方明珠的婚事必是要往高處走的，或是找個上門女婿。

張金寶？絕無可能。

章清亭還知道方明珠那一段未曾了結的少女心事，恐怕短時間內是不可能完全消弭。等吧，各人自有各人的福，只盼這些弟妹們以後都能有好的歸宿。

因今日不算太忙，午睡那會兒，趙成材未免動了興致。

章清亭啐了他一口，把人推開，「虧你還是當夫子的，這白天宣……虧你也好意思！」

趙成材卻又笑著纏上來，「明兒要出門做客，那是妳要我晚上折騰妳？再說了，娘天天催，妳不著急？」

章清亭想想，到底也是。只是妹妹們初學馬吊，打上了癮，看他們半天午睡不起，想來喊人，卻被張發財叫住：「沒妳大姊正好，妳們也教教我。」

說笑著，幫女兒和女婿遮掩了過去。

翌日，小倆口早飯過後，換了光鮮衣裳，提著禮物出門做客。

張發財便和張金寶去馬場，頂他們的班。

畢竟是說到兒女親事，張發財心下也有幾分忐忑，走前還拉著大女兒交代：「若是不行，咱們就別勉強了，也別太順著妳妹子的意思。那丫頭是個不長心眼的，縱然一時想不開，時間長了也就淡了。」

「爹放心，我心裡有數。」

張發財這才跟大兒子走了，張銀寶和張元寶閒著沒事，也跟了去玩。張羅氏樂得清靜，趁著日頭好，帶著幾個女眷，把家裡的被褥翻出來曬曬。

上了車，章清亭小聲跟趙成材囑咐：「咱們一會兒去了可千萬別緊張。人家不是常說，低頭接媳婦，抬頭嫁閨女，咱們可不能先墮了威風。」

「妳別緊張就行啦！」趙成材笑著拍拍她手，小倆口不約而同調整了一下情緒，到底還是都有幾分緊張的。

剛到李家門口，卻見李鴻文正焦急守在那裡迎接。

真正緊張的應該是他才對！夫妻倆相視一笑，心情反而放鬆了下來。

提著禮物下車，趙成材故作不解，上前文縐縐地行禮，「鴻文兄，怎麼今日如此盛情，還特意到大門口來迎接？」

「你們倆跟我客套這些做什麼？快請進。我爹娘早在等候了，連我姊姊、姊夫都回來了，今兒我們家可到得齊全呢！」

眼見他這樣慎重，便知對張小蝶並不是隨口說說。

章清亭心裡有了個好印象，臉上卻不大熱呼，「我們不過來拜個年，怎麼勞煩你們全家都在等候了？這可太不應該了，嚇得我都不敢往裡進了。」

李鴻文嘴角抽抽著，只覺牙疼。早知道這個殺豬女難說話，誰料今兒偏偏犯在她的手裡，任人拿捏那也是無可奈何之事。

不過，他皮粗肉厚，最是能屈能伸，當下一個長揖，「我的好弟妹，妳就開開恩，別再作弄我了。妳若是嫌我哪裡禮數不周，回頭任打任罰，只這一刻，還請先進去再說話，行嗎？」

李府的僕役們都躲在後頭偷笑，章清亭不好太過為難，橫了他一眼，「還不頭前帶路？」

見她鬆口，李鴻文如蒙大赦一般，「請。」

趙成材暗自好笑，只是把臉皮繃得死緊，若是撐不住給了笑臉，娘子回去該修理他了。

陸之章 桃花上門藏禍心

對於李府，趙成材是熟門熟路，章清亭卻是頭一次來。她留神細看，這李府的宅院還是很不錯的，起碼比賀玉堂家修得講究多了。若說賀家是簡單實用，李家便是雅致講究。

因發跡得早，李家早就不用靠在外頭拋頭露面做買賣過活，只憑著田產商鋪便有不錯的收入，於是便安心回家當起了太平翁。

章清亭只知道李鴻文在家排行老二，上頭還有個哥哥，今兒過來才曉得，原來他還有三個姊妹。全到齊了，滿滿當當坐了一屋子，披紅著綠，瞧得人眼花。

她雖沒來過李府，但和李老爺卻是見過好幾面了，這剛進來，便和趙成材一起先向李老爺和李夫人拜年。

李老爺這個人，對於自己的小兒子非常溺愛，想來對兒媳婦也差不到哪裡去，於是章清亭就把注意力更多的放到了李夫人身上，這媳婦可是要跟婆婆長期相處的，若是婆婆不好說話，那媳婦可就難做了。

瞧李夫人這面相，倒是生得慈眉善目，頗為可親。

李鴻文的大哥名李鴻方，比李鴻文大了七八歲，已然是三十許人，現有一妻二妾，兒女雙全。許是長子的緣故，他的性格比李鴻文沉穩得多，行事說話都是中規中矩，絲毫沒有弟弟的飛揚跳脫。

就是妻妾也很內斂，凡事以李鴻方馬首是瞻，一點都不敢錯亂，連兩個孩子也是規矩得緊。章清亭拿了荷包送他們，他們還不敢接，先回頭看了一眼爹娘，見他們微微頷首才道謝接過。然後就一臉害羞地躲到父母身後，很是靦腆。

看起來大哥一家還是好相處，章清亭心裡先有了譜。

李鴻文的大哥和他性格不太像，但已然出嫁的大姊卻很是爽朗，和這個弟弟性格更像，抱著才幾個月大的兒子就上前討賞：「叫姨姨好，給姨姨拜年。」

那小傢伙在娘親懷裡瞪著黑黝黝的大眼睛瞧著章清亭，見章清亭對他笑，他也咧開小嘴一笑，很是有趣。

這一下把眾人都逗樂了，李家大姊笑著自謙：「我這孩子就是太皮了，你們可不要見笑。」話語裡卻隱隱透著股自豪之意。這也難怪，她出嫁三年，肚皮一直沒動靜，直到李鴻文從濟世堂特意幫她捎了藥回來，才一舉得男，今年過年更是可以抱著兒子四處獻寶，著實揚眉吐氣。

說了幾句恭賀的話，章清亭又見過了李家的另兩位小姐。一位十六，早就許了人家，約好今年冬天便要出嫁。另一位十二，形容尚小，瞧不出什麼。她們兩個皆是庶出，只有前頭那三個大的才是李夫人嫡出，兄妹之間感情深厚，當然非兩個妹子可比。

這一家子看下來，章清亭便明白為什麼李老爺偏疼李鴻文了，只因其他子女都太規矩了。只有李鴻文，嬉皮笑臉，甜言蜜語，作為家長，不可能不更加喜歡這樣活潑有趣的孩子。

雖然李鴻文早就把趙張兩家的家底交代得一清二楚了，可這做親家，雙方還是不厭其煩地旁敲側擊，相互摸底。慢慢的，話題繞上了正題。

李家大姊接過章清亭的一句話，很是順理成章地就問起來：「你們家弟妹也都在馬場幫忙？那都做些什麼？」

「弟弟現在管著對外接待的一些事務，妹妹心細，幫著照看馬匹。」

李鴻文趁機吹捧了一句：「張家小妹做事勤快，連性子最烈的野馬也照看得來呢！」

「野馬？」李夫人眉頭微皺，「一個女孩子家，管這些會不會太吃力了些？」

章清亭一笑，「夫人，你們這樣的人家，可能不大了解我們家裡的情況。說句大實話，我們從前可是窮得叮噹響，只這兩年還算時運不錯，又一路得貴人相助，才慢慢置起一些家業。說起來，這還要感謝府上的二公子，他在咱們起初建胡同起書院時，也是幫了大忙，這份情誼我們一直記在心裡。」

李家人聽得面上有光，客氣了幾句。

章清亭又說了下去：「這馬場也是去年春上才接的手，根本就不夠人手打理，別說我那妹子了，就是年邁的公婆爹娘也是一樣要去幫忙幹活的。也虧得我家妹子能吃苦，一個女孩子，咬牙把那些活全接了下來，哪怕再髒再累，也從不抱怨。說起來，倒是我這個做大姊的有些對不住她了。」

章清亭紅著眼圈低下頭去，適時展現出愧疚和歉意，餘下的空間就讓李家人自己想像了。

說起來，李夫人當然是不樂意見到張小蝶一個姑娘家竟然跟男人一樣泡在馬場裡。一來名聲不好，二來會不會把人弄得過於粗糙？所以任憑李鴻文如何吹噓，她始終不相信張小蝶能有多出眾。

可今日見到章清亭，卻讓她眼前一亮。這個姊姊按說從前還是個殺豬的，身上卻絲毫不見那種男人婆般的匪氣，端莊沉穩，明明就是很有教養的樣子。既然有這樣的姊姊，那妹妹自然也差不到哪兒去。

再聽章清亭這一番解釋，她心裡就釋然了。

說起來，誰閒著沒事願意去聞那馬糞味兒？想來還是很乖巧聽話的孩子，想做份家業出來，才不得不去吃苦受罪，要是這樣說起來，那張小蝶還當真是很不錯的。即便沒那些大家閨秀的才情，但人家能吃苦耐勞啊。這樣的媳婦若是接進門來，以後享福的還是自己的兒子。

李夫人頗有幾分憐惜，對章清亭的語氣也和善了許多，「那也不怪妳。萬事開頭難，誰家最初經營時，不得受一番折磨？妳也別太往心裡去，等日後慢慢做起來了，她不也像個小姐似的，安安生生使奴喚婢？」

章清亭拿絹子拭拭眼角，抬起眼來重拾笑意，「可不是像夫人這麼說的？只我那妹子卻是心眼太實在，也是個閒不住的性子。我說等今年下半年家裡日子好過了，就找人把她手裡的事情接過來，她還不願意呢。」

「那是為何？」這下連李鴻文也坐不住了。

章清亭心中暗笑，卻做出一副無奈的表情，「這都怪我不好。上京城時認得了個朋友，打算在永和鎮開個成衣鋪子。你們是知道的，我一個嫁了人的婦人，怎麼能離開相公老往外跑？本來就說不做算了，可我那妹子卻偏要幫忙挑起來，說是難得的機會，若是錯過了實在可惜。她現在還未許人，能幫一分就儘量多幫家裡一分。」

李鴻方現在可管著家裡的大多數生意，自然知道外頭行情，不覺詫異，「她一個女孩兒家，你們也放心把鋪子交給她？」

「有什麼不放心的？」章清亭自信地誇耀著，「我這妹子人雖單純，卻一點也不笨。她現在白日裡在馬場裡幹活，晚上回家還讀書識字。我家姨媽有個糧店，就在我們胡同那裡，她也有在裡頭幫忙，學了不少東西。若是鋪子真開起來，找幾個懂行的掌櫃帶上一段時間，相信她還是能管得好的。」

「若我這妹子是個男孩兒，興許還能多點出息。不過是個女孩，她自己也沒那麼大野心，只想著家裡犯難就幫忙搭把手。等事情捋順了，她也就能歇口氣了。她這麼懂事，可家裡爹娘豈能讓她白做？少不得也要送她幾成乾股，這姑娘家日後出閣才有面子。」

她這一番話，裡頭有三層意思。

一是告訴各位，我這妹子很勤快，自己也有賺錢的能力，沒有想著嫁進你們家就等著享清福了。二是讓李家人，尤其是讓李鴻方放心，我這妹子雖有幾分本事，卻沒什麼野心，不會跟你謀奪家產。三來也提點一句，我們家不會貪圖你們家的彩禮嫁女。既然要嫁，定是要分她些乾股紅利，讓你們也別小覷了去。

當下李老爺和李夫人認真思索起來，姑且不論別的，光憑章清亭現下的態度，就讓人對這門親事很是滿意。

對於他們來說，李鴻文的親事當然也有著做父母的預期。像上回跟賀玉華，就讓他們比較滿意，問題是，人家看不上他們。這確實也讓做父母的感到臉上無光，有些抑鬱。而後李鴻文又提出要和張小蝶結親，這巨大的落差讓人心裡很是疙瘩。可如今和章清亭的會面，讓他們心中的顧慮打消了一大半，反而對這門親事生出幾分好感來。

知子莫若父母，他們當然知道李鴻文是個什麼秉性，懶散隨意，又不知進取。他將來娶個媳婦，就是得要能管得了事的，才能替他當家作主。要不，縱是分給他萬貫家財，他也會敗得一乾二淨。現在他們二老身體健旺，自是可以盯著他，可若是他們百年之後呢？

那時孫兒輩也大了，兄弟倆遲早還是要分開的。若是能在他們有生之年替這個小兒子擇一個理想的媳婦，他們老兩口走得就安心了。哪怕這個媳婦窮一點，又有什麼關係？只要她能當家過日子，可比帶座金山銀山來更加妥當。

可再想想張家從前懶散之名，還是讓他們有些猶豫。

李老爺半晌沒有表態，此時說了句話：「妳家妹子既這麼懂事，那日後定是會找個好人家的，不著急吧？」

「那是當然。」章清亭笑盈盈把話接了下去，「妹子還小呢，再留她一年。等家裡諸事都齊備了，明年再議。今年秋天我家相公，還有你家二公子都要參加大比，哪有心思弄這事？」

「這話說得很是。」李老爺捋著鬍子也跟李鴻文正色交代：「你今年也不要想什麼心思了，好生把書溫了，參加了秋考再說。」

趙成材暗對娘子豎起大拇指，果然料事如神。看來李家基本允了，只等大比過後再作定論。

及至從李家出來，已是月明星稀了。吃了中飯又吃晚飯，李家人異常殷勤。章清亭相處了一陣，感覺他們家人還是比較好說話的。

李家老爺夫人都很精明，但對子女媳婦都不算嚴苛，只要大體上不錯，他們也不怎麼挑剔。依張小蝶那個憨憨的性子，若是再懂得說幾句甜言蜜語，想來要討公婆歡心還是很容易。

幾個姊妹上頭，大姑子是嫡親，自是親厚，早已嫁了出去，只要平日多走動問候，也沒問題。其他兩個小姑都很安分，也不鬧心。

只有和大哥大嫂的關係上要多注意，而那二人也不是不講理，一味怕弟弟媳討了便宜去的小雞肚腸。這主要還得歸功於父母做事公允，雖然偏疼小的，但大事分明。

該長子的就是長子的，其他人再怎麼邀寵賣乖也休要妄想。如此一來，絕了不知多少後患，兄弟之間相處起來也就越發容易。

章清亭心中暗嘆，若是自家婆婆能有這胸懷，縱是讓趙成棟占點便宜，也沒什麼可說的。

走的時候，李家兄弟親自送出門來，還特意備了馬車。本說李鴻文送他們回去，但趙成材堅辭不受，都這麼熟了，何必客氣？

等夫妻倆上了車，相視一笑，各自心裡都放下了塊石頭。看來，張小蝶的婚事基本上就這麼敲定了。

不多時，到了家門口，卻見張小蝶正翹首以待，滿臉焦急。

章清亭不禁微惱，心中暗罵，死丫頭，就這麼急著想嫁人嗎？讓李家人看著成什麼樣子？幸好旁邊還有個方明珠，顯得沒那麼突兀。

趙成材也是眉頭一皺，恐那車夫笑話，他趕緊給章清亭遞了個眼色，讓她別露出馬腳來，好歹要在外人跟前把這場子圓過去。

章清亭會意，收斂了神色和他下車，不悅地瞟了妹子一眼，可沒來得及出言指責，張小蝶和方明珠便猶如見著救星般圍攏上前，刻意壓低的聲音裡透著掩飾不住的慌張，

「大姊、姊夫，出事了！」

章清亭心中一緊，趙成材轉頭先打發那車夫，掏了幾個大錢，謝過他的辛苦，才隨著妹子們進屋，「出什麼事了？」

方明珠急得都快哭了，「今兒不知是哪裡來的強盜，跑咱們馬場裡要偷馬。被阿禮哥發現，就跟他們爭執了起來，可那夥強盜反誣阿禮哥是殺人犯，說他殺了人，現都鬧到衙門裡去了！」

什麼？章清亭一聽臉色就變了。

晏博文可是有案底的，他若是再出點了什麼事，那可就真不得了了。

「他真的殺人了？」

「不知道啊！」張小蝶跺著腳道：「聽說那夥人來的很多，全動了手，也不知怎地，最後死了一個，那夥人就硬是誣賴阿禮哥把人打死。現在連咱們馬場都封了，所有的人都帶回衙門裡去了，連爹和弟弟都在裡頭。那馬場不能沒人管，牛嬸子便作主，帶著娘和小青、小玉，接了姊夫一家子過去了。玉蘭姊便帶著阿慈回了娘家，跟柳姨娘作伴，家裡現在就剩我們兩個。」

趙成材倒吸一口涼氣，「這是什麼時候的事情？」

「今兒下午。」方明珠哭著道：「阿禮哥怎麼會殺人呢？可不知為什麼，那夥人一口咬定就是他。當時張大叔他們都在，明明阿禮哥沒動手，現在全都說不清了。姊夫，你快想想法子，救救阿禮哥吧！」

章清亭只覺血往腦門衝，太陽穴突突直跳，「家裡出這麼大的事，妳們怎麼不早些來說？」

兩個丫頭對望一眼，「孟大人讓人來傳話說，這事關人命，若是沒有確鑿的證據，不許我們在外頭胡說。」

一句話讓章清亭腦子立即冷靜了下來，孟子瞻這是還他們人情，不想把事情鬧大。若是今日在李府中做客時，便把消息傳了過去，恐怕很快就會傳揚開來了。

那時不說張小蝶的親事難成，對他們家以及馬場也是一個毀滅性的打擊。

章清亭手腳冰涼，好一陣頭暈目眩。

趙成材瞧她臉色不對，趕緊伸手扶她坐下，「娘子，妳先別急，容我想想。」他緊鎖著眉頭，在屋內來回踱了幾圈，「孟大人還有沒有別的吩咐？」

「還有一句，說有什麼事，也等到天亮再說。」

趙成材細想了一陣，「來的到底是哪兒的人？咱們這兒的，還是外地的？阿禮是不是可以肯定他沒有對那個死者對手？」

「來的不是本地人。阿禮哥是動了手，但他下手知道分寸，其餘人全是些皮肉傷，不可能偏就把那人打死了。」

趙成材點了點頭，心下有了三分把握。若是當真鬧出了人命，只要家屬不具結相告，阻礙驗屍，那仵作必能查出真正的死因。孟家雖說和晏家有仇，但孟子瞻為人卻還算正直，應該不會草菅人命。

那夥人既然存心來鬧事，很有可能是不知從哪裡找了個死人來訛詐，這種事情也曾聽說過。晏博文功夫最好，若是他領頭護衛馬場，很有可能就被那夥人咬上了。

如此一分析，他的心裡倒先安定了下來，「你們且別慌，只要不是阿禮殺人，咱們總有法子為他討個公道。現在天也晚了，你們也嚇得不輕，快去歇著。對了，你們晚飯吃了沒？若是沒吃就去把飯吃了，再好好睡一覺，等明兒一早，還好多事要做呢，不養好精神可不行。」

趙成材安慰了兩個妹子幾句，把她們都送去休息了。轉回頭來，章清亭仍在怔怔出神，趙成材跟她說起話來就直接得多，「娘子，妳說這事會是薛紹安幹的嗎？」

章清亭冷哼，「他？他恐怕還沒這麼大膽，而且他也不知道阿禮從前就是殺人犯。」

趙成材啊的一拍手，「我倒還差點忘了這個，那……那豈不是……」他的目光驀然冷了下來，「這也太毒了！」

趙成材方才想到的，章清亭也都想到了，此時悠悠嘆了口氣，「這事最後就算證明是訛詐，可他們的目的也達到了。」

只要這樁事鬧開了，晏博文殺人犯之名傳開，在紮蘭堡恐怕再無立錐之地。等到把他逼得落了單，那時想要下手，還不跟捏死隻螞蟻似的？

「咱們還是想想怎麼保得住阿禮吧。」

夫妻二人，一夜未眠。

翌日一早，帶了些吃食和藥品，囑咐妹子在家看家，前往衙門探監。

先去拜會孟子瞻，他也是一臉無奈。這大過年的，在他的轄區出了命案，可真是鬧心。昨晚忙活了大半夜，此時見了他們，只微一點頭，「你們先去見見家人，然後準備狀子前來應訴吧。成材，你是慣家子，也不須我多交代了，有些事情我也不好跟你說得太清楚。」

他們家已經成了被告，必須得避嫌。

趙成材明白，只問了一句：「告狀的是死者的家人嗎？他們都是哪裡來的人？」

「死者是鄰縣吳店的，其餘的正在查，不過想來也多半是些破落戶。只那死者倒是個老實人，不知為何會跟這些人混在一起，還弄得丟了性命。現在仵作還在驗屍，下午應該能出結果了。」

趙成材施禮謝過，和章清亭告退出來，進了大牢。

衙役們都是認得的，偷偷告訴他們：「放心，沒讓他們吃苦頭。昨晚帶回來時，大人也是好言相問，問清了事情就帶進來了。不過我們單獨給他們找了一處待著，只牢裡就這條件，你們可別太嫌棄。」

「多謝了。」趙成材從袖子裡取出一錠銀子暗塞過去，「算是請兄弟們喝茶，等事情完了，再來謝過。」

「自家人，客氣什麼？」說是這麼說，可那衙役仍是收了銀子，領著他們進來。

陰冷潮濕的大牢，當然談不上什麼好條件，那牢頭也不過是把他們一家子集中安置在一處稍乾燥些的牢房裡，便算是照應了。

「大姊，救救我們！」張銀寶和張元寶畢竟年紀小，又驚又怕的被抓了來，乍一瞧見親人，眼淚就往下掉。

「別怕別怕！」章清亭瞧著不過一個晚上，一家子都弄得蓬頭垢面，忍不住眼淚撲簌簌也落了下來，「咱們跟縣太爺已經見過面了，說清楚事情就沒事了啊！」

「聽見你們大姊說的沒有？」張發財把兩個小的扯到後邊去，卻也抹著老淚，「閨女，妳爹對不起妳，沒幫妳把馬場看好，還弄到這兒來了，讓妳跟著一起丟臉了。」

趙成材只覺鼻子發酸，瞧了那牢頭一眼，他倒乖覺，立即開了門鎖讓他們進去。

夫妻兩人拎著食盒進來，章清亭擦了眼淚，「都別哭了，一個個跟我們說清楚，到底是怎麼回事？阿禮呢？」

牢頭解釋了一句：「因他涉嫌命案，得單獨關押，這可沒法子。」

趙成材點頭，先問事情始末。張發財抹抹眼淚，說起了正事。

原來他們昨日到了馬場，初時一切安好，午飯過後，眾人正圍坐著火爐閒話，晏博文忽地說馬廄裡的動靜似乎不對，便要過去看看，當時正是福慶跟了去。

「過去了就瞧見那夥強盜正在馬嘴上繫繩子，要偷咱們的馬。當時阿禮哥就惱了，叫他們住手，可他們不聽，還罵得可難聽呢。阿禮哥初時還忍了，後來那些人連他爹娘都罵上了，阿禮哥氣忿地上前打了那人一耳光，讓他們滾。」

再後來，張發財他們聽到動靜，也拿了棍棒趕了過來。那夥人卻依舊肆無忌憚地挑釁，還仗著人多推搡起來。

張金寶此時插了一句：「那時，是阿禮讓我趕快騎了烈焰，來衙門報信的。」

然後，等他帶著衙門裡的人趕到時，就見馬場裡一片混亂，那夥人當中不知為何死了一個，正在鬧騰。

張發財記得很清楚，「死的那個確實誰也沒看清到底是怎麼倒下去的，不過絕對不是鬧得最凶的那幾個。好像是突然就推了個死人出來，當時就鬧著要阿禮償命，非逼著我們把他給交出去。我們當然不肯，就這麼僵著，幸好衙門裡及時來了人，要不，就憑咱們幾個，可是保不住阿禮。可他們也怪了，怎麼就跟阿禮過不去呢？縱然是阿禮打得最凶，也沒傷他們筋骨啊？非一口咬定了他，真是有理也說不清。」

趙成材和章清亭心下雪亮，司馬昭之心，路人皆知。好言安撫了幾句，二人又到牢房深處，探望晏博文。

他倒是一臉的平靜，絲毫不以為意，只是不住抱歉，「實在對不起，連累你們了。等此間事情一了，我立即離開。」

他並不知道章清亭與自家兄長交惡之事，雖然還猜不出那些人的來意，但那些人已然點破了他的身分，他就無論如何不能再留在此地，讓他們跟著名聲受損了。

「你要離開？那是上哪兒？」

「我……還有幾個朋友。」

「別傻了。」趙成材拍拍他肩，「咱們當日留你下來，就知道會有這麼一天。這也沒什麼，人非聖賢，孰能無過？你縱是犯了錯，也已經受到應有的懲罰了，還有什麼過不去的？」

「我們馬場可離不開你，你若是走了，我上哪兒再找一個像你這麼能幹的夥計？」章清亭把食物放下，「你在此委屈幾日，等著把案子結了，跟咱們回家去。」

晏博文的聲音有些哽咽，「你們還願意信我？」

「就憑這麼久你都能做到滴酒不沾，我們就能相信，你是個管得住自己的人。」

夫妻倆的信任給了晏博文莫大的安慰，在此種境地下能遇到他們，也算是自己的萬幸了。

「什麼都別瞎想，外頭有我們。只要咱們問心無愧，不怕他們顛倒是非。只是你也要有心理準備，若是旁人一時誤會，說些不中聽的話，你可千萬別往心裡去。」

晏博文艱難地點了點頭，早在那些人喊破他的舊事時，他就知道將要面對多麼難堪的處境。

這邊交代了清楚，夫妻倆也安下了心，現在該辦正事了。趙成材在家擬定狀紙，準備打官司，章清亭便帶著兩個妹子去了馬場，把事情說清。只隱去晏博文大哥一節，說那些人可能是看他們家馬場眼紅，想來訛錢的。

牛姨媽聽了嘆道：「大過年的，竟招這麼一場無妄之災，真是冤孽。妳們放心去忙正經事吧，這兒有我幫妳看著，出不了岔子。」

章清亭把兩個妹子留下，把小玉、小青換了回去。家裡男丁幾乎被抓得乾淨，牢房裡那麼多人還要送飯，沒兩個幹活跑腿的可不行。

走前又叮囑方明珠，一定要在此用心做事，千萬別胡思亂想，荒廢了正經生意。

方明珠含淚應了，只拉著她的手拜託道：「那妳一定要把阿禮哥救出來。」

章清亭應了，轉身交代張小蝶一定要好生陪著她，多開導開導。

別人聽著事情始末後都能理解，唯有趙王氏很是不悅，「媳婦，你們這事可辦得糊塗，怎麼能收留一個殺人犯在家裡呢？」

從前晏博文剛來之時，章清亭因怕這事傳出去不雅，便囑咐都不許多嘴。時日一長，大家也忘記了，沒人特意去她面前漏風，是以趙王氏一直不知。

昨晚聽說出了事，才模糊知道點消息，再問趙成棟，他卻還記得，當下就一五一十說了，弄得趙王氏老大生氣。

「我瞧妳平常做事也還穩重，怎麼如此不知輕重？招了這麼個人在家裡，就是他一文錢也不要也不能收留啊！瞧瞧現在，不就帶累了咱們？日後還不知招出些什麼禍害，等官司了結了，趁早把他打發上路。」

「婆婆，阿禮從前是做錯了事，可那自有官府定罪，他也已經坐過牢服過刑了。看他來咱們這兒，可有添過亂嗎？從來都是幫忙的。若是沒有他，我們這馬場做不做得起來，還難說呢，怎麼能因為這點小事就趕人家走？」

「還小事啊？這都要吃人命官司了。那妳倒說說，什麼才是大事？」

章清亭心知自己不管跟婆婆怎麼說，也落不到個好，於是乾脆三緘其口，不再反駁了，回頭交給趙成材跟她說去。

她靈機一動，換了話題，「婆婆，您看現在馬場裡已經有這麼多人了，可那頭家裡只有玉蘭和芳姐兩個，還拉扯著兩個小孩，著實讓人不放心。我若是接回胡同去，那邊家裡又沒人照看了。現在公公和成棟肯定一時半會兒都是回不去的，您看您是不是跟我一車回去？要不，那邊萬一又添點事，可就真的是照顧不過來了。」

趙老實聽著有理，他也知道這個媳婦跟自己老婆不對盤，幫著說話：「孩子他娘，大媳婦說得在理，妳就回去吧。昨晚是沒法子，才讓閨女和成棟屋裡的兩人在家，可今兒怕是左鄰右舍有些已經看到了，萬一有人動起壞心思，讓她們可怎麼辦？還得妳回去鎮著才行。」

趙王氏想想也是，可她又放心不下馬場。說到底，吃官司的人裡頭並沒有她們趙家人，她還不太上心，可這馬場卻是自己家的命根子，若是受了損失，她可心疼。

章清亭適時加了把火，「婆婆，您跟著我回去了，萬一衙門裡有些什麼事情，相公也找得著人商議，別一個長輩都不在家，咱們也沒個主心骨。況且今兒才初八，萬一有親戚來走動，看著也委實太不像話。本來只是件小事，可一看咱家這情形，也被人傳成大事了。」

趙王氏聽了這話，終於同意了，「我跟妳回去。」

等到黃昏時分，趙成材回來了，還帶回張銀寶和張元寶。

他們兩個是小孩子，再怎麼也不關他倆的事。趙成材走個過場，便把人放了。

然後說起驗屍的結果，果然有問題。死的那個是個生了重病的，身上也有拳腳傷。到底是病死還是被打死的還真不好說，仵作也不敢打包票。

章清亭瞬間明白了，估計那死者是被黑心的家裡人弄出來當靶子使的，只要訛上他們馬場，就一輩子都不用愁了，虧他們狠得下這樣的心。

「如今可怎麼辦？」

趙成材也覺頭疼，「要是查不出個所以然來，不止是阿禮，我們麻煩也大了。趕緊把飯給我端來，我吃完就去找陳師爺。畢竟他幹了這麼多年，比我們有經驗得多。妳再在家裡幫他把客房收拾出來，我想請他到家裡住著，商量事情也方便些。」

章清亭應下，這頭打發著趙成材出了門，後腳李鴻文也過來了，張嘴就問：「成材呢？現在事情怎麼樣了？」

「剛出去找人幫忙了，你怎麼也得到消息了？」

李鴻文一跺腳，「妳還蒙在鼓裡呢，這事紮蘭堡都傳遍了。昨晚馬夫送你們回來不是聽說出了事嗎？回去就跟我說了。我一大早過來，卻見你們家一個人也沒有。再到外頭逛逛，就聽滿大街都在議論此事。也不知是哪個缺德鬼亂嚼舌頭根子，說什麼你們家窩藏了殺人犯，還說……」

他說不下去了。

還說章清亭原就是個殺豬的，自然心狠手辣。要不，他們家怎麼可能這麼快就發了家？尤其那馬場，原主可說了，是他們家做了手腳，逼著人家賣的。就是趙成材在書院裡當夫子，那也是欺世盜名，做個樣子罷了。

他們夫妻倆前段時間上京城，據說就是去做「大買賣」了，回來時，還是讓人用大船送到永和鎮的，保不齊跟海盜還有勾結呢。

要不，你們想想，他上回被洪水困著那麼長時間也沒事，這不是水性極好的嗎？這回鬧出人命，說不準就是他們強盜窩裡分贓不均，鬧起來的。

反正是越傳越邪乎，聽得李鴻文都是瞠目結舌，不過他也不好跟章清亭說，只歸納了一句：「快把官司了結吧，否則可真是麻煩大了。」

章清亭臉色慎重了起來，沒去追問那些惹自己生氣的流言，倒是先請李鴻文坐下，「事情到底有多嚴重？李公子，你是個慣有智謀的，倒是替我們想想，該如何化解？」

她三言兩語把事情大致講了一番，現在這種情況，李鴻文當然不會袖手旁觀。

他今兒聽到那些流言時，便已經開始琢磨該怎麼辦了，現在聽了章清亭的話，很快就捋出輕重來了。

「當務之急，得讓那個死者的家屬說真話，只要他們肯承認是訛財，那這官司便算了了。可現在的情形，若是用強，於你們的名聲有損。我倒是有個主意，妳聽聽看可不可行……」

李鴻文一番私語，章清亭聽得連連點頭。

李鴻文又道：「即便是官司完事，你們也得知道，現在這些捕風捉影的話傳了出去，怕是於你們的名聲大大有損，還是得找個機會，做點什麼挽回聲譽才更加要緊。也罷，我且打發個人回去說一聲，就在妳家等著成材回來，若有什麼事，也能幫上一幫。」

章清亭自然求之不得。

天交二更，趙成材終於和陳師爺一起回來了，瞧見李鴻文，都不客套，直接說起正事。

趙成材第一句話就吩咐娘子：「快去瞧瞧家裡還剩多少銀子，趕緊先拿些出來，要急用。」

章清亭依言取來銀子，陳師爺倒是出了個和李鴻文一樣的主意，算是英雄所見略同。只陳師爺住得離市集偏遠一些，還不太清楚那些流言，方才李鴻文對著章清亭不大好說，對著趙成材倒是略提了幾句，讓他有個準備。

趙成材聽了開頭，便氣得渾身哆嗦，「有這麼糟蹋人的嗎？這大過年的，也不積點口德！」

陳師爺早覺得這官司來得古怪，此刻聽著這些流言，更是擔心，「成材，這來者不善啊！縱是案子完了，你們家那個叫阿禮的夥計恐怕也是待不下去了。」

「不！」趙成材堅決地拒絕了，「我們家最艱難的時候，他都沒有棄我們而去，我們家也斷不能做這樣無情無義之人！縱那後頭鬧事的是天王老子，我們也要鬥上一鬥！」

既然如此，他們也不再勸了，得想辦法先把事情解決。

趙成材封了五十兩銀子給李鴻文，「先拿去使，若是不夠你就添上，日後我們再還來。」

李鴻文撂下銀子就走，「拿我當兄弟就別說這話，我現在就去，你們等著我的好消息吧。」

送走了他，這邊小夫妻又跟陳師爺商量如何應對官司，直推敲到三更天，方才歇下。

見趙成材跑了一日，嘴上已然急出了兩個大燎泡，昨晚便吩咐丫頭們燉上了滋潤的銀耳紅棗八寶粥。等一早起來，各人都吃上了幾碗，感覺身上舒服了許多。

在章清亭的堅持下，趙成材帶她一起去了公堂，留丫頭們陪著陳師爺在家聽信。

今日是正審之日，死的那苦主家裡，一早也趕了人來。來的是死者的婆娘，一個年輕婦人，拖著倆孩子，鬼哭狼嚎，裝瘋賣傻，一照面就往章清亭身上撲，「妳個沒天良的殺豬女，還我男人！」

章清亭冷笑地避開，「知道我是沒天良的殺豬女，妳還敢讓妳男人來我馬場鬧事？分明病得都起不來身了，還能跑那麼遠到我們馬場裡去，這該是妳會使喚還是怎地？」

那婦人被說中心病，聽得惱火，「我男人就是去了又怎地？妳也不能平白無故把人打死！現在打死了人，妳就給我償命，不能償命，妳就賠銀子！我們家上有公婆，下頭還一群孩子，日後可都全歸妳管了！」

「行啊。」章清亭倒是痛快地應承下來了，「若縣太爺判定妳男人真是我們家人打死了，自然該我負責到底，可若要不是，妳那男人究竟是怎麼死到我家，卻也要弄個分明。這人在做，天在看，若是真的有人存心不良，生生把自己病得不省人事的相公推出去謀財，那才叫狠毒呢。」

「妳……看我不撕爛了妳這小賤人的嘴！」那婆娘惱羞成怒，作勢欲往上衝，卻被趙成材擋住，「妳這婦人好不知禮，這還是在公堂之上，雖說大人還未升堂，豈容妳如此放肆？是非公論，一會兒自有評說，妳莫以為撒潑耍橫我們就怕了妳。」

那婆娘一下被鎮住了，轉而開始呼天搶地：「我那狠心短命的男人啊！你倒是睜開眼睛看一看，看一看你走了旁人是怎麼欺負我們這孤兒寡婦的！天啊，我不要活了！」

章清亭冷冷譏諷著：「妳想尋死，二道溝也沒蓋蓋子，只怕妳捨不得而已。」

一席話噎得那婆娘臉通紅，哭也不是，不哭也不是，正僵在那裡，忽見衙役進來，殺威棒點地，聲如洪鐘：「升堂！」

孟子瞻神清氣爽地現身了，「下跪何人？所為何事？」

嘰裡呱啦一通套話，苦主與被告公說公的理，婆說婆的理，把事情經過又說了一遍。

首先，是死者和一眾閒雜人等到馬場上去搗亂，這一條可是最為關鍵的導火線。

趙成材當即就先揪了出來：「冤有頭，債有主，且不論死者因何而死，若不是這些人心生貪念，到我家鬧事，斷不會有此一場災禍。若說事出有因的話，首先這死者自己就得負很大一部分責任。」

他這一番辯駁很是要緊，不能光讓人揪著死人這一條，而要弄清楚為什麼死人。縱然是那夥人一口咬定晏博文出手傷人，也可以說晏博文是出手自衛。作為馬場管事，他有責任保護東家的馬場，從這一點來說，他並沒有做錯什麼。

那邊的狀師無話可講，只咬準一條：「那你們也不能打死人。律法裡可有規定，就算是死者主動到你們馬場裡去的，但他有沒有偷成馬呢？沒有吧？有沒有損壞你們馬場的財物呢？也沒有吧？既然他的所作所為還沒有對你們的馬場構成威脅，你們馬場裡的人又憑什麼置人於死地呢？」

趙成材冷笑，「那難道說非得把我們馬場的馬全都偷走放跑了，我們才能自衛？敢問這位先生，難道您家裡進了賊，也非得等人把你們家裡的東西偷光了你才能去拿這賊？再說，誰說死者就是我們家夥計置他於死地的？這事實還沒查清楚呢，你可不能血口噴人。」

孟子瞻聽他們吵得不亦樂乎，半天也不吱聲。

趙成材邏輯嚴密，滴水不漏，不用問，背後肯定是陳師爺幫他做了參謀。至於死者這一家，孟子瞻更感興趣，一個無知農婦居然也能請到如此伶牙俐齒的狀師，恐怕就非她所為了。

他看了旁邊的青柏一眼，青柏立即道：「宣仵作和大夫上堂。」

仵作和大夫早就候在一旁了，此時進來，首先由仵作呈上證詞，「死者身上共有青紫痕跡大小不等共十二處，致命的一處傷痕是被人從後方打斷了頸椎所致。」

死者婆娘當即又嚎開了：「相公啊，你死得好慘啊，怎麼就活活被人打死了呀！」

「肅靜！」

孟子瞻也有些受不了這噪音了，啪地一拍驚堂木，那婆娘一噎，把哭聲全嚥了回去。

「大夫，你說。」

大夫躬身施禮，「回大人，死者生前已經患了傷寒，且病入膏肓，時日無多。以老夫愚見，像這樣的病人，根本不可能起得了身，就是不知怎地跑了出來。」

「哦？那依你說，這病人是被人硬拖出來的？」

「以常理而言，便是如此了。」

趙成材忙不迭抓住機會，「大人，試問這樣一個動都動不了的病人，被人拖到我們馬場來，是何居心？況且就算要打鬥，誰會對這樣一個毫無還手之力的病人動手呢？」

章清亭靈光一閃，似有什麼很重要的事情如流星般閃過，但還等不及她抓住，卻又消失得無影無蹤。她深蹙著眉頭，想要抓回那一絲靈感。

那婆娘聽著情形不對，慌忙道：「大人，我家相公起初是病著，但那天卻突然好了些，才跟著人出門的。」

趙成材立即追問：「妳既如此說，有何憑證？」

「同去的人就全是憑證。」

那邊狀師適時進言：「大人，何不傳召他們作證？也一起分辯個明白。」

孟子瞻略一挑眉，倒想聽聽他們如何自圓其說，「宣所有人犯上堂。」

這回動靜可就大了，呼啦啦一下子公堂上就擠上了好幾十人，顯得地方都不夠了，直跪到大門口。

對方狀師先問話了，尋著那個領頭之人，「你且說說，那日究竟是何情形，死者究竟是怎麼跟你們一起出的門？」

那漢子回道：「那死者原本與小人有些舊識，因過年間聽說他病了，小人便去他家探望。他就說起日子難過，自己又得了病，花去不少錢財，所以想要發一筆橫財，解解家中的困境。」

「你是說，是死者教唆你們去馬場偷馬的嗎？」狀師盤問著，貌似不經意地就把大頭罪過全推到死者身上去了。

「是。死者認得那原馬場主，沈老爺家的一個夥計說起這個馬場，十里八鄉的人都知道，是那殺豬女耍了手段才得到的，我們縱是去拿上一兩匹馬，也不為過吧？」

那幫子無賴甚至叫囂起來：「這本就是來路不正，咱們也是劫富濟貧！」

「你們胡說！胡說！」張發財氣得面紅耳赤，和幾個小廝在那兒辯駁。

越是吵得凶，那狀師面上就越有得色。奇怪的是，趙成材和章清亭卻一言不發。

只見孟子瞻的臉色瞬間陰沉下來，厲聲低喝：「光天化日之下，居然就去良民家中劫掠財物，還敢大言不慚，統統掌嘴二十！」

那夥無賴全都懵了，那狀師忽地變色，想起了一事，卻也補救不及，只得低下頭去，任憑孟子瞻責罰。

「哼，這沈家馬場欠債不還，是經過本官親自斷定，賣與趙家。契約文書，一應俱全，寫得清清白白。你們說是她耍了手段得到，那豈不是誣衊本官斷案不清？若是不服，也該是沈家自來告狀說理，豈容爾等宵小放肆？哪個再敢半句不是，本官定當重懲不饒！」

這一下可真是偷雞不著蝕把米，只想著給章清亭夫妻臉上抹黑，不防得罪了縣太爺。為官者，最重清譽，別的孟子瞻都能姑息，可這種事情他是斷斷不會容許。

當下一聲號令，劈里啪拉拍子聲響起，二十下過後，那夥人個個臉上跟饅頭似的又紅又腫，全都老實了下來。

繼續審案，還是問那領頭的漢子：「那死者和你們商量過後，就相約到那馬場去了？」

漢子嘴疼，點了點頭。

「那你們究竟是怎麼打起來，又鬧出人命的？」

這下沒法用點頭搖頭來回答了，漢子手被上了鐐銬，只得用胳膊揉揉腫痛的臉頰，方才說話，「都是因為他。」他往角落裡一直靜靜看著地的晏博文一指，「全是他挑的頭。」

「他又是怎麼挑起的頭？」

「我們剛到那馬場沒一會兒，他就過來了。喊打喊殺的，很是囂張。我們氣不過，當然就與他理論，是他先動手打我的，還喊了幫手……」他一指張發財等人，「我們這才打起來的。那小子下手非常狠，是個練家子，他還殺過人的，最是心狠手辣，我們都在他手下吃了虧，不過幸好我們皮粗肉厚撐了過來，只那死者本來就有病，捱不住他的打，就丟了性命。」

那狀師立即接著他的話道：「大人，現在事實已經基本查明，這些人目無法紀固然是該罰，但罪不致死，可那個殺人元凶卻是不可放過。他既然從前也殺過人，兩罪並罰，該定他斬立絕才是。」

趙成材往前踏了一步，「大人，我能問幾句話嗎？」

「你問。」

趙成材先不問晏博文，卻問那漢子：「請問你當時是怎麼與我家夥計，也就是阿禮理論？」

那漢子愣了一下，沒想到趙成材居然問他這樣的問題，實話是不能說的，只得編個胡話誆了過去：「我就說我們要借幾匹馬用用，他不許，罵我們是強盜，還說若是咱們不走，就要把咱們全都殺了。」

「那請問你們怎麼回的呢？」

「我們……我們讓他不要這麼小氣，他不肯，就衝上來打人了。」

「那他衝上來打人時，身邊站了多少個幫手呢？」

「就是你們家那些人啊！」

「一派胡言！」趙成材怒目而視，「你且回頭數數，你們上我們馬場鬧事的一共是十九人，除了死者，全是壯年男子。而我們馬場一共只有六個小廝、兩個孩子，再就只有我岳父、小舅子和阿禮三人。一共十一個，老的老，小的小，就是他們這麼些人全捆在一起，恐怕也不是你們的對手，而你們呢？這麼多人，難道就站在那裡等著他打不成？」

那漢子急中生智冒出一句：「他身手好！」

「阿禮是身手好，卻從來不會無緣無故打人，他究竟為什麼打你們？」

福慶忍不住叫了起來：「是因為他們辱罵阿禮哥，不光罵他，還罵他的父母，罵得可難聽呢，阿禮哥才動手打人的！」

那狀師立即插言：「大人明鑒，現在他們自己都承認是那阿禮先動手打的。請治其罪，以證公道。」

趙成材涼涼地回了一句：「先生，若是別人辱及你家先人，你還能無動於衷，再來治這樣的罪名不遲。」

不顧那人氣得眼冒金星，趙成材走到晏博文身邊，說道：「阿禮，你告訴大家，你有沒有打死人？」

晏博文仍是看著地，卻靜靜吐出一句話：「小人有罪，甘心受罰。」

一言出，滿室皆驚。

所有的人都看著晏博文，不明白他為什麼要主動認罪。現在的情形，並非對他不利，相反，由於趙成材的話，分明是把他推到一個極為有利的境界，而他主動認罪，到底為的是什麼？

別人不明白，可是有三個人卻是很快就想明白了。

孟子瞻嘆了口氣，用只有他自己能聽到的聲音低語：「原來最親近的人也能傷人最深。」

趙成材搖了搖頭，目光中充滿了同情和理解，「不值得的。阿禮，真的不值得。」

晏博文慘然一笑，對於污垢，最好的辦法就是徹底抹去。他不是傻子，在牢裡靜心思索，就發現事有蹊蹺了。

「趙大哥，真的非常感謝你為我做的一切，可這些，是我罪有應得。」

「那你的母親呢？」章清亭冷冷問了一句，不出意外的見到晏博文的身形輕微顫動了一下，「身為人子，你不遵禮法，曾經犯下大錯，連累父母憂心，家族蒙羞已是不孝。若是還要讓白髮人送黑髮人，讓他們連晚年也不能過得安生，你便是一死，又豈能彌補萬一？」

晏博文的臉雪白了，手指深深地摳進了地裡，瞬間就磨出了血。

那邊狀師此時情形，上前道：「大人，人犯既已認罪，還請大人及早發落，還死者公道。」

「說得好。」孟子瞻朗聲笑過之後，臉色卻威嚴起來，「到底你是大人，還是本官是大人？本官審案，也是你能催促的？」

「小人不敢！」狀師驚出一身冷汗，急忙跪地求饒。

孟子瞻冷哼，「念你也是個讀書人，姑且記下。如有再犯，定懲不饒。」訓斥了狀師，他開始發問：「人犯晏博文，你方才認的什麼罪？」

趙成材怕晏博文又說出什麼過激而無法挽回的話，搶在頭裡躬身施禮，「回大人，人犯因受刺激過甚，一時情緒有些激動，請問在下可以代他回話嗎？依著律法，這也是使得的，還望大人應允。」

趙成材說的沒錯，若是有些人犯因為聾啞瘋癲，或是受了刺激胡言亂語，狀師有權代他回話，人犯只要保持沉默就好。但如此一來，狀師的證據就非常重要了，除非他有確實能夠證明人犯並沒有犯罪的證據，否則一般情況下，主審之人會很排斥這類的人犯。

孟子瞻道：「趙先生，你既如此說，可是有確鑿的證據嗎？」

趙成材遲疑，「證據尚在收集之中，如無意外，下午可到。敢問大人，能延後再審嗎？」

「你那是什麼證據？」

趙成材不能說，此事多少有些耍手段之嫌，若是提前說了，等於是搬石頭砸自己的腳。

那邊狀師生怕夜長夢多，不肯應允，「大人，現在人犯俱已在此，為何要拖延時日？」

趙成材頭上的汗都快急出來了，作為原告，又是死了人的苦主，他們有這個權利拒絕等候，可是李鴻文那頭到底辦沒辦妥呢？

章清亭此時上前一步，「請問大人，妾身作為這馬場的東家，又是在我的馬場裡出的命案，可以在此問幾句話嗎？」

此舉便是變相的拖延時間了，有個人緩和一下，總比趙成材一人僵在那裡好。趙成材退了半步，對著娘子微微頷首，示意她照著陳師爺給的套路走，卻不知章清亭已經另有打算。

孟子瞻同意，「當然可以，趙夫人請問。」

章清亭施了一禮，方才來到死者婆娘跟前，「請問這位大姊，你們家中有幾口人？公婆俱在嗎？妳相公平時以何為生？日子好過嗎？」

還以為她要問些什麼要緊的話，沒想到只是聊起家常，那婆娘之前與章清亭交惡，不太敢答，只望著那狀師不作聲。

「這些事有什麼好問的？你們打死人，還來貓哭耗子假慈悲嗎？」那狀師回得很不客氣。

章清亭也不惱，仍是輕輕柔柔道：「無論如何，死者為大。這位先生莫怪，小婦人問了，也是想著日後要怎麼補償。若是您清楚，還請告知一二。」

那狀師皺著眉頭，嫌她囉嗦，不過章清亭說得懇切，在這公堂之上也不好反駁，便快速回了話：「他們家不僅父母俱在，還有個八十多歲的老奶奶。夫妻倆共有五個孩子，家中只有二畝薄田，以種地為生，家計著實艱難著。」

章清亭點了點頭，又問那婆娘：「大姊，那妳相公這一病，花費著實不輕吧？他是從什麼時候犯的病？病了多久了？」

那婆娘當真以為章清亭是想在縣太爺面前賣個乖，賠她銀子，於是這回也不等狀師回話，自己便答了起來。

「我家相公是中秋那時就落下的病，這大年下的，家裡為了給他治病，賣了東西又賣地，連我陪嫁來的首飾衣服全賠了個乾淨。」她適時乾嚎了兩聲，卻並無半滴眼淚落下。

章清亭心中冷笑，忽地話鋒一轉，指著那領頭的漢子問：「那他上你們家拜年時，提的是什麼禮？且別慌著作答。大人，能不能煩請分開問他二人一句？」

這……那兩人立即慌了神。

那漢子眼珠一轉，立即搶聲答道：「就是兩隻雞，這還有什麼好問的？」

「對，就是兩隻雞，都是母的！」那婆娘立即附和。

狀師趕緊賠禮：「大人，鄉民無知，不知避諱，還請勿怪。」

孟子瞻見章清亭不知不覺就在話裡下了套子，很是欣賞，也知道她既然敢出聲來問，必不僅僅止步於此。

「趙夫人，妳還有話要問嗎？」

「有。其實就當著大夥兒的面問問更好，免得到時又說不清。」章清亭微微一笑，仍是問那婦人，「既然妳相公病了這麼久，連一點家產也全都賠乾淨，那妳怎麼請狀師的？他的酬勞又是多少呢？」

這……那婆娘乾張著嘴，望著那狀師，一個字也答不出來了。

狀師是自己找上門的，她哪知道收了多少錢？

那狀師把話題接了下來：「路不平，人人踩。我見她家委實可憐，便沒收她家的銀子。」

「這位先生當真好心腸。」章清亭笑裡藏刀，「看來咱們也得幫著您宣揚宣揚，日後有什麼為難之處的人家，淨可以找您，想必您都是不會拒絕的吧？」

那狀師嘴角抽搐了幾下，卻是什麼話也不肯接了。

那婆娘剛鬆了一口氣，章清亭又追著她問：「既然那日這漢子上你們家來看望妳相公，約好了要一起來我們馬場打劫，那妳相公是自己下床的，自己出門的嗎？」

「是啊！」那婆娘這句話倒回得痛快，怕章清亭又拿她的錯處，別的一字都不肯多說了。

章清亭問大夫：「老先生，您說一個病了一個月的傷寒病人，有可能突然自己迴光返照，下地走路嗎？」

那大夫也覺有趣，捋鬚瞇眼一笑，「除非是神仙下藥。」

場中有不少人噗哧笑了起來，那婆娘忙不迭改口，指著那漢子，「是他扶著出去的。」

章清亭忍著笑，使勁繃著臉還問那大夫：「這樣有可能嗎？」

「這才像是人幹的事情。」那之前所為，便不是人幹的事情了。

章清亭謝過，又問那漢子：「你帶了死者出門，又是上哪兒召齊了其餘的十七人？」

「這大過年的，大夥兒都在家裡貓著，一喊不就都來了？」

趙成材適時道了一句：「十七人的家，你帶著死者一處處地跑到，然後來了我們馬場，也不過是中午的工夫，你這速度還真快呀。」

這是陳師爺幫他們找出來的一個重要疑點，因為之前他們的口供上都稱是那漢子先到死者家裡拜年，然後和死者一起上馬場的。如果沒有事先預謀和準備，他們怎麼可能這麼快就糾結起這麼多人？

那漢子倒是沉著，當即答道：「哪用我們一個個去找？反正我們住得也近，只找了兩三個，剩下有些正好在一起串門子，便很快就把人都喊齊了。」

章清亭又問：「那死者既身體不好，怕是一直要人扶著的吧？」

「是啊！」那漢子如此一答，卻聽得堂上有好幾道吸氣之聲。

他不明白這是為什麼，但趙成材已然明白娘子找著的漏洞在哪裡了，當即喝問：「既是死者一直要人攙扶，那是誰扶他的？既有人扶著，我家夥計又是如何站在他的身後，對著他的後頸劈下那一掌？可不要說是你們的人扶著讓他打的。」

這個問題一拋出來，眾人都有些傻眼。千算萬算，他們都少算了這條要命的漏洞。

章清亭在趙成材和他們爭辯晏博文不可能打一個毫無還手之力的病人時，便有了一絲靈光，只是那時沒想明白，等到晏博文要認罪時，她才突然想通此節。

當下那狀師明知不妥，卻還得盡力狡辯：「你們家那夥計會功夫，身手又好，混亂之中打死了人，也不是沒有可能。」

趙成材也不跟他爭，只請那仵作出來，「請問是否可以麻煩差大哥演示一下，這死者頸後的傷到底是如何造成的。」

孟子瞻點頭允了，過來一個衙役，那仵作按著死者的傷痕比劃了一回，忽地皺眉，「不可能啊，若是病著，身子是軟的，就算被人打了這麼一下，也定是順勢往前撲倒，傷勢絕不可能有這麼深。」

那就是說，死者是被人扶住打傷後頸的。

話已至此，還有再問的必要嗎？

如此多自相矛盾之處，就像被挑開了一個線頭，只要順著捋下去，就能把這謊言越扯越大。大冬天裡，那狀師頭上連汗都冒了出來。他現在真的是有些後悔了，不該因為貪財就接了那個陌生人的銀子，來打這個明知有詐的官司。

現在事情鬧成這樣，那陌生人不過拍拍屁股就能走得乾乾淨淨，他卻還要在此地混下去，若是惹上官非，那他該如何是好？

眼下最重要的已經不是把那個叫晏博文的人拖下水，而是要想方設法保住自己。

他眉頭一皺，快速思忖了一番，厲聲質問那婆娘：「妳相公到底是如何跟人走的，快說個清楚！這公堂之上，可不能說謊！我好心好意來幫你們，妳不能撒謊騙我！」

那婆娘見他突然發火，心下慌張，當即就嚎開了：「我一個婦道人家，知道什麼？那都是我那死鬼相公和他們商量的事情，我哪裡曉得？」

「妳不曉得？妳不曉得就知道收銀子了？」突然，一個蒼老的聲音突兀地響起。

門外，李鴻文攙扶著一位鶴髮雞皮，滿臉風霜的老太太進來，後頭還跟著幾位鄉民。

「回大人，這是死者的奶奶，旁邊幾位是死者的鄰居，他們可以作證，是這婦人串通了那些賊子，收人錢財，上門訛財，要置人於死地。」

昨兒李鴻文出的主意，就是上死者家去，在不違背真相的前提下，花點錢請死者的親戚鄰居出來作證。如果這其中有鬼，死者的至親當中，總會有人不願意昧著良心幹這缺德事吧？再有一條，死者家裡所求的無非是錢財，既是這媳婦能被收買，那其他人也未必不能收買。

李鴻文辛苦一番，果真找著這死者的奶奶願意出來作證，又拿錢說動了幾位鄰居，願意作個旁證。

那婆娘一見了老奶奶，當即嚇得面無人色，「這老太婆早就傻了，大家不要相信她的話，不要聽！」

老奶奶顫微微舉起手中的竹杖，對著那婆娘就打去，「我打死妳這個黑心的婦人，害死我的孫子，讓他的屍骨都不得安生！我打死妳，打死妳！妳害死了我孫子，還要害死旁人，這是要害死我們全家啊，妳這個糊塗女人！」

逼到這個分上，那婆娘說話也沒了顧忌：「妳也不想想，妳現在吃的喝的全是誰供的？妳那孫子已經沒了，妳以後還指望我養老不？」

老太太已經快是油盡燈枯的人了，哪有多大力氣打人？不過揮舞了幾下，便力氣不濟，老淚縱橫起來，「冤孽呀，我們家怎麼偏偏就逢上了這樣冤孽？」

請老人家坐下，待她情緒平復下來，事情很快就弄了個水落石出。

原來死者生病是真，因病敗光家產也是真。出事之前，家中就來了那個漢子，不過他可不是來拜年送禮的，而是來遊說這婆娘的，讓她把相公借給他們一用，賺來了好處就能保他們全家一輩子吃穿不愁。

都是窮得沒有辦法了，大夫又說死者根本活不了幾天，那婆娘看著家中老人孩子，一狠心，便把自家的男人送上了斷頭臺。

「這事相公自己也是知道的。」那婆娘此時才真正掉下幾滴眼淚，「若不是他自己允了，我再怎麼沒良心，也不可能當著公婆的面，把他的性命交給別人。不信的話，你們可以去問我家公婆。」

此事，她倒是沒有撒謊，那老奶奶可以作證，兒子兒媳也是六十多歲的人了，雖然心疼兒子，可畢竟是快死的人了，若是死了兒子一個，能換全家一條活路，他們也就默許了。

據那婆娘交代，那漢子先給了她二十兩銀子算是訂金，說是事成之後，他們一家就可賴上章清亭的馬場，這輩子就都不用發愁了，所以這婦人才鐵了心幫他們辦事。而幾位街坊鄰居可以作證，死者是被抬離家門的，根本就沒有康復，也不可能有什麼主謀和在打鬥之中喪命之說。

至於這漢子又是為何要挑唆這婆娘，找來垂死之人跟章清亭過不去，還要賴上晏博文呢？

他連聲叫屈：「大人，實在不關我的事，是有人出了二百兩銀子，讓我去幹這事，還說事成之後，再給二百兩！他說他是那夥計的仇家，說那夥計害死了他的親弟弟，所以他要來報仇來著@我還記得他的名字，叫做什麼……」

他想想才大聲嚷道：「孟子瞻！」

「胡說！」青松聽到此處，怒不可遏。

偏那漢子不知情，還猶自說著：「這是真的。他說兄弟如手足，若是手足被砍了都不去報仇，那就連畜生都不如。」

「你還敢胡說？」青松一轉頭，卻見孟子瞻的臉色已然鐵青。

那緊攥的雙拳，額頭爆起的青筋，無一不顯示著他心裡極度的憤慨之意。而那雙總是睿智清明還略帶一絲調侃的眼，此刻卻充滿了痛苦與憤恨，落在晏博文身上。

晏博文根本就不敢抬頭與他的目光對視，可他微微顫抖的慘白的唇，卻明明白白訴說著一個事實。

這下趙成材和章清亭全都啞然了。

孟家那個英年早逝的二少爺，可是孟子瞻的親兄弟，他唯一的弟弟啊！

這要讓孟子瞻如何原諒？讓他怎麼心平氣和地審理這個案子？

「少爺……」青柏怯怯的一聲，把孟子瞻喚醒。

重新再審視了一下自己所處的環境，孟子瞻咬著牙關處理了案子。

死者屬於咎由自取，但亦屬家境所迫，雖然可恨，也有其可憐之處。死者已逝，他的事情可以不追究，但他妻子卻其罪難饒，判罰二十大板，回家反省。

可他們家著實生活困難，若是離了這婦人，恐怕老少一家子更難活命，故此孟子瞻對於她收到的二十兩贓銀便不予追繳，反而另贈那老奶奶紋銀百兩，感謝她大義滅親，出來作證。

至於那漢子，受人唆使，現又找不著主使之人，他便得入獄服刑。其他一干人等，盡皆收監。

還有那狀師，雖然已經見著勢頭不對就極力撇清，也抓不著他和這些人勾結的切實把柄，但失於檢點總是免不了的，就罰他革去功名，再也不能接案訴訟。

章清亭馬場中的那些人不過是無辜受人陷害，全部無罪釋放。

收到這判決，本該高興的一家人，卻因聞知了孟晏兩家之事而無法安生。就連趙成材勉強笑著，說請大家去酒樓吃個飯慶祝一下，也無人響應。

一大群人默默無語地回了胡同，章清亭先張羅著買來香葉讓眾人洗澡去晦氣，有些小傷也一併料理了。

陳師爺見他們打贏官司回來，卻沒什麼笑臉，很是奇怪。趙成材也不好說什麼，只請他吃了頓飯，雇車將他送回，約好改日登門道謝。

等全都安置妥當，章清亭坐下來，望著燈火怔怔出神。趙成材仰躺在床上，也想著心事。半晌，二人似是心有靈犀般，同時出聲，「我……」

「我先說吧。」章清亭嘆了口氣，「我想等著過了十五就把阿禮送到永和鎮上去。在這兒對著孟大人，兩人都不大好。咱們家既要在永和鎮做生意，那兒也是要找鋪子的，有他先去照應著，等到小蝶再過去時便好多了。」

「妳這主意比我妥當，我本想要阿禮送姨媽上京城去，可想想妳這主意更好些。」

「阿禮遲早還是要上一趟京城才好。」章清亭一針見血指出真相，「他越是避讓，越是容易生出事端。不如找著他大哥，問問他到底想幹什麼，要真是連一點兒弟之情都不顧了，要殺要剮便由著他去，難道還得躲他一世？還有他娘，總不能此生永不照面吧？可我就怕，阿禮現在就鑽那牛角尖裡想不開了。你現就去找他，把我方才那話說給他聽，別讓他不聲不響地就偷跑了。」

「行！」趙成材立即翻身下床，穿上鞋下樓了。

因晏博文他們現在全部安排在方家，趙成材剛過去要敲門，卻見門從裡頭開了。晏博文蒼白著一張臉，空著手悄無聲息地出來，跟他撞了個正著。

心下頓時就明白了幾分，趙成材佯作不知，「阿禮，這是要去哪裡？」

晏博文垂下眼，沉默了一會兒，苦笑，「趙大哥，我真的不能再留下了。」

出乎他的意料，趙成材居然點頭稱是，「你跟我過來，正好有一樁事情要交代給你。這大冷天的，就別站在風地裡說話了。」

話並不多，說得平常，就像普通東家安排夥計辦事一般，可晏博文知道，這對夫妻是真的待自己好。在嚴冬裡，若是凍得久了，也就麻木了，可偏有人提了火爐來，不聲不響放在你的身邊，那種溫暖，就像糖裡包著醋，再甜也讓泛著酸。

「為什麼要待我這麼好？」晏博文死命咬著牙，忍著喉頭的哽咽。

栽贓一事，就算他起初有些不明白，可在牢裡仔細一想，便隱隱猜到了與家裡脫不開關係，所以他才會自暴自棄主動認罪。反正自己也是該死之人，他不想讓任何人為了他為難。

若是那人不假冒孟子瞻之名，可能還放了他一條生路，卻偏偏提起這樁舊事，那是什麼用心？這就像是往人家傷口上撒鹽，不僅是要逼著他死，也重傷了孟子瞻。

這是爹的意思，還是他從小最為信賴的大哥？為何要如此置他於死地呢？晏博文不想，也不敢去追究，只覺得自己的心真的涼透了。

趙成材倒了杯茶遞他手裡，寬厚一笑，「我們不是對你好，只是做了一個人應該做的事情。就好像孟大人，無論怎樣，他都堅持稟公處理。阿禮呀，這人生中有些事情是很無奈的，咱們只能凡事往好的地方想。旁的我們也不敢打包票，但是你娘，還有那位祝嬤嬤肯定都是真心實意盼著你好的。就為了這樣的一份牽掛和惦記，你也得好好活下去。」

晏博文低著頭，嘴巴裡卻嘗到了鹹澀的鐵鏽味。

死，他並不怕，可他真的怕這樣生不如死地活著。

但趙成材說的對，他還有娘，他是他娘唯一的孩子，就算全世界都拋棄了他，娘也不會，那他怎麼能讓娘傷心地對著自己的墳塋？

「留下來吧。」趙成材溫和的聲音低低勸著，「等著時過境遷，咱們再一起去趟京城，見見你娘。偷偷告訴你個祕密，我家娘子和那喬二爺是要合夥做買賣的，少不得還得再上京城去。可這上京城的路不太平，我們這回就差點遇上山賊了。有你跟著，定能走得更穩當些。」

「等見了你娘，你再想想往後的路該怎麼走。到那時，不管你做出什麼決定，我們都不會攔你。你也知道，娘子身邊沒幾個得力的人，若是你不幫她，咱們可就更艱難了。你不是總要報答我們嗎？那就留下來報答我們，好嗎？」

話已至此，讓晏博文又能說什麼？

「謝謝你，趙大哥，真的，你們夫妻倆的大恩大德，我這輩子都不會忘記。」

「說什麼傻話呢？快回去歇著吧。明兒還得回馬場去，有你們忙活的了。」

紮蘭堡縣衙。

夜已經很深了，孟子瞻仍站在窗邊，望著黑鴉鴉的天，沉默不語。屋子裡很靜，連根針落到地上都能聽見，除了那跳動的燭火，連呼吸似乎都靜止了。

「爺，睡吧。」青松和青柏都沒休息，陪在他的身邊，憂心忡忡。

良久，孟子瞻才忽地問了一句：「好像又要下雪了吧？」

「是，又起北風了。您進來，讓咱們把窗子關了，好嗎？」

孟子瞻緩緩轉過身來，一張臉已經被寒風吹得白裡泛著淡青。

他剛一抬腳，卻覺得步伐有些僵硬，青松忙上前扶了一把，心疼地道：「您要是再病了，家裡人得有多擔心。」

孟子瞻想笑，但臉麻木得沒有了表情，到火爐邊坐下。

青柏關了窗，又在火盆裡添多了幾塊炭，冰冷的屋子終於慢慢暖和起來。

「爺，恕小的多嘴，今兒那賊人的話，您可別往心裡去。這就是說了故意來氣您的，您要是真的生了氣，那就是中了他們的奸計。」

孟子瞻閉目烤了好一會兒的火，直到感覺僵硬的身子暖和起來，才淡淡開了口：「不，他沒說錯。身為兄長，若是對自己親弟弟的血海深仇都報不了，那還叫人嗎？」

青松青柏嚇了一跳，對視一眼，疑惑地看著他，「可是……」

孟子瞻微一擺手，「你們想錯了，我指的不是晏博文。」

「那爺的意思是……」

「我一直就不明白，為什麼當年會發生那場慘劇。你們還記得嗎？當日事發之後，晏博文是如何的震驚與不可置信，那表情斷無可能是偽裝出來的，他甚至立即就要自刎謝罪。如果他是有預謀有計劃的，為什麼一定要挑在那樣一個日子，還要特別和子眭單獨在一起飲酒，落下這樣明顯的把柄？」

「可是，當時不是什麼也查不出來嗎？」

「是，當年確實是什麼也查不出來，只能當作是酒後亂性。可是，今天那人倒給我提了個醒，此事恐怕沒有那麼簡單。」

「爺是說，此事有可能跟晏家那位大少爺有關？」

孟子瞻眉毛一挑，「你們想想，他從前對他那個弟弟有多好，可是現在呢，不過短短四年，他居然狠得下心來置這個弟弟於死地，這豈不是太反常了？」

「可是，爺，人的位置改變了，心態也是會變化的。從前晏二少爺是嫡子，他不過是個庶長子，自然要好好對這個弟弟，可現在他是太師府唯一的繼承人，又是皇上跟前的紅人，當然就不一樣了。容不得這等家醜，怕也是為自己將來做打算吧？」

「這就更奇怪了。你們想想，晏博文當年出事，最大的受益者是誰？是他。若是他當真與世無爭，為何會不聲不響去結交了當時的太子，當今的陛下？他既然已經穩穩當當坐上了晏府當家人的位置，為何卻要對這麼一個毫無還手之力的弟弟趕盡殺絕？」

孟子瞻重重捶了一下椅子的扶手，眼神凜冽，「答案只有一個。」

二人驚叫起來，「他心虛！」

孟子瞻冷笑，「多虧了他這麼畫蛇添足來一下，否則我就算怎麼疑心，也不敢肯定。可現在，他既然已經不打自招，那我還有什麼好客氣的？這件事，我非弄個水落石出不可。」

「青柏，筆墨伺候。」孟子瞻略一思忖，提筆刷刷便寫好一封家書，「明兒一早就派人送往京城。」

「爺，您可不能輕舉妄動啊！」

「你們放心，我不過是想要回京。」

只有回去了，才能更方便查出真相。這個紮蘭堡，他待的時間已經夠長的了，也差不多是時候要回去了。

晏博齋，如果當真是你害死我弟弟，就算是拚著魚死網破，我也要你為子睦償命！

一夜北風緊，早起時，雪住風停，天地間已是白茫茫的琉璃世界。

早飯過後，趙成材出去雇了輛大車，把夥計們全送回馬場去。馬場眾人見到大家都平安歸來，全都放下了心。

張小蝶私下逗方明珠：「瞧，妳的阿禮哥終於回來了，妳要哭，到他面前哭去，可別在我跟前水漫金山了。」

嘔得方明珠本來在眼眶裡打轉的眼淚又收了回去，拿手捂著紅腫的眼，怎麼也不肯上前去。倒是晏博文走到眾人面前賠不是，「全因為我，連累大家了。」

「這哪裡關你的事？」牛姨媽寬厚一笑，「既然都回來了，那就沒事了，該幹什麼幹什麼去。成材，我記得你今兒還有客，你先回去忙你的吧，這兒咱們再幫著幹一天，到下午跟你媳婦一道回去。」

牛姨媽一提，章清亭也想了起來，「今兒初十，不是那個族長請了你嗎？倒是去走一趟，免得又讓人說閒話。若是有鄉鄰問起家中的事情，你也好好跟人家解釋，免得越傳越不像話。」

「妳不跟我一塊去？」

「現在我哪還能走得開？公公姨媽都在，我跑出去做客，成何體統？你快去吧。記得回家換件衣裳，再把紅包多備幾個。保柱，去牽兩匹馬來，跟著大爺回去，路上小心照應著。若是喝了酒，回來記得走慢些，這麼大的雪，別讓馬失了蹄。」

「知道了。」

趙成材和保柱走了，這邊章清亭安排了馬場裡的事務，跟牛姨媽說了說事情的原委。這個姨媽有見識，心也公道，遇著點事，她倒願意聽聽她的意見。

聽完事情始末，她倒是和章清亭兩口子意見相同，「這個阿禮是個人材，值得你們冒險收留。正好，你們家的事情了了，我也該把我店裡的事情交給妳了。至於幾個大糧商，我把名單寫了給妳。進糧時，妳只要小心應付著，別讓他們欺生伺機抬高價錢，或是以次充好就行了。妳要是有些不懂的，便把我店裡的老黃掌櫃帶去，他是個實誠人，斷不至於矇妳。」

章清亭安下心來，和她說起正經事。

那邊趙成材回了家，卻見門口有輛小驢車，張元寶守在外頭告訴他：「是你們族長來了。爹在裡頭陪著呢，本說你不回來，就去馬場找你的。」

這還接上門來了？趙成材趕緊進去，趙族長不僅來了，還帶著一個兒子，送來幾樣節禮。

趙成材上前施禮，趙族長瞟了張發財一眼。

張發財會意，立即陪笑著告退：「成材，陪你大伯好好聊聊。」

等他走了，趙族長才一副痛心疾首的模樣，「成材，你怎麼如此糊塗？大伯知道你好心，可也不能收容那樣的殺人犯在家裡。你可知道外頭現在傳得有多難聽嗎？快把那人打發走，免得帶累了你的名聲。」

趙成材早料到有此一著，趕緊又把事情解釋了一番，只隱去晏孟兩家的恩怨。

趙族長卻道：「雖說你這案子結了，可只要那殺人犯一日在你們馬場裡，這讓鄉親們怎麼看你？成材呀，這蒼蠅不盯無縫的蛋，若是你那夥計當真老實，為何會有這樣的事情偏找上他呢？天知道他從前還得罪了些什麼人，縱是這一回讓躲了過去，可誰能保證就沒有下回？你是讀書人，安安心心念好你的書才是正經，成天上衙門打官司，算個什麼事？」

族兄在一旁補充：「成材，爹是真關心你，前兒一聽說你們家出了事，立即就讓人來打聽，你們昨兒過堂，他就在外頭一直聽著呢。知道你們沒事，又見你們忙著，便沒來打擾。今兒一早，又冒著這麼大的雪過來勸你，你可不要辜負了他的一番好心。」

這可真是消受不起，趙成材百般道謝，「大伯，其實我們已經打算把那夥計送離此地了，因岳父想在永和鎮上開個鋪子，馬上就把他送走了。」

趙族長聽他如此一說，面色才緩和了三分，「可這也是治標不治本，還是送走了乾淨。」

趙成材只得蒙混過去，「那夥計自己也要走的，只是咱們家確實在用人之際，求他暫且留了下來，等到日後，恐怕他自己還是得走的。」

「算他有自知之明。」趙族長如此才作罷，臉上有了幾分笑意，「行啦，既然無事了，那你就隨我回去吧。家裡早就準備好了，那新鮮的麅子肉都已經燉上了，怕你忙著來不了，我還打算親自上你們家馬場接你呢。」

趙成材不勝惶恐，趕緊上樓去換了件做客的衣裳，又偷偷在給他們家孩子準備的紅包裡頭加了點分量，才下來跟人走了。

怕他過度挽留，又弄得天黑才回，偷偷使了個眼色給岳父大人，張發財在送他們出門時便交代了一句：「女婿，晚上可早些回來。這路上雪大，天黑了不好走。」

趙族長聽到「女婿」二字，心頭一刺，心想我們家這麼好的孩子白給你做了半子，還沒出門就催他回來，這是什麼意思？當下就沉了臉，「怎麼？就是晚上雪大，我留成材歇一晚不行嗎？」

「不是這個意思。」趙成材忙解釋著，「是明兒已經約好了要上別人家做客的，實在不能回來晚了，還請大伯見諒。」

「什麼要緊的人？推了不行嗎？」

「這可不行，那是早就定下來的，人家也準備好了的。」這個趙成材可沒騙他，確實是約好了要去陳師爺家的。

趙族長這才作罷，和他一起出了門，見準備的馬匹又是眉頭一皺，「這大冷天，怎麼讓你騎馬？跟我上車坐著去，別帶馬了，回來讓你哥趕車送你回來。」

不帶馬，那是不是也不讓我去了？保柱眨巴眨巴眼，那可不行，章清亭命他跟去，肯定有她的用意，就是招人嫌，他也得去。於是假裝聽不懂，仍是自騎一匹，另牽一匹，跟在驢車後頭，一句也不多言語。

趙成材笑道：「大伯莫怪，有這小廝跟著，到時就不用送了。這麼大的雪，若是讓堂哥來送，可真是要折我的福了。」

見他如此堅持，趙族長也就勉強同意了。只是瞥了保柱一眼，暗惱這孩子太不懂事，人家請客，你跟著去湊什麼熱鬧？

趙成材去做客了，趙家今兒也來了一撥稀客，楊家母女。

趙王氏還當真愣了一下，她沒想著這一家子還會上門，可來的都是客，趕緊笑臉把人迎了進來，「楊嬸子，妳們今兒怎麼有空來逛逛了？還這麼大的雪呢，真難為妳們想著。」

楊劉氏的目光可一直被趙家的新房子所吸引，又驚又羨的半晌都沒能收回來，「怎麼一時沒來，你們家竟大變樣了？修得這麼漂亮，這門窗都是新的吧？」

「本來準備全推了重建的，只是我嫌那個太費事，不也正好趕上鬧洪水，工匠們難請嗎？故此就隨便弄成這樣了。這前頭幾間還是老房子，後頭那院子倒是新起的。來，帶妳們瞧瞧。」

趙王氏見人家羨慕，更加誇耀顯擺起來。

楊家母女聽得心中震驚，就這還是隨便弄弄？這可比她們家的房子強上十倍不止了。

楊小桃指著鎖了門的東廂，「那可是秀才哥的屋子？」

趙王氏爽快地開了門，「哪裡呀？咱們這兒地方小，他們住不下，還住胡同那邊呢，這是為成棟準備的新房。」

楊劉氏瞧著一屋子嶄新的紅漆家具，讚嘆不已，「那以後誰家閨女嫁你們家成棟可真是有福了，這麼多好東西，什麼都不用準備，帶幾副鋪蓋來就行了。對了，他的親事說定了嗎？」

「哪這麼容易？」趙王氏仰著下巴，越發傲氣，「咱們也不求姑娘家大富大貴，但也得多少說得過去，要不，日後啊……」她似是故意失言，又把自己的話打斷了，「算了，不說了，要是成材聽見，又該說我挑三揀四了。」

「你們家現在縱是挑三揀四也是應該的。」楊劉氏奉承了一句，轉頭就瞧著西廂門口簾子掀動了一下，站著一個懷孕的俊俏婦人，牽著一個小女孩，也在往她們這邊打量。

「那是……」

趙王氏嘴一撇，「不就是成棟那屋裡的？那小丫頭也是她帶來的。」

楊劉氏明白那是妾室了，說著恭維話：「這帶個閨女來，以後還能幫著帶弟弟，一個小丫頭而已，費得了多大的事？」

趙王氏一笑，「算了，反正咱們家也不差這一口糧食。」她大嗓門對著柳芳嚷嚷，頤指氣使，「芳姐兒，快去沏壺好茶來，招待楊師母。」

柳芳忙應了，去沏茶擺點心，心下卻開始狐疑，這婦人是何方神聖？又帶著沒出嫁的閨女上門來幹麼？瞧那丫頭長得不錯，可別是來給成棟說親的吧？一會兒可得探探口風。

聽見來客，趙玉蘭也從房中出來了，見了楊劉氏和楊小桃，當下也抱著孩子過來見禮。

楊小桃立即拿了早就準備好的紅包塞進孩子的小被子裡，親親熱熱地接過孩子抱著，「長得真結實，日後跟著大舅舅好生念書，肯定也是個有出息的。」

母女倆又說了一番吉祥話，趙玉蘭自然聽著高興，只也稀奇她們來幹麼？

到底把趙家的新房子裡裡外外參觀了一遍，楊家母女才坐下說話，「聽說你們家出了點事，可把我們嚇得不得了，這不就趕緊過來了？瞧趙嬸子這神情，應是無礙了吧？」

「沒事，就幾個窮瘋了的人，瞧我們家闊氣了，來鬧事的。」趙王氏早得了趙成材的話，不多跟人談及此事，免得越描越黑。反問他們些家中情形，嘮起了家常。

如此也好，楊家母女懷著不可告人的心思，打著要送楊玉成上書院的幌子，開始旁敲側擊，打聽趙家如今的生計。

那一邊，趙族長把趙成材請進家裡，笑吟吟地在一群半大的孩子當中，指著一個十四五歲，巧笑倩兮的紅衣小姑娘，「來，成材呀，跟你介紹一下，這是我家的外孫女，江巧雁。」

趙成材心頭一噎，這是什麼意思？

而楊家母女在趙家坐了好一時，趙王氏盛情留了她們吃了飯，直到下午日頭偏西才盡興離開。

柳芳一直隨伺在旁，聽那對母女雜七雜八聊了許多，不過只粗略問過趙成棟的事情，更多的注意力卻放在趙成材身上，心中的戒心便放掉了幾分。

等著人走了，收拾茶具的時候，聽趙王氏在那兒跟趙玉蘭說風涼話：「從前她們家還瞧不上咱們家，總以為自己家閨女多了不得似的。現在瞧瞧，她們家閨女就是模樣兒好點又怎樣？一樣找不到好婆家，還不如當初……」

「娘！」趙玉蘭皺眉嗔了一眼，「人家心裡已經夠糟心的了，您就甭提了。再說，哥嫂都成親這許久了，再說這些，沒得又惹他們嫌。」

趙王氏翻了老大個白眼，「我就說說怎麼了？又沒當著他們面，別成天妳哥啊嫂子的，難道我這做娘的還不許說幾句話了？再說，從前那事可是妳哥自己鬧的，還自個兒拿著銀子上人家裡下聘，差點就把這丫頭弄回來了，這裡可有妳娘半分事嗎？」

「行啦行啦！」趙玉蘭息事寧人，「我不就提醒您一句嗎？說起來，小桃也怪可憐的，您啊，也就別笑話了。若是一時不慎讓人聽見，再傳出去，多不好啊！」

「妳娘是那麼沒成算的人嗎？妳也太小看妳娘了。放心，妳娘嘴巴可緊著呢。妳哥現在是要進學的人了，怎麼能讓人知道從前這些混帳事？不過他們家提起想讓玉成上學倒是個正經事，妳看要不要我上妳哥那兒說一聲去？」

「不用了，哥這會兒正忙著呢。等晚上嫂子他們從馬場回來，我跟著過去，抽個空跟哥說一聲就是了。又不是什麼大事，到書院開學也還有些日子呢。」

柳芳肚裡腹誹，還以為你趙成材多麼清高的正人君子，原來一樣也勾搭過漂亮小姑娘。不過她也徹底放下了心，既然有此一節，那趙成棟無論如何也不可能娶那個女子了。至於其他，她也沒那個興趣去搭理。

楊氏母女離了趙家，便陷入了深深的失落。

楊劉氏唉聲嘆氣，「那麼好的房子，那麼漂亮的家具，本來全都該是咱們的。可現在，全落在那個殺豬女手裡了。」

「妳就別嘮叨了。」楊秀才把茶杯往炕桌上重重一放，一肚子火，「還有完沒完？」

他這個年可當真沒過好，四處打聽女兒的婚事，卻處處不諧。有的年紀合適，但家境人物平平。有些家境人物合適的，多半年齡又不合適。就楊小桃的年紀，真的挑揀不起了。

「你別拿我撒氣啊！」楊劉氏也是滿心不快，「難道女兒婚事不順，我心情就好了嗎？你也真是的，怎麼能續弦的也拿回來說？瞧把桃兒都給弄哭了，這大過年的，讓孩子心裡多不好過？」

「妳以為我想啊？」楊秀才也是非常不樂意，「可怎麼辦呢？這媒婆也託了，四下裡都找遍了，哪有那麼稱心如意的？就這個續弦的，雖然大上幾歲，但家境好，人也生得不錯，只要他懂得疼人，也算是可以了。」

聽相公頗有幾分允意，楊劉氏急了，坐直了拍著炕道：「他家還有個才幾個月的奶娃娃，桃兒若是嫁了去，一進門就給人家做後媽。你沒聽人說啊，這六月的日頭，後媽的拳頭。任你做得再好，終歸也落不到一個好字。那孩子若是個閨女還好，養大了嫁出去也就完事，偏偏是個男娃，還是他們家的長子嫡孫。上頭除了公婆，還有爺爺奶奶，下頭還有小叔子小姑子一大堆，桃兒伺候得了嗎？」

「那妳說怎麼辦？」楊秀才瞪起眼，拍桌子叫了起來，「要不妳尋去？我不管了！」

見相公當真發了火，楊劉氏氣勢弱了幾分，臉拉得老長，低聲埋怨著：「若是當年你早同意桃兒和成材的事，現在哪有這麼多的煩惱？」

「早知道早知道，妳要早知道妳怎麼不趕緊辦了去？還問我幹什麼？」楊秀才是真有些後悔了，早知今日，還當真不如從前就不講彩禮，把女兒許配給趙成材拉倒。哪像如今，這麼費勁。

楊秀才重重嘆了口氣，語氣也緩和了下來，「要不，妳去勸勸桃兒吧。那門婚事雖然有些不如意，好歹也還過得去。媒婆可說了，他們家有請下人，一般的粗重活也不要媳婦插手，只要孝敬好老人，照顧好孩子就行了。妳們可別瞧不起，就他這樣的家底，有不少閨女家在打聽呢。妳們看不上人家，還不知人家看不看得上我們。」

「那就讓他看不上好了！」門簾猛地一掀，楊小桃紅腫著眼睛進來，「爹，您要是逼我嫁那樣人家，就是逼著我去死！」

她今兒回來，本就想著趙家的興旺發達很是不爽，偏又聽爹提起這麼一樁婚事，逼得楊小桃當時就抓了狂，情緒失控地大哭一場。可想想又怕楊秀才真的用父母之命強押著她訂下這樁婚事，一直躲在隔壁偷聽。

楊秀才本就溺愛孩子，見女兒哭得梨花帶雨，他又心疼了，口氣更軟了些，「桃兒，爹也不是狠心，只是現在妳也這麼大了，總不能就這麼拖下去吧？要不然，就只能往遠地方打聽了，可爹也捨不得啊！」

楊小桃主意已定，「我就寧可嫁到天邊去，也不給人做後娘。爹，您總是也不心疼女兒的，那就索性把我嫁得遠遠的，不在您跟前，您也能落得個眼不見為淨！」

楊劉氏忙把女兒拉進懷裡，惱著相公，「你瞧瞧，都把女兒逼成啥樣了？難道你非逼死她才甘心嗎？」

她們母女一唱一和，又都撲簌簌落下淚來，逼得楊秀才無法，只得鬆了口，「好好好，咱們不嫁這家了。」

可是往後到底該怎麼辦呢？楊秀才算是一籌莫展，黔驢技窮了。

楊小桃回了屋，抹了眼淚，悄聲跟楊劉氏道：「娘，實在不行，我也只有走那條路了。」

楊劉氏明白她的意思，「只是今兒聽成材他娘那口風，雖然對她那媳婦有些不滿，卻也沒有太大的厭惡，還幫著她說好話來著，她能同意嗎？」

楊小桃冷笑，「那您留心沒？她可也說了，若是成材哥今年再沒孩子，她可是要另作打算的。那能做什麼打算呢？無非就是幫他納妾。」

楊劉氏想了想，「可就是納妾，人家也不見得就想著咱們啊，成材斷不會來提出這話的。」

「事在人為。」楊小桃的目光中流露出孤注一擲的執拗，「那姓張的這麼長時間也懷不上，多少有點問題。我這兒倒有個主意，不過還得娘您幫著點。」

她附在娘的耳邊低低囑咐了一番，楊劉氏連連點頭，末了又拍拍女兒的手示意她放心，「妳娘為了妳和玉成都能豁出命去，又豈在乎這點小事？放心，這就交給妳娘了，一定想法讓妳心願達成。」

天黑了，趙成材終於酒足飯飽從族長家中出來，和保柱一前一後上了馬，走上回家的路。等出來老遠了，趙成材回頭喚了一聲：「保柱，過來說話。」

保柱催馬上前，與他並駕齊驅，「大爺，有什麼吩咐？」

趙成材瞧著小夥計，面上似笑非笑，「今兒你在這裡都聽到了什麼，看到了什麼？」

這話問得蹊蹺，保柱心裡一緊，想了想才試探著作答：「族長家待客殷勤，特意準備了麅子肉，很香，還賞了雙布鞋給小的。」

趙成材笑意越濃，「你打算就這麼回你家主母去？」

呃……保柱猶豫了，不知當講不當講。

「放心，大膽說。你就是這會兒不跟我說實話，若是跟你主母說了，回頭她跟我鬧了起來，我還是會知道是你告的密。」

保柱討好地一笑，卻不好意思地低了頭，「爺，那族長介紹個小姑娘給你幹麼？這要是讓主母知道了，非生氣不可。」

趙成材呵呵笑了，「既知道會惹她生氣，那還要說嗎？回去記得保密。」

保柱愣了，「可是……」

「要是隱瞞，你又會覺得對不起她，對嗎？」

保柱見趙成材沒有怪罪他的意思，這才壯著膽子問：「爺，那您為什麼要我瞞著呢？」

難道是懷著什麼見不得人的心思？

趙成材收了笑容，換了一聲嘆息，「傻小子，你還小，哪知道有時候若是真心疼一個人，其實是最不希望她煩惱的。我不讓你說，不是要故意瞞著娘子，而是不想讓她知道了不開心。咱們馬場出了這檔事情才剛擺平，正是心情剛好一點的時候，又跟她說這些有的沒的，不是又讓她鬧心？」

保柱似懂非懂地點了點頭。

趙成材真沒想到族長大伯居然還留有這等心思，這未免也太瞧得起他趙成材了吧？且不說他沒這心思，縱他有這心思，對著這麼個小丫頭片子，還真下不去手。就論輩分，兩人也不般配啊！

章清亭今兒回家，把之前去馬場幫忙的家人全帶了回來，又把趙玉蘭母子接了回來。趙成材進門時，就見一大家子嘰嘰喳喳好不熱鬧。

只是見他回來，張發財提到一件心事，「這場官司雖然結了，但那些天殺的惡人卻是把咱們家的名聲都敗壞了。你們說，咱們是不是要幹點啥善事讓大夥兒看看？免得還真以為咱們家有什麼見不得人的事情。」

趙成材搖頭，「咱們若是這個節骨眼上趕著做什麼，反倒讓人覺得極力撇清似的。路遙知馬力，日久見人心，都是這麼多年的鄉親，大夥兒會明白過來的。」

章清亭很是贊同，「清者自清，這人品好不好，不是靠我們做幾件善事就能顯出來的，靠的是旁人的口碑。縱是一時有些什麼誤會，時候長了，總會好的。」

眾人點頭，又閒聊起趙成材去族長家的事情。

趙成材含糊帶過，只說起他家燉的麅子著實香甜。

張發財嘆息，「我怎麼早沒想到這個？想從前，我帶著孩子們在雪地裡抓麅子套兔子，啥都幹過。只是現在日子好過了，就沒起那心思。這麅子就著落在我身上了，今兒才剛下雪，我明兒就帶了糧食去山裡頭抓。」

趙成材忙攔著岳父，「還是算了吧，我不過這麼一說，這麼大冷的天，萬一磕著碰著，那就不好了。」

「沒事。」張發財滿不在乎地拍拍胸脯，「就當舒展舒展筋骨了。那麅子傻得很，最是好抓。成材，你別擔心，你岳父幹這個可拿手呢。明兒金寶走得開嗎？得讓人跟我去當個幫手。」

章清亭知道這一家子個個跑得賊快，說不定還真能弄點野味回來，「金寶跟你去沒問題，只當去玩玩吧，抓不到也沒關係，只是要早些回來，可別陷在山裡頭了。」她想了一想，「既是要去，不如你們明兒去馬場騎兩匹馬，再把阿禮也帶上，只當帶他散散心了。」

張銀寶和張元寶聽著也想去了。

章清亭卻不同意，「你們還是在家好好溫書吧。這些時日，家裡也忙，你們全都放了羊。十八就開課了，只有幾天的工夫，你們在家好生把字練練，免得到時全還給老師了。」

見兩個小的老實了，趙成材笑道：「既然要去，可以多抓幾隻回來。這回打官司也該謝謝那些幫忙的人，送他們一份，也算是個回禮，還省了錢。」

張發財應了，開始準備繩索棍棒等明日進山之需。

章清亭私下問過保柱，聽趙族長只是殷勤，沒有別的意思，這才暫且安下心來。她倒沒想到別的，只怕趙族長要安插什麼人進馬場裡來，既是沒有，那便最好了。

晚上趙成材多少有些心虛，對她格外溫柔體貼，並不用章清亭費力，就把她給侍弄得骨軟酥麻，心裡又甜又軟。只是怕趙成材委屈，反願意讓他盡興。

「睡吧，妳相公又不是那不知好歹的人。明兒還要出門，別太累著了。」

章清亭滿心甜蜜，緊緊貼著丈夫心口睡去，只覺能有這樣恩愛，妻復何求？

不過算算日子，她身上似有好些天沒來了，改天可得抽空去瞧一瞧。

翌日，她和趙成材捧了禮物，依約去陳師爺家做客。

張發財他們去邀晏博文打獵，他起初還不肯，架不住這對父子生拉硬拽，把他給拖了去。等到了野外，張發財把人往麅子出沒之地一領，晏博文倒是比誰都積極。

他確實也是壓抑得太狠了，滿腔憋屈無處發洩。到最後，也不騎馬，就靠兩條腿追著麅子在雪地裡狂奔，什麼工具都不用，直到徒手把牠們撲倒為止。

張發財父子倆在後頭看傻了眼，得，沒他們什麼事了，跟在晏博文身後撿現成就行，順手再逮兩隻兔子。就這麼著，沒兩個時辰，張金寶清點了下獵物，「爹，差不多了，咱們該回去了。再抓，也沒那麼多繩索可拴了。」

晏博文抓的全是活物，一隻隻脖子上套了繩索，不知不覺就有七八隻了。還有他們逮的五隻野兔，怎麼著也夠了。

張發財高聲叫嚷：「阿禮，回去吧，夠啦！」

晏博文還在跟一隻年輕健壯的公麅子死磕，「抓到這一隻就走。」

看這架勢，也費不了太久的工夫，張家父子便慢悠悠跟在後頭。驀地，聽到一陣馬蹄聲響，斜刺裡又衝出一隊人馬，帶著獵犬和獵鷹，分明是來打獵的。

為首之人白裘金冠，可那邪佞的笑容讓人怎麼看怎麼討厭，可不正是薛紹安？

真是冤家路窄！

張金寶忿忿地往地上吐了口唾沫，卻是挽緊了繩索，拉近了獵物，警戒著盯著他們一行。

「喲，這不是那個紮蘭堡的殺人犯嗎？怎麼現在不殺人，改殺麅子了？」薛紹安冷嘲熱諷著，卻意外見到張家父子只是白眼相對，並不動氣。

他們現在在章清亭的耳提面命下，成熟多了，明白跟這種人爭一時意氣，自己只有吃虧的份，故此不理不睬，讓他自討沒趣。

薛紹安自覺沒了意思，又不甘心就這麼放棄，看看遠處還在追逐獵物的晏博文，生出毒計，「夥計們，都把弓箭準備起來。比比是咱們的箭快，還是人家的腿快。」

只要不是傻子，就明白他要射的不是麅子，而是晏博文。

「你敢？」張發財臉上色變。

「我有什麼不敢的？」薛紹安冷笑，「這麅子本就是野物，不是你們家養的，也不是我們家養的，你既然獵得，我當然也獵得。至於在打獵過程中，刀箭無眼，偶爾有些失誤，那也是免不了的事情。夥計們，你們說是不是？」

「是！」那夥人哄堂大笑。

張家父子見他們當真挽弓扣弦，不覺驚呼：「阿禮，小心！」

可晏博文似乎置若罔聞，連頭也不回，依舊堅定地追逐著自己的獵物。

張家父子瞬間白了臉，眼見著數十枝箭破空而去，每一枝的目標都是晏博文，忍不住絕望地吶喊著：「阿禮！」

腦子裡甚至劃過一個可怕的念頭：他不會是想尋死吧？

與此同時，晏博文也在前方猛然爆發出一聲大吼，如獅嘯，如虎吼，震懾山林。那麅子陡然聽到這麼一聲如雷貫耳的聲音，嚇得頓住了腳步。就這一剎那的工夫，獵人已經撲上前去，將牠咽喉扼住。

與此同時，身後的數十枝箭也到了。

晏博文大吼一聲，一手還抓著麅子，就回過頭來，反手一撈，居然就生生地把那些原本射向他背心的箭盡數捲落，挾在了腋下。

這一手實在太神勇了，張家父子提到嗓子眼裡的心，這才落回了肚裡。

砰！馬背上，薛紹安那邊有人嚇得連手上的弓都掉落在地。

「沒出息！」薛紹安一聲低喝，但微微顫抖的手也禁不住更加用力地握緊了手上的弓箭。

就見晏博文一手揪著麅子的後頸，一隻胳膊還挾著那麼多枝箭，如黑曜石般閃動著星芒的眼睛直勾勾地盯著他們，一步步向他們走來。

那一刻，他渾身散發出來的氣勢猶如最威嚴的野獸，讓人想逃離。

薛紹安喉嚨有些發乾，有些害怕，自己好像真的惹到不該惹的角色了。

就以晏博文方才露的那一手，他很清楚地知道，是自己家裡所有的武師也趕不上的。別看這個清秀斯文的年輕人平時不言不語的，他可是個真正的殺人犯。

手上沾著血的人，怎麼可能軟弱可欺？

薛紹安有些後悔了，比欺負章清亭夫婦還讓他後悔。那對小夫妻畢竟還是良民，做什麼事都會有所顧忌，可是晏博文的眼神表明了他完全是無所顧忌的。

悄悄往四周偷瞧，薛紹安想跑了。

似是猜出他的心思，晏博文厲聲道：「薛大爺，您好像還落了點東西。」

「你想怎麼樣？」被人點破心思的薛紹安沒臉跑了，梗著脖子死撐。可騎在馬上的兩條大腿卻不聽使喚地開始打顫，幸運的是，他有條白裘披風替他遮羞，而旁邊沒有這樣大披風的，就讓人明顯看出打起了哆嗦。

張發財怕晏博文真的不顧一切發起火，闖下禍事，喊道：「阿禮，把箭放下，咱們回去。」

晏博文不聽，徑直走到薛紹安馬前三步，忽地把那麼多枝箭用兩手整合成一束，奮力往地下戳去，那束箭轉瞬就淹沒在了雪裡。

所有的馬沒有人指揮，都被他的這一舉動嚇得倒退了三四步，方才戰戰兢兢地停下。

晏博文此時的表情終於恢復了正常，彷彿什麼都沒發生過，望著薛紹安，冷冷地吐出四個字：「如數奉還。」

薛紹安連個屁都不敢放，只是驚恐地瞧著他揪著那頭麑子，走到張家父子跟前，「走吧。張大叔，勞您擔心了。」

張發財長舒了一口氣，臉色緩和下來，「金寶，把麑子牽了。阿禮，你今兒也辛苦了，回去好生歇歇。」

張金寶上前牽了麑子，笑著捶了他一拳，「阿禮，可真有你的。你要是喝酒，我今晚非跟你喝一罈子不可！」

晏博文的臉上也終於恢復了一絲人氣，嘴角裂開，露出淡淡的笑意，「好啊。回去之後，我喝茶，你喝酒，我看你怎麼喝一罈子。」

等他們走遠了，薛紹安才拭拭頭上的冷汗。有個膽大的家丁上前撥開那束箭上的積雪，卻見箭已經深入堅硬的凍土，拔都拔不出來。

他膽怯地看了薛紹安一眼，卻見自家主子臉上白一陣青一陣的，色厲內荏地大吼大叫：「一群飯桶，都給我滾回去！」

你不是飯桶，你去跟他單挑啊！這是大夥兒心裡的話，只是不敢說出口而已。

柒之章　糊塗婆婆被唆弄

從山裡出來，張發財見身後拴著這麼多獵物，著實有些招搖。若是只有他們父子二人也就罷了，可現在還帶著晏博文，若讓有心人瞧見，不知又得傳出什麼閒話來。於是便決定帶著獵物走小道先回馬場裡去料理了再說，等晚上回家時往馬車裡一放，就神不知鬼不覺了。

趙成材和章清亭從陳師爺家做客回來，聽說這一段經歷，俱是又驚又嘆。

章清亭拍著胸口，「幸好有驚無險，那姓薛的也忒不是個東西了。咱們家這回的謠言，多半就有他在其中搗鬼。」

張金寶憤憤不平道：「就那樣的王八蛋，難道就沒法子收拾？若不是阿禮身手快，當場就沒命了，到時咱們又要怎麼去為他討公道？」

「想討公道，若沒有官府裡的人動手，誰又能奈他何？」趙成材瞧得很是明白，對付這種人，非得借助朝廷的力量不可。

他們家在此盤踞多年，根深蒂固，這牽一髮而動全身，若不是官府有意為之，恐怕很難真正傷得到薛紹安分毫，可朝廷為什麼要動他們家呢？除非有什麼必要出手的理由，可要發難，就必須要有一個合適的契機。

眼下的孟子瞻，就是最有希望收拾那個混蛋的不二人選，而以孟家的勢力，不可能放任自己家的長子在這麼個小地方久留。若是等著他走了，下一任官員又哪有魄力去解決這樣棘手的問題？為了給自己家，也是給紮蘭堡謀一份長治久安，趙成材下決心要去說服孟子瞻，徹底剷除薛家在本地的勢力。

話再說回來，既然一就抓了這麼多的獵物，要辦節要送禮的東西可就都夠了。

趙成材親自送了一對麅子給李鴻文家，又送了一對給孟子瞻，還加了一對兔子，讓他自去打賞衙門裡的人，又讓保柱也送一隻麅子去給陳師爺。剩下的便不再送，留著自己家煎炸滷燉，吃了個盡興。

到了正月十五，家中終於清閒下來。

趙成材近日累得夠嗆，今日早就說好哪兒也不去了，就在家中休息，要好好過個節。他也還惦記著要把書本收拾起來，準備用功了。

到了日中，章清亭就帶著弟妹們和馬場裡的部分夥計回來過節了。因集市這邊有熱鬧看，故此趙王氏一家也鎖了門早早過來。

大家言笑晏晏，正準備開席，卻聽門口鞭炮轟鳴，炸得山響。

張發財當即惱了，「金寶這是幹什麼呢？還沒到放鞭炮的時候，他炸得哪門子勁？」

「許是銀寶和元寶不小心點著了，不過也就是這一會兒工夫，爹，算了。」章清亭毫不在意地替弟弟們說話。

「話可不是這麼說。」趙王氏拉著臉不高興地道：「這大過年的，鞭炮怎麼能隨便放呢？今兒可還是個正日子呢！」

她一語未畢，卻聽外頭竟是鑼鼓喧天，越發熱鬧了。

張金寶一臉驚奇地跑了進來，「爹、大姊，你們快出來看呀，有人給咱們家送龍了！」

方才那鞭炮可不是他放的，是人家放的，這下全家人都愣了。

這大過年的，給別人家送龍可是極尊貴的禮遇。多半是關係極好，又手頭闊氣的人家才這麼顯擺，他們兩家哪有這樣的親戚？

眾人全都湧出門外，就見來的不止一條龍，還有兩隻彩獅，紮得金碧輝煌，絢麗至極。

整個隊伍龍精虎猛地過來，先不忙著表演，而是敲鑼打鼓，先把周圍街坊全都吸引了來。大過年的，閒在家中之人甚眾，大夥兒看了無不嘖嘖稱奇。

章清亭只顧著看到底是誰送來的，卻是趙王氏更加通曉此中禮儀，把她往裡一拽，「妳還傻看個什麼勁？快去準備紅包，還有打賞的銅錢。」她揪住身邊的張小蝶吩咐：「丫頭，趕緊去廚房裡洗一把青菜，拿紅繩繫了，用竹竿挑了懸在二樓門楣上。」

張小蝶沒見過這種世面，懵懂地看著趙王氏，嘴裡應著，手上卻不知道該怎麼辦。

「這個我來。」牛姨媽自告奮勇，又抓了張金寶，帶他們去忙活了。

章清亭還沒經歷過這種事情，全憑婆婆作主了。順手把張發財平時放樓下的銀匣子打開，又掏出自己的荷包，「這些夠嗎？」

「我身上還有一些。」趙成材忙把自己的荷包也扔給了娘子，自在前頭招呼。

整個加一起，趙王氏數了數，「差不多了。」

她手腳麻利地裁了紅紙，一面包錢，一面跟她講規矩：「人家送這麼好的龍獅來，打賞得要頭一等的。這些是給舞龍耍獅子的。妳且收著，一會兒給成材，妳和他去打賞。還有那些敲鑼打鼓的，就讓成棟他們幫著打賞。這些銅錢全都拆散了，拿簸箕端了，就交給我。一會兒人家舞得精彩時，我會在那兒打賞。這是任人去撿的，可別攔著說什麼。再讓妳娘趕緊準備好酒好肉，一會兒人家舞完了，要請進來喝酒吃肉的。」

章清亭聽著只有點頭的份，很快準備好了東西出去。牛姨媽在二樓上頭見趙王氏朝她點頭，便讓張金寶把準備好的青菜挑了出去，這就是主家準備好了的意思。

下頭敲鑼打鼓的人一見，立即加快節奏，龍獅都開始小跑熱身了。圍觀人群知道表演要開始了，不住拍巴掌叫好。多少年沒遇到這種熱鬧了，圍得是裡三層外三層，興奮不已。

趙王氏高高站在門口的臺階上，見那龍獅前的童子都把手中的拄杖往下那麼一點，便抓了一大把銅錢往場中撒去，高聲喊道：「主家打賞！」

表演之人呼應了一句：「富貴臨門！」

至此表演就正式開始了。

章清亭費力擠到趙成材身邊，把錢給他，又交代了婆婆的話：「怎麼樣？看見是誰了嗎？」

「沒呢！」趙成材眼睛瞪得大大的，「怎麼沒一個認識的？不會是送錯了吧？」

「怎麼可能？」趙成棟在旁邊接了一句，「我方才瞧見那主事之人捧的紅帖子，上面寫著哥嫂名字的。」

章清亭數了數敲鑼打鼓之人，分了一半紅包給他，剩下的全給方明珠，讓他們一會兒過去打賞。趙成棟接了這差使，倒是喜孜孜地覺得很是光榮。

場中龍騰虎躍，表演異常精彩。趙王氏適時又指揮著撒了一把錢，「主家打賞！」

「吉祥如意！」

表演更加賣力了，那獅子也準備開始采青了。因他們家有兩層，兩隻獅子疊起羅漢，配合在一起，玩了許多花招之後，才爬了上去。

可第一次張大獅口采青，卻撲了個空，兩隻獅子落下來，在地上打滾，似乎很是灰心，逗得眾人哈哈大笑。

趙王氏又撒出第三把錢，「主家打賞！」

「福壽綿長！」

那兩隻獅子重新振作起來，連龍也過來幫忙，盤在下頭，這一回終於順利采到了青。

四周爆發出雷鳴般的掌聲，兩條獅口裡各吐出一塊錦旗，「積善人家」、「吉慶有餘」，這也就是表演結束了。

趙王氏把錢全撒了出去，趙成材和章清亭也立即帶著弟妹上前打賞，可到底是誰呢？卻見一邊獅子一掀，露出的竟是李鴻文的臉，嘻嘻一笑，「沒想到吧？」

那邊的卻是賀玉峰。

「我們也來了。」獅尾的兩個，一個是田福生，另一個便是賀玉堂了，還有那戴著面具扮大頭童子的，有一個竟是皮匠小郭。

其他的就不太認得，卻見他們和那些舞龍敲鑼打鼓的人走上前來行禮。一介紹才知他們全是書院學生們的家長，尤其是上回那場暴雨之中，蒙趙成材和李鴻文搭救的孩子家長，在此對他感激不盡。

「趙先生，一直都想著找個機會報答您，卻不料您好心救了人，現還給您惹出這麼多閒話來。幸好這回賀大爺和李先生來邀了我們，我們就當著父老鄉親們的面說一句公道話。」

「若是沒有趙先生您最初的建議，根本就不會有紮蘭書院，我們的孩子也不知要到哪裡念書，真不知那些人怎麼能用那樣的髒水潑您身上。就像我，祖祖輩輩都是種田，斗大的字不識一個。可我的孩子呢，不僅識字，還能寫會算。現在家裡要寫個春聯，寄個信啥的，再也不用求人了。所以，趙先生，在這兒，我們要代表所有紮蘭堡的孩子們和家長們，謝謝您！」

這一番話，說得現場許多家長也很是動容，有些之前也偏聽偏信那些流言蜚語的未免感到慚愧，不管趙成材蓋這書院的目的是為了什麼，但他確實是給大家都帶來了好處，幾乎家家戶戶都享到了他的恩惠，那還有什麼資格說三道四？那豈不是成了忘恩負義，恩將仇報了？

「說的對。趙先生，我們也要謝謝您。」有一人帶了頭，響應的人就越來越多，「我們也應該一起向您行個禮。」

眼見那麼多的鄉親集體對自己彎下了腰，趙成材感動得眼圈都濕潤了，激動得不知道說什麼好。李鴻文拍拍他的肩，「咱們這份禮，送得還不錯吧？」

豈止不錯，簡直是太棒了！

不僅一洗那些謠言帶來的恥辱，還間接提高了他的聲望。

李鴻文一指賀玉堂，「那就去謝謝他吧，這可是他出的主意，我只是幫忙張羅。也是你們家人緣好，一招呼，人就全來了。不過大夥兒為了你這事，可忙活了好幾天，請我們進去喝杯酒，如何？」

章清亭已經打發弟弟出去買席面了，大門敞開，領著一家子把家裡所有的桌椅擺了出來，款待來賓。

今兒這個錢，連趙王氏都覺花得痛快。多麼難得的體面，誰家遇到過？此刻縱是讓她把棺材本拿出來，她也是樂意的。

偏柳芳沒什麼眼力勁兒，還說：「就賀大爺幾個人，加一桌就夠了，何必連那些人也請？這可得不少花費呢！」

趙王氏要不是瞧著人多，差點給她一耳光，「不會說話妳就給我裝啞巴！是吃了妳的，還是喝了妳的？進廚房幫忙去，再不許出來！」

柳芳碰個大釘子，灰溜溜地走了。

這頓元宵午宴，趙家真是覺得蓬蓽生輝，簡直就是光宗耀祖。之前受的那些委屈跟這比起來，全都不算什麼了。趙成材是真高興，左一杯右一杯地敬人，特別再三向賀玉堂道謝。

賀玉堂笑道：「你們家從前可也幫了我不少忙。這過年一直忙著，也沒工夫過來，今兒算是來拜個晚年，還請賢伉儷勿怪。若是再敬我，那就是成心想把我灌醉了，哈哈。」

最後醉倒的豈止是賀玉堂？幾乎所有席間的男人都醉倒了，就連趙王氏都高高興興喝了個暈暈乎乎。最後是牛姨媽幫著章清亭，雇了幾輛大車一一送人回家。自家晚上的團圓宴也不用吃了，讓他們睡去，只到了半夜，各自口渴醒來，喝些元宵甜湯，算是應景。

趙王氏直到過去了好幾日，仍是回味著那日的風光，喜不自勝，想著想著，嘴角就揚得老高，心情大好。

砰砰砰！有人拍響了門環，這是誰來了？趙王氏出來一瞧，怎麼又是楊劉氏？

「我來給你們家道喜了。十五的事可傳遍了十里八鄉呢，誰不誇你們家出了個好兒子？這做學生的爭氣，連我們家老頭子也覺榮耀呢！」

這話可讓趙王氏甜到心裡頭去了，「可別這麼說了，怪不好意思的，都是鄉親們給面子。你們家玉成學上得怎麼樣？」

「謝謝妳惦記著，有成材在，哪還能有個不好？」楊劉氏今日前來，可另有其事，「上回妳不是跟我說腰背老疼嗎？我也有這個老毛病了，前幾日一個街坊給我薦了個大夫，卻是醫理極好的，妳今兒有空沒？咱們一起去瞧瞧，回頭我正好還能把玉成接回去。」

「行啊。」剛過完年，趙王氏正好沒啥事，便帶了錢，跟她一起出門了。

楊劉氏暗自一笑，把趙王氏領到一處藥鋪，尋了位老大夫，「我們要看腰背疼的老毛病。」

老大夫很是熱情地接待了趙王氏和楊劉氏，因年紀都大了，彼此就少了些顧忌，直接讓她們到裡間，在做診治的小床上躺下，鋪上一層布單，便做起了按摩診療。

都是些長年勞損又沒保養落下的毛病，喚兩個小徒弟過來叮嚀一番，給她們做了一趟穴位按摩，著實感覺渾身暢快了許多。

大夫又給二人開了幾劑膏藥，「若是犯疼的時候，把藥攤在乾淨布上，烤熱了貼上，就能舒服些了。妳們也已到了這個年紀，可得注意些保養，有些重活就不要逞強幹了，要不，受罪的還是妳們自己。」

「可不是嗎？」楊劉氏把話別有用心地引了過去，「我這毛病還是生孩子時落下的，這麼些年可真夠難受的，不過這有得生總好過沒得生。趙嬸子，妳還不知道嘛，這位大夫看那個也挺好的，要不，也帶妳家媳婦來瞧瞧？」

趙王氏心中一動，卻又道：「算了吧，我哪兒叫得動她啊？成天都是忙忙忙。」

「那可不能這麼說，一個女人再怎麼忙也不能不生孩子呀？大夫，您還不知道吧？趙嬸子的媳婦可大大有名呢，就是那個書院裡趙先生的媳婦，還開馬場的。」

「哦，原來是她啊。」大夫恍然大悟，呵呵笑了起來，卻是多嘴對趙王氏說了一句：「您媳婦那病瞧好了沒？聽說她上京城了，那兒的大夫怎麼說？你們也別太心急，她那毛病也不是不能治，現在又年輕，日後總會懷上的。」

趙王氏頓時一個激靈，這話什麼意思？

楊小桃千方百計想抓章清亭的把柄，因她這許久未曾有身孕，便也疑心她有些問題。畢竟就這麼巴掌大的地方，又都是老面孔，只要章清亭真的找大夫瞧過，難保不留下一點蛛絲馬跡。

於是，她便讓她娘去鎮上的大夫處都打聽打聽，若是能探聽出些什麼不好的消息，那對於趙家來說，定是要提前給趙成材納妾的。若是能搶在章清亭有孕之前進了門，得了子，那對於做妾室的來說，可是大功一件，再不能等閒視之。

這楊劉氏領了女兒之命，便拿了錢在各大藥鋪亂轉，還別說，就當真讓她尋訪到了這位曾經給章清亭看過病的老中醫。

人家是無心，她是有意，收買了一個小夥計，便探聽出章清亭曾在這裡求醫，有些宮寒難孕，楊家母女得知這一消息簡直是喜出望外。

楊小桃當即生出個毒計，「娘，這話不能讓咱們去說。若是說了，少不得還得讓人怪罪我們多嘴多舌。您就變個法子約趙大嬸去尋那大夫，引著那大夫把實話說出來。到時趙大嬸說不得還感激您，替她查出這麼大件事來。」

楊劉氏一門心思聽女兒的話，母女倆又在家商議了一番，所以才演了今日這齣戲。

趙王氏聽了大夫的話，當即臉色都變了，「你說什麼？我媳婦有病？」

那大夫見她這神色，自悔失言，很是尷尬，「其實也沒什麼大事，您別太著急。」

「不行，大夫，你可得把話跟我說清楚了！」

見趙王氏著急上火，楊劉氏心中竊喜，還故意嗔著自己多事，不該領她上這兒來。趙王氏當然不會怪罪，楊劉氏便以覺得面上過不去為由，藉機溜了。

自新年學堂開課後，因趙成材和李鴻文都要溫書準備秋後的大考，孟子瞻又安排了陳師爺過來幫忙，故此他們都只在書院裡上半日的課，中午便可回家。

趙成材今日一進家門，便見他娘一臉鐵青地坐在廳中，神色不善。而張發財老兩口在一旁，也不知發生了何事。只說這位親家母今兒來了之後，就一動不動坐在那裡，連茶也不喝半口，天知道她生的哪門子氣。

趙成材心下一沉，娘也太不給面子了。畢竟這是岳父家裡，就這麼擺副臉子給誰看啊？幸好岳父岳母脾氣好，不跟她計較。若非如此，豈不是沒事也惹出事來了嗎？

「娘，您這又是怎麼了？」

趙王氏出口即沒有好氣色，「你去把你媳婦叫回來。」

「娘子又哪裡得罪您了？」趙成材真的不明白，這個娘親怎麼三天兩頭尋娘子的晦氣？這是上輩子結的冤家還是怎麼地？

趙王氏瞟了一眼兒子，「瞧你這樣，也是被她蒙在鼓裡的。你去把她給我叫回來，她要是不回來，就再不是我們趙家的媳婦。」

這話可太重了，趙成材眉頭也皺了起來，「娘，您就不能跟我說說到底是什麼事嗎？」

「你讓她回來，有你好瞧的。」趙王氏覺得自己是空前未有的理直氣壯。

這個媳婦，怪不得這麼長時間都不見動靜，原來是根本不能生。有病也不跟家裡說，還跑到京城裡頭去偷偷瞧病。那大夫雖然說得輕鬆，可她這麼長時間肚子都挺不起來，肯定是有大毛病。這怎麼能不讓趙王氏在震驚、心痛和失望之餘，又有一點小小的得意？

我讓妳傲，讓妳瞧不起人！

現在好了，妳自己成了一隻下不出蛋的母雞，看妳以後還怎麼在人面前抬得起頭來？

當然，作為媳婦，即使不能生，也不一定就要遭到夫家休棄。這個媳婦再怎麼不好，但很能賺錢，所以她不會趕她出家門，只是幫趙成材納妾之事，無論如何都得立即著手進行了。

想想能一輩子捏著這個把柄，趙王氏就覺得痛快。

趙成材見趙王氏如此蠻橫無禮，不禁也有幾分生氣，「好好的去找娘子回來做什麼？她在那馬場裡是閒著玩兒還是怎麼了？現在馬場裡有多忙您又不是不知道，連爹都過去幫忙了。這小馬駒快生了……」

「生生生，生個屁啊！」趙成材提別的還好，一聽這個「生」字，趙王氏立即暴跳如雷，「那馬生不生關你什麼事？人都生不出來，還管什麼馬？」

趙成材當即倒吸一口涼氣，娘這話什麼意思？怎麼好似知道了娘子的隱情？

天啊，那可真要爆發大戰了！

他腦子裡迅速轉過無數念頭，全是這婆媳倆大打出手的畫面。這二位可都是不肯服軟的爆脾氣，萬一硬碰硬地鬧了起來，那可真是刀槍無眼，不知會弄成怎樣的血流成河，哀鴻遍野。

「娘！」趙成材幾乎是瞬間就下了決定，一定要把這戰爭的萌芽掐死在搖籃裡，「您跟我進來，聽我說。」

「我不聽！」趙王氏索性把事情鬧得更大些，「你若是不去叫她回來，那好，我去！」

張發財夫婦聽得不對勁，這到底是為了什麼？

趙玉蘭也聞聲從糕餅鋪子趕了過來，見娘一臉的怒色，而大哥卻甚是為難，她也不知發生何事，輕言細語問詢：「娘，這到底是怎麼了？快跟我進去坐坐，讓阿慈瞧瞧姥姥。」

趙王氏把閨女一推，指桑罵槐，「成材，你自己看看，咱們家的閨女，就是在夫家這麼不遭人待見，也是給人傳了香火，留了種的。走那哪兒，都沒人敢挑你妹子半分不是。可你看咱們家，把個媳婦當天仙一樣供著，卻連個屁也不放。她自己不能生，還不吭聲，這什麼意思？這不成心要絕我們趙家的香火嗎？」

趙成材聽到這裡，心中一涼，完了，娘真的知道了。大戰一觸即發，娘這是成心要鬧事。

張發財兩口子在外頭聽得話不對味，出聲了：「親家母，妳這是什麼意思？」

「什麼意思？就是話裡的意思！」趙王氏趾高氣揚，「你們自己養的女兒，自己問她去！」

張發財的臉也沉了下來，「妳既這麼說，就是說咱們家的閨女不能生了？」

「不是！」趙成材急了，只得說出實情，「不是娘子不能生，她只有一些小小的毛病，已經治好了！」

什麼？一家人全都愣了，那就是說，真是章清亭的問題？

「好啊，你個成材，原來你早就知道你媳婦不能生，那你還死命不願意納妾，那是什麼意思？」趙王氏真是恨鐵不成鋼，「我早叫你帶她去看大夫，你是明裡袒護，暗裡袒護。這娃也不生，妾也不納，你是被你那媳婦灌了迷魂湯還是怎地？你倒是當著大夥兒的面說說，你這安的究竟是什麼心？」

「成材，你娘說的是真的？真是我閨女有毛病？」張發財的臉色也凝重了起來，若要是真的，那章清亭就是再有本事，賺再多的錢，恐怕也彌補不了這一缺憾。

趙成材真是恨不得生出一百張嘴來辯解，「娘子其實真沒什麼大事。這回上京城已經找了最好的大夫瞧過了，人家都說沒事了。就這一年，肯定能懷上。」

「要是懷不上呢？」趙王氏可不管三七二十一了，「成材，這事你得聽我的，我現在就給你尋人去。親家，你們也都在這兒，我說這個話不過分吧？你們閨女還是我媳婦，但我得給成材再接個人進門來生兒子，你們同不同意？」

這讓張發財怎麼說？能不同意嗎？若真是自家閨女不能生，那別說給女婿納妾了，就是趙王氏此刻要代兒子休了這媳婦都是行的。

只是女婿才說他們閨女已經治好了，那還鬧騰個什麼？可這話張發財不能說，只能遞個眼色給女婿，你可要頂住啊！

「娘！」趙成材豁出去了，「您不是答應了我，若是娘子今年還沒得生再提這事嗎？這時間還沒到呢，您是做長輩的，可不能這麼出爾反爾！」

「你……你怎麼胳膊肘老往外拐？你娘是逼著你去上吊，還是逼著你去殺人了？這是幫你討屋裡人，你至於這麼不樂意嗎？你媳婦究竟給你吃什麼了，你竟這麼聽她的話？」

趙王氏是真惱火，「你還好意思說那話，我要是早知道這情形，能答應你嗎？這是你先騙娘來的，不能算數！」

趙成材啞口無言，怎麼辦？

張發財見這情形，想了想，「親家母，妳也別惱，既然是孩子們的事，總得讓她自己回來說個清楚。妳不是要見她嗎？妳在家等著，我去接她回來說清楚。該怎麼辦就怎麼辦，咱們老張家的閨女，不賴著人要。」

「好！」聽這話裡隱隱有決絕之意，激得趙王氏氣焰更甚，不過就不過，拉倒。

「這是怎麼了？老遠就聽見你們這兒吵吵嚷嚷的。」門前忽地閃過一個身影，是牛姨媽來了。她的手邊竟然還拉著章清亭。

說曹操，曹操就到。

沒空多問她們倆怎麼湊到一塊兒，趙成材趕緊迎上前去，「娘子，妳怎麼回來了？」使勁眨了眨眼，示意她今日情況著實不好，要小心為上。

章清亭卻似懵然無知，還關切地問：「相公，你這是怎麼了？眼睛不舒服？要不要請個大夫回來瞧瞧？」

牛姨媽掩面偷笑，暗自擰了章清亭一把。死丫頭，裝得還挺像！

趙成材怔住了，娘子平常是最有眼色的，今兒這是怎麼了？

趙王氏卻在後頭陰陽怪氣地道：「恐怕是得要請個大夫回來好好看看了，是不是，媳婦？」

章清亭點頭微笑，「婆婆說的是。正好，我也有些不大舒服，要請個大夫回來瞧瞧，這樣吧。銀寶，你就去那邊胡同裡請相熟的錢大夫過來。」

「不用了！」趙王氏緊盯著媳婦，一字一句地說：「我親自去請仁和堂的許大夫，他看脈象可是極好的！」

章清亭臉上微變，有些猶疑之色，「這……恐怕不太好吧？怎能勞動婆婆大駕呢？」

見她心虛，趙王氏心中更加得意，梗著脖子道：「這有什麼呀？為了媳婦妳，我這做婆婆的就是辛苦一些也無妨。成材，你在家好好陪著你媳婦，可別等我回來了，人就沒影了。」

趙王氏大步流星往門外衝去。

「等等！」章清亭忽地蹙著眉叫了一聲。

趙王氏回頭，瞪了她一眼，「怎麼？妳怕什麼？」

章清亭一臉委屈，「我只是想問問，婆婆，您要不要帶點錢再去。」

這是提醒我，妳替這家賺了多少錢嗎？哼，再多錢也買不來孩子！

「不用，這點錢我還出得起！」趙王氏惡聲惡氣地回了一句，轉頭就走。

眼見她走了，牛姨媽才噗哧一聲笑了出來，「姊也真是逗！」

「姨媽，妳怎麼還笑得出來？這回真要出大事了。」趙成材急得團團轉。

「大嫂，妳真的身體不大好？」趙玉蘭連眼圈都紅了，怎麼大嫂這麼好的人，偏讓她遇上這種倒楣的事？

張發財也愁容滿面地上前，「閨女呀，妳不知道……」

「行了行了，我都聽見了。」章清亭皺著眉橫了婆婆消失的背影一眼，卻轉頭審問起趙成材，「你當真要納妾？」

「怎麼可能？」趙成材一甩袖子，「我吃飽了撐著沒事幹嗎？咱們又不是不能生，幹麼弄一個進來添堵？妳現在怎麼還有心思管這個？想想怎麼把娘先應付過去吧。」

章清亭從小鼻子裡頭輕哼一聲，「應付什麼？就等著她把我休了，再給你娶個小的吧。」

「妳說什麼胡話呢？大夥兒都愁成這樣了，妳還有心思在這裡說些風涼話！」

牛姨媽樂不可支，笑得前仰後合，「你們都別瞎著急了。」她瞄了章清亭的肚子一眼，「成材呀，你媳婦已經有了。」

什麼？大夥兒半天都回不過神來。章清亭在眾目睽睽之下，耳根子也有些泛紅，加快腳步在屋裡坐下，有意無意地掩飾住自己的身形。

牛姨媽笑意盈盈，「你們可別不信，等一會兒大夫來了，你們就知道了。」

趙成材眨巴著眼，半晌才開了口：「姨媽，這……這還沒確定是吧？要是萬一……」

「沒有萬一。」牛姨媽明知道他們著急，也不把這悶葫蘆打破，只笑著道：「你們也沒吃飯對吧？瞧這桌菜都涼了，小玉啊，快端去熱熱，再幫妳家大姊燉一碗嫩嫩的雞蛋羹來。以後可記得每天熬點湯水給她，她可是一人吃兩人補呢！」

「姨媽！」章清亭這回真的是面紅耳赤了，絞著手絹垂著粉頸，羞赧萬分。

牛姨媽大大咧咧地一撇嘴，「我又沒說錯。現在只怕妳不吃，哪裡還怕妳吃多了？」

全家人還是將信將疑，牛姨媽卻不客氣地指揮小玉燉了碗雞蛋。章清亭剛吃到一半，趙王氏雄糾糾氣昂昂拖著許大夫進來了。

一見媳婦還在那兒美滋滋地吃著雞蛋羹，氣就不打一處來，心想她還餓著呢，這媳婦倒有臉吃。待要砸了她的碗，又有旁人在，只好壓著火，把大夫往前推。

許大夫是真心不想來，他一見著這婆婆的架勢，就知道來意不善，這人家家裡的事情，他跟著瞎摻和什麼？當下瞧著章清亭苦笑，「這個……」

「大夫，沒關係的。」趙成材急迫地迎上前去，「勞請您就幫我娘子好生瞧瞧。」

那好吧，就是得罪人，也只得認了。許大夫做好不收這回診金的想法，坐下把脈了。不過片刻，他的眼睛就亮了，神色也怪異起來。

我就知道這媳婦有鬼！趙王氏在一旁冷笑連連，現在瞧見了吧？終於要妳見真章了！

「趙夫人，請換一隻手。」

趙王氏忍不住問道：「大夫，我媳婦是不是不能生了？」
許大夫搭上另一隻手，只片刻工夫便大大鬆了口氣。還好還好，不用得罪人了！
「不治了。」
趙王氏眼神一凜，「成材，娘馬上給你納妾！」
「誤會，誤會了！」許大夫起身向她道喜，「我說的是，不用治了，您媳婦已經有喜了。」
猶如當頭打來隻大棒，趙王氏徹底懵了。
臉上青一陣白一陣，腦子裡半天反應不過來，媳婦……有了？
就見那一家子都歡呼起來，把大夫團團圍住。
「大嫂真的有了？」
「我閨女真的懷了？」
「我要當爹啦？」
許大夫可是真高興，還以為來做烏鴉嘴的，沒想到成報喜鳥了。
「真的，是真的有身孕了，怕都有兩個月了。」
牛姨媽這才笑道：「方才我進門就說了，偏你們不信。早已經在錢大夫那兒看過了，不過眼下讓許大夫再看一回，你們也好安安心。」
全家人高興得不知道怎麼辦才好，一窩蜂湧到章清亭跟前，全樂瘋了。
張發財拍著大腿，左右瞧瞧，「成材，你說咱們現在要做什麼？做些什麼好？」
趙成材哪知道啊？他也是頭一回當爹，沒經驗啊！整個人樂傻了，岳父怎麼問他，他就像鸚鵡學舌似的附和：「是啊，要做什麼？做什麼呢？」
牛姨媽瞧他們這激動樣兒，笑得合不攏嘴，「什麼做什麼，成材，你還不快包個紅包謝謝人家許大夫？」

「是是是！」趙成材手忙腳亂地去找錢，卻連錢袋也不知上哪兒去了。

張發財道：「我去拿錢，你好生陪著大夫說話。看要吃什麼喝什麼，咱們趕緊去買。」

趙成材應得痛快，圍著大夫問長問短去了。

牛姨媽再上前，把僵在那裡的趙王氏一拍，故意調侃她：「姊，妳還要給成材納妾嗎？這媳婦剛有了身孕，妳就急吼吼地往兒子屋裡拉人。妳這當娘的，也真夠心疼兒子的。只不知還有哪家的爹娘，捨得把閨女送給妳這婆婆做兒媳。」

趙王氏從未覺得這個妹子這麼討厭過，可她使勁繃著臉要發脾氣，最終還是忍不住露出了笑意。成材有後了，作為一個娘來說，還有什麼比見到自己的兒子開枝散葉更開心的？就算懷的人是那個討厭的殺豬女，她也決定不再計較了。

當然，她也沒臉計較了。趁著張家人還沒尋她麻煩，趕緊溜了。回去就殺了兩隻雞讓趙老實送來，點明給她孫子進補，直把柳芳氣得暗暗吐血。

她有身孕時，何曾有這待遇？難道那殺豬女懷的就是真龍天子，自己懷的就是爛草包？

回頭難免不忿地找趙成棟告狀，趙成棟卻說起風涼話：「這個妳還真別爭，妳要有我嫂子那一半本事，別說兩隻雞，讓我天天幫妳打洗腳水都行！」

柳芳嘔得直翻白眼，她要有那本事，能給你當小老婆？

趙成棟想想，又警告了句：「家裡這馬場正是下金蛋的時候，妳要是敢在這節骨眼跟哥嫂鬧翻了，可別怪我無情！再說了，妳又不是我正經媳婦，憑什麼讓我娘對妳像對我嫂子一樣？」

柳芳徹底噎死，躲回房裡偷哭，卻恨死了章清亭。早不懷，晚不懷，偏趁自己大肚子時懷上了，這不成心對比了來氣人嗎？

那頭張家，等大夥兒的興奮勁過後，便商議起正事。

章清亭既有了身孕，自然不能操勞，馬場的事趙成材都準備幫她接手了，至於牛姨媽在王家集那邊的店，她想讓阿禮幫忙看著。

「一來，他畢竟是個男子，跑來跑去方便得多。二來，也能讓他避避風頭。三來，我那店也不用人成天盯著，只要隔三差五去一次就成。你們要去永和鎮開店的事，還是能交給他的。這邊就讓成材和金寶幫我看著，就不用成材媳婦操心了。」

章清亭在心裡核計了一下，這樣確實使得，「那咱們再多請幾個幫工，找賀大爺借個有經驗的管事過來，也就夠了。」

趙成材抬腿就往外走，「我現就去賀家，先打個招呼。」

自從知道要當爹了，趙成材滿身是使不完的勁，現在讓他上山打老虎都可以。

牛姨媽笑著起身，「咱們一起走，我把家裡的箱籠鑰匙都交給你。」

趙成材扶著姨媽一路走了。

這邊一家子瞧著章清亭，可真是又高興又感慨。

張發財嘆了口氣，「真沒想到我也要當姥爺了。想想當初，妳和成材剛成親那會兒……」

眾人皆笑了起來，趙玉蘭也難得說笑了句：「這日子就是這麼越吵越興旺呢！」

張發財忙不迭道：「從前吵吵也就算了，以後都要當爹娘的人了，可不能再吵鬧了，咱們要和和氣氣地過日子。」

章清亭將手搭在自己的小腹上，一樣笑得恬淡。

她真的有孩子了。在她的腹中，現在已經有了一個鮮活的生命在茁壯成長。

就某種意義上來說，這個孩子是她在這個地方真真正正的第一個親人。這孩子將與她血脈相連，心意相通，他將完全在自己的呵護下長大。自己就是他的天，他的地，他的所有賴以生存與成長的一切。

她的孩子呢，這感覺真好！

只不過，有些事她還是不會忘記。

婆婆是怎麼認得許大夫的？以她對趙王氏的了解，不是病得爬不起來，根本不會去看大夫，她又是怎麼這麼巧就剛好知道自己不能生？

看許大夫那樣子，不像是有心洩漏的人，這其中到底有什麼蹊蹺？

還有，婆婆一聽自己不能生，她那麼得意做什麼？這麼著急就要幫兒子納妾，就算送了兩隻雞來，以為就沒事了？

章清亭撫著自己依舊平平的小腹，眼神微冷。從此以後，她不再是一個人，她不僅要自己不受人欺負，更要護著她的孩子。任何企圖來破壞她家庭的人，都必須堅決打出去。

等趙成材回來時，章清亭已經打聽出底細了，「你可知你娘今兒是怎麼知道這事的？聽說你那個好師母可特意陪了你娘去做推拿呢！」

趙成材一怔，「這……應該不會是有心的吧？」

章清亭嗤笑，「那怎麼就那麼巧呢？從前念著好歹教了你一場，給他們三分顏面。不管此事是不是她們做的，總之，那個楊家我是再不會破費一分一文了，日後你要走動是你的事，別再來問我。」

趙成材默了默，為難地道：「以後我也儘量不去，有些抹不開的情面，讓保柱跑一趟就是。妳如今只管安心養胎，別為那事費神了。咱們只當是幫肚子裡的孩子積點福，得饒人處且饒人吧，行不？」

章清亭想了想，「只此一次，下不為例。要是她們再敢在背後使絆子，別怪我連這點面子也不留。」

趙成材上前擁著她，「好啦好啦，咱們不如想想這孩子該起個什麼名兒？大夫說可能是八九月生呢，那時我正好秋考，也不知能不能留在家裡。」

章清亭白他一眼，也換了心情說笑，「就是留在家裡，你能替我生嗎？」

趙成材啞然。

章清亭又擰了他的耳朵一記，「你可記住了，這段時間你要是敢出去拈花惹草……」

「那我還是人嗎？」趙成材把自己的耳朵救下，認真道：「妳替我懷著孩子，我跑出去尋花問柳，也太不要臉了。」他忽地低笑，「況且妳從前答應過我，那事由得我，我自然也不會對不起妳。」

章清亭耳根一紅，伏在他懷裡，忸怩地說：「其實也就頭幾個月不行，等胎象穩固了……」

趙成材刮著她的鼻子取笑，「原來竟是妳打熬不住！」

章清亭羞得臉通紅，使勁捶著他。

小夫妻笑鬧一時，又相擁著，幸福地憧憬著未來孩子的樣子。

可是，楊小桃快氣瘋了。她千算萬算，怎麼也沒算到自己精心算計了這麼一齣好戲，竟是證實了那個殺豬女有了身孕，還有比這更打臉的嗎？

她現在有了身孕，趙王氏怎麼可能幫趙成材納妾？要放棄嗎？

楊小桃真是不甘心，可當下明顯是沒有機會的，她還沒蠢到現在送上門去自討沒趣。

她要等，等著看趙成材是否真的能得中舉人，那時，才是她決定最後行動的時候。

吹面不寒楊柳風，時入二月，天雖仍是冷的，但那徹骨透心的寒意卻開始漸漸褪去了。

章清亭仍舊穿著大棉襖，一手籠著暖爐，腳下踩著腳爐，坐在馬場溫暖如春的小客廳裡劈里啪拉扒拉著算盤珠子，半晌才略鬆了口氣。

把高高繫緊的毫子皮圍脖解了開來，嘟囔道：「真熱，都說不冷了，偏要人穿這麼多……明珠，妳算的那些糧食還夠嗎？明珠？」

叫了兩聲不見回應，抬眼望去，卻見那小妮子正咬著筆桿魂遊天外呢。

章清亭悄悄站起來，走到她身旁，猛地一拍她肩頭。

方明珠嚇得一個激靈，筆掉到了桌上，汙了帳本上好大一塊墨跡。

「大姊，好端端的幹麼嚇人家？這人嚇人，會嚇死人的！」方明珠反應過來，趕緊心疼地擦拭著帳本，又把那掩蓋的幾個數字在一旁補註了起來。

章清亭敲了她一記，「大白天發什麼愣？跟妳說話都沒聽見，我讓妳算的帳算完了嗎？」

呃……方明珠臉紅了，「再等一會兒，馬上就好。」

章清亭故作凶惡地威脅著：「可別算錯了，錯了自己賠錢進去。」

方明珠嘻嘻笑著，卻不敢大意，低頭趕緊撥拉起算盤珠子。

章清亭並不出言打擾，在屋子裡轉來轉去，活動活動筋骨。她現在懷孕才三個多月，衣裳穿得多，肚子根本就看不出來。身體養得也不錯，除了早上的孕吐，不能吃太油膩的東西，其他的反應都還挺好。

只是一家子格外關照，不准她做這個，不准她做那個，生怕有什麼閃失。

上回晏博文獵回來的麅子，肉吃了，還得了幾張好皮子，首先就給她製了全套的皮大衣、皮帽、皮圍脖，把她包得嚴嚴實實，這都開春了，還不許她換下來，生怕她著涼。

章清亭雖偶有抱怨，但這樣被重點照顧的感覺也挺好的。這會兒馬場的事情忙完了，她心裡開始惦記著另外一件事。

喬仲達派往南康國採購的船也該回來了吧？馬場裡馬上就要下小馬駒了，若是兩頭湊在一塊兒，那可真是要打飢荒了。她縱是有錢，又哪裡抽得出人手去做？

「好了。」方明珠算完，抬頭說起正事，「糧食是夠的，但細糧只能供應母馬，其他就都沒了。若是實在不夠，只好去牛姨媽家賒一點來。」

這跟章清亭預計得差不多，「我也是這麼打算的，妳只把牛姨媽那兒沒有的幾樣精細糧食省著點用，儘量別超過。等熬到六月，胡同裡收起新租子就好了。」

提到這事，方明珠有話要問了，「大姊，這些時日可不少人打聽我們後頭那些商鋪怎麼租？租金動不動？是全拿出來一起競價，還是照顧老主顧？」

此事章清亭也有些犯難，「按理說，應該是照顧老主顧的，可現在想要胡同那邊商鋪的人實在太多，咱們也不好全都一口回絕。我覺得是可以適當漲點價，但妳姊夫又囉嗦，可要是一點都不漲，我們就只能賣馬了。」

方明珠扮個鬼臉，「姊夫哪敢說妳？他不過是說讓咱們考慮清楚，別一下漲得太猛，落人話柄。大姊，妳還記得咱們從前開絕味齋時，妳想的那個競價嗎？我是覺得挺好，可以用上。」

章清亭想想也是，「那妳家門口的那半邊店呢？全給玉蘭做糕點可太浪費了。她也租不起，到我們家來擠一擠就行了。妳要不要把那塊地兒也一起租出去，只得再加道門才是。」

方明珠搖了搖頭，「我家後頭那個店收的租子就夠家用的了，前頭這塊兒就給玉蘭姊做吧，別再跟我提什麼租金的，她又不是外人。再說，有她在，還能幫我看著家，該我謝她才是。」

章清亭也不堅持，「那就還是讓她占著便宜吧，若是年底生意好，讓她給你們家送點什麼就是。那這鋪子的事情我回頭再問問妳姊夫，他要不囉嗦，就讓金寶趕緊辦去。早些定下來，大夥兒都安心，也省得成天來打聽，鬧得人頭疼。」

方明珠忍了半天，終於還是吞吞吐吐問了起來：「大姊……阿禮哥該回來了吧？」

章清亭輕笑，「怎麼？妳還怕他丟了不成？」

方明珠急得小臉通紅，「什麼呀？我不過是怕他在外頭又遇上什麼事！」

晏博文去了王家集，約定每隔七天就回來跟章清亭對一次帳，可這回不知為何，卻延遲了兩天，是以方明珠有些擔心。

「放心。他現在出門，身邊都有夥計跟著，應該出不了事。可能遇上點事吧，就耽擱兩天，沒事的。」

聽她這麼一說，方明珠安下心來，瞧她扶著腰，笑問：「大姊，妳肚子現在開始動了沒？」

「還沒呢，大夫說還得再過些天，玉蘭也說沒那麼快的。」章清亭手撫著小腹，笑得溫馨。做了母親，真的感覺有些大不一樣了，她都覺得自己的性子和軟了許多。以前動不動愛著急，現在則是寬容大度多了。

門簾一掀，張小蝶風風火火闖進來，「大姊，妳到底什麼時候請人啊？那劉師傅可讓我來跟妳說一聲，有幾匹馬就快生了，到時日夜要人守著，就咱們這些人，怎麼排得過來？」

「知道啦，這不是已經拜託妳姊夫了嗎？就這兩天一定來人，行不？我的小姑奶奶，妳就別再催了。」

章清亭也自頭痛，這一年之計在於春，農田播種，修屋築牆，家家戶戶的事都多。她們馬場的招人資訊已經發布了許久，就是招不到人。沒奈何，她只得甩給趙成材了。不管是去找趙族長幫忙，還是找學生家長，無論如何得幫她招幾個得力的漢子，先把這燃眉之急解了才好。

有她這個話，趙成材就好辦事了，「找學生家長多不好意思？只能回去找族長大伯。到時妳可得把現錢準備好，既是做短工，那便一日一結，可別拖欠人家，否則又有閒話聽了。」

章清亭只得應了，就算被趙家族人看到馬場實情，也只能認了。

張小蝶得了准信，才回去接著忙，順便又問了一句：「成棟明天要請假，那萬一有馬兒要生，沒獸醫怎麼辦？」

章清亭頭更痛了，好不容易幫趙成棟說的那門丁家親事，趙王氏幾番打聽之後，也同意了。託媒人上門一說合，人家女方家裡就提出明日要上門相親。

北地豪爽，成親之前，男女雙方可以就這機會見上一面，若是彼此都中意，就可以正式開始議親，所以趙家早早開始準備了。不光是趙成棟，就連趙成材也得回去主持大局。

章清亭想想，「讓福慶暫時頂上。那小子不是讓他跟成棟學著的嗎？能應付一時就行，若是不行，再去賀家馬場請人。」

張小蝶點頭，倒又給了大姊個建議：「咱們馬場就一個獸醫確實少了點，忙了白天，也顧不了晚上。倒不如得著哪天閒了，讓家裡這幾個小廝都輪流學了手藝，日後若是誰有個什麼事情，咱們也不至於抓瞎。」

「小蝶，妳很行嘛，有幾分當家主母的意思了。」方明珠促狹地讚了起來。

張小蝶可不是個臉皮薄的，「明珠，妳可要加把勁，別日後讓我比妳先當主母。本姑娘現在忙得很，沒工夫跟妳磨嘴皮子，回見！」

她大大咧咧地走了，章清亭瞧得是又好氣又好笑。

晚上剛回家，張發財遞個信來，「閨女，妳瞧瞧，這是有人託來給妳的。好像聽說是姓高，妳啥時還認得這麼個人？」

高逸？難道是他回來了？章清亭趕緊拆了信，原來高逸他們前日已經回到了永和鎮，便託人帶了信給她。說是一路平安，現在正趕往京城，估計布匹一到，喬仲達那邊就可以立即行動，讓她也提前做好準備，免得到時手忙腳亂。

章清亭大喜，估算了一下，照這進程，差不多這鋪子得在四五月開張，正好跟小馬駒生產打了個擦邊球，可以讓小蝶把馬場的事情忙完了再過去。

當晚，趙成材從族長家回來，也帶回一個好消息。

「族長大伯說咱們馬場要的人全都包在他身上了，每天保證五個壯勞力，不過妳得管飯、管錢、管接送。」

這本來就是她該做的，章清亭很滿意，「就這麼容易？」

「做夢吧，妳這回的人情可欠大發了。家家戶戶都忙著春耕，哪裡抽得出人來？要不是大伯硬壓著大夥兒，誰稀罕妳那兩個錢？」

這個世上欠什麼都行，就是人情債最不好欠。

趙成材嘆了口氣，「我倒是私下跟大伯說了一聲，若是今年家裡光景好，趕年下就捐兩畝田出來作為公族產。妳那馬場今年也難出多大利息，若是不行，就把家裡的兩塊地捐了。反正我也不想讓爹娘種了，爹現在在馬場裡幫忙，娘在家還得照應著老老小小，那地不種也罷。」

章清亭遞上茶水給他，「這事你可得回去跟你娘好好商量商量，不如這麼跟她說，現在讓她捐了兩畝田，日後我雙倍還她。」

「這可是妳答應的。」趙成材接了茶水一口飲盡，「妳今兒怎樣？辛苦嗎？」

章清亭本要說不辛苦，話到嘴邊又改成：「能不辛苦嗎？要不，你天天在肚子上綁著個枕頭試試？」

趙成材趕緊扶她坐下，「真是委屈妳了，都有雙身子的人了，還成天這麼忙裡忙外的。」

章清亭聽得高興，小臉卻繃著，橫他一眼，「你心裡知道我是為了誰受的這份罪才好。」

「那是當然。」趙成材半蹲下身，把手搭她腹上，「乖娃兒，你日後可要好好孝敬你娘親。瞧你娘，懷著你，還幹這麼多事。她辛苦賺錢，可都是為了你這個小東西呢。告訴爹，你是小子還是閨女好不好？爹也該給你起個名兒了，叫什麼好呢？」

章清亭吃吃直笑，「你慌什麼？還有五六個月呢，夠你想的。」不過算算日子，她的眉頭也蹙了起來，「這小東西怎麼跟你秋考撞一塊兒了。到時要是我生產的時候你不在身邊，那我一個人得多害怕。」

趙成材一本正經地對她的肚子交代，「聽見沒？乖娃兒，你可得一直在你娘肚子裡待著，好歹等你爹考完了再出來。要是提前跑出來，爹非打你屁股不可。」

「想得美，我的孩子才不讓人打呢！」

說笑著，章清亭便把高逸來信和胡同出租之事跟他說了，趙成材覺得尚可，「那妳就去做吧，只是低調些，別弄得敲鑼打鼓的。咱們家在紮蘭堡已經夠出名的了，可別再更出名了。」

章清亭笑指著桌上擺的一件新衣裳，「這是給你明天做客穿的，那包袱裡是給成棟和你爹你娘的，裁縫鋪子裡剛趕了出來。明兒可是大日子，你一早帶去，讓大家都換上，有個新氣象，人家瞧著也像樣。」

趙成材心中感動，這個春天因年剛過完，家裡用錢的地方又多，章清亭自己都沒捨得置一件新裝，倒是給他們全家都準備了，一個媳婦，一個大嫂能做到這樣，真的很不錯了。

「娘子真好。」趙成材摟著章清亭，把臉頰在她頸窩裡磨蹭著。

「你可別說那些肉麻的話。」章清亭佯怒著把他推開，卻還是嬌羞地低下了頭，小聲嘀咕：「只要你記得我的好就夠了。」

「當然記得。」趙成材湊上去，正想親親娘子日益圓潤的面頰，卻聽門外有人敲門，「姊夫，大姊夫！」

張銀寶？小夫妻立即收斂了神色，弟弟這大晚上的跑來幹麼？

張銀寶捧了盤炒花生，「小玉姊剛炒的，娘讓送來給妳。」

章清亭收下，可弟弟卻不離開，似乎有話，想講不敢講。偷眼覷著大姊，拽著趙成材的衣袖勾著手指頭，找了個藉口，「姊夫，你有事嗎？我有點功課問你。」

什麼功課不能當著我的面問，要這麼鬼鬼祟祟的？

章清亭當然瞧出有事，卻不點破，有時男孩子還是有些小祕密的，可能跟姊夫說更好。

「相公，你跟銀寶去吧。」

趙成材會意，跟他去了他的房間。

張銀寶像作賊似的，關了門窗，揪開被子，從裡頭掏出一張紙來，面紅耳赤地問：「這是……是不好的東西吧？」

趙成材定睛一看，當即色變，厲聲質問：「這下流東西從哪裡來的？」

紙上繪著赤身裸體的一男一女正在行那雲雨之事，細微之處，無不逼真，而下面的文字顯示這分明是從某本春宮豔情書上撕下來的一頁。

張銀寶沒料到趙成材如此之大的反應，當即慌了神，「這不是我的，是我……我揀來的。」

「你是從哪兒揀來的？」

張銀寶囁嚅著不敢吭聲，趙成材就從他身邊開始猜，「是元寶的對不對？銀寶，你快說，要不，你可就是害了元寶了！」

張銀寶臉都嚇白了，他可真不想出賣兄弟啊！

「姊夫，這、這是我從他書包裡翻出來的，你可別說是我說的。」

「糊塗！」趙成材重重跺腳，「你這事又沒做錯，本來就該說的，快把元寶給我叫來！」他想了一想，「我去。你在屋裡待著，哪兒也不許去。」

張銀寶嚇傻了，站在屋子裡動也不敢動。

不多時，趙成材滿臉慍色地請了張發財，拎著張元寶進來了。

把門一拴，將那張紙往桌上重重一拍，「元寶，你自己說，這到底是怎麼回事？」

張發財還不知道發生了什麼事，待拿起那張紙看個仔細之後，氣得臉都紫了，額上青筋爆起，當即就一拐子把張元寶踢得跪下，「說，這是怎麼回事？」

張元寶一見事情敗露，嚇得白了小臉，嚎啕大哭，「我……我……」

「你還有臉哭？」張發財氣得渾身都打起了哆嗦，「老子天天辛辛苦苦賺錢，供你們吃，供你們喝，供你們上學，供你們使費，難道就是讓你們去幹這樣下作的事情？」他轉頭開始尋棍棒，「我索性打死你這個小王八羔子，免得將來幹出些什麼丟人現眼的事！」

趙成材趕緊把他攔著，「岳父，先把話問清楚再說。」

張元寶又驚又怕，哭得一塌糊塗，哪裡說得出半個字來？

張發財轉而喝問張銀寶：「你說，你們倆成天待在一塊兒，這事你多半也有份！」

張銀寶在弟弟哭起來時，也嚇得掉下了不少金豆子，見爹爹如此生氣，也抹著眼淚跪下了，「沒，真不關我的事！」

他嗚咽著，總算是把話講明白了。

原來自新年開學不久，他就發現班上有不少男同學神神祕祕在傳閱著什麼東西，幾回想看，可他們因為他有個當老師的姊夫，不肯給他看，弄得他就更加好奇了，一門心思想弄清楚到底是怎麼回事。

可最近幾天，他發現張元寶也有些怪怪的，似乎躲著他在偷看什麼東西，就留上了心。今天下午回家之後，趁他上茅房的時候，就從他書包裡翻了這張紙，瞧得很是稀奇。

但他年紀畢竟大些，略曉人事，覺得有些不妥，可又不敢直接拿給大人瞧，想來想去，便偷偷來向姊夫報信了。

趙成材聽得臉色鐵青，若是依著張銀寶所言，那證明這些東西在學生們當中已經留傳好一陣子了。見張元寶哭得消停些了，便質問他：「銀寶說的是不是實話？」

張元寶連連點頭。

「那你這東西又從哪兒來的？」

「是……是吳大勝給的。聽他……他說，好像是在哪兒開了個新書店，就賣這樣東西。書院裡好多人都在傳看，還……還得給錢。」

反正也是招認了，張元寶抽抽噎噎索性交代得更加明白。就這還要在小孩子當中斂財？趙成材為之氣結，「那你看這一頁多少錢？」

「一文錢三頁。年後大家都有壓歲錢，都有錢看。」

這簡直是……太陰損的話趙成材罵不出口，只覺得天下怎麼有這樣恬不知恥的人，把這種生意都打到小孩子頭上了。

張發財又是生氣又是痛心，劈手賞了張元寶一個大耳光，「老子給你錢，是給你去幹這個的嗎？你身上還有多少錢，全交出來，以後一個子兒也不給你了！你還有臉哭？老子的臉都讓你丟盡了！還有你，也把錢交出來！」

他瞪著張銀寶，這是城門失火，殃及池魚了。

「知道是哪家書店嗎？」趙成材想得更深一些。此事光責罰學生沒用，得抓到主謀才行。

張元寶的小臉上印著一個通紅的巴掌印，含著眼淚，想哭也不敢哭，頭搖得像波浪鼓似的，「這個我真的不知道，得問吳大勝。」

趙成材長長吐了口氣，揉揉發疼的太陽穴，盡力讓自己保持冷靜。此事是一定要追查下去的，可若是貿然在學生當中展開盤查，恐怕很快就會打草驚蛇。到時人家把東西一收，那可就是死無對證。

而那時，此事一旦流傳開來，對書院的聲譽可是個致命的打擊。若是讓家長們發現自己的孩子在學堂上受同學影響，看這種東西，那誰家還敢把孩子送來書院讀書？

張銀寶、張元寶已經受了驚嚇，明日若是上學，小孩子定會守不住祕密，未免露出馬腳。若被有心人知曉，聞風而動，那就毫無辦法了。

想及此，趙成材坐不住了，騰地一下站起身來，「那吳大勝的家在哪兒，你知道嗎？」

「知道。」兩個犯錯的孩子巴不得將功贖罪。

趙成材想了想，當即分派行動。陳師爺因家離得遠，平常就住在書院裡，他親自去請，說明情況，讓張發財陪著陳師爺先去衙門裡找孟子瞻報案。再讓張金寶去請來李鴻文，讓他也立即趕到衙門裡去。

這頭，他親自帶著張元寶去了吳大勝家裡，跟人家家長說明情況，先不急著追究孩子，要把幹壞事的大人抓住才是正經。

等他帶著吳大勝和其家長一起到了衙門，孟子瞻已經點齊了差役，就等著那孩子來指認地方了，端的是面沉似水。

「在我的轄區裡竟有人如此膽大包天，幹這樣的勾當，簡直是目無法紀！咱們就去看看，到底是何方神聖！」

兵貴神速，當官差隨著孩子的指認，找到那家隱藏在暗處的小巷，破門而入時，當場查獲大量春宮豔情圖冊。而看店的一個小夥計剛從睡夢之中驚醒，不加思索翻牆就跑。

衙役要追，孟子瞻卻一個眼色制止，命人在後頭悄悄尾隨，趙成材也跟了上來。

那小夥計慌不擇路，驚惶失措之下，頭腦也不清楚，傻乎乎地就奔回了主家。待看他進了一戶宅院，青松高舉火把將那家門楣照亮之時，趙成材幾乎要放聲大笑了。

這簡直是踏破鐵鞋無覓處，得來全不費工夫。明晃晃的火光映出四個大字：銀鉤賭坊。

這一回，不用任何人來勸，相信孟子瞻必將出手，來個狠的了。

翌日，天剛濛濛亮，薛家的下人才剛起身，便聽到門外砰砰砰的砸門聲。下人打著哈欠，伸著懶腰，極不耐煩地把門一拉開，傻眼了。

外頭是提刀帶槍的官府之人，為首的青松提著一張拘捕令，「人犯薛紹安涉嫌私賣春宮圖籍，特來捉拿。如有違抗，立斬不赦。」

家丁嚇得一屁股坐在地上，就這麼眼睜睜看著一群人如狼似虎地衝進了家中。待他回過神來，第一件事就是腳板抹油，跑了。

這也是薛家唯一一個漏網之魚。幸運的是，這條魚太小，讓抓的人都沒興趣，算是白揀了一個漏。

當薛紹安被提到大堂上時，連外衣都還沒工夫穿上，他簡直是難以置信，自己竟然就這麼被一網成擒了，就因為那些春宮圖？那也不是很嚴重啊？

「大人，小人到底犯了什麼罪？」

孟子瞻一夜沒合眼，此刻懶得廢話，直接將一本春宮圖冊扔下，「你可認得這是何物？」

瞧見這個，薛紹安心裡更加安定，輕輕嗤笑，「大人，我朝可沒有明文禁止經營這些東西。若是連這都要獲罪，那天下這麼多的妓院豈不是都要關門大吉了？」

「答得好。」孟子瞻鼓掌贊同，「我朝是沒有禁止這類書籍，但是卻有明文規定，此類書籍的經營，必須取得官府的專項申批，而本官並不記得你有在此申請過。」

「那是小人還未來得及申請，便有些夥計自作主張了，與我無關。」薛紹安把書一扔，推得是一乾二淨。

「你還真是貴人多忘事啊！你既不記得來本官處申請經營證照，怎麼卻記得收錢呢？」孟子瞻將搜出來的帳簿往底下一扔，「這你總不可能忘記吧？」

薛紹安卻連看都不看一眼，「大人明鑒，這都是我家掌櫃私自行動，小人一概不知情。大人若是不信，請檢查這帳簿上面，絕無小人一個簽名落款。」

「你還真是不見棺材不落淚啊！」孟子瞻撫額嘆息，「這一疊全是你手下的證供，不僅有那黑書店的，還有你們銀鉤賭坊的。」

公堂之上，鐵證如山。

昨晚孟子瞻一舉搗獲那書店之後，又順藤摸瓜到了銀鉤賭坊。在查獲到大量真憑實據之後，才出手抓捕。因事先沒有洩漏一點風聲，順利得超乎想像。就算是衙門裡有薛家的眼線想通風報信，都做不到了。

看著越來越多的證據，薛紹安終於色變。賭場裡暗藏了多少見不得人的玄機，他是最清楚不過。當真搜查起來，那就是罪證確鑿，怎麼也洗脫不了嫌疑了，可他作威作福慣了，怎麼可能輕易服軟？

當下他獰笑著威脅，「大人，難道您真的要拚個魚死網破嗎？」

孟子瞻冷笑，「就憑你？恐怕還不夠分量。」

「也許我是不夠分量，但請大人不要忘了，我夫人的娘家姓何。」薛紹安好整以暇地整起衣衫，「大人初來乍到，對此地不熟也是難免的事情。還請大人打聽清楚，再來說這個話。」

孟子瞻定定地看著他半晌，忽地哈哈大笑，吩咐旁邊的師爺把他的話記下，「記住，一定要一字不落。要是你會作畫，最好再把此人的嘴臉畫下，倒是讓後人記得，這棨蘭堡曾經有過這麼一號人物。」

薛紹安終於覺得有些怕了，寒氣從腳底板一直升到心裡來，抽去他的倚仗和自信。

孟子瞻坐在上方，頗為玩味地看著他，「有件事情忘了告訴你，你那夫人何氏，因涉嫌杖斃婢女，也已經收押在監了。本官現在就等著你們兩家人來鬧事說情，就看你們能搬動幾路神仙，可千萬不要讓我太失望啊！」

薛紹安的心開始往無底深淵沉去，連何氏也被收監了？那證明孟子瞻是動真格的。他的目的不僅是自己，還有他們身後的薛何兩家人。

不覺喉頭有些發緊，薛紹安終於沉不住氣，「你……你究竟是什麼人？」

孟子瞻不屑地瞧著他，就像是看著一個死人，「我是官，本地的父母官。薛紹安，你既有膽子在我的地盤上作奸犯科，就得做好隨時人頭落地的準備。」

薛紹安後悔了，簡直是心膽俱裂。他怎麼就一時糊塗，想起這個餿主意？

原本自己的生意做得好端端的，只因想要報復趙成材夫妻倆，過年時才從家裡一個兄弟那兒要了些春宮豔情書籍回來，意思就是想賣給書院的孩子們，藉此把書院的名聲搞臭，再伺機嫁禍到張發財的小書店裡去。

因為沒打算長做，故此也沒有去辦理證照，可萬萬沒料到的是，還沒等到他採取行動，卻被人捷足先登，摟草打兔子，整個連鍋端了。

「大人，求大人開恩啊！」

薛紹安真的怕了，暗惱自己怎麼就忘了，他再如何有錢有勢，也不過是個平民，而他對面的那個人，是官，是可以判決生死的官。

只可惜，他的這一番悔悟來得太晚了。

趙成材也沒有想到，他不過是要查查春宮圖的來由，竟然讓薛紹安栽了個大跟頭，這可真是大快人心。不過，他很機靈，一見查出銀鉤賭坊，便立即告退了。

作為老師和家長，他們的職責就是指認出售賣這些不雅圖籍的場所，而接下去該怎麼辦，就是官府的事情了。何況孟子瞻是如此精明強勢的一個人，他要怎麼做，做到哪一步，都該由他自己來分析決斷，旁人若是在一旁搖旗吶喊，反而會讓他覺得生厭。尤其是自己家，本來就跟薛家有許多過節，更要避嫌。

趙成材心裡暗爽無比，回家跟媳婦一說，兩人擊掌相賀，要不是有孕，章清亭都想喝兩杯酒來慶祝。

次日一早，雖是頂著兩個黑眼圈，但趙成材仍是高高興興穿著新衣回家了。

回到家，將章清亭準備的新衣奉上，「爹、娘，你們看，媳婦想得多周到？就眼下這麼拮据，還準備得這麼周全。」

趙老實滿口不住讚好，趙王氏卻嗔了一句：「既是拮据，還破費這些個幹什麼？」

「娘，既是大嫂孝敬的，您就快穿上吧。」趙成棟喜笑顏開地把自己的那套揀了出來，「這是給我的嗎？真好看！」

「你呀，一會兒可要老實些。」趙成材拍拍弟弟的肩，「可得給人留個好印象，知道嗎？」

「知道啦！」趙成棟捧著新衣歡歡喜喜地回屋換去了。

柳芳坐在屋裡氣紅了眼，憑什麼所有人都有新衣服，就她沒有？待會兒，她非把這婚事攪黃了不可！

她惦記著這頭，趙成材也惦記著她，朝她那屋使眼色，低聲問：「娘，她那兒囑咐了嗎？」

「囑咐了。她今兒要敢出來一步，回頭我就打斷她的腿。」趙王氏換了新衣，對鏡子照照，很是滿意。

相處這麼長的時間，章清亭早把他們幾人的脾氣喜好全都摸透了，無論是衣裳顏色，還是花色，都是他們中意的。

「其實見見也未嘗不可。」趙成材倒是說得實在，「嫁進來也是要住在一個屋簷下的，紙包不住火，倒不如早些見個面，興許還更好些。只是要注意態度和方式，別讓人家覺得彆扭。得讓人家覺得，咱們是誠心誠意求她回來當正房……」

「行啦。」趙王氏滿不在乎地打斷兒子的話，「就咱們家，什麼樣的好姑娘找不到？那丁家也不是什麼不得了的大戶人家，這我相不相得中他們家姑娘還不一定呢！」

哎喲，我的親娘，你那小兒子可也不是什麼不得了的好小夥子！

趙成材心中腹誹，卻不願再與母親爭執，只勸她儘量謙和些，便安心等著人上門來訪了。日上三竿，已交巳時，不算早也不算晚，那敲門聲正好適時響起。

「趙嬸子，請問在家嗎？」是媒婆。

「在呢！」趙王氏親自迎上前去，開了門，就見門外黑篷車上已經下來了一家子。

中年男子便是姑娘她爹丁老漢，帶著老婆和大兒子，陪閨女一起上門相親了。一家子都穿得體體面面，看來對此次相親也很是重視。

瞧這一家子面容和善，舉止端方，趙成材當即就有了好感，熱情地把人往裡請，「丁大叔、丁大嬸來了，快請進。」

「好好好。」丁家人俱都陪笑著進來，除了那要相親的閨女紅著臉低著頭只看著腳尖，其餘三人倒是認真打量起趙家的屋子。

「這房子是新蓋的吧？真氣派。」過日子總要適當探探家計。

「就去年洪水之後翻修了一下，也不算太好，馬馬虎虎還過得去。」趙王氏很「謙虛」。

「這就很不錯了。瞧這樣，你們家在洪水中沒遭多大的災吧？」

「還好，就是馬場裡的糧食全都泡沒用了，幸好保住了馬，那些也就算不得什麼了。」趙王氏有意無意地賣弄著。

趙成材聽得眉頭直皺，這人家剛進門，就說這些幹什麼？

他趕緊泡了香茶一一奉上，打斷話題。

見他儒服方巾，丁家人便知是趙成材了，忙起身謝過，「趙老師快別忙了，不用客氣。」

「應該的，應該的！」趙成材仍是奉完了茶，才退居父母下首坐下。

趙成棟還未蒙召喚，暫且不能出來見客。

丁老漢讓兒女也向他們家人都見了禮，先樂呵呵地跟趙成材嘮了幾句：「您在書院裡教書教得可好，我們鄰居家有幾個孩子也送過來了，回去總誇來著。」

「過獎。」出於職業病，趙成材追問了一句：「只是您那兒似乎離我們這學堂有些遠吧？孩子們來上學方便嗎？是寄宿在這邊親戚家？」

「沒呢。你們學堂辦得好，在十里八鄉名聲可大著。我們那莊子上的幾戶人家搭夥雇了車把孩子們送來，早接一趟，晚送一趟，這便是了。」

趙成材點了點頭，心裡卻惦記起這事來。現在書院裡可有不少孩子離得挺遠的，聽說走路都要大半個時辰，有些辛苦，要是能想個辦法統一接送，方便孩子們上學就好了，這事情得回去找夫子們議議。

當下又閒扯了幾句，便把話題導向正路，媒婆適時提出：「請你家老二也出來坐吧，總是要相看相看才能放心。」

趙王氏提高嗓門喊了一聲，趙成棟多少有些不好意思，忸忸怩怩出來了。

「這便是我們家成棟了。」趙王氏瞧著自己的小兒子，滿心的驕傲與歡喜，「成棟，快向人問好。」

趙成棟別的本事沒有，就一張嘴甜，當下一一問了好，只是到姑娘跟前時，笑得有些不好意思。丁姑娘的頭埋得更低，一對耳朵紅得發燒。

丁家人見這小夥子長得也算乾乾淨淨，不是那等歪瓜裂棗，對趙成棟的第一印象還算可以，可過日子光外面光鮮是沒用的，丁大哥率先盤問起未來的小舅子：「成棟兄弟，你現在是幫著家裡種地，還是幹麼？」

這是要問他有些什麼謀生技能了。趙成材心中點頭，這家人還是更注重個人品行，只望弟弟能好生回答這個問題。

趙成棟有些傲氣，「我早不在家種地了，現在馬場裡養馬，那個可比種地有出息得多。」

趙成材聽了心下不妥，丁家可是種地的，你說種地比不上養馬，這讓人家怎麼想？

偏趙王氏又補了句：「我這小兒子聰明，在馬場裡還學做獸醫呢！」

「呵，那這孩子還真是挺有用的。」丁家人臉上笑著，卻有些客套起來。

趙成材更覺得不妥了，一個獸醫有什麼好值得顯擺的？咱家開馬場才多久，你能學出點什麼東西來？沒得讓人笑話。

他忙接了句：「其實學獸醫也是讓他有個一技之長，成棟，你可別一瓶子不滿，半瓶子晃噹就吹噓起來。這學手藝就跟做地裡的農活一樣，要會做不難，但要做好可就不容易了。」

「這話說得很是。」丁老漢點頭讚許，瞟了趙成棟一眼，「這種地是比不上養馬出息，但若是大夥兒都不種地了，你餵馬吃什麼？哈哈！」

這下大夥兒都聽出弦外之意了，趙王氏有些不悅，這老漢怎麼淨挑自己兒子的理？這成材也真是的，怎麼不說幫著弟弟說話，反而揭他的短？

趙成材卻很是驚喜，看來這家子並不是一味的忠厚老實啊。看這丁老漢，該軟的時候軟，該硬的時候硬，這樣的人教出來的閨女可差不到哪裡去，趙成材就更想促成這門親事了。

「成棟，你聽見沒？這是丁大叔在教你做人的道理。這世上的事可不能光以錢來衡量，要做得心安，做得踏實，才是好事情。」

見丁老漢對趙成棟瞧不起莊稼活頗有微詞，趙成材趕緊把話接了下來，他的意思是讓弟弟去道個歉，要不就說句謝謝，順便就把這場子給圓下來了，偏偏趙成棟愣是不樂意，只應了兩聲便沒了下文。

趙成材心中翻個白眼，趙王氏卻把話接了下去：「這話是說得沒錯，可人往高處走，水往低處流，要是能多賺點錢，誰不樂意？我家成棟，可是個有主意肯上進的孩子呢！」

這……這不是火上澆油嗎？趙成材真是有點黔驢技窮了，您覺得您自個兒的兒子好，也沒這個誇法的呀？

果然，丁老漢就著趙王氏這話發難了，「原來你們家老二還挺有志氣的，那可得說來聽聽，往後若是自立門戶了，你打算怎麼過日子？我問這話你們可別嫌。當然這不分家最好，可即便分了也沒什麼。只要兄弟感情好，分開過日子還更親熱些呢。我家幾個兒子等他們成了家，就打算讓他們分開過的，你們呢？」

這個嘛……趙家人都盯著趙成材了。只見他微微一笑，很是誠懇地道：「自然也是要分開的，不過我這當大哥的，肯定得把這唯一的弟弟安排好了才行。」

這丁家人簡直是太對趙成材胃口了，不虛偽不客套，直來直去，又懂人情世故，瞧他們這意思，還巴不得自立門戶呢。

趙王氏不痛快了，這老漢真是討人嫌，你樂意讓你家兒子分家，上我們家來說個什麼勁？她本來就不樂意讓趙成材撇下弟弟單過去，還指望跟他說說，勸他打消這一念頭，現在聽趙成材居然在外人面前都這麼大大方方承認了，那想來只等成棟成親，這分家也就是板上釘釘的事實了。就算是成材分家時做得再公道又如何？關鍵是日後，日後該怎麼辦？

這一刻，趙王氏終於肯承認了，自己這個小兒子雖然很好，還沒出色到能超越老大的地步，要他單過，她著實不放心。

丁老漢聽了趙成材的話，笑著點頭，還是追問趙成棟：「你哥若是與你分了家，你打算做何營生？」

這趙成棟還真沒仔細想過，雖然大哥說了好些時要分家的話，但畢竟沒有分開，他在家人的庇護下過慣了，也不是個太操心的人，這麼突然一下子問他，讓他怎麼答？

半天，他才支支吾吾冒出一句：「那得看……看大哥分我些什麼了。」

趙成材是真鬱悶，人家是問你對未來生活的打算，你縱是不知道怎麼說，就表表決心，說說大話也好啊？怎麼平白冒出這麼一句來？這不是顯得好像是你胸中半點丘壑也無？

趙成棟眼見他們臉色都不太妥當，還自作聰明地補了一句：「這巧婦難為無米之炊，總得要知道手上有什麼，才好過日子，大叔，您說是吧？」

趙成材快聽不下去了，就那丁大嬸都忍不住問了句：「那若是你哥沒東西分給你呢？你就不過日子了？」你還能不能有點出息？

趙成棟被問懵了，趙王氏很不高興地插話：「這是咱們家有東西給他，怎麼偏說沒有呢？成材若是要跟弟弟分家，那馬場胡同都得分他一半。現在幹什麼，將來不一樣幹什麼？」

趙成材一聽他娘這個話，就知道趙王氏還是很不高興他們分家的。他是那小氣巴拉，不肯照顧弟弟的人嗎？現還當著外人的面說什麼平分不平分的，那豈不是還誤會他有私心，存心不想照拂這個弟弟？可他是兒子，在外人面前也不好說什麼，只能把這口氣嚥下。

卻聽丁老漢正色說了句：「趙嫂子，這恐怕分得就不妥了。自古長子承襲家業，贍養父母，和弟弟們分家也沒個說可以平分的。到底要有些差別，才顯得出長幼有別。」

這才是正理，趙成材心裡窩著火，別的他都不好說，不過有句話他卻必須說清楚：「娘，縱是要分，我也拿不出馬場和胡同的一半給成棟。您忘了，那裡還有方家一半兒呢。可不是咱們一家的產業，別讓丁大叔他們聽了誤會。」

趙成材乾脆把話全說個明白：「咱們家雖有條胡同和馬場，但那胡同也不過收些租金，馬場才剛剛接手，不過幾十匹馬，恐怕還有幾年才能出利息。現在全靠著胡同的租金支撐著度日，所以別說我弟弟了，就是我娘子家的弟妹，也全都得在馬場裡做活，辛苦著呢。」

丁家人聽了他這大實話，心中反而踏實了些，卻又有些不屑，既然你們趙家也不過是如此光景，那你趙王氏還顯擺個什麼勁兒？

「聽說你們家這些家業，你家娘子出了不少力吧？」

聽他們讚起章清亭，趙成材很是高興，與有榮焉，「咱家若沒有娘子，無論如何不會有今日光景。」

趙王氏聽得老大不高興，成材，你今兒是怎麼了？老自揭家醜。什麼叫沒那丫頭就沒咱家這光景？這話也是在外人面前說得的嗎？她重重地清咳兩聲，表示強烈不滿。

趙成材頓時氣結，真是沒法溝通了。這叫什麼事？說實話難道有錯嗎？這又不是丁家來做客，這是要結親家。現在把話說清楚，總比日後成了親，才捅破這些泡沫強吧？娘怎麼就不明白呢？

被趙王氏這麼一番打斷，丁家人也沒了話說。

丁老漢琢磨一下，「趙……」

他話音未落，卻見西廂房裡砰地一聲，似是摔了什麼瓷器，然後一個才會走路的小女孩怯生生地跑過來對趙成棟喊道：「爹，我摔了個杯子，娘要拿掃帚和簸箕。」

趙成棟頓時臉通紅。

柳氏為了套近乎，從小就教芽兒管他叫爹，可平日關起門來還不覺得，今日當著客呢，這要如何解釋？

趙王氏也尷尬起來，畢竟這是自己兒子幹下的醜事。只恨那柳氏，不是叫她別出門嗎？怎麼把女兒放了出來？

倒是那媒婆機靈接了一句：「這就是從前提起的，他屋裡那位頭先帶來的女兒了。」

這件事丁家倒是聽說過的，只是被媒婆美化了，只說是那寡婦新喪，四顧無門，被趙家好心收留，又不好安置，便給小兒子做了屋裡人。那女人老實得很，你們家女兒嫁去是明媒正娶的大老婆，那不過是個小妾，只當是多個丫頭看待也就罷了。

丁家雖不全信，但因趙成棟是趙成材的兄弟，還是決定來相看相看，可現在莫名其妙鬧上這麼一齣，到底是出於什麼，各人心裡都有了數。

丁老漢微微一笑，「既然你們家有事，那我們也不打擾了，就此告辭吧。」

趙成材中一涼，就算沒柳芳這麼畫蛇添足地來鬧上一下子，這門親事想來也是黃了。他上前賠禮道歉：「對不起，丁大叔，家小管束無方，讓您見笑了。」

「沒事沒事。」丁老漢毫不在意地笑著，「趙老師，您人真不錯，日後老漢的孫子等大了些，也要送到你們學堂來，您可得幫著好好管教管教。」

「那是為人師表的本分。」

要送他孫子來？趙成棟一聽這話，還以為親事成了。丁家閨女一直低著頭，半天也沒好生瞧見她的模樣，此時一個勁兒地盯著她猛瞧。

丁大嬸當即側身把他目光擋住，不過趙成棟已經瞧見那姑娘半個側臉，雖是端莊，卻不夠標致，未免有些失望。

他們一家正往外走，卻見西廂門簾一掀，柳芳側著身子，挺著肚子站在那兒，手還撩著簾子，似是想出來，又不敢出來，只是把有孕的身子顯得格外高聳，嬌怯怯地喚道：「芽兒，快回來。」

小丫頭一溜煙又跑了回去。柳芳露完了臉，這才得意地從腹中取出特意加塞進去的小孩棉襖，我看你們還要不要結這門親。

婆婆啊婆婆，我可完全遵照妳的吩咐，沒有踏出這房門半步。

丁家人瞧著她這一番做作言行，不覺冷笑。幸好沒打算結親，要有這麼個攪家精在屋裡，那日子真沒法過了。

丁大哥實在氣不過，望著趙成棟笑道：「趙二兄弟，你這年輕輕的，連老婆都不用娶，便有兒有女，還真有福氣！」

一句話刺得趙家人簡直是顏面掃地。

趙成材赧顏將人送了出去。

一回頭，卻見趙成棟還在跟趙王氏道：「娘，那丫頭長得太一般了，你跟哥說，我不要。」

趙成材真的是忍無可忍了，抬手搧了弟弟一耳光，「你看不上人家，人家還看不上你呢！」

「成材，你這是幹什麼？怎麼無端端就動手打你弟弟？」趙王氏惱了，護在小兒子跟前。

「娘，您就護著他吧！使勁護，用力護，我看您能不能護一輩子！」趙成材氣得不輕，甩一甩袖，懶得多說半句，直接走了。

這……這算是怎麼回事？趙王氏火大了，也沒心思理小兒子，氣呼呼地回了房。

趙老實皺眉嘀咕著：「好好的事，怎麼弄成這樣？」

趙成棟挨了一巴掌，大覺臉上無光，自己也灰溜溜地進了屋。

只有柳芳從窗戶縫裡偷瞧著一家神色，甚是得意。

章清亭今兒從馬場回來，就見趙成材一臉的不善，「這是怎麼了？怎麼氣成這樣？莫非是那薛紹安又給放了？」

趙成材哪還有心情理別人家的事？當著最親近的娘子，他把書本一扔，開始抱怨今日之事，「……那麼好的人家，能上咱們家來是多麼不容易？可娘倒好，從人家一進了門就開始顯擺。咱們家有什麼不得了的？成棟又能有多大本事？若不是娘子妳辛辛苦苦掙下點家業，他們憑什麼挑三揀四？」

章清亭明白了事情始末，冷冷一笑，「這也是你自作自受。你又不是不知道你娘這脾氣，要是依著我說，就由你定了再讓他們辦去，你偏不聽，這下好了吧？」
「妳這人怎麼這樣？人家心裡正難受著。妳不說勸勸人家，還來添堵。」
「我這時添堵，總好過你在外頭撞了滿頭包再回來撒氣。」章清亭繼續火上澆油，「這事兒恐怕很快就會傳揚開了，到時你家這位『聰明又上進』的二弟，恐怕更難討媳婦了。」
章清亭的話雖不中聽，卻是實情。
丁家算是口下有德的，回去只說他們家根基淺薄，高攀不上，可那媒婆一直在場啊，再給趙成棟去說親，別人總要打聽到底出了什麼事。
數日之後，事情傳揚開來，十里八鄉的好閨女都不願意跟趙成棟結親了。
一來，趙王氏在鄉間頗有惡名，怕這個婆婆待媳婦太嚴苛，畢竟也沒幾個女子有殺豬女的本事。二來，趙成棟小妾都快生了，這一進門就跟人搶相公，但凡有些良心的父母，都不願意把閨女嫁過去。縱是有些肯結親的，又獅子大開口地索要彩禮，或是直接就問了，那馬場能分多少？胡同能分多少？弄得跟做買賣似的了。
趙王氏這才真正開始著急，回頭再去找大兒子，趙成材卻是徹底冷了心，撒手也不管了。
「早說您不聽，如今成棟的婚事我是再不管了，隨您自個兒鬧去。等媳婦生了孩子，咱們兄弟就分家。反正成棟也快有孩子了，我這麼做，也不算是太過分。頂多讓人罵上幾句，反正我對得起天地良心。」
趙王氏無語了，趙成材去忙他的了。

捌之章 真凶浮現氣難平

春宮書籍流入書院之事，幾位夫子商議過後，決定一定要嚴肅查處，堅決杜絕這種歪風邪氣，但考慮到孩子們還小，也是受奸人蒙蔽，便抽了個時間，召集全體學生在院子裡頭，開了一次大會。

會上通報了事件始末，對從前之事誤傳誤看不再追究，但手上還有這些東西的，趕緊都丟自家柴禾灶裡去。如再發現有人私下傳閱這種不雅書籍，一律作退學處理，絕不姑息。

孩子們全都嚇壞了，而特意敞開的大門外，前來接孩子的家長們聽了也是非常氣憤，當即就有人問：「到底是哪個缺了八輩子德的玩意兒，給俺們娃兒看這種東西？」

李鴻文專程請示過孟子瞻，此時便大膽說了出來：「就是那開銀鉤賭坊的薛家。不過各位鄉親請放心，我們書院一發現這樣的事，就立即上稟官府，縣太爺已經領著人，把一干人犯盡數捉拿歸案。這回孟大人可是下了決心要把薛家的事情一查到底，眾位鄉親若有冤屈，都可以上衙門裡去告狀。若是還有些擔心，便讓你們自家孩子寫下來，把狀紙扔到衙門口去，絕不會連累到你們分毫。」

這消息可真讓整個紮蘭堡都炸了鍋，原來又是那個薛紹安，真是缺德冒煙了！有些膽大的，就去銀鉤賭坊門前觀瞧，果然大門緊閉，貼了官府的封條。而曾經威名赫赫的薛家府第，一樣被查封了，但因他們家人實在太多，牢裡住不下，除了薛紹安夫婦和一些管事頭目，其餘家丁僕婦皆幽閉於此，由官府專人看守巡邏。

百姓們將信將疑，眾說紛紜。有說薛家這回肯定是要倒大楣的，也有說薛家還有後頭的靠山何家，就算是縣太爺想辦這案子，恐怕也沒這麼容易。

可有一個最實際的問題卻迫切擺在了薛家人的面前，整個紮蘭堡的百姓們都恨他們禍害孩子，如得了指令般，對於在官差監管下出來採買的薛家僕婦，沒有一戶肯賣東西給他們。也不是說不賣，只是遠遠的一見他們來了就收起攤子，等他們走了再擺出來，這讓人有什麼法子？

於是，等薛家一雙兒女被奶娘領著上牢裡探望薛紹安時，他還沒張口，孩子們先哭訴起來：「沒有魚，沒有肉，連菜也沒得吃，天天都是白米飯和饅頭！爹，我不要再吃那個，你和娘快回家，我們要吃好東西！」

奶娘也哭，「老爺，這可怎麼辦？府裡的存糧也快沒了，要是再沒人賣東西給我們，難道一府人都等著餓死不成？」

「是官府不讓買嗎？」薛紹安恨得牙根都癢。

「不是，是根本沒人肯賣給我們，哪怕出雙倍的錢，人家都不賣。」

薛紹安聽得心裡極涼，難道自己在紫蘭堡就這麼天怒人怨了？

奶娘倒是幫他收拾了幾件衣裳送來，「老爺，您收著，自己照顧著自己，這幾個饅頭留下給您，我們還得去那邊看看夫人。」

他們走了，薛紹安愣愣地看著自己手裡那兩個已經摻著粗糧的饅頭，生平頭一次覺得自己的這一生似乎都錯了。

如果能知道這案子的結局，薛紹安一定會後悔，後悔當年根本就不應該招惹章清亭，但更加讓他後悔的卻是托生在了薛家。

孟子瞻辦案辦得很耐心，在前期收集了不少證據之後，便讓青松親自快馬加鞭送回了京城，由父親祕奏天子。

皇上聽聞大怒，特別祕密欽點了欽差下來督辦。先是押而不審，就等著薛何兩家四處找相熟的官員跳出來開脫說情。

有些消息靈通的，覺得事情透著蹊蹺，選擇明哲保身，躲過一劫。有些不知就裡的，在重利的蒙蔽下，自投羅網。最後此案如滾雪球般越查越大，末了，不僅是薛何兩家的罪行全部被揭露出來，就是大大小小的官員都牽連了百餘人。

砍頭的砍頭，罷黜的罷黜，也由此掀開了年輕的皇帝在坐穩龍庭之後，整頓吏治的序幕。

一年後，薛紹安夫婦被定罪。

薛紹安凌遲處死，何氏杖斃婢女之事查明屬實，因是女眷，便賜她在牢裡自盡。

老百姓們眼見官府動真格的了，紛紛跳出來喊冤訴苦，這一件案子，最後連同牽連出來的大小案件，歷時兩年多，方才陸續結清，但是在孟子瞻手上卻只辦了兩個多月。等到差不多的人物都跳了出來，有些事就不再是孟子瞻目前的身分所能夠處理的了。欽差大人亮明身分，暫時接管，他便交權回京覆命了。

這樁功勞雖大，卻也不是一個人能獨吞的，只須讓皇上記得首功是他孟子瞻便已足夠了。

這些都是後話。

眼下，卻再回到紮蘭堡的陽春三月。北方的春天來得晚，此時淺草才沒過馬蹄，漫天遍地的綠意卻透出盎然生機。

薛紹安才鋃鐺入獄沒多久，孟子瞻也還在此站好最後一班崗。趙張兩家的生活，在平靜之中卻又有些不平靜。

章清亭手指一下一下點著桌子，蹙著峨眉，半晌都沒言語。

方明珠終於按捺不住，把手裡的東西一放，霍地站起身來，「大姊，這回我無論如何要去問問阿禮哥，瞧瞧他到底搗的是什麼鬼。」

「妳且坐下。」章清亭瞪了她一眼，「就妳這麼急赤白臉地過去問，能問出什麼來？」

別說方明珠起了疑心，連章清亭也想查一查晏博文最近到底是怎麼回事。

自從上次回來報帳遲了兩日，他的行蹤便開始有些鬼祟起來，每回來來去去都只他一個人，若是讓人跟他同行，他就找藉口推三阻四。

原本從來都不在意金錢的他，居然還赧顏找她支了幾回工錢。若問他有什麼事，他只含糊說有些要花用的地方，再問，就什麼也不肯說了。

章清亭可以肯定，他有事情瞞著，那是什麼呢？

晏博文今日回紮蘭堡報帳時，又一次開口向章清亭要錢了，章清亭什麼都沒問就給了他，可若是不查個水落石出，萬一出了什麼事，那可如何是好？

章清亭眉頭一皺，計上心來，「你去把保柱和福慶叫來，我教你們個主意。」

她細細囑咐了一番，方明珠點頭，連連稱是，依計行事去了。

章清亭手扶著後腰，慢慢蹓躂著到了馬廄內新開闢出來的育駒處，瞧著那些已經降生的，鮮活稚嫩的小馬兒，滿心歡喜。

這就是她們馬場的希望呢，就和自己肚子裡的寶寶一樣，也是她和趙成材的希望。她現在已經能感受到寶寶的心跳和微弱的胎動了，只是太小，氣力不足，不夠明顯。

她低頭給了寶寶一個鼓勵的微笑，好孩子，你可要在娘肚子裡好生吃喝，長得壯壯的，日後生下來才活潑又安康。

又踱到母馬產房，卻見從賀家請來的劉師傅滿頭大汗地剛出來透氣。

「劉師傅辛苦了。」章清亭含笑先關切地說了句，才問：「又生了嗎？這回是公馬駒兒，還是母的？」

「這一胎怕是不好說了。」劉師傅抹了把汗，「趙夫人，您可得做好準備，若是再生不下來，這對母子怕就都保不住了。」

什麼？章清亭嚇了一大跳，她這馬場自從開始下駒以來，一直都很順利，又多半在夜間，她一早過來，總是聽夥計們跟她報喜，說又生了匹什麼。只是這匹白馬從這早上進去，直到這會兒還沒出來，「我進去看看。」

劉師傅伸手把她攔住，「妳現這情形，可不能看這個，萬一那馬不好了……」

他善意的目光投向她的肚子，怕她留下心理陰影。

「那有些什麼我能做的？」

劉師傅搖了搖頭，「這下崽子跟人生孩子一樣，都是一樣的艱險。若是實在保不住小的，我只能盡力幫妳保住大的。」

他深深吸了口氣，重又走進母馬產房裡。現在每一匹馬對於章清亭來說都非常珍貴，可自從自己有孕後，她對這些母馬的感情不再是看待一個商品，而更多是同病相憐的關切和牽引。

空氣中漸漸瀰漫起血腥的味道，母馬在裡面哀哀嘶鳴，章清亭只能站在外頭焦急等待。她攥著拳頭，在心裡默默祈禱。這一刻，她覺得自己似乎和那母馬的心連在一起。加油，你們一定要母子平安啊！

也不知在外頭站了多久，驀地，只聽裡面夥計歡呼起來，「生出來了！生出來了！」

章清亭剛鬆了一口氣，露出笑意，卻聽見裡面奇異的安靜。

這是怎麼了？

下一刻，張小蝶渾身血污地衝了出來，一見著她就哇哇大哭，語無倫次說著：「小馬駒死了！卡在裡面時間太長憋死了！我不要生孩子，生孩子太可怕了！」

章清亭心裡一緊，手撫著腹部，有絲不祥的陰雲悄悄籠上了她的心底……

晏博文拿著錢，回了王家集卻不直接去牛家糧鋪，卻是緊鎖著眉頭走進一家幽深小巷裡的客棧。熟門熟路敲響了一間房門，兩長一短，明顯是約好的暗號。

緊閉的木門吱呀一聲，開了道小縫，一個三十許的黃臉漢子探出半邊臉來，見了是他，才喜笑顏開地說道：「小馬，快進來。」

屋子裡還有四個人，都是壯年漢子，很是結實，只是眼中都帶著股莫名的戒備之意。

「來得順利吧？路上沒被人發現吧？」

晏博文點了點頭，又搖了搖頭，算是回答了他們的話，把兜裡的銀錢都倒在桌上，「這是最後一次了，我真的再也沒有錢了。要不，老闆娘就該疑心了。」

「小馬，你說這話是什麼意思？」五人當中最粗豪的那個一拍桌子，大嗓門嚷嚷了起來，「是眼看著咱們見死不救嗎？」

「我自己都泥菩薩過江，拿什麼救你們？」雖然於心不忍，但晏博文還是說了實話，「這些錢雖不多，但你們若是遠遠地離開，好好找份事做，隱姓埋名，官府也抓不到你們。」

「萬一找到了呢？」

那讓晏博文有什麼辦法？

「你們就不該私自逃跑，若是好好把刑期服完，出來不就可以重新做人了？」

「你這話說得輕巧。你自己才三年，可我幾年？二十年。老張和老王更是遙遙無期。你是命好，殺了人才判這麼短日子，可我們呢？等服完刑出來，人都老掉牙了，在不在還難說呢，誰願意一輩子困在那鬼地方？」

那個臘黃面皮的忙打起了圓場，「小馬，你也別怪大鍾說話難聽，咱們的情況你又不是不曉得，誰不是逼得沒法子才殺了人？又有誰願意在那邊關待一輩子？大鍾家裡還有八十歲的老母，我家還有四個幾歲大的娃娃，你也得體諒體諒我們的處境。」

「我若是不體諒你們，早就撒手不管了，怎麼會幫你們直到如今？可我真的是有心無力。你們也知道，我現在不過是給人家做家僕，能有幾個錢？就你們這些日子吃的用的，還全是我找老闆家預支來的。」

晏博文真的是很無奈，這些人都是他在邊關服刑時的牢友，沒想到他們居然找著機會越獄逃出來了。更沒想到，居然會落腳在王家集，正好讓自己撞上。

在邊關的時候，他們對自己這個初來乍到的貴公子還是非常照顧的，尤其是這個黃臉的老于，簡直是拿他當弟弟似的，有好吃的也分給他，不會幹活就手把手地教他。衝著這份恩情，晏博文也不可能在人家求到自己時無動於衷。

可他也知道，這樣跟他們往來，就犯了窩藏包庇之罪，所以他起初就想著，送他們些錢，打發他們快些離開，裝作不知道這事就成了。沒想到他們在這兒安定下來之後，商量來商量去，也找不到什麼出路，就此耽擱下來。這麼幾個大漢要吃要喝，晏博文怎麼負擔得起？

時間一長，他也難免有些心慌，萬一被人發現了怎麼辦？自己受牽連那還沒什麼，可若是牽連到章清亭，那可真是坐實了那「強盜頭子」的罪名了。晏博文知道，這夥人全是粗人，跟他們講什麼暗示提點全是虛的，最好是打開天窗說亮話，明明白白地拒絕，可能還讓他們更加明白。

「于大哥，你從前幫過我，這個我很感激，你要我為你做牛做馬來報答都可以，可我真的沒錢了，實在是沒有這個能力照顧你們。」

「那好辦啊！」一名叫大鍾的男子把桌子一拍，「你不是幫人管著糧店嗎？趁著天黑，咱們乾脆把店一搶，大家不就有錢了？」

「好主意！」旁邊有人附和著，「再去搶那馬場。總是小馬你養熟的，肯定聽你的話。咱們有了馬，跑得就更容易些。」

「你們敢？」晏博文勃然色變，「人家於我恩重如山，你們要是想打那店的主意，除非踩著我的屍首過去！」

「小聲點，這還是在客棧裡呢，小心被人聽了去。」老于急得一頭汗，勸了這邊又勸那邊，「小馬說的對，忘恩負義的事情，咱們可不能幹。兔子還不吃窩邊草呢，別想著去做那事。不過，小馬呀，咱們也不是不知道你的難處，可咱們一沒有路引，二沒有戶籍簿子，上哪兒去找事做呢？」

那你們跑出來幹麼？晏博文沉下了臉，卻怕鬧得更僵，沒把這話說出口。

有人建議：「那咱們不如落草為寇算了。既是熟人動不得，那生人沒關係吧？守在山裡，抓到誰就算是誰。有酒喝酒，有肉吃肉，那日子多痛快。」

「對，要能那麼痛痛快快地過日子，縱是死了，我也是甘願的。總好過現在藏頭露尾，像陰溝裡的老鼠似的，憋屈！」

「這主意好，咱們現就上山落草去，走走走！」

「那你們去，我就不奉陪了。」晏博文轉身想走。

「不行，小馬，你得跟我們一起走。」

晏博文眼神一凜，「怎麼？你們還想把我強留下不可？」

「你既知道我們這想法了，當然得跟咱們一塊去才是一條心，萬一你去報了官怎麼辦？」

晏博文當真惱了，「我若是報官，還須等到此時嗎？早把你們抓回去了！」

「我們也不是這意思。」老于上前拉著他勸道：「小馬呀，你身手好，有你跟我們一起，大夥兒也放心些不是嗎？再有，你在這兒過得有什麼意思？成天被人呼來喝去的，做人奴才哪有自己逍遙快活來得自在？你反正也是被逐出家門了，走哪兒混不到一口飯吃，何必非在這兒窩窩囊囊地過一輩子？跟咱們走，也不是要你做一世的強盜。痛痛快快幹幾票大買賣，大夥兒分了錢，各自回家，做點小本生意，這一輩子就什麼都不用發愁了，也省得求爺爺告奶奶的，委委屈屈地過一輩子，你說呢？」

晏博文心下忽地疑心起來，老于怎麼突然說出這番話來？倒不似隨口說說，卻像是早有預謀的。難道他們早就商量好了，要拉自己一起落草為寇？

他眼珠一轉，臉色和緩了些，「于大哥說得也有些道理。」

聽他好像被說動了，老于更加火上澆油，「你想想，你還這麼年輕，從前又是富人家的好孩子，現在做這些事情，實在是太委屈你了。不如跟著咱們一起離開，等發了財，你既有本事，還怕不能把日子和和美美過下去？等你做了小老闆，再討個漂亮媳婦，生幾個孩子，那才是你該過的日子呢！」

「那……那我也不能就這麼離開了。」晏博文似乎已經被完全說服了，「既然要走，你們且等我一等，我上鋪子裡取些錢來，咱們才好上路。」

「你方才不是說不動你們鋪子裡的錢嗎？」

「此一時，彼一時。我又不取多，就算跟他們借的，日後還來也就是了。」

「這話說得太對了，走，我陪你去！」有人自告奮勇站了出來。

晏博文知道這裡隱隱有監視之意，也不拒絕，微微一笑，「那好，咱們快去快回。」腦中卻已經計畫好了如何脫身。

他還沒有這麼蠢，放棄自己好端端的生活，去做什麼強盜，那刀口舔血的日子豈是好過的？恐怕財還未發，人就沒命了。

這些人是對他有恩，但報恩也要分個是非黑白，要不，那就成助紂為虐了。

「阿禮哥，你不能去！」方明珠的聲音驀地在隔壁響起，大力拍著門板，「你別聽他們的，快跟我回去！」

她怎麼來了？晏博文立即把門拉開。

那夥人一見驚動了旁人，嚇得不輕，就見一個豆蔻年華的小姑娘和一個小夥計站在外頭，從懷中掏出暗藏的匕首，厲聲質問：「他們是什麼人？」

晏博文趕緊閃身擋在方明珠和保柱身前，「他們都是東家的夥計，跟我交情很好，不放心才跟來的。」

「不行！」大鍾目露凶光，舉刀上前，「那丫頭口口聲聲要你走，若是不殺了他們，一定會洩密。」

「住手！」晏博文喝止不住，伸手擋住他揮刀砍向方明珠的手。

樓梯處忽地蹬蹬蹬一陣急響，福慶一邊往上跑，一邊急嚷：「快跑，官差來了！」

「你告密？」那夥人都瞪著晏博文，晏博文卻問方明珠：「妳報的官？」

「沒有！」方明珠急得直跳腳，一把拉起他的手，「你快跟我走，跟官府說清楚，你跟他們沒關係！」

「現在恐怕晚了。」老于望著晏博文道：「你來這兒可不是一天兩天的事情了，這是許多人都看到的事實。小馬，快跟咱們一起跑吧。」

「阿禮哥，你別聽他的！」方明珠使勁把他往回拽。

保柱也圍了上來，「阿禮哥，你快跟咱們回去，大夥兒都等著你呢！」

晏博文猶豫了一下，忽地把方明珠手一甩。她一個趔趄差點摔倒，還好保柱扶住了。

方明珠當即眼淚都下來了，「阿禮哥，你別去！」

晏博文沒空理她，徑直衝到窗邊，看看官差來的方向，又推開對面那扇窗查看地形，「這兒不算太高，老于，你快帶著人走。」

「那你呢？」

「我在後頭儘量拖延一下。」

旁邊有人不信，「你有這麼好心？」

晏博文冷笑，「你要是還賴在這兒追究我是真心還是假意，一會兒就得到牢裡頭去了。」

那群人面面相覷，聽他說的是實情，眼見著追兵逼近，趕緊一個接一個從窗上跳了下去。

老于落在最後，忽地把晏博文往前一推，「你快跟他們走，我留下殿後。」

「那可不行。」

「你快走，你忘了我從前有風濕毛病？這幾日正犯疼，我是走不了的，沒得白連累你。」

晏博文左右瞧瞧，甚是為難，最後下了決心，「明珠，回去跟老闆娘說一聲，我改日回去請罪，先走一步了。」

他一手架起老于的胳膊，帶著他從窗戶一起飛身下去。

官兵似是有備而來，直接衝進這間房，一眼就看見了他們逃跑的路線。

「追！」為首的官差帶著大部隊就追了下去，留下二人把方明珠他們帶回衙門詢問記錄。

這邊追兵窮追不捨，「前面的人聽著，你們快點停下，否則我們就放箭了。」

晏博文心頭大急，他拖著老于，怎麼可能跑得快？

老于被他拖得也很難受，氣喘吁吁地道：「小馬，你快走吧，別管我了。」

晏博文有一瞬間的猶豫，「要不，你就自首吧？現在被抓回去，無非再加坐幾年牢，若是再跑，可能就真的沒命了。」

老于還沒有回話，後頭已經有破風之聲傳來。這可不是薛紹安那些民間打獵的小箭，全是正規軍隊裡上陣殺敵的軍箭。無論是力道、速度和殺傷力，都比那個強上太多倍了。

晏博文拉著老于身子一伏，躲過幾枝箭，代他舉手投降，「不要放箭，我們不跑了。」

那為首的軍官見了，便停下了對他們的射殺，轉而去威嚇大鍾他們：「你們的同夥已經投降了，快停下！」

大鍾他們邊跑邊回頭看，見此情景，也是進退兩難。

晏博文喊道：「停下吧，你們跑不掉……」

噗哧！

一聲沉悶的聲響忽然在近在咫尺，晏博文不可置信地轉頭一看，居然是老于，用他的匕首捅進了自己的後背。

「對不起，小馬，可你必須死。」

「為什麼？」晏博文的聲音是從未有過的不甘，震驚的眼神深得像看不見底的湖。

「你死了，我們一家就得救了。」老于狠心地把匕首扎得更深，「我家有四個孩子，離了我，他們的日子真是過不下去了。有人出了一千兩銀子，要我殺你。」

「是誰？」肢體短暫的自我麻痹過後，劇痛終於如期而至，剛一體會到，便如鋪天蓋地般將人襲捲。

「他說是替裴靜清理門戶。」

裴靜？

晏博文突然很想笑，但更想哭。想大聲地質問，你知不知道裴靜是什麼人？

那是我娘，我親生的母親啊！她會雇凶來殺她唯一的親生兒子？

他的母親出生於河東裴氏，是北安國的八大名門世家之一。身分如此高貴的她，豈會把自己的閨名隨隨便便告訴你，再讓你這樣的小人來告訴她親生的兒子？

謊言！一切全是謊言！

你既敢殺我，為何連名字都不敢留？

幾乎要沸騰起來的鮮血，如決堤的江河般從傷口處不斷洶湧而下。

要死了嗎？就這麼想我死嗎？

一絲不甘終於從晏博文已然灰敗的臉上浮起。

憑什麼？憑什麼？我到底做錯了什麼？竟要如此置我於死地？

這世上我就算對不起所有的人，可絕對沒有對不起你！

老于被他那樣的表情嚇著了，可一低頭，自己的手還握在那匕首之上。

殺過人的人都知道，若是一刀捅下去，哪怕再深，也不一定能致人於死地。真正能致人於死地的是，捅進去一刀，再立即拔出來。

他的手剛想動作，卻聽晏博文大吼一聲，奮起全身之力，雙拳並舉擊出，把老于打飛出一丈開外。然後，才緩緩閉上眼睛。用強大的意志控制著自己的身體，面朝下倒下去，保護背後的傷口不再傷得更深。

在陷入昏迷之前，晏博文的腦子裡只有一個念頭：他要活下去，他一定要活下去！

活著走到他面前，問一聲為什麼。

為什麼要這麼對我？

我的大哥。

❁ ❁ ❁

京城，晏府。

晏博齋今日的心緒頗不寧靜，似乎有什麼不受預料的事情發生了，可那是什麼？他想不出。腦子裡再細細把近日的事情過了一遍。

朝堂之上，皇上已經開始有整頓吏治的苗頭了。這個並沒什麼好稀奇的，是人都是這樣。既然坐穩了龍椅，當然要按著自己的意思來做事，再不甘心受縛於旁人，恐怕這回要動的，是那幾個老傢伙吧？只要自己低調，繼續做個聽話的奴才便是了。

可是孟尚德最近往御書房跑得挺勤，這老小子不足為懼，倒是他兒子孟子瞻很是討厭。表面上一副玩世不恭的模樣，骨子裡卻比誰都精。

上回雖然被他抓住一個錯處，皇上也把他貶黜了京城，但沒有傷到他的筋骨，說不得什麼時候就會回來。這麼年輕的對手，若是成了氣候，那可是自己的一大勁敵。光從先天身分上，他就比自己強上太多。

嫡子！又是討厭的嫡子！

晏博齋的眼神冷得像冰，都是從同一個爹身下爬出來的，憑什麼就因為那些女人的出身決定孩子的身分？

一想起這個，晏博齋只覺有條毒蛇在啃噬他的心。

對了，還有邱勝，他的事情辦得怎麼樣了？他心中一動，趕緊把人叫了來。

邱勝謙卑而諂媚地道：「大爺放心，一切安排得妥妥當當，估摸著這兩日就會有消息了。」

❁　❁　❁

王家集，衙門。

老于有恃無恐地從懷中掏出一塊權杖，「大人，您看看這個，您看過之後就明白了。」

本地縣官疑惑地往下看了一眼，這個犯人當真奇怪得很。他說是他來報案的，可他分明也是這群逃犯中的一員，那他為什麼還要監守自盜，出賣同夥？還當著那麼多官差的面，行凶殺人？就連到了公堂也不慌著辯解，非說他的事情另有隱情，必須單獨提審。現在又取出這塊權杖來，難道他背後當真有什麼了不得的隱祕？

對旁邊的心腹師爺使個眼色，師爺當即上前把那權杖接了過來，只瞧了一眼，便大驚失色地呈上。

縣官看後也是一臉震驚，「你這東西是從何得來？」

「是吩咐我辦事的人給的。你們該問的問，不該問的就不要問了。」老于心裡得意洋洋，這玩意兒還真好使。

兩個月前，他本在邊關服刑，想著今生再無出頭之日，忽地來了個神祕人，拿著這權杖進了他們營房，把他的來歷說得一清二楚，說讓他幫忙做一件事。事成之後，不僅放他無罪還鄉，還賞白銀千兩。

「那你讓我做什麼？」

「讓一個人落草為寇。若是不行，就殺了他。」

老于心動了，人他不是沒殺過，多殺一個少殺一個有什麼區別？

「只是，我一個人恐怕不行吧？」

「你可以遊說一些犯人幫你。」

這人當真好大本事，不僅幫著他們逃跑了，還拿了這權杖給他，說若是遇到什麼緊要關頭，拿這個給官員看，可保他一命。

老于安心了，僅剩的良心泯滅了。

若是出賣一個人，可以換取自己和全家的榮華富貴，他並不覺得有什麼不妥。

「混帳！」縣官猛然發了火，重重地把那驚堂木一拍，「你這刁民，居然敢私刻御賜金牌，還企圖愚弄本官，簡直就不想活了！來人呀，大刑伺候，看你還敢不敢油嘴滑舌？」

老于慌了，「大人，我說的都是真的，真的是有人要我這麼幹的！他給了我錢，還給我這權杖，幫著我從邊關逃出來，就是讓我幹這件事的！」

「還敢胡言亂語？那本官就告訴你，讓你也長長見識。這御賜金牌若是真的，起碼當以純金打製而成。你這塊破銅爛鐵，粗製濫造的東西，天知道是從哪兒弄來的，連字都打錯了好幾個。你說是有人指使你逃跑，那人姓何名誰？」

老于一噎，他還當真不知道，牙齒開始打架了，「那人……那人說是替一個叫裴靜的人清理門戶。」

縣官哪知道一個婦人的閨名？

「我管你賠什麼，你說他給了你錢，有憑證？」

「有的，有的！」老于頭點得跟雞啄米似的，當即從懷裡取出一張珍藏的銀票，「一千兩，大錢莊的銀票子。」

這證據再呈上之時，縣官只一眼就笑了起來，「無知小民，這銀票若是真的，豈會連個票號都沒有？」

什麼？老于如當頭被人打了一棒，整個愣在那裡了。

銀票是假的？權杖也是假的？那豈不就是說，他上當了？

「大人，大人，您可要一定要相信小的，小的說的句句屬實啊！」老于渾身抖得跟篩糠似的，發了瘋般磕著頭，很快就磕得額前血紅一片。

「簡直是一派胡言！」縣官見他根本拿不出什麼確實憑證，當即六親不認，公事公辦。

「我看是你才是這夥人的主謀。先是鼓動其他犯人逃跑，然後來了此地，敲詐你們從前的同伴。人家好心替你們遮掩，又勸你們歸順投降，你卻不思悔改，假意應允之後，還重傷他人。現在公堂之上，又編造這麼一通鬼話來哄騙本官，企圖瞞天過海，你該當何罪？」

「大人，我真的沒有啊，大人！」老于嗓子都快喊出血來了，「若我是主謀，我又怎會自己來報官呢？」

「這就是你故作聰明的地方了。你知道你們這麼多人，若是一起逃跑，肯定是凶多吉少，所以你故意來報官，引著官兵來抓你們，此時你再藉機逃跑。或是像現在這樣，乾脆到本官面前來自首認罪，說你是受他人蒙蔽，求一個將功贖罪的機會。若是本官一心軟，說不得還會替你美言幾句，減輕你的罪行，只從重處罰你那些同夥。你說，是不是這樣？」

「不是，真的不是！」老于覺得自己現在就是跳進大海也洗不清了。

「只可惜本官沒你想的這麼愚昧。」縣官拿起手中的一疊證詞揚著，「你看，所有人的口供，都說是你組織他們逃跑的。而那傷者的地方官員和他的東家也出具信函證明，此人自刑滿釋放之後，一直在當地表現良好，從不生事。他們家的夥計在隔壁聽得一清二楚，是你威逼他跟你們去落草的。你若不相信，還有那客棧的掌櫃，他們家的夥計也請到了隔壁，可以一同作證，你還有何話說？」

「我真的沒有撒謊！」老于兩手不住拍著地，哭得不能自已。他從來就不知道，原來百口莫辯的滋味竟是那麼難受。

可能怪誰呢？若不是他自己貪心求財，又出賣朋友在先，他至於落得這般報應？就算他該死，可那主謀之人豈不是更是該死？

蒼天啊，你要有眼，就一定要給他報應！

老于追悔莫及，可他該受的懲罰卻是逃不掉的。

把他帶回牢房之後，師爺問：「大人，這些人都好說，咱們把事情具明，依舊發還邊關即可。可那個重傷的年輕人該如何處置？別的好說，但他知情不報，窩藏之罪卻是有的。」

縣官撇撇嘴，「人都快死了，還處置個什麼？他這也是好心沒好報，算是受到教訓了。你擬個文書，訓斥幾句也就罷了。把人發還他的東家，讓他們帶回去醫治吧。免得死在咱們這裡，又平添一份晦氣。」

師爺領命去了。

醫鋪裡，得了消息的趙成材等人終於安下心來。

幸好這縣官明理，也虧得章清亭提前安排，讓方明珠帶著兩個夥計過來查看情況，要不然，那晏博文不僅是名聲，連這條小命也得交代在這裡了。

不過，現在也交代去一大半了，大夫搖頭嘆息，「救不救得活還很難說，該做的我們都做了，剩下的就只能看病人自己的求生意志了。」

「我們能把他帶回去醫治嗎？」畢竟王家集這邊人少，照顧起來多有不便之處。

大夫想了想，「再等三天，若是傷口不再繃裂出血，你們就可以帶他回去。只是不能坐車，僅能人抬。」

趙成材打發人回去報信，三天後，帶著晏博文和方明珠一行回去了。

章清亭知消息後，想來想去，到底提筆給在京城的趙玉蓮寫了封信。

把這段時間發生在晏博文身上的事情詳細說明，讓她去跟喬仲達說說，最好能跟晏夫人通個消息。畢竟是人家的親生兒子，總得讓人家有個知情權。

再有一個，章清亭也怕晏博齋又下殺手，必須得有個人來牽制他，否則始終這麼被動挨打，遲早沒命。

為方便照顧，晏博文一回來就住進了方家，留吉祥和小青在身邊服侍。又過了兩日，他方才睜開了眼睛，雖然只是很短的時間，但神智卻是清明。

只看他那眼睛，章清亭就知道他絕對死不了。

他要活下去的欲望比什麼都強烈，除非老天一定要把他帶走，否則再沒有人能操縱他的性命。

私下說起心中的擔憂，趙成材倒覺得是件好事，「就算他想去復仇，也總比從前那心如死灰要好。他那大哥也實在太過分了些，要是有這樣的兄弟，我都想殺人了。」

章清亭嗤笑，「你還捨得殺你家成棟？最近他那婚事如何？」

「別問我，我一概不知，一概不管了。」

「真不管了？」

趙成材冷笑，「我若一管，娘絕對挑三揀四。有那時間跟他們歪纏，還不如好好溫溫書。去幫我沏杯濃濃的茶來，我還想多看會兒書。」

章清亭有些心疼了，「科舉是大事，家裡的事你別管了，我可以的。」

趙成材目光溫柔地落在她微微隆起的小腹上，「妳就照顧好妳自己吧，我沒事。」

章清亭知道相公疼自己的心，可他這樣下去可不行，便讓小玉去隔壁方家，從晏博文用的藥裡討了一點人參來，切片燉了碗參茶給趙成材，「我明兒就去買幾根回來，你要是得熬夜，往後就喝這個。可別心疼錢了，就這一段時間，家裡還吃得起。」

趙成材一笑，也就算了。

章清亭自去歇下，卻在琢磨還有什麼人能幫到自己？現在還可勉強維持，但等著喬仲達那邊的生意要開張，小蝶又得抽出來。以晏博文目前的情形，怕是沒個半年恢復不了。到那時，小蝶那邊可有什麼得力的人能派去呢？

自己的肚子越來越大，恐怕只得辛苦趙成材了。唉，真是人到用時方恨少。要是能給她一個如高逸般得力的掌櫃該有多好？

日子一旦忙碌起來，也就容易忽視一些小事。

譬如，她今兒從馬場回家，照例先送趙老實父子回去，趙王氏遞給她一小籃子桑椹，「這是新結的，人家一早摘了送來，我想著妳有了身子，必愛吃這酸的，誰也沒讓動，特意留給妳的。」

章清亭瞧著這巴掌大的柳條籃編得很是可愛，裡頭的桑椹紫紅瑩潤，如一粒粒小米珠般的果實攢成小指頭大的一串一串，襯著下頭碧綠的桑葉煞是誘人。也忘了問到底是誰送的，隨口接了句：「謝謝婆婆惦記著了，我胃口還好，並不是非得很酸的東西才行。」

她說的是實話，未料趙王氏聽了當即臉色一變，後頭柳芳也出來迎接趙成棟，見章清亭一時沒明白過來，立即幸災樂禍地道：「既然大嫂不愛吃，不如送我吧，我倒很愛吃酸的。」

這是為何？章清亭雖不解其意，但是這桑椹可是婆婆送她的東西，怎能隨隨便便就送人？這要是真送了，也太不給趙王氏面子了，虧這柳芳也好意思討要。

她當即微微一笑，「我有說過不愛吃嗎？這可是婆婆特意留給我的，我呀，誰也不送，就留著自個兒吃了。」

趙王氏臉上這才好過了些，回頭瞪了柳芳一眼，對大媳婦和顏悅色地道：「妳也快些回去吃飯吧。這天暖了，地裡倒是有不少新鮮的瓜菜，妳要是有什麼想吃的，只管過來說一聲，我弄去給妳。」

明知趙王氏如此示好，多半是為了她肚子裡的孩子，章清亭還是有幾分高興，道謝回去。

柳芳忿忿地在背後嘀咕：「妳就吃吧，看酸不倒妳的牙！」

上了車，張小蝶快人快語地道：「大姊，妳方才那話可說錯了。」

章清亭正好不明白，「為什麼不能說不愛吃酸的？」

兩個妹子都咯咯直笑，「妳沒聽人說呀，酸兒辣女。妳說妳不太愛吃酸的，姊夫他娘肯定著急了。」

原來如此，章清亭明白過後倒有幾分好笑，卻平添一分愁色。這胎若是男的，自不必說。可若是個女兒……不用想也知道，壓力大啊。

回來先去瞧了一眼晏博文，這才回家。

趙成材看她拿著桑椹進來，頭一句就問：「好新鮮的桑椹，誰送的？」

章清亭這才想起此事，「婆婆給的，我也不知。自有了孩子，我是越來越笨了。」

「怎會？」趙成材聽說是娘送媳婦的，很是高興，殷勤地拿去用清水洗淨，用小瓷碟裝了，才端了過來給她，「妳從前是太聰明，如今這樣才剛剛好呢！」

章清亭心情略好了些，拈了一枚放入嘴裡，酸酸甜甜，很是開胃，心情正似如此般酸甜不定，

「你說，我這要是生個女兒怎麼辦？」

「生女兒怎麼了？」趙成材不解，順手自己也丟一個桑椹到嘴裡解饞，還特意交代：「我就嘗一個啊！」

「吃就吃，又沒人說你！」章清亭白他一眼，「你是真不懂，還是假不懂？我今兒不過說了句不太愛吃酸的，你娘心裡就不受用了。若我生個丫頭片子，恐怕她就更不得勁了。」

「老人家嘛，不都是這樣？我會跟娘好生說說，只是妳到時也多包涵些，等孩子大些，有了感情，那就好了。」

從來這世上都是重男輕女的多，若章清亭真生個女孩，到時趙王氏縱有些不悅，趙成材也能理解，「咱們自己的閨女自己疼就夠了，也不可能要求人人都跟咱們一樣心疼。」

章清亭不是不知道這個道理，但心裡卻有些不舒服，「女孩怎麼啦？要是都生兒子，不生女兒，那養那麼多兒子又有什麼用？連媳婦也討不到！」

趙成材聽得呵呵直笑，「我又沒說女兒不好，妳跟我急什麼？」

章清亭心裡不痛快，使起了小性子，「你當然不急，就是有什麼難聽的話，也是落到我頭上，不會說你半個字。你都不知道，今兒芳姐兒聽著我不太愛吃酸的，那什麼表情。上趕著就來搶這桑椹。這也不是我壞心，若是她生個閨女還好，若是真生了個兒子，我把話放在這兒，你弟那親事，更別想好了，不信咱們走著瞧。」

趙成材這才算明白了媳婦兒不高興的根由。

想想也是，一家子兩個孕婦，雖然自己媳婦和弟弟那小妾不用比，可若是生下孩子，卻是男女有別了。即便是庶出的兒子，可在老人家心裡，恐怕比嫡出的閨女還是要金貴些，也難怪章清亭心裡有疙瘩。當下好言相勸，哄了半天才算把媳婦哄開心了。

柳芳今兒晚飯後，也主動去幫趙成棟捏肩捶腿，大獻殷勤，趁趙成棟很是高興之際，她冷不丁冒出一句：「楊姑娘這麼個好人，怎麼就這麼倒楣呢？」

趙成棟聽得蹊蹺，「哪個楊姑娘？」

柳芳曖昧一笑，「就你哥那楊姑娘啊！」

「妳說桃子姊啊，她怎麼倒楣了？」

「你就裝糊塗吧！」柳芳掐了他一把，把聲音放低，悄悄地道：「我瞧她心裡好似還惦記著你哥呢！不是說從前差點嫁進來，怎麼就鬧成如今這一位了？」

趙成棟也嘿嘿笑了，議論起大哥的八卦。柳芳聽了事情的前因後果，眼珠一轉，試探性地說了句：「那要是楊姑娘嫁了進來，恐怕咱家還順心些。」

趙成棟不大贊同，「雖說嫂子是厲害了些，但確實能幹。自她進了門，咱們家的日子可是見天就好起來了。只那脾氣，著實差些。」

「話可不是這麼說。」柳芳見他對章清亭雖然敬服，但也有些不滿，便略加挑撥，「大哥是不用說了，既上進又肯努力，一看就是有出息的。就算咱家沒大嫂，大哥日後若是能考個官做做，也是一樣能興旺起來。現在這大嫂雖然能幹，但她那心思還是在她自個兒身上。你瞧她對婆婆也就這樣了，對咱們能好得到哪裡去？」

她重重地嘆了口氣，「你也別怪我女人家心眼小，我已經是你的人了，當然是一心一意跟著你過。按說，你們就兩兄弟，又不是十個八個的鬧不清，為什麼還一定要分家？大哥這麼堅持，那後頭能沒有大嫂的主意？」

這話算是說到了趙成棟的痛處，他不願意分家，就是要分，最好能等著父母歸西之後。那時哥嫂還不知能掙多少銀子，他要再分，光靠那錢就能安安穩穩做個富家翁了。哪像現在，還得自己辛苦大半輩子。

柳芳覷著他的神色添油加醋，「若大哥當年娶的是楊姑娘，她性子和婉，恐怕我們還能跟妯娌似的有說有笑，哪像現在？算了算了，誰叫人家有本事，咱們沒有呢，就看人臉色也是應該的。」她忽地一笑，「不過，你說，若是大哥房裡能多個人幫著勸勸，會不會大哥就不跟我們分家了？」

趙成棟聽得心中一動，隨即搖頭，「那怎麼可能？要是大嫂知道，非鬧翻天不可，妳可千萬別出主意。」

「我有那麼蠢嗎？只是跟你才說說，不過……」她故意把話留了一半。

果然，趙成棟動心了，「不過什麼？」

「不過嫂子也要生孩子了，到時肯定不方便伺候大哥，其實以咱們這樣的人家，就是給大哥納個小，也沒什麼，婆婆之前不就有這意思嗎？」

趙成棟聽著不作聲了。是哦，若是大哥娶個小的進來，幫著他們不分家，那豈不最好？

柳芳知他心動，暗自冷笑。

這些天，三不五時的，楊小桃都會到趙家來逛逛，藉口就太好找了，接送楊玉成上下學唄，「順道」就來走走了。

那意思，誰不知道呢？

不過柳芳很是樂見其成。哼哼，殺豬女，到時若是全家都同意給趙成材納妾，看妳怎麼辦？

❁ ❁ ❁

孟子瞻要離任回京了。

得到這個消息很突然，但也在情理之中。書院裡幾位夫子一商議，便請他吃了個飯，也算是謝謝他在這兒為官為師對學堂的諸多照應，可要送什麼禮物，就頗費思量了。

他們書院是靠衙門撥款和百姓捐款維持的，若是禮送得重了，會落人口實，送得輕了，又顯得不夠尊重。到底送個什麼，既能體現他們一番情真意切，又讓人覺得印象深刻？幾個夫子在一起商量個半天，也沒得出個所以然來。

倒是學生們聽說教琴課的孟老師要走了，心地單純的孩子們主動找其他老師打聽，還送上些雖不值錢，但是他們親手做的小玩意兒。

這下給他們靈感了，偷偷摸摸準備了一份大禮，要在孟子瞻走的那天送上。

章清亭很是好奇，可打聽了幾日，趙成材都不肯告訴她，還嘻嘻笑著，「明日妳可也得到堂，孟大人對咱們家諸多關照，妳也去送送他，完了再上馬場。」

「我是那麼不懂事的人嗎？連衣裳都準備好了。」章清亭嗔了他一眼，卻又跟他商量起正事，「現在小馬駒陸續都下完了，你幫我上賀大爺家說一聲，現在金寶在姨媽那邊，劉師傅再借我用會兒。他那邊的工錢咱們不管，不過這邊我依樣再算份工錢給他。」

趙成材應了，去到胡同頂頭，卻見賀家人都在，原來他們明日也要趕早來送孟子瞻，便都提前住過來了。想送了他，再趁著春光明媚，一家子上永和鎮逛逛去。

趙成材把事情一說，賀玉堂當即允了，還問他夠不夠人使，若是不夠可再抽兩個人過來。

趙成材謝過，又閒聊了幾句，賀玉堂忽向他打聽起個人來，「你也曾經上郡裡讀過書，可知道一個叫做杜聿寒的秀才嗎？」

趙成材一怔，暗忖這恐怕是為賀玉華相的未來夫婿吧？

他當下笑道：「我和聿寒也算是半個同門了，咱們都是方大儒座下學習，不過他是十四歲就入了門，可是方老師的得意弟子。他本是遺腹子，全賴寡母長姊撫育成人，家境雖然貧寒，但為人極有志氣，也肯上進。雖有些傲氣，但潔身自好，是個君子。今年秋考，恐怕他也是本地最有希望中舉的人之一了。」

賀玉堂聽得點頭微笑，似是放下了心，又順口提到他們家在永和鎮還有兩個鋪面，這回去還要收租查帳、到期續約等等雜事。

趙成材想起自家的事情，便跟他提了一句：「我家正打算去那兒開個成衣店，你這回去若是見著合適的，能幫我們留心一下鋪面嗎？」

「可以呀，你們家這生意可越做越大了。」

「不過是與人合作，我們賺些工錢而已。」

「那也不錯，這事交給我吧。」

趙成材謝過，便將此事全權拜託給他了。

回去跟章清亭說起，倒讓她好一通笑，「什麼時候你也改牽紅線了？」

「我這是君子有成人之美。小杜人不錯，跟賀小姐也算是郎才女貌，若是有了這麼個岳家，他也能安下心來，好生用功讀書了。對了，若是賀大爺幫咱們租下了鋪子，妳有錢付嗎？」

「訂金湊得出來，等喬二爺那邊的事弄妥，四月裡就該有信來了，那錢應該也就到了。」

「那等岳父他們去了永和鎮，家裡這小書鋪就讓小玉幫著玉蘭一起照看，妳看可好？」

「也只好如此。只不過得再多雇一個人燒飯打雜，要不，真的就不夠使了。」

趙成材見她又發愁，故意逗趣，「沒關係，等咱們娃兒生下來，就有人幫妳看店幹活了。」

「你還真敢想，連這麼小的娃娃都不放過，真是省錢省瘋了。」章清亭笑過，心情好了許多。再艱難的日子也不是沒過過，總會慢慢好起來的。

今日，是孟子瞻離開紫蘭堡的日子。

來的時候是輕車簡從，回去的時候還得拖著年前趙成材捎來的那堆行李，再加上百姓們送的萬民傘和土儀之物，這就無法輕鬆離去了。只得下馬步行，一路走，一路回禮。

章清亭和家人夾在人群之中一起相送，她也存著份好奇，紫蘭書院到底要送什麼禮？

沒想到，紫蘭書院不僅給了孟子瞻，也給了所有鄉親們一個驚喜。

碼頭上，紫蘭書院的老師孩子們全都準備就緒，拿幕布將當中一圈地方圍了起來。只等孟子瞻一到，撤去圍幕，裡面幾百個孩子排列得整整齊齊。

老師們一聲令下，前頭是幾十個學生坐著撫琴，奏響了《梅花三弄》，而後面那些孩子們便依著琴韻，大聲背誦起詩文。

「渭城朝雨浥輕塵，客舍青青柳色新。勸君更盡一杯酒，西出陽關無故人……」

朗朗讀書聲，一段又一段整齊而又響亮地迴盪在紫蘭堡的上空，迴盪在每一個百姓的心間，更深深地烙印在了孟子瞻的心頭。

最後趙成材和李鴻文兩人將手中一副十米長卷當眾緩緩打開，那裡面是一份紫蘭堡師生集體抄錄的論語，每一位老師和學生都在上面寫了一句話，留下一個名字。

孟子瞻很是動容，上前珍而重之地把書卷接過，「這是我收過最好的禮物了。」

別說是他，連章清亭都看得讚嘆不已。這份禮物當真是別出心裁，又情真意切。

看著自家相公在其中挺直的背影和受人尊敬的無數目光，她覺得，趙成材當初要辦學堂這條路子還真是走對了。

晚上歸家，趙成材摸摸臉，納悶不已，「妳今天老看著我幹麼？」

章清亭挑眉逗趣，「看你生得俊呀！」

趙成材翻個白眼，卻被逗笑了，「有件正經事找妳商量呢。」

原來上回聽丁老漢說起有些家裡離得遠的學生上學多有不便，趙成材便留了心，回去跟幾個夫子商量了一下，在學生當中做了個調查，原來竟有超過五成的學生上學就要花費一個時辰以上的路程，還有三成也得半個時辰，只有不到兩成的學生住在附近。

有些家境好的，便搭夥雇車，可大部分家境不好的，就只能起早貪黑地趕路了。若是趕上下雨下雪，那就更加吃力。

趙成材便出了個主意，「我們也不想平白增添鄉親們的負擔，大夥兒已經捐不少錢了，沒得老是麻煩大家，便想找些人家出幾輛馬車，分幾個主要方向接送。也不用一一送到家，就從學校沿著主要路段跑一程就行。做學生的也該吃點苦，不能太嬌慣。」

聽及此，章清亭已經明白了，「這又是要我出人出力吧？」

趙成材嘿嘿一笑，「這一開始也不好去找人說，鴻文說他家可以出一輛，咱們家那輛車當然得留著妳用，只能不能再勻出兩匹馬來，套一個拖糧草的平板車就行。咱們先把最遠的地方解決掉，要是有其他鄉親們看了，自己願意駕車來幫忙，那就最好了。」

章清亭想了想，「既然要做，那就做好，免得三天打漁兩天曬網的。你既是書院的老師，那咱們家還有什麼可說的？自然就跑最遠的那條路吧。你們明兒上課時說一聲，中午我就讓保柱套了車回來，以後這事就交給他了。」

「多謝娘子大力支持。」趙成材裝模作樣向她行了個禮，又悄悄囑咐：「妳到時在馬車上掛上咱們家的標誌，就是做了好事也得讓人知道才好。」

「你還是君子嗎？這麼點小恩小惠還惦記著讓人回報啊？」

趙成材呵呵一笑，「君子？君子也要吃飯，不食煙火的君子可活不長。別說我了，就鴻文也是打的這主意呢。」

「一丘之貉！」章清亭翻了個白眼，故作鄙夷，心裡卻很贊成。

本來就是嘛！成天跑來跑去的，若是不求利，至少得讓大家念個好吧？

一家人聽了，也很支持，張發財還道：「那以後早晚我跟著一起去。帶著這麼多孩子呢，若是路上有什麼事，多一個人也好照應。」

行啊，章清亭心想，有爹那張老臉往前一擱，鄉親們一看，就知道自己家出力的了。也是為老張家積積口碑，大好。

從次日起，果然就有兩輛馬車開始接送，李鴻文還特意帶來兩塊在家趕製的木牌，上書大大的「學」字，讓人一看就知道是書院給孩子們用的馬車。至於自己家的名號，斗大的李字早寫在了車棚的另一邊。

章清亭派來的平板車沒棚掛字，趙成材想想不甘心，便把那「學」字馬牌掛一隻馬脖子上，另一面寫上個「張」字，才高高興興打發保柱和岳父走了。

馬車有限，只能先接送家住得最遠的孩子，書院門口也貼出了招募告示。

沒幾天，來報名的人就把學堂門檻都踏破了。不僅有些大戶人家，有些鄉親只要順路的，以後都會按上下學時間，主動停在路口幫忙捎幾個孩子。這可大大激發起了更多人的求學熱情，有不少遠地方的家長，也在商議著等書院再招生時，就把孩子給送來念書。

賀玉堂一家子都出去了，待回來，那名額早給擠爆了。他特意來埋怨了趙成材兩口子，「這樣的好事怎麼不給我家先報個信？說什麼我們家也得出輛車呀？」

趙成材頓足，「誰知鄉親們這麼熱情？你也甭著急，也許時間長了，有些人家不再方便接送，那時我肯定第一個通知你們家來替補，行嗎？」

「這還差不多。」賀玉堂又告訴他一個好消息，「永和鎮的鋪子已經幫你們打聽到一家了，從前是賣小百貨的，店面還算乾淨，正好下個月到期。那房東我認得，就替你們下了訂，你們看什麼時候方便，拿我的帖子上門找他便是。」

「那可太謝謝了。」章清亭親自捧茶來謝。

賀玉堂忙欠身接過，「現在怎敢勞動妳？不過是舉手之勞，不必多禮。」

章清亭笑著也坐了下來，「沒什麼的，哪裡就真累著我了？你們這回出去玩得好吧？」

「挺好的。」賀玉堂嘴角忍不住揚起一抹笑意，「舍妹的婚事也終於定下來了，就是上回跟成材兄提過的杜聿寒。父母皆去相看了，又有你的證言，總算是把此事定下來了。」

「那可真是要恭喜了。」雖說杜家清貧，但若是從長遠發展來看，趙成材也認為杜聿寒確實比李鴻文更適合賀家的期許。

李賀兩家的婚事不成，後來他們私下閒聊時，李鴻文自己也想開了，覺得不算是良配，「主要是我生得懶，也不大愛念書，若是討了賀家小姐，成天被丈人家耳提面命的，那日子過得也愁人，所以說這什麼鍋就得配什麼蓋，我這樣的，也就得找個沒那麼大志向的，比如……」

「你別找我，這事得找你弟妹說去。」趙成材想起當日，也覺得李鴻文的話並沒錯。

兩個人過日子，並不光是要夫妻和順，一家子都是些什麼人，對彼此有些什麼要求也很重要。趙成材自認自己和媳婦配得非常合適，只他弟弟……有個柳芳在屋裡，趙成材現在也不大看好趙成棟的將來了。

章清亭笑道：「既然令妹終生有託，你們賢昆仲也要抓緊了吧？」

談及自己的婚事，賀玉堂微有赧顏，卻很是認真地道：「我從前年輕，不知天高地厚，也有些門第之見，可是現在我覺得過日子還是要找一個情投意合的人最是要緊，其他什麼全沒所謂了。」

章清亭聽出他話裡的歉意，心中早就釋然，當下笑道：「誰沒有過年輕的時候？就我，從前不也覺得自家相公不好？也是怨天尤人的。直到真正相處起來，才慢慢適應。現在再看他，竟比從前好多了。」

趙成材聽媳婦這麼肯定自己，心花怒放，「這些往事還提它做什麼？若說不好，也是一個巴掌拍不響，我也有責任。」

「你倆可別再肉麻下去，都掉一地雞皮疙瘩了。算了，我還是快點走吧，讓你們夫妻倆好好互訴衷腸。」賀玉堂見天色已晚，章清亭又大著肚子，定是要早些歇息的，便起身告辭了。

最美人間四月天，最是一年好時節。

站在馬場之上，看著一望無垠的碧草如茵，紅黃白紫各色小花漫天遍野交織其上，端的是令人心曠神怡。

章清亭正吃著趙成材特意弄來給她的新鮮枇杷，拉著方明珠陪她慢慢走著，進行午飯後的消食，忽見遠遠奔來一馬，馬上人卻是眼尖，老遠就朝她招手，「趙夫人，趙夫人！」

章清亭瞇眼遠眺，及至近一些方才看清來人，又驚又喜，「高大哥？你怎麼親自過來了？」

「可不止我來了，你們家牛嬸子也回來了！」高逸呵呵笑著，到她近前跳下馬來，目光先落在她肚子上，「我還得先恭喜妳呢！」

章清亭臉上微微一紅，含笑謝了，忙請他進屋裡坐。

方明珠知道他們談的生意跟自己無關，識相地送了茶，便退了出去。

高逸坐下，與她細細道來。原來他們這次去南康國，收穫頗豐，不僅帶回了所需的布匹，還請到了幾個極高明的繡工裁縫。自回了京師之後，就那荷月塢的生意到底該怎麼做下去，大夥兒也是一辯再辯，最後一致決定，還是按照從前商量的計畫，把統一定價作為他們的特色做下去。

「就是要讓所有買我們衣裳的客人知道，同樣的東西，你在京城買是什麼價，在全國各處買都是一樣。只是把那個出貨價調了一下，算是折在路費裡，像京城這邊的肯定最貴，其他越遠的地方就越便宜，但是一個地方只設一家鋪子這條依了我，只要價錢定死了，鋪子定死了，就不怕老顧客不回頭，若是有同行愛仿便仿去。」

見他說得躊躇滿志，章清亭只是奇怪，「這事你寫信告訴我一聲就行了，何必親自跑一趟？也太辛苦了。再說，你不是說你們家也要開鋪子嗎？你到我這兒來了，你家怎麼辦？」

高逸笑著從袖中取出一份圖紙，「妳瞧，這是你們家趙玉蓮姑娘提的好主意。」

章清亭瞧那上頭是已經設計好的幾個店鋪樣式，大小寬窄開門留窗各有不同，但卻難得的是都儘量做到了統一樣式，十分雅致和獨樹一格。

「這可是要我們把鋪子都翻修成同一樣式？」

「趙夫人果然聰明。」高逸指著門前的標牌道：「趙姑娘說，咱們不僅是要樣式統一，連編號也是唯一的。像京城開的自然是一號店，您這兒呀，就是咱們北安國的二號分店。咱們不僅管賣，有些修改縫補也可以在全國任何一家分店免費進行。這個成本不會太高，但會讓客人覺得舒服。」

這個主意真好，章清亭連連點頭，趙玉蓮這個小姑本就聰明伶俐得很，在京城裡磨練一番，想來那見識什麼也又都長進了不少。

「那高大哥您這回來，就是幫我弄這鋪子的吧？」

高逸笑著點頭，「京裡的店是仲達親自監管著，妳這店就由我來弄了。這頭一回做，有些細節信裡可說不清楚。咱們這邊還好說，日後若是放給了外頭的人，不盯著他們弄好，咱們也不能完全放心，我這回來，還帶了幾個管事，等弄完妳這家，我們也都算有經驗了，再分頭去弄其他家，那時我再回去弄我們家的。以後若是生意鋪開，全國各地可都有得跑了。」

再有一層，恐怕也是從牛姨媽那兒知道了她有身孕，所以來幫忙的，章清亭心中明白，忙問：「那其他來的人呢？家裡都安排了嗎？我現在跟你回去吧。」

「妳別急，他們沒來，我都留在永和鎮了，先去準備採買用料，就我一人來了。」高逸從懷中取出五百兩的銀票遞上，「這是仲達託帶給妳的，讓妳別嫌少。他剛從家裡出來，身上也實在拿不出太多的錢，不過妳開這鋪子應該是足夠了。那頭一批衣裳送來，也不收妳的錢，等妳周轉過來，再慢慢算吧。」

「高大哥，你要是這麼說，可就折煞我了。」章清亭一聽這話，就知道喬仲達多半是淨身出戶了，除了最後弄的這一船貨，還有那個莊子，恐怕什麼也沒有了。現在這時節還找人借錢，心中很是過意不去，「你把這錢帶回去吧，我去借借也能行的。」

「妳就放心收下吧。」高逸笑著推了回去，「他是窮了，可京城還有我們呢，苦不著他。仲達心地是好，可也沒傻到白為他人作嫁。現在只是怕他家裡人追究，所以才不得不裝出副窮酸樣來。不過這樣也省了不少心，起碼沒那麼多人硬往他身邊塞閨女了。妳若是覺得不好意思，就快些把生意做好，把錢賺回來還他就是。」

章清亭這才鬆了口氣，「不過讓二公子藉此好好看看周遭，再選個好姑娘也是正經。小豆芽畢竟年紀小，還是得要個母親照料才是。」

「這話妳可得帶個信去，也勸勸他。我們都說多少回了，一點用都沒有。」因遠離京師，又沒旁人在，高逸嘆了口氣，多說了幾句，「妳也該聽說過，仲達自小在他那家裡就過得極是不易。好在老天有眼，小豆芽他娘倒是個溫柔懂事的女人，自嫁了仲達，一門心思跟他過日子，可惜為了保孩子，豁出了性命。是以仲達心裡難受，總覺得對不起媳婦，不願續娶。可老這麼著，像什麼樣？」

章清亭聽得心下惻然，她也快要生了，很怕聽到這種事。

高逸一時明白過來，忙換了輕鬆話題：「別看喬家眼下似乎賺了不少，可往後……嘖嘖！」

章清亭也笑了起來，這就是最好的報復了，喬仲達既然要走，肯定會把真正能做事的人帶走。那喬家現在得到的，不過是一堆銀子，不消三五年，必敗光無疑。到頭來，恐怕還得求到喬仲達頭上。到那時，新仇舊恨，就全在他的一念之間了。

既有了高逸來襄助，章清亭當然省了好大的力。當即就讓張發財帶著張小蝶去了永和鎮，籌備開店事宜。

那鋪子是賀玉堂幫著訂的，位置不錯，章清亭親去看過一回，很是滿意。

走前特意把張小蝶叫到面前，把五百兩的銀票甩給她，「在家也教了妳不少，這回該妳自己出去闖闖了。可記好了，妳自個兒的嫁妝得從這五百兩外頭掙出來，別哪天哭著回來叫我幫妳填窟窿，那我可是一個子兒也沒有的。」

「大姊就是小瞧人！」張小蝶嘟著嘴，把銀票收起來，「賺不來錢，我自個兒跳牡丹江裡，再不回來見妳了！」

她雄糾糾氣昂昂，跟著老爹和高逸走了，趙成材私下通知了李鴻文。

李大秀才悄悄把自己積攢多年的小金庫拿了出來，「幫我給她吧，出去了讓她照顧好自己。成材，你回去也跟你娘子說一聲，也別太難為她了，畢竟還小呢。」

「去你的，當我們家故意虐待她啊？」趙成材沒拿他的銀子，倒是把他腰間一塊玉佩摘了下來，「這就夠了。這錢我幫你把數報給她，若是有緣，日後讓她自己來點收吧。」

「你現要是不拿，跟她報什麼數？」李大秀才急了，趙成材哈哈笑著走了。

牛姨媽從京城回來，精神好了許多。說起牛得旺的進步，那臉上是樂開了花，更加對章清亭小倆口充滿感激，「這回真得好好謝謝你們兩口子。要不是你們，旺兒這輩子可真就耽誤了。姨媽啥也不說了，日後你們有事儘管張口，姨媽就是砸鍋賣鐵，也得幫你們的忙去。」

章清亭促狹地指著大姑子，「姨媽，您要是砸鍋賣鐵，可別給我們，讓玉蘭幫妳拾掇去。」

趙玉蘭聽得臉紅了，「大嫂，怎麼又拿我逗趣？敢情我是打鐵的嗎？」

「妳不是打鐵的，打鐵的認得妳就行。」章清亭笑著一指廚房，「要不，那麼多的糕點模子哪來的？」

趙玉蘭赧顏跑了，牛姨媽笑著一擰章清亭，「妳這丫頭，仗著肚子大了，越發欺負起人來了。玉蘭那老實丫頭，妳作弄她做什麼？」

章清亭收了幾分笑意，「我故意把她支開的，玉蓮有信給我嗎？」

牛姨媽斜睨了她一眼，「就知道妳是問這事。」她附在章清亭耳邊低語：「那晏家的事還當真不簡單呢。玉蓮收到妳的信後，就去找了喬二公子。喬二公子聽說後也急得不得了，想去傳話，可怎麼也見不到晏夫人。後來還是明珠爺爺想了個主意，讓玉蓮扮作丫頭，隨看病的大夫一起混進晏府裡，把事情悄悄一說，把那晏夫人嘔得喲，本就身子不好，生生吐了血。不過，她倒是當即就給了句準話，讓你們都不用擔心，她有法子讓人再不找阿禮麻煩了。」

章清亭心裡頭估摸著，那一定是晏夫人做出什麼重大讓步了。希望能夠暫時為晏博文爭取一點時間，養好傷再說。

牛姨媽深有感觸地拍拍她的手，「可憐天下父母心，只要是為了孩子，做父母的又有什麼不能割捨的呢？丫頭，姨媽這回跟妳說句掏心窩的話，玉蓮這孩子是真好，我是真捨不得還給你們。」

章清亭心一沉，卻點了點頭，「姨媽，我們明白，也沒想著讓您怎麼著。」

牛姨媽擺了擺手，「妳聽說我把話說完。玉蓮有多好，可以說姨媽比你們還明白。若是旺兒一直就這麼稀裡糊塗的，哪怕你們再怎麼怨姨媽，姨媽也斷不會把她還給你們。」

「那……那姨媽的意思是？」章清亭激動得連聲音都顫抖了。

牛姨媽肯定地點了點頭，卻又道：「妳先別高興得太早了。就算我肯把玉蓮還你們，但旺兒一日在京城，她就得在那裡陪著旺兒治病。姨媽也知道這確實是耽誤玉蓮的青春了，可是怎麼辦呢？再讓誰去，能像她那麼真心地疼惜旺兒？這也請你們體諒姨媽的一點私心。玉蓮的婚事由你們說了算，不過有個前提，你們找的人須得經我同意。這不是說你們，妳那婆婆我確實信不過，瞧她幫玉蘭弄得那叫什麼事兒？哦，玉蓮的嫁妝不用你們操心，全由我來置辦，算我嫁閨女。」

牛姨媽已經想得很清楚了，「玉蓮畢竟在我們家住了這麼些年，雖然沒有明堂正道地和旺兒怎樣，但左鄰右舍也是看得到的。現在若是忽然要把人還回來，指不定有人說什麼閒話。我那意思，就是乾脆咱們過個明路，把玉蓮過繼給我當閨女，也算是給旺兒添個姊姊。有個名分在那兒，她日後也能多照應著旺兒一點。」

那可太好了！章清亭哪有不同意的？

牛姨媽又說起一件喜事：「衙門那兒好像有點明珠他爹的消息了，說是找了個知情人，正在查。明珠爺爺可高興呢，他現在是怎麼也不肯回來，說若是真能找著，還得讓你們送明珠進京去，迎她爹的屍骨回來。」

章清亭也很高興，「我告訴明珠去。」

「等等。」牛姨媽把她拉住，「還有一事，我一併說完算了。我想把王家集的生意收了，把家搬到這兒來。畢竟現在有房子，也有鋪子，關鍵還有你們能照應著旺兒。我把玉蓮還來，你們將來替我照看著他。我也不求能怎樣，只要他這輩子能太太平平有口飯吃，我就心滿意足了。日後等我去了，下了地府，我也能放心去見你們姨父了。」

她說得哽咽起來，章清亭眼圈也紅了，緊緊握著她的手，「姨媽，您放心，您對咱們家這麼大恩情，只要有我和成材在一天，絕對會好好看著旺兒，絕不會讓他受欺負。若是日後有違此話，讓我們倆的孩子不得好死。」

「妳胡說什麼呀，怎麼能拿自己的親骨肉賭咒發誓？也不知道忌諱！」牛姨媽眼角還掛著淚，趕緊啐了一口，「姨媽能不信你們嗎？妳快回去跟成材一塊商量商量，看玉蓮這事行不行得通？若是可以，也不用把人叫回來了，就大人坐在一起擺幾桌酒，把此事辦了就行。」

趙成材一聽這消息，趕緊就要去跟牛姨媽磕頭致謝，章清亭拉他衣袖，「這都什麼時候了？姨媽剛睡下，你又去鬧她。要鬧，回你們家鬧去。」

趙成材應得痛快，多年來堵在心頭最大的一個疙瘩終於解開了，他能不激動嗎？當真黑燈瞎火地就往家裡跑，章清亭叫喊不應，忙叫保柱跟了回去。

趙家人被大兒子從睡夢中叫醒，待聽到這個消息時，還有些不敢置信。

「是真的，千真萬確！」趙成材激動地拉著娘的手，「姨媽還要把妹子過繼進門，當旺兒的親姊姊。還要幫她置辦嫁妝，把她當親閨女一樣看待。」

趙王氏扯了扯嘴角，她想笑，卻忽地一把捂著臉，哭得撕心裂肺，哽咽難言。

多少年了，多少年了啊！

她這個做娘的，把親生閨女送給妹子家的傻兒子做童養媳，雖是迫於無奈，但她何曾有一日真正能夠對此釋懷？兒女是娘的心頭肉，就算她偏疼手心裡的兒子，但對於手背的女兒，難道她就不心疼了嗎？那是不可能的。

這種痛苦日日夜夜都折磨著這個母親，直到此刻，才真正得到解脫。

趙老實也不住地擦著眼淚，顫抖著重複兩個字：「真好！」

多年心事一朝了，對於趙家人來說，還有什麼比這更好的？

趙家人抱頭痛哭，柳芳睡到半夜被鬧醒卻有些不快，尤其當聽到趙王氏說，還要趙成材幫妹妹準備一份最好的嫁妝時，更不高興了。不是有牛姨媽要操辦了嗎？憑什麼還要趙家出錢？

不過這樣討嫌的話，她知道自己現在是沒有資格說出口的，只撫著自己即將臨盆的大肚子，兒子呀，你出來可一定要為你娘爭口氣！

趙成材動作神速，沒兩日便籌備了過繼的一切手續。請來陳師爺和李鴻文他爹李老爺共同作個見證，雙方擺酒請客，正式換了庚帖，就算把趙玉蓮改成牛趙玉蓮了。

其實怎麼叫都無所謂，主要是大夥兒都得個心安，也算是正式宣布趙玉蓮單身，可以嫁了。

李鴻文在筵席上就開始逗趣，「成材，你家這門檻看來是要被媒婆擠破了。」

趙成材嗤笑，「我這妹子幾年都回不了家，誰願意等？要是有人肯上京去陪她，我高興還來不及呢！」

「你這話可別說早了，說不定真有呢。要不，幫你妹子在京城尋戶好人家？」

「你就不能出點正經主意？」趙成材給他一記眼刀，「咱們全家都在這兒，把她一人放在外頭？姨媽非打斷我的腿不可。」

不過，趙玉蓮的婚事，真得好好琢磨琢磨了。要不，即使姨媽放了她自由，仍是弄了個老大難，最後苦的仍是妹子。

今日這酒席之上，章清亭還見著一老熟人。

楊小桃居然被柳芳很是親熱地拉到了她們這桌女眷席上，就坐在她的對面。見著她，楊小桃也毫無懼色或是羞意，反而對著她微微一笑，但那故作端莊的儀態下面，是隱藏不住的挑釁。

看著芽兒親熱地管她叫姨姨，楊劉氏也拉著趙王氏很是熟稔話起家常，最近有些被忽略的事情，章清亭瞬間明白過來了。

很好，非常好！

章清亭笑著略略欠身回禮，依然保持著從容淡定。

這倒讓楊小桃有些如鯁在喉，這殺豬女怎麼能如此若無其事？她到底是表面的偽裝，還是根本沒有發現？

很可惜，楊小桃兩條都猜錯了。

章大小姐是完全沒有將對手放在眼裡的睥睨。跳樑小丑也敢在魯班門前弄大斧？簡直是自取其辱！

可章清亭現在考慮的不是怎麼給楊小桃難堪，那樣的教訓還不夠深刻。

她在琢磨怎麼讓這女人、柳芳，包括趙王氏都得到一個足夠深刻的教訓，讓她們這輩子再也不敢來破壞她的家庭。

趙成材也覺得有些奇怪，回家還主動在媳婦面前說起這事：「今兒擺酒，我可沒想著要師母她們來的，妳一定要相信我。」

章清亭知道相公沒有二心，可就愛他這緊張自己的樣兒。聽完解釋，才笑著放他一馬，「行啦，你要是不累，就再去看看書。這大考一天天近了，要更用些心才是。楊師傅是你恩師，婆婆就算和他們家走動得親熱點也是好事。」

「妳真不生氣？」不是趙成材懷疑，是娘子目前的態度實在很可疑。

「我生哪門子的氣？」章清亭故意裝作突然想起，「哦，你說你和小桃姑娘啊？難道你們做了什麼讓我生氣的事？」

「怎麼可能？妳相公是那種人嗎？我現在除了書院，就是在家裡，何時私跑出去過？」

「這不就結了？」章清亭笑著把他往書房推，「你既問心無愧，就不用跟我解釋。這些女人家雞毛蒜皮的事情，你操的什麼心？別管別問，這才是君子明哲保身之道。」

趙成材見她真不像生氣的樣子，雖然有些不解，卻也坦然了。娘子說的對，既然不想沾染，那就索性什麼都不管，遠遠地避開，才真正乾淨。

他埋頭苦讀去了，章清亭回房裡躺著，暗自冷笑。

老虎不發威，當我是病貓啊！

她輕撫著肚子，嘴角漸漸凝聚起越來越濃的笑意……

（未完待續）

隨書好禮四重送

- 第一重：繪師精心繪製唯美女主角立繪
- 第二重：搞笑四格黑白漫畫
- 第三重：隨書附贈角色書籤乙張、彩色四格漫畫書籤乙張
- 第四重：首刷限量，隨書附贈晴空精美功課表乙張（八款隨機出貨）

晴空

更多精彩書介與活動請上
「晴空萬里」部落格：http://sky.ryefield.com.tw

綺思館
晴空新書預報
戀愛吧！一切的不可理喻都好可愛
娘子說了算 下
雲端/著
殘楓/繪
他的冷漠無情對她沒用，她的嬌萌天真卻讓他很受用，
問世間情為何物？果真是一物降一物！
面癱大神×天然蘿莉
TAG：全息網遊、浪漫甜蜜、輕鬆爆笑、小虐怡情

狂想館
晴空新書預報
冒險吧！向偉大的航路出發
縷紅新草
〔皇帝的夜鶯〕上
原惡哉——作者
柳宮燐——繪者
神祕古董店裡販賣的是價值連城的傳說故事，
還是深不可測的人心慾望？
暢銷作者原惡哉獻給文學少女們的全新力作，
華麗神祕的腐向輕小說，帶來全新體驗！
PS.說這是BL太矯情，只能說，本書沒有女主角！
隨書好禮五重送！
1.第一重：原惡哉親筆加注，深入了解創作幕後花絮
2.第二重：作者訪談，暢談創作甘苦及不為人知的裡設定
3.第三重：柳宮燐精心繪製「秋日玫瑰花園裡的妄想下午茶」人設拉頁海報
4.第四重：隨書贈送角色留言書籤「奏星純」或「初塵」乙張（2款隨機出貨，送完為止）
5.第五重：首刷再送限量晴空精美功課表乙張（首波8款隨機出貨，送完為止）
晴空
更多精彩書介與活動請上
「晴空萬里」部落格：http://sky.ryefield.com.tw

綺思館
晴空新書預報
戀愛吧！一切的不可理喻都好可愛

出槌仙姬 1

寞然回首 /著
LN /繪

《靠爹靠娘不如靠廚藝最好》

喜羊羊與大灰狼的爆笑愛情熱烈上映中！

歐買尬！為何我要女扮男裝才能找到真愛？！

繼峨嵋之後，起點女頻最高人氣的歡樂向修仙愛情小說！
點擊月榜第二名，超過347萬人點擊、11萬人叫好推薦！
第二集好禮加碼送活動，請密切注意部落格上的公告

隨書好禮五重送！

1.第一重：寞然回首全新創作三角糾葛的「緣定三生」番外
2.第二重：香港人氣繪師LN精心繪製「看我鎚遍天下無敵手」人設拉頁海報
3.第三重：LN繪製&作者加碼「阿呆老師系列：學說話的皮卡丘」封底全彩漫畫小劇場
4.第四重：隨書贈送角色留言書籤「段青焰」或「秋狂」乙張（2款隨機出貨，送完為止）
5.第五重：首刷再送限量晴空精美功課表乙張（首波8款隨機出貨，送完為止）

晴空

更多精彩書介與活動請上
「晴空萬里」部落格：http://sky.ryefield.com.tw

作者　桂仁
封面繪圖　畫措
責任編輯　施雅棠
國際版權　吳玲緯
行銷　陳麗雯　蘇莞婷
業務　李再星　陳玫潾　陳美燕　杻幸君
副總編輯　林秀梅
副總經理　陳瀅如
編輯總監　劉麗真
總經理　陳逸瑛
發行人　凃玉雲
出版　晴空
城邦文化事業股份有限公司
104台北市中山區民生東路二段141號5樓
電話：（886）2-2500-7696　傳真：（886）2-2500-1966
發行　英屬蓋曼群島商家庭傳媒股份有限公司城邦分公司
104台北市中山區民生東路二段141號2樓
客服服務專線：（886）2-25007718；25007719
24小時傳真專線：（886）2-25001990；25001991
服務時間：週一至週五上午09:00~12:00；下午13:00~17:00
劃撥帳號：19863813；戶名：書虫股份有限公司
讀者服務信箱：service@readingclub.com.tw
晴空部落格　http://blog.yam.com/readsky
香港發行所　城邦（香港）出版集團有限公司
香港灣仔駱克道193號東超商業中心1樓
電話：852-25086231　傳真：852-25789337
E-mail：hkcite@biznetvigator.com
馬新發行所　城邦（馬新）出版集團【Cite (M) Sdn Bhd】
41, Jalan Radin Anum, Bandar Baru Sri Petaling,
57000 Kuala Lumpur, Malaysia.
電話：(603) 9057-8822　傳真：(603) 9057-6622
Email：cite@cite.com.my
美術設計　洸譜創意設計股份有限公司
印刷　鴻霖印刷傳媒股份有限公司
初版一刷　2015年01月13日
定價　250元
ISBN　978-986-91202-7-2

漾小說 137

沖喜 4

國家圖書館出版品預行編目資料

沖喜 / 桂仁著. -- 初版. -- 臺北市：
麥田, 城邦文化出版：家庭傳媒城邦分公司發行,
2015.01
冊；　公分. --（漾小說；137）
ISBN 978-986-91202-7-2（第4冊：平裝）

857.7　　103021525